KB096941

시간의 밤

아침이슬

LA NUIT DES TEMPS written by Réne Barjavel
ⓒ Presse de la Cité, un départment de Place des Éditeurs, 1968, 2011.
Korean translation rights ⓒ 2016 by Achimyisul Publishing Co.
Published by arrangement with Presse de la Cité through PK Agency, Seoul

LA NUIT DES TEMPS

르네 바르자벨 지음
김희진 옮김

아침이슬

이 모험의 아버지이자
이 책의 영감을 준
앙드레 카야트에게,
내 우정을 담아
이 책을 바친다.
R. B.

프랑스 SF문학의 거장이자 현대문명의 예언자, 르네 바르자벨의 베스트셀러!!

R é n e   B a r j a v e l

LA NUIT DES TEMPS

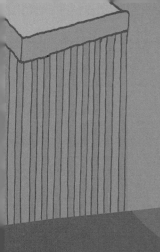

이야기는 얼어붙은 남극 대륙을 탐험하던 프랑스 탐사대가
얼음 밑 깊은 곳에서 마치 발견해 주기를 기다리고 있었다는 듯 신호를 보내던
미지의 도시 유적을 발견하면서 시작된다. ……
90만년의 깊은 잠에서 깨어난 믿을 수 없이 아름다운 여인 엘레아의 기억을 통해
학자들은 고도로 발달된 문명을 지닌 먼 옛날의 국가 곤다와의 이모저모를 엿보게 되며,
엘레아와 함께 잠들었던 곤다 최고의 탁월한 두뇌를 지닌 남자 코반을 깨우면
더 이상 전쟁도 굶주림도 없는 세상을 만들 수 있으리라는 희망에 불탄다.

1_ 남극 탐사대

❝내 소중한, 내가 버려둔, 내 잃어버린 사랑, 나는 그대를 저 멀리 세상 깊은 곳에 두고 왔지. 나는 도시의 내 방으로 돌아왔고, 내 애정 어린 친숙한 가구들도, 내 정신을 살찌웠던 책들도, 어린 시절부터 잠들었고 오늘도 뒤척이며 잠을 청해야 하는 오래된 벚나무 침대도 그대로였어. 그러나 내가 자라나고 지금의 내가 되어 가는 것을 지켜보았던 방 안의 모두가 오늘은 낯설고 실제 같지 않게 보여. 당신과 함께 하지 못하는 이 세상은 거짓된 세상, 내 자리라곤 한 번도 없었던 그런 세상처럼 느껴져.

그럼에도 이곳은 내 나라, 내가 살던 곳이야…….

이곳을 받아들이고, 여기서 숨 쉬는 법을, 사람들 한가운데서 남자로서 일을 해내는 법을 다시 배워야 하겠지. 그러나 내가 그럴 수 있을까?

나는 어제 저녁 오스트레일리아 발 비행기로 도착했어. 파리-노르 공항에서 한 무리의 기자들이 날 기다리고 있었지. 그들은 마이크와 카메라를 들이대며 셀 수 없이 많은 질문을 퍼부었어. 내가 무슨 대답을 할 수 있을까?

그들은 모두 당신을 알아. 그들 모두 모니터를 통해 당신의 그 푸른 눈빛과 믿기지 않을 정도로 아득히 먼 시선, 당신의 너무나 경이로운 얼굴과 몸의 윤곽을 봤던 거야. 단 한 번밖에 보지 못한 이들조차 당신을 잊지 못했지. 본능적인 그들의 직업적 호기심 뒤에서 난 그들이 남몰래 동요하고 찢기고 상처받았다는 것을 느꼈어. 아니, 어쩌면 그들을 통해, 그들이 당신 이름을 말할 때마다 피를 흘리는 나의 상처와 고통을 투영했던 것인지도 몰라…….

나는 내 방으로 돌아왔어. 내 방 같지 않고 낯설었어. 밤은 지나갔어. 나는 잠들지 못했지. 유리벽 뒤편으로 어둡던 하늘이 어슴푸레해지고, 라데팡스의 30개 고층탑이 장밋빛으로 물들고 있어. 에펠탑과 몽파르나스 타워는 안개에 발을 담그고, 사크레쾨르 성당은 솜 위에 올려 둔 석고 모형 같아. 어제의 피로가 독기처럼 물든 그 안개 아래서, 수백만 명의 사람들이 벌써부터 오늘에 지친 채 눈을 뜨고 있어. 쿠르브부아 쪽에서는 높은 굴뚝 하나가 밤을 붙잡으려는 듯 시커먼 연기를 뿜어내고, 센 강에서는 예인선 한 척이 슬픈 괴물의 비명을 지르는군. 몸이 떨려. 절대로, 절대로 나는 뼛속까지 따뜻해지지 못할 테지…….**"**

시몽 박사는 주머니에 손을 넣고 유리벽에 이마를 댄 채 동 트는 파리를 바라보았다. 그는 32세에 키가 후리후리한 갈색 머리의 남자였다. 그을린 빵 같은 색깔에 약간 뒤틀리고 팔꿈치가 닳은 헐렁한 터틀넥 스웨터에 검은 코르덴 바지를 입고 있었다. 융단을 밟고 있는 발은 맨발이었다. 얼굴은 곱슬곱슬한 짧은 갈색 턱수염에 뒤덮여 있었는데, 손대지 않아 그냥 자란 수염이었다. 극지방의 여름을 지내는 동안 썼던 안경 때문에 그의 안와는 색이 엷고 연약해 보였으며, 흉터에 돋은 새살처럼 상처받기 쉬워 보였다. 넓은 이마에는 짧은 꼽슬머리가 드리우고 약간 튀어나온 눈 위쪽에는 햇빛 때문에 생긴 깊은 주름 한 줄이 가로지르고 있었다. 그의 눈꺼풀은 붓고 흰 자위에는 붉은 줄이 가 있었다. 그는 더 이상 잠들 수도, 울 수도, 잊을 수도 없었다, 그럴 수는 없었다…….

탐사는 가장 흔하고, 정석적이고, 평범하고, 통상적인 목적으로 시작되었다. 여러 해 전부터 남극 대륙을 조사하는 일은 더 이상 용감한 모험가들이 아닌 신중한 계획가들의 일이 되었다. 기후와 거리로 인한 불편함을 극복하고, 연구원들에게 적어도 별 3개 급은 되는 안락함을 보장하기 위해 필요한 시설은 모두 마련되었다. 필수 지식을 갖춘 인원도 역시 준비되었다. 바람이 너무 심하게 불면 탐사대는 안에 틀어박혀 바람이 멋대로 불도록 놔두었다가 바람이 잦아들면 밖으로 나와 각자 할 일을 했다. 남극 대륙의 지도는 멜론 조각처럼 나뉘었고, 폴-에밀 빅토르 기지에 상근 배치된 프랑스 탐사대는 제 몫의 조각을 작은 정사각형과 사다리꼴로 잘라 체계적으로 하나씩 하나씩 탐사했다. 얼음과 눈과 바람, 바람과 얼음과 눈밖에는 찾아낼 것이 없다는 사실을 탐사대는 알았다. 그리고 그 밑에는 어디나 마찬가지이듯 암석과 땅이 있었다. 그래도 그것은 열광적으로 흥분할 만한 일과는 거리가 멀지 몰라도 여전히 흥미로운 일이었다. 이산화탄소와 교통체증과 멀리 떨어져 있고, 무시무시한 위험을 무릅쓰는 영웅적인 탐사대의 일부가 된다는 작은 환상을 품을 수 있었기에, 그리고 친구들끼리 있었기에 그럴 수 있었다.

탐사대는 381번 사다리꼴의 탐험을 막 마쳤다. 보고서가 마무리되어 사본이 파리의 본부로 전달되었으며 이제 다음 목표로 넘어갈 차례였다. 사무적으로는 381번을 했으니 382번으로 넘어가야 마땅했지만, 그렇게는 되지 않았다. 늘 상황은 변하고, 예측할 수 없는 일들이 발생해서 최소한의 변화가 요구되기 마련이다.

기지에서는 새로 나온 혁신적인 빙하 탐사기구를 막 입수했는데, 제작자의 장담에 따르면 그 장비는 몇 킬로미터에 달하는 얼음 밑의 극소량의 흙도 판별해 낼 수 있다고 했다. 37세의 빙하학자이며 지리학 교수자격 취득자인 루이 그레이는 새 기구를 시험해서 고전적인 탐사기를 썼던 작업과 비교해 보고 싶어 몸이 달았다. 그리하여 조사단이 파견되어 남극에서 고작 몇 백 킬로미터 떨어진 곳에 위치한 612번 구역의 빙하 밑 흙을 찾아내러 가기로 결정되었다.

대형 헬리콥터가 두 차례 왕복하며 작전지역에 사람들과 차량과 물자를 전부 운반했다.

그곳은 기존의 방법과 장비를 통해 800미터에서 1,000미터 깊이의 얼음 바로 옆에 4,000미터가 넘는 깊은 틈새가 있음이 밝혀진 곳이었다. 루이 그레이가 보기에, 그곳은 새 기구를 시험해 볼 이상적인 실험의 장이었다. 그런 이유에서 그곳을 선택하게 되었다고 그는 믿었다. 지금은 누구도 그렇게 여기지 않는다. 그 이후로 밝혀진 모든 일을 보고서도 어떻게, 필요한 장비를 모두 갖춘 그 사람들을 유럽 대륙이나 미국보다 훨씬 더 넓은 얼음의 사막에서 다른 곳이 아닌 바로 그 지점으로 오게 했겠는가. 어떻게 그것이 단순한 우연, 혹은 어떤 합리적인 추론이었다고 생각할 수 있겠는가?

지금은 많은 이들이 루이 그레이와 그 동료들은 "불려 간" 것이라고 생각한다. 어떤 방법으로? 거기까지는 밝혀지지 않았다. 그런 건 문제조차 아니었다. 더 중요하고 긴급하게 해명해야 할 문제들이 있었다. 어쨌거나, 루이 그레이와 열한 명의 대원과 스노독 세 대는 가야 할 장소에 정확히 멈추었다.

그리고 이틀 후, 이들은 모두 자신들이 상상할 수도 없는 사건과 마주하게 되었음을 알게 되었다. 이틀…… 이곳에서 어떻게 밤과 낮을 구분하겠는가? 때는 12월 초, 남극에서는 한여름이었다. 태양은 지지 않았다. 사람들과 트럭들 주변을, 그들의 둥근 세상 가장자리를 따라 돌고 있을 뿐이었다. 마치 멀리서 전후좌우로 그들을 감시하려는 듯이 말이다. 태양은 저녁 9시쯤 빙산의 뒤로 넘어갔다가, 10시쯤 그 반대편 끝에서 다시 모습을 드러내고, 자정 즈음에는 굴복하여 태양을 삼키기 시작하는 지평선 아래로 사라질 것만 같았다. 그러나 태양은 부풀어 오르고 일그러지고 새빨개지며 저항하다가, 전투에서 이겨 다시금 천천히 멀리에서 둥글게 돌며 보초 서기를 시작했다. 태양은 탐험대 주변에 추위와 고독의 희고 푸른 거대한 원반을 도려냈다. 다른 쪽, 태양이 감시하는 먼 둘레보다 더 먼 곳, 그 뒤편에는 지상이 있었고, 도시와 군중이 있었고, 암소와 풀과 나무와 노래하는 새가 있는 시골이 있었다.

시몽 박사는 그런 것들에 향수를 느꼈다. 그는 거기 있을 몸이 아니었다. 남극 대륙의 여러 프랑스 기지에서 그는 거의 쉬는 일도 없이 3년간의 체재를 마쳤고, 피로를 넘어 녹초가 되어 있었다. 그는 시드니행 비행기를 탔어야 했지만, 친구 루이 그레이의 요청에 따라 탐사대를 따라가기 위해 남아 있었다. 홍역이 도는 바람에 후임자 자이용 박사가 기지에 발이 묶인 것이다.

이 홍역은 믿기 어려운 일이었다. 남극에는 질병이 거의 없다시피 했다. 세균들은 추위를 두려워한다고 한다. 의사들은 사고로 인한 부상자를 치료하는 것 외에 거의 일이 없었다. 가끔, 아직 무분별한 짓을 자제할 줄 모르는 신참내기들이 동상에 걸렸다. 게다가 모든 젖먹이 아이들이 첫 젖병을 빨 때 섭취하는 경구용 백신이 개발된 이후 홍역은 지구상에서 거의 사라진 병이었다. 그런 명백한 일들에도 불구하고 빅토르 기지에는 홍역이 돌았다. 기지 인원의 4분의 1이 침대에서 열을 내며 덜덜 떨었고, 피부에는 점점이 발진이 돋았다.

루이 그레이는 시몽 박사를 포함해 몇 안 되는 멀쩡한 이들을 소집해, 황급히 612번 구역으로 데려갔다.

홍역만 아니었다면……

❝만일에 그날, 헬리콥터에 오르는 대신 여행 가방을 챙겨 시드니에서 온 비행기에 올랐다면, 수직으로 높이 이륙한 비행기가 따뜻한 땅을 향해 굉음을 내며 날아가기 전, 내가 거대한 추운 대륙에 영원히 안녕을 고했다면, 어떤 일이 일어났을까?

끔찍한 순간에 누가 당신 곁에 있어 주었을까? 누가 나 대신이 되어 주었을까? 누가 알아주었을까?

그 사람이라면 소리쳐 이름을 불렀을까? 나는 아무 말 하지 않았지. 아무 말도……

그리고 모든 일이 끝났지……

그 후로 나는 몇 번이나 되풀이했지, 이미 너무 늦었었다고, 내가 소리쳤다 해도 아무것도 바뀌는 건 없었을 거라고, 나는 견딜 수도 없는 절망의 무게에 짓눌리고 말 뿐이었으리라고. 그 몇 초 동안, 세상의 모든 공포를 다 합해도 당신의 마음을 채울 정도는 아니었을 거라고.

그날 이후, 그 시간 이후, 나는 끊임없이 그 말만을 중얼거리고 있어. "너무 늦었어…… 너무 늦었어…… 너무 늦었어……."

하지만 어쩌면 그건 내가 씹고 또 곱씹는 거짓말, 살기 위해 내가 애써 삼켜야만 하는 거짓말일 테지……."

시몽 박사는 스노독의 캐터필러 위에 앉아 크림 커피에 적신 크루아상을 꿈꾸었다. 푹 젖어 커피가 스며 나오고 말랑말랑하며, 교양 없는 막일꾼이 먹듯이 후루룩 빨아들여 먹는 크루아상. 하지만 그 막일꾼은 파리의 카페 바 앞에 톱밥 투성이 발로 아침의 신경 곤두선 사람들과 나란히 서서, 그날의 첫 번째이자 아마 가장 커다란 기쁨, 즉 다른 사람들과 처음으로 만나는 그 자리에서 에스프레소 커피의 따스함과 피어오르는 김과 근사한 향기를 느끼며 완전히 잠에서 깨어나는 기쁨을 나누고 있을 테지.

그는 더 이상 그 얼음과 바람을, 그리고 또 바람을, 끊임없이 그에게, 그들에게, 남극의 모든 인간에게, 언제나 같은 방향에서 몰아치는 바람을, 지옥 같은 추위에 젖은 손으로 그들 모두를, 그들과 그들의 허술한 숙소와 안테나와 트럭을 밀어 대는, 그리하여 그들이 가버리도록, 남극 대륙을 버리고 떠나도록, 바람과 치명적인 얼음만이 고독 속에서 영원히 둘만의 끔찍스런 얼어붙은 향연을 즐기게 놔두도록 하는 바람을 참을 수가 없었다…….

바람의 완강함에 저항하기 위해서는 정말로 끈질겨야 했다. 시몽의 끈질김은 막바지에 달해 있었다. 자리에 앉기 전, 그는 엉덩이 피부가 팬티와 모직 속바지와 바지째 얼어붙지 않도록 스노독의 캐터필러 위에 네 겹으로 접은 담요를 깔아 두었었다.

그는 태양을 마주보고 턱수염에 가려진 뺨을 긁적이면서, 태양이 자신을 따뜻하게 해 주고 있는 거라 믿으려 애써 보았다. 태양이 그에게 주는 것이라곤 고작 3킬로미터 떨어진 곳에 걸린 등유 램프에서 나올 정도의 열량뿐이었지만 말이다. 바람이 그의 코를 왼쪽 귀 방향으로 꺾어 버리려 들었다. 그는 바람을 맞는 방향을 바꾸기 위해 고개를 돌렸다. 그는 저녁녘 콜리우르의 바다에서 부는 산들바람을, 무척 따스하지만 낮의 심한 더위 때문에 선선하게 느껴지는 산들바람을 생각했다. 옷을 벗고, 물속에 몸을 담그고, 불타오르는 자갈밭에 누워 있는 크나큰 즐거움을 생각했……. 불타오른다고! 너무나 거짓말 같은 감각이라 그는 실소를 흘렸다.

"이젠 혼자 웃어 대는 거야?" 브리보가 물었다. "걱정스럽군……. 홍역에 걸린 건가?"

브리보가 그의 뒤에 와 있었다. 늑대가죽으로 된 목깃 뒤에 걸린 긴 벨트에 매달린 탐사기가 배에서 달랑거렸다.

"세상에는 더운 장소도 있다는 사실을 생각하고 있었지." 시몽이 대꾸했다.

"홍역이 아니라 뇌막염이로군……. 그렇게 앉아 있지 말게, 배 속까지 꽁꽁 얼어붙을걸……. 자, 이것 좀 보게나……."

그는 벌써 반쯤 돌돌 말린 기록지로 탐사기의 문자반을 가리켰다. 탐사기는 그가 자신에게 할당된 구역을 조사하는 데 쓰던, 흔한 모델이었다.

시몽은 일어서서 바라보았다. 그는 기술적인 면은 잘 몰랐다. 단순한 가스라이터의 구조보다 인간 신체의 구조가 그에겐 오히려 더 친숙했다. 하지만 3년이라는 시간을 보내며 그는 휴대용 탐사기의 흑연 진동침이 자성지 위에 그리는 그림에도 익숙해졌다.

일반적으로 그것은 어느 빈터나 무너져 내린 흙더미, 아니면 어떻게 생겼다고도 할 수 없는 아무렇게나 생긴 형태의 땅덩이이기 마련이었다. 그런데, 브리보가 보여 준 것은 뭔가를 닮은 꼴이었다…….

무엇을?

알아보기 쉬운, 친숙한 형상은 아니었다, 하지만…….

증상들을 종합하여 진단을 이끌어내는 데에 익숙한 그의 사고는 그 빙하의 땅의 수직 도면의 특이한 점이 무엇인지를 단번에 알아차렸다. 순수한 자연에는 직선이란 존재하지 않는다. 일정한 곡선도 마찬가지다. 지구의 무시무시한 힘에 의해 여러 지질학적 시대를 거치는 동안 난폭하게 밀리고, 깎이고, 뒤섞인 땅덩이는 온 사방이 완전히 불규칙한 모양이다. 그런데 브리보의 탐사기가 종이 위에 그려 놓은 것은 곡선과 직선의 연속이었다. 여기저기 중단되고 끊어졌지만, 완벽히 규칙적이었다. 지각의 단면이그런 모양이라는 건 완전히 말도 안 되는 일, 불가능한 일이었다. 시몽은 명백한 결론을 이끌어 냈다.

"그놈의 기계에 뭐가 들어갔군…….."

"그럼 자넨 거기에 뭔가 들어갔단 말인가?"

브리보는 장갑 낀 검지 끄트머리로 제 이마를 톡톡 두드렸다.

"'이놈의 기계'는 멀쩡히 작동해. 나도 죽는 날까지 이만큼 멀쩡하게 돌아 갔으면 좋겠군. 이상한 점이 있는 건 저 아래야."

그는 모피를 댄 부츠 뒤축으로 얼음 표면을 툭툭 찼다.

"땅의 단면이 그런 형태일 수는 없어." 시몽이 말했다.

"나도 알아. 나 역시 믿을 수가 없군."

"다른 사람들은? 뭐 좀 알아냈나?"

"모르겠어. 나팔을 한바탕 불어야겠군……."

그는 연구실 역할을 하는 스노독에 올라갔고, 3초 후 사이렌이 울리며 탐사대원들을 캠프로 불러 모았다.

먼저 기존의 탐사기를 사용하는 두 팀이 도보로 돌아왔다. 다음으로 스노독 한 대가 앞쪽의 두 캐터필러 사이에 있는 금속 철골에 새 탐사기의 송수신기를 실은 채 왔다. 송수신기는 붉은색 케이블선 한 가닥에 의해 차량 내부의 조종석과 기록기에 연결되어 있었다. 차 안에는 정비사인 엘루아, 새 장비의 성능을 알아보고 싶어 안달이 난 루이 그레이, 그리고 그에게 기계의 작동법을 보여 주기 위해 함께 온 공장 기술자가 타고 있었다.

그는 금발에 세련된 분위기를 띤 키가 크고 늘씬한 청년이었다. 타고난 우아함 덕분에 극지 방한복을 입고 있는데도 랑방에서 맞춘 옷을 입은 것 같았다. 고참 대원들은 그를 보며 미소를 억누를 수 없었다. 엘루아는 그에게 '멋쟁이 나팔꾼'이란 별명을 붙였었는데, 그 별명은 딱 어울렸다.

그는 말없이 스노독에서 내려, 신중한 태도로 그의 '도구'에 대한 그레이의 의견에 귀 기울였다. 그레이가 생각하기에 신형 탐사기는 완전히 비정상적인 작동을 보이고 있었다. 아무리 오래된 고철덩이 탐사기라도 그런 윤곽을 그리는 것은 본 적이 없었다.

"놀랄 일은 그게 다가 아닐세……." 연구소 스노독 옆에서 기다리고 있던 브리보가 말했다.

"자네가 호출한 건가?"

"응, 이 몸이 호출했지……."

"무슨 일이야?"

"들어오게, 보여 주지……."

그리고 그들은 보게 되었다…….

그들은 네 장의 기록지를, 모두 다르지만 비슷하게 생긴 네 개의 측면도를 보았다. 신형 탐사기의 측면도는 3mm 필름에 기록되어 있었다. 그레이는 모니터를 통해 그것을 살펴보았다. 탐사대의 다른 대원들은 연구소 스노독의 모니터로 기록을 보았다.

다른 세 대의 탐사기로 보았을 때 추측에 불과하던 것이, 신형 탐사기를 통해 사실로 드러났다. 모니터 위에는 뒤집어진 계단, 부서진 벽, 갈라진 돔, 뒤틀린 나선형 경사로 등 마치 거대한 손이 분해하고 부수어 놓은 듯한 건축물의 상세한 단면 이모저모가 의심의 여지없이 명료하게 펼쳐졌다.

"유적지야……!" 브리보가 말했다.

"그런 일은 있을 수 없어……." 그레이가 들릴락 말락 한 소리로 중얼거렸다.

"왜 그렇지?" 브리보는 침착하게 물었다.

브리보는 오트사부아 지방 산골 소농의 아들이었고, 그 아버지는 눈밭이나 풀밭 1제곱미터당 열 명씩 몰려드는 돈 많은 파리지앵들을 쥐어짜 돈을 울궈내는 대신 아직도 암소를 키우는, 마을의 마지막 농부였다. 그는 자신이 지닌 산골 땅 한 뙈기에 철조망을 둘러치고 "출입 금지"라는 표지판을 세우고는 그 감옥 안에서 자유롭게 살았다.

아들은 아버지로부터 맑고 푸른 눈, 검은 머리와 불그레한 턱수염, 그리고 쉽게 흔들리지 않는 차분한 성격과 안정감을 물려받았다. 그는 폐허가 된 도시의 유적을 보았고, 그건 그 자리에 있던 단면도를 해석할 줄 아는 사람 모두가 마찬가지였다. 그들은 그 사실을 믿지 않았지만 그는 자신의 눈으로 보았기에 유적이 있음을 믿었다. 얼음 아래에서 보게 된 것이 자기 아버지라 해도, 그는 1초 정도 놀란 다음 "이런, 아빠셨군요……."라고 말할 것이다.

탐사대 대원들은 명백한 증거를 받아들이지 않을 수 없었다. 네 장의 기록은 서로 일치했으며 서로를 확인해 주었다.

도면 작성자 베르나르에게 기록을 종합하는 임무가 맡겨졌다. 한 시간 후, 그는 스케치 초안을 내보였다. 그것은 지금껏 한 번도 본 적 없는 형상이었다. 거대하고, 기묘하며, 뒤죽박죽이었다. 그것은 자신보다 훨씬 더 큰 무언가에 의해 부서진, 거대한 건축물이었다.

"이건 얼마나 깊은 곳에 있는 거지?" 엘루아가 물었다.

"900에서 1000미터 사이라네!" 그레이가 격한 어조로 답했다. 마치 그 사실의 막대함이 그의 책임이라는 듯한 말투였다.

"그렇다면 얼마나 오래된 거지?"

"알 수 없지……. 우린 한 번도 그렇게까지 깊이 파고 들어간 적이 없으니까."

"하지만 미국에서는 했잖나." 브리보가 담담하게 말했다.

"그렇지…… 러시아에서도…….."

"표본의 연대를 추정할 수 있었던가?" 시몽이 물었다.

"추정이야 늘 할 수 있지……. 그게 정확하다고는 할 수 없지만."

"정확하건 아니건, 얼마나 오래된 거라고 밝혀냈나?"

터무니없는 발표를 앞두고 그레이는 어깨를 으쓱했다.

"약 90만 년. 몇 백 년 차이는 있지만……."

탄성이 일고, 뒤이어 아연한 침묵이 이어졌다.

트럭에 모인 사람들은 베르나르의 스케치와 모니터에서 움직이지 않는 측면도의 마지막 선들을 번갈아 가며 보았다. 그들은 자신의 무지가 어느 정도였는지를 단번에 깨닫게 되었다.

"말도 안 되는 일이야." 엘루아가 말했다. "이걸 만든 건 인간이라고. 90만 년 전에 인간은 없었어, 유인원뿐이었지."

"누가 그러던가, 지나가던 바람이 일러주던가?" 브리보가 물었다.

"우리가 인류의 역사와 지상의 생명의 진화에 대해 알고 있는 건, 콩코르드 광장의 벼룩 똥만큼도 못한 거라네……." 그레이가 말했다.

"아, 그래?" 엘루아가 말했다.

"랑시외 씨, 댁의 기계에 사과드려야겠군요." 그레이가 말했다.

랑시외. 멋쟁이 나팔꾼. 이제 누구도 마음속으로라도 그를 그렇게 부를 생각이 없어졌다. 추위와 기나긴 시간을 버티기 위해 습관처럼 신참내기들을 놀려대던 농담은 더 이상 대원들의 머릿속에 자리할 수 없었다. 랑시외 역시 더 이상 그런 별명에 어울리는 모습이 아니었다. 넋 나간 눈에, 거칠어진 뺨을 하고 불이 꺼진 담배꽁초를 빨며, 멍하니 고개를 끄덕이며 그레이의 말을 들었다.

"이건 놀라운 기계입니다." 그레이는 말을 이었다. "하지만 다른 문제가 있어요……. 이 사람들은 그걸 주목하지 않았죠. 보여 주시지요……. 그리고 랑시외 씨의 의견을 들려주시오……."

랑시외가 되감기 버튼을 누른 후, 빨간 버튼을 누르자 화면은 밝아지며 다시 한 번 천천히 유적지의 측면도가 펼쳐졌다.

"특히 여기를 주의해서 보게." 그레이가 말했다.

그의 손가락은 화면 위쪽, 구불구불한 지하층의 윤곽선 위의 눈에 보일락 말락 한 직선, 완벽하게 규칙적으로 이어진 섬세한 물결 모양의 선이었다.

확실히 누구도 거기에 주의를 기울이지 않았었다. 아마 일종의 기준선, 좌표선 같은 것이라고, 전혀 중요한 것은 아니라고 여겼던 것이다.

"말해 주시지요……. 내게 했던 말을 이들에게도 들려줘요! 이 시점에서는……."

"하지만 저는 우선 대조 실험을 해 보고 싶은데요……." 랑시외는 난처한 목소리였다. "다른 탐사기들은 전혀……."

그레이가 말을 끊었다.

"다른 기계들은 이만큼 정밀하지가 않잖소!"

"그럴 수도 있죠." 랑시외가 부드러운 소리로 말했다. "하지만 확실하진 않습니다……. 어쩌면 단지 올바른 진동수에 맞춰져 있지 않아서일지도 모릅니다……."

그는 브리보와 논의를 시작했고 곧 탐사대의 다른 기술자들도 끼어들어, 각자 탐사기에 어떤 방식으로 변경을 가해야 할지 의견을 내놓았다.

시몽 박사는 파이프를 채우고 밖으로 나갔다.

66 나는 기술자가 아니다. 나는 내 환자들을 측정하지 않는다. 측정은 최소

한으로 한다. 그보다 나는 환자들을 이해하려 한다. 하지만 그것도 할 수 있을 때의 일이다. 나는 특혜를 지닌 셈이다…….

퓌토에서 내과의를 하셨던 내 아버지는 진료실에서 하루 50명 이상의 환자를 연달아 보셨다. 그들이 누구인지, 어떤 병이 있는지 어떻게 안단 말인가? 5분간의 검사, 천공 펀치, 진료카드, 진단 기계, 처방전 인쇄, 의료진단서, 증지, 인장 찍기, 끝났습니다, 나가세요, 다음 환자 들어오세요. 아버지는 당신과 동료들이 의무적으로 수행해야만 하는 의사로서의 일을 증오하셨다. 내게 이곳으로 올 기회가 주어졌을 때, 아버지는 있는 힘껏 내 등을 떠밀었다. "가라! 가거라! 너는 몇 사람만 진료하면 될 거야. 작은 마을이지! 넌 네 환자들을 제대로 알 수 있을 게다……."

아버지는 기력이 다하여 작년에 돌아가셨다. 심장이 버텨 내질 못했다. 나는 임종을 지키지조차 못했다. 아버지는 당신의 개인카드에 스스로 구멍을 뚫어, 전자 의사의 틈새에 밀어 넣는 일 따위는 분명 생각도 하지 않으셨으리라. 하지만 오베르뉴에서 의사를 하셨던 할아버지께서 당신께 가르쳐 주셨던 몇 가지를 내게 가르쳐 주시는 것은 잊지 않았다. 맥박을 짚어 보고, 혀와 흰자위를 살펴보는 것 등이다. 맥박이 사람의 내부에 대해 알려 줄 수 있는 것은 경이롭다. 일시적인 건강 상태뿐 아니라, 환자의 평소 성향, 체질, 심지어 그의 성격까지, 맥박이 표면에서 느껴지는지 깊은지, 세게 뛰는지 짚기 어려운지, 단일한지 이중적인지, 안정적인지 까다로운지, 부드러운지 거친지, 규칙적으로 뛰는지 반응이 없는지에 따라 알려 주니 말이다. 건강한 이의 맥박과 환자의 맥박이 다르고, 멧돼지의 맥박과 토끼의 맥박이 다르다.

물론, 모든 의사들이 그렇듯 나 역시 진단 기계와 작은 카드들을 갖고 있다. 그렇지 않은 의사가 어디 있겠는가? 내가 그것을 사용하는 건 사람보다 기계를 더 신뢰하는 이들을 안심시킬 때뿐이다. 여기는 다행히, 그런 이들의 수가 많지 않다. 여기서, 중요한 건 사람이다. **99**

아버지의 농장을 떠나 공부를 하러 그르노블로 간 브리보는 교육과정을 뒤엎어 버리며 여러 단계를 뛰어넘었다. 1년 월반하여 수석으로 공과대학을 졸업했으니, 그는 엔지니어 학위를 이용해 거액에 스카우트되어 세계 어느 대기업이든 입사할 수 있었을 것이다. 그가 선택한 것은 빅토르 기지였다. 거액의 몸값도 없이 말이다. 동료인 시몽 박사에게 그는 설명했다. "왜냐하면, 이곳에서 전자공학을 한다는 건 근사한 일이거든……. 우린 자극(磁極)에서 한 뼘 떨어진 곳에, 이온화 입자들의 왕복운동 한복판에, 태양풍의 바람결 한가운데에, 그리고 우리가 아직 알지 못하는 수많은 것들 가운데에 있잖아. 뒤죽박죽이지만 아주 흥미롭거든. 우린 이것저것 뜯어 맞춰 만들어 볼 수 있고……."

그는 양팔을 쭉 펴고 손가락을 흔들었다. 마치 천지창조의 신비로운 전류가 자기 몸을 뚫고 들어와 관통해 나가기를 바라는 것처럼. 시몽은 그를 전자공학의 넵투누스라 상상하며 웃었다. 남극에 서서, 머리칼은 하늘의 어둠 속에 스며들고, 붉은 수염은 대지의 불꽃 속에 잠겼으며 두 팔은 영원한 전자들의 바람 속에 뻗은 채 자연에 모행성의 활발한 흐름을 전달해 주는 넵투누스. 하지만 그가 천재성에 가까운 재능을 보인 것은 바로 그 '공작 기술'에서였다. 털이 무성하고 굵은 그의 손가락은 믿기 어려우리만치 재주가 좋았으며, 본능적인 감각이 뛰어난데다 그의 지식은 어떤 일을 해야 할지를 그에게 정확히 일러 주었다. 그는 동물들이 물이 있는 곳을 알아 내듯 전류를 감지했다. 그리고 그의 손가락은 즉시 효과적인 포착기를 만들어 냈다. 전선 세 줄, 회로 하나, 세 개의 반도체 조각으로, 그는 비틀고, 조립하고, 붙이고, 땜질했다. 한 줄기 연기가 솟아오르고, 레진의 냄새가 나고, 그러면 지침판 하나가 탄생하고, 화면 깊은 곳에서 우아한 곡선이 요동쳤다.

랑시외가 던져 준 숙제는 그에게는 문제도 아니었다. 한 시간도 안 되어 그는 세 대의 구형 탐사기를 손보았고, 탐사대는 다시 길을 떠났다. 그들이 찾아낼 것은 너무나 터무니없는 결과였기에 다들 별 성과 없이 돌아오게 되리라 확신했다. 자신의 기계를 잘 아는 랑시외를 제외하면, 모두가 작은 물결무늬 선은 신형 탐사기의 변덕이라고 생각했다. 텔레비전 방송계 사람들이 말하듯, '환영(幻影)'이라고.

태양이 빙산 뒤로 먹혀 들어갈 무렵 그들은 돌아왔다. 모든 것이 파랬다. 하늘도, 구름도, 빙산도, 콧구멍에서 솟아나는 콧김도, 사람들의 얼굴도. 베르나르의 빨간색 파카는 자두색을 띠었다. 그들은 성과 없이 돌아온 게 아니었다. 물결무늬 선은 그들의 기록필름에 새겨졌다. 직선의 형태로 말이다. 덜 '상세한' 기록이었기에, 작게 구불구불하는 것까지는 보이지 않았다. 하지만 선은 거기에 있었다. 그들은 찾으려던 것을 확실히 찾아낸 것이다.

탐사대의 도면과 랑시외의 도면을 비교해 보면서, 그레이는 빙하 밑 땅의 정확한 지점을 짚어 낼 수 있었다. 그는 스노독의 화면에 그 지점의 측면도를 나오게 했다. 단면은 뒤집어지고 부서진 거대한 계단의 한 부분을 나타내는 것 같았다.

"제군들," 그레이가 목멘 소리로 말했다. "여기…… 여기에……."

그는 부들부들 떨리는 왼손으로 종이 한 장을 꺼냈다. 입을 다물고 마른 기침을 했다. 목소리가 나오지 않았다. 그는 손에 든 종이로 화면을 쳤다.

그는 침을 삼키고 목소리를 냈다.

"이런 젠장할, 세상에! 이건 미친 짓이야! 하지만 있다고! 네 대의 탐사기가 전부 잘못됐을 리는 없어! 뭔지 모르지만 유적지가 있을 뿐 아니라, 이 이회층(泥灰層) 한가운데, 여기에, 이 지점, 바로 여기에, 초음파 발신기가 작동하고 있다고!"

그랬다, 정체불명의 그 짧은 선은, 논리적으로 보자면 90만 년 전부터 작동하고 있는 그 발신기가 보낸 신호의 기록이었다……. 받아들이기엔 너무나 엄청나고, 역사와 선사 시대의 한계를 넘어서며, 모든 과학적 신조를 무너뜨리고, 인간 지식의 한계를 벗어나는 사실이었다. 사건을 담담하게 받아들인 유일한 사람은 물론 브리보였다. 유일하게 시골에서 나고 자란 그였다. 도시에서 난 다른 사람들은 일시적이고 덧없는 것들 한가운데서, 세워졌다가는 불타고, 무너지고, 바뀌고, 헐리는 것들 사이에서 자라났다. 알프스의 바위들을 이웃하고 자란 그는 크게 헤아리는 법과 지속성을 내다보는 법을 배웠다.

"다들 우릴 미쳤다고 하겠군." 그레이가 말했다.

그는 무선으로 기지에 연락하여 일행을 데려갈 헬리콥터를 긴급 요청했다.

하지만 홍역을 잊고 있었다. 마지막 남은 조종사도 몸져누운 상황이었다.

"앙드레가 나아가고 있네." 기지의 무선에서 전했다. "사나흘 후면 그를 보낼 수 있을 거야. 그런데 뭣 때문에 돌아오려 하나? 무슨 일인데? 빙산에 불이라도 났나?"

그레이는 통신을 끊었다. 어리석은 농담은 이제 지겨웠다.

10분 후, 기지의 대장 퐁타이에가 몹시 근심스러워하며 직접 연락을 해 왔다. 그는 왜 돌아오려 하는지를 알고 싶어 했다. 그레이는 걱정 말라고 하면서도 무슨 일인지는 말할 수 없다고 했다.

"말로 설명하는 걸로는 충분하지 않네. 직접 보여 줘야 해. 그렇지 않으면 자넨 우리가 전부 머리가 돌았다고 생각할 거야. 가능한 한 빨리 헬리콥터를 보내 주게."

그리고 그는 연락을 끊었다.

닷새 후, 헬리콥터가 612구역에 도착했을 때, 퐁타이에도 거기 타고 있었으며, 가장 먼저 지상에 뛰어내렸다.

그레이의 일행들은 그 닷새를 흥분과 기쁨이 엇갈리는 가운데 보냈다. 처음의 충격이 안겨 준 망연자실함이 가시자, 그들은 유적지와 발신기의 존재를 받아들이고, 그것을 자신들의 것으로 삼았다. 그 수수께끼와 불가사의는 마치 요정이 사는 숲에 들어가는 아이들처럼 그들을 들뜨게 했다. 그들은 도면과 기록지들을 모았다. 베르나르는 탐사기로 얻은 좌표들을 바탕으로 일종의 사투영도를 제작했다. '공백'과 빈곳들이 많았지만, 환상적이고, 광물질이며, 텅 비었고, 부서지고, 미지의 것이지만 인간적인 풍경의 꼴이 드러났다.

브리보는 녹음기 한 대를 만들어 내 그것을 신형 탐사기의 기록기에 결합하고, 동료들에게 자기(磁氣) 테이프에 녹음된 것을 들어 보라고 했다. 귀에 들리는 것은 아무것도 없었고, 기다리고 기다려도 마찬가지였다.

"자네 기계, 고장났는데!" 엘루아가 투덜거렸다.

브리보는 웃었다.

"모든 게 고요할 수밖에. 초음파는 귀에 들리지 않거든. 하지만 거기에 있다는 점은 단언하지. 초음파를 들으려면 주파수 감속장치가 필요해. 내겐 그게 없어. 기지에도 없지. 누가 파리에 다녀와야 해."

파리에 다녀와야 한다, 그것은 퐁타이에가 소식을 듣고 내린 결론이기도 했다. 처음에 그는 그 사실을 받아들이려 하지 않았지만 결국은 발견의 증거를 인정했다. 그렇지만 무선으로 그런 일을 전할 수는 없는 노릇이었다. 전 세계의 귀가 밤낮으로 귀 기울이고 있으니 말이다. 모든 자료를 파리의 본부로 가져가야 했다. 극지 탐사단의 단장이 누구누구에게 그 자료를 전달할지 정할 것이다. 그러는 동안은 모두가 입을 다물고 있어야 했다. 엘루아의 말처럼, "뭔가 끝내주는 일일 수도 있으니까" 말이다.

❝ 나는 2주 뒤에야 시드니로 가는 비행기를 탔다. 빨리 돌아오고 싶은 마음뿐으로. 이제는 크림 커피가 애타게 마시고 싶은 마음도 사라졌다. 정말로 그랬다. 거기에, 빙하 밑에, 이른 아침 세수도 제대로 하지 않은 파리 주민들의 냄새보다 훨씬 더 흥미로운 것이 있었으니까.

비행기는 분수의 물줄기 위에 떠오른 비치볼처럼 기류를 타고 상승했고, 진행 방향을 찾기 위해 잠시 제자리에서 돌더니 요란한 소리를 내고는 50도 각도로 북쪽을 향해 위편으로 고속 상승했다. 등받이가 젖혀지고 폭신폭신한 유모 같은 좌석에 앉아 있었음에도, 그만한 가속도에 그만한 각도로 급상승하니 기묘한 기분이 들었다.

비행기에는 내 여행짐들과 서류가방이 실려 있었다. 그 안에는 내 칫솔과 파자마 외에도 도면과 베르나르가 작성한 사투영도가 담긴 마이크로필름, 녹음테이프, 그 모든 것을 인증하는 퐁타이에와 그레이의 편지가 들어 있었다.

생각조차 하지 못했지만, 나는 홍역 바이러스도 옮겨 갔다. 바이러스는 '오스트레일리아 홍역'이라는 이름으로 전 세계를 휩쓸게 된다. 의약품 연구소들은 서둘러 새로운 백신을 개발했다. 그들은 많은 돈을 벌었다.

나는 다음다음 날에야 파리에 도착할 수 있었다. 대양을 건너는 것이 무척 어려워졌다는 사실을 나는 몰랐었다.

얼음 속에 고립되어 지내는 사이, 우리는 세계의 비참하고 어리석은 증오를 잊고 있었다. 그 3년 동안 증오는 더욱 불어나고 단단해졌다. 증오의 괴물 같은 어리석음은 내게, 사슬에 묶인 거대한 개들이 분노로 으르렁대며 각자 제 사슬을 잡아당기면서 사슬을 끊고 맞은편의 개의 숨통을 물어뜯을 생각에만 빠져 있는 모습을 떠올리게 했다. 아무 이유 없이. 단지 다른 개이기 때문에. 아니, 어쩌면 그 개가 두렵기 때문에…….

나는 오스트레일리아 신문을 읽었다. 세계 곳곳에서 소규모 동란들이 계속되고 있었다. 내가 남극으로 떠난 이후 규모가 더 커졌다. 그리고 횟수도 증가했다. 모든 국경에서, 세관의 장벽이 세워지는 곳을 따라 경찰의 장벽이 대신 들어섰다. 시드니의 비행장에 내린 나는 그곳을 나가는 것도, 다시 떠나는 것도 허가받지 못했다. 내 여권에는 뭔지 모를 군용 비자가 빠져 있다는 것이다. 36시간에 걸친 분통 터지는 교섭이 있고서야 마침내 나는 파리로 가는 제트기에 탈 수 있었다. 그들이 내 마이크로필름을 뒤지지는 않을까 나는 불안에 떨었다. 대체 뭐라고 생각하겠는가? 하지만 누구도 내게 서류가방을 열어 보라고 하지는 않았다. 원자력 기지의 설계도라도 거뜬히 운송할 수 있었을 것이다. 그들의 관심사는 그런 것이 아니었다. 필요한 것은 비자였다. 그것이 지시였다. 어리석은 일이었다. 그것이 조직적인 세상이었다.**"**

시몽이 서류가방의 내용물을 내보이자, 프랑스 극지 탐사단의 단장 로슈푸는 평소처럼 기운차게 그것을 받아들었다. 그는 마흔여덟에 가까운 나이에도 전혀 아랑곳없이 매년 몇 주씩을 남극이나 북극 가까운 곳에서 보냈다. 불그레한 얼굴빛, 빛나는 백발의 짧은 머리칼, 하늘처럼 푸른 눈, 낙천적인 미소 덕분에 그는 텔레비전에 비추기에 이상적인 인물이었고, TV는 그를 인터뷰할 수 있는 기회라면, 특히 클로즈업이라면 한순간도 놓치려 들지 않았다.

그날, 그는 유네스코 위원회 회의가 끝난 후 전 세계에서 온 모든 보도진을 소집시켰다. 비밀이 웬만큼 유지됐다고 판단했고, 폭스테리어가 쥐를 물어 흔들 듯 유네스코를 이용해 필요한 원조를 모두, 그것도 즉시 얻어 낼 생각이었다.

7층의 넓은 회의실에서 국립과학연구센터의 설치 담당자들이 엔지니어의 지시에 따라 장치 배열을 마쳤다. 로슈푸와 시몽은 커다란 창문 앞에 서서 직사각형 전망으로 보이는 군사학교 교정에서 두 장교가 적갈색 말을 타고 속보로 달리는 것을 보고 있었다.

퐁트누아 광장에는 페탕크 경기 하는 사람들이 가득했고, 그들은 공을 집어 들기 전 손가락에 입김을 불어 댔다.

로슈푸는 투덜거리며 돌아섰다. 그는 할 일 없는 사람들도 군인들도 좋아하지 않았다. 엔지니어가 준비가 끝났음을 알렸다. 위원회 참석자들이 속속 도착해 기구들을 마주 보고 긴 탁자에 자리를 잡기 시작했다.

위원회는 열한 명으로, 흑인 두 명, 황인 두 명, 백인 네 명, 카페오레와 올리브기름의 중간쯤인 피부색이 세 명이었다. 하지만 열한 명의 피가 하나의 잔에 뒤섞이면 오직 붉은색이 될 뿐이었다. 로슈푸가 말을 시작하자, 그들이 보인 관심과 감정도 똑같았다.

두 시간 후, 그들은 모든 것을 알게 되었고, 모든 것을 보았으며, 시몽에게 백 개는 되는 질문을 했다. 로슈푸는 화면에서 거기에 투사된 지도의 한 지점을 가리키며 말을 맺었다.

"여기, 남극 대륙의 612 지점, 위선(緯線) 88, 얼음 밑 980미터에, 지성에 의해 건설된 무엇인가의 흔적이 남아 있으며 그것은 신호를 발산하고 있습니다. 90만 년 전부터, 그 신호는 '내가 여기에 있다, 당신들을 부르고 있다, 이리 오라……'고 말하고 있습니다. 인간은 최초로 그 신호를 들은 것입니다. 망설일 것입니까? 우리는 나일강 계곡의 신전들을 구했지만, 아스완 댐의 수위 상승으로 뒷걸음질하게 되었습니다. 분명 이 일은 필수적인 것은 아니며, 긴급한 것도 아닙니다! 하지만 그보다 더한 중대함이 있습니다. 이는 당위입니다! 알아야 한다는 당위성. 지식에 대한 당위성입니다. 그들은 우리를 부르고 있습니다. 거기 가야만 합니다! 그러기 위해서는 상당한 자금이 필요합니다. 프랑스 혼자만의 힘으로 전부 할 수는 없습니다. 프랑스는 제 몫을 다할 것입니다! 프랑스는 다른 국가들이 힘을 합쳐 주길 요청하는 바입니다."

미국 대표가 몇 가지 상세한 내용을 알려 달라고 청했다. 로슈푸는 그에게 기다려 달라고 하고, 말을 이었다.

"이 신호를, 여러분은 모눈종이에 기록된 단순한 선의 형태로 보셨습니다. 이번에는, 국립과학연구센터의 친구들이 모든 가능한 수단을 동원해 준 덕에, 여러분의 귀에 그 신호를 들려드리고자 합니다……."

그가 엔지니어에게 손짓하자, 엔지니어는 새 회로에 전기를 연결시켰다.

먼저, 오실로스코프의 화면에 바이올린의 '미'음 같은 빛나는 가파른 선이 나타났고, 찍찍거리는 날카로운 고음이 터져 나와 시몽은 얼굴을 찌푸렸다. 피부가 가장 검은 흑인이 갈라진 입술 위로 빨간 혀를 내밀었다. 가장 금발의 백인이 오른쪽 새끼손가락으로 귀를 틀어막고 세차게 후비적거렸다. 두 황인은 눈을 꼭 감았다. 국립과학연구센터의 엔지니어가 천천히 버튼을 돌렸다. 날카롭던 고음이 조금 잦아들었다. 사람들의 근육이 이완되고, 꼭 다문 턱 아귀가 풀렸다. 고음은 고양이 울음소리 정도로 낮아졌고, 찍찍대던 소음은 떨림음이 되었다. 사람들은 기침을 하며 목소리를 가다듬기 시작했다. 오실로스코프의 화면에 떠오른 직선은 이제 파동을 그렸다.

천천히, 천천히, 엔지니어가 주파수의 신호를 고음에서 저음으로 내려가게 했다. 불가청음의 한계에 도달하자, 마치 펠트로 된 망치가 4초마다 거대한 북 표면을 두드리는 듯한 소리가 났다. 진동할 때마다 뼈와 살이 떨리고, 유네스코의 건물과 벽들이 그 뿌리까지 흔들렸다. 거대한 심장이, 상상할 수조차 없는 짐승의 심장이, 지구 그 자체의 심장이 뛰는 것 같았다.

프랑스 신문의 표제들 : "고금을 통틀어 가장 중대한 발견", "얼어붙은 문명", "유네스코, 남극을 녹일 예정".

어느 영국 신문의 표제 : "누구인가, 무엇인가?"

식사 중인 어느 프랑스 가족 : 비뇽 가족. 아버지, 어머니, 아들, 딸이 반달 모양 탁자에 나란히 앉아 있다. 맞은편 벽에 걸린 TV 화면에서는 뉴스가 흘러나온다. 부모는 유럽 구두 연합 소속의 신발가게를 운영한다. 딸은 장식예술학교에 재학 중이다. 아들은 세 번째 바칼로레아를 준비 중이다.

화면에서 러시아 민족학자의 인터뷰가 위성으로 생중계되어 나온다. 학자는 러시아어로 이야기하지만, 이는 즉시 번역된다.

"선생님은 '남극의 미스터리'라 불리는 비밀을 밝혀내려는 탐사대에 참가 신청을 하셨지요. 빙하 밑 1,000미터에서 인류의 흔적을 찾아낼 수 있으리라 보십니까?"

민족학자는 미소를 짓는다.

"거기에 도시가 있다면, 바다오리들이 지은 건 아닐 테지요……."

남극에 바다오리는 없다, 펭귄뿐이다. 하지만 민족학자가 반드시 그런 걸 알아야 한다는 법은 없다.

다음은 유네스코 사무총장의 인터뷰이다. 미국, 소련, 영국, 중국, 일본, 아프리카 연합, 이탈리아, 독일 외 다른 나라들이 612 지점의 빙하 제거 작업에 재정적 원조를 아끼지 않겠다고 밝혔음을 발표한다. 준비에 박차가 가해지고 있다. 남극의 다음 여름이 시작될 때면 모든 준비가 완료될 것이다.

샹젤리제 거리를 지나는 행인들의 인터뷰 :

"남극이 어딘지 아십니까?"

"음… 그게……."

"이쪽 분은요?"

"뭐… 저쪽 아닌가요……."

"그쪽 분은?"

"남쪽이지요!"

"맞습니다! 남극에 가 보고 싶으신가요?"

"에이, 싫어요."

"왜죠?"

"흠, 거긴 너무 춥잖아요."

반원형 테이블에서, 비뇽 부인이 고개를 젓는다.

"저런 질문이나 하다니 정말 바보 같아!"

잠시 생각하더니 그녀는 덧붙인다.

"거기가 따뜻할 리 없다는 건 접어두더라도……."

비뇽 씨가 대꾸한다.

"돈은 또 얼마나 들겠어! …… 그럴 돈으로 주차장이나 만들지."

화면에서는 베르나르의 투사영도가 나온다.

"그래도 남극에서 저런 걸 찾아냈다니 흥미진진한걸." 비뇽 부인이 말한다.

"새로운 건 아니에요." 딸이 말한다. "콜럼버스의 발견 이전 것이지요……."

아들은 눈길조차 주지 않는다. 그는 먹으면서 빌리 버드의 모험이 담긴 만화책을 읽고 있다. 누이가 그를 흔든다.

"좀 봐라! 그래도 신기하지 않니?"

그는 어깨를 으쓱한다.

"바보 같은 헛짓거리야."

2_황금 구체

거대한 기계가 빙산의 측면을 파고 들어가며, 그 뒤로 투명한 파편의 구름을 일으켰다. 햇빛이 그것을 꿰뚫으며 무지개를 이루었다.

빙산에는 이미 서른 개 남짓한 굴이 파여 있고, 주변의 노출된 얼음 한가운데는 국제 극지 탐사단, 약자로 EPI의 무선 송신기와 TV 송신기, 창고가 온통 둘러싸고 있었다. 근사한 이름이었다. 빙산 속 구역은 EPI 1이라 불리고 612번 고원의 얼음 아래 숨겨진 구역은 EPI 2라는 이름이 붙었다. EPI 2에는 온갖 다른 시설과 두 구역에 동력과 빛과 난방을 제공하는 원자로가 설치되었다. 표면에 위치한 구역인 EPI 3에는 격납고와 차량, 그리고 기술로 상상할 수 있는 모든 수단을 동원하여 얼음층을 깎아 내는 각종 기계들을 비치했다. 국제적 기획이 이 정도의 대규모로 이루어졌던 적은 결코 없었다. 사람들은 여기에서 마음의 위안을 얻으며, 증오를 잊고 사심이라곤 전혀 없는 노력 속에 연대하길 바라는 기회로 삼는 듯했다.

프랑스가 주최국이었으므로, 작업의 공통언어는 프랑스어로 정해졌다. 하지만 소통을 좀더 원활하게 하기 위해 일본에서 EPI 2에 단파 만능 번역기를 설치했다. 번역기는 거기에 전송되는 이야기와 대화를 즉시 번역하여 17가지 서로 다른 파장의 17개 언어로 발신했다. 각 학자와 팀장과 중요 기술자들은 저마다 모국어 파장에 맞춰진 완두콩만한 크기의 접착식 수신기를 항시 귓속에 착용했으며, 가슴이나 어깨에 핀형 발신기를 달고 다녔다. 동전지갑만 한 두께의 포켓 조종기를 이용하면, 바벨탑의 뒤죽박죽처럼 17개 언어가 뒤섞인 수많은 대화의 웅성거림에서 해방되어 자신이 참여하는 대화만 수신할 수 있었다.

원자로는 미국제, 대형 스크루들은 러시아제, 멜턴으로 된 활동복은 중국제, 부츠는 핀란드제였고, 위스키는 아일랜드산, 음식은 프랑스 음식이었다. 영국, 독일, 이탈리아, 캐나다에서 온 기계와 장비들도 있고, 아르헨티나산 고기와 이스라엘 과일도 있었다. EPI 1과 2 내부의 온도 조절 설비와 편의시설은 미국제였다. 모든 것들은 여성들을 받아들일 수 있을 정도로 완벽했다.

수직갱.

수직갱은 신호 발신기가 위치한 지점에서 일직선으로 반투명한 얼음을 파고 들어갔다. 지름은 11미터였다. 유정탑을 닮은 철탑이 모터의 움직임으로 진동하며 그 위에 버티고 서서 증기를 내뿜었고, 바람 때문에 증기는 이내 얇은 눈의 장막으로 변했다. 승강기 두 대가 깊숙한 곳의 작업장으로 사람과 장비를 실어 날랐고 그들은 매일 조금씩 수수께끼의 심장부를 향해 파고 들어갔다.

917미터 남짓한 깊이에서, 광부들은 얼음 속의 새 한 마리를 발견했다.

새는 붉은색에, 배는 하얗고, 발과 흐트러진 도가머리는 산호색이었다.

살짝 열린 작고 야무진 부리는 노란색이고, 눈은 적갈색과 검은색으로 빛났다. 반쯤 펼친 채 뒤틀어진 날개와 부채꼴로 젖혀진 꽁지, 뻣뻣하게 오므린 발은 뒤에서 불어오는 돌풍과 싸우는 듯한 모양새였다. 새는 불꽃처럼 곤두서 있었다.

작업자들은 새 둘레의 얼음을 네모지게 도려내어 땅 위로 보냈다.

탐험단의 중역위원회는 새를 자연 그대로의 포장 속에 놓아두기로 결정했다. 새는 투명한 냉장고 안에 들어갔고, 학자들은 새의 성별과 종에 대해 논의를 시작했다. TV에서는 새의 이미지를 전 세계에 알렸다.

보름 후, 깃털, 플러시 천, 비단, 양모, 솜털, 플라스틱, 나무, 그 외 별의별 소재로 된 새가 유행하며 장난감 가게에 넘쳐 났다.

수직갱 밑바닥에서, 얼음을 깎아내던 재단사들은 유적지에 도달했다.

브라질 대표이며 현직 유네스코 총장인 조앙 데 아기아 교수가 연단에 올라 청중을 마주했다. 그는 예복 차림이었다. 이날 저녁 넓은 회의실에는 학자와 외교관, 기자들뿐만 아니라 파리 토박이의 명사들과 국제적인 파리의 명사들도 모였다.

아기아 교수의 머리 위에는 세계 최대 크기의 텔레비전 화면이 벽을 거의 다 차지하고 있었다. 텔레비전은 수직갱 밑바닥에서 송출되는, EPI 1의 안테나로 발신해 트리오 위성으로 중계되는 방송을 수신하여 입체 홀로그램으로 내보내게 되어 있었다.

화면이 켜졌다. 총장의 거대한 상반신이 화면에 비쳤다. 부드러운 색채로, 실물보다 좀 더 낫게, 완벽한 입체를 이루며.

실물의 작은 총장과 영상의 큰 총장, 둘은 친근한 몸짓으로 오른손을 쳐들고는 말을 시작했다. 연설은 7분간이었다. 그 마지막은 다음과 같았다.

"그리하여 얼음 속에 방 하나를 파낼 수 있었습니다. 아직도 얼음 속에 갇혀 있는 놀라운 유적의 한복판에 말입니다. 기술과 용기를 동원해 수직 갱을 파낸 영웅적인 과학의 선구자들 몇 명을 제외하면, 세상 누구도 아직 유적을 보지 못했습니다. 그러나 곧 전 세계가 유적을 발견하게 될 것입니다. 제가 이 버튼을 누르는 순간, 전파가 이뤄 내는 기적에 힘입어 저곳, 세계의 반대편 끝에서 프로젝터가 켜지고, 아마 세계 최초의 것일지 모르는 문명의 영상이 현대 문명의 모든 가정으로 집집마다 날아갈 것입니다. 감개무량한 심정이 들지 않을 수 없는……."

작은 조종실에서 방송 감독이 모니터로 총장의 영상을 지켜보고 있었다. 그는 총장과 같은 순간에 엄지손가락을 내렸다.

세계의 반대편 끝에서, 얼음의 방에 불이 켜졌다.

전 세계 모든 시청자들의 눈에 처음으로 들어온 것은 새하얀 말이었다. 말은 얼음의 표면 바로 뒤에 서 있었다. 늘씬하고, 위엄 있고, 사지를 쭉 뻗고 있었다. 입술을 말아 올려 이를 드러내고, 두려움으로 울부짖으며 한쪽으로 쓰러지고 있는 것 같았다. 말의 갈기와 꼬리는 90만 년 전부터 움직임 없이 휘날리고 있었다.

거대한 나무의 부러진 줄기가 말의 뒤에 옆으로 뻗어 나와 있었다. 방 천장의 나뭇잎들 속에 쩍 벌린 상어의 입이 보였다. 노란색의 거대한 계단, 혹은 계단식 좌석의 층층대 같은 것이 밤으로부터 내려와, 밤 속으로 내려갔다.

맞은편에는 성당의 장미창처럼 커다란 불꽃 모양 꽃이 자주색 꽃잎의 속살을 거의 드러내고 있었다. 그 오른쪽에는 갈라진 벽체가 서 있었다. 잔디 같은 색에, 완전히 불투명하지는 않은 미지의 물질로 이루어진 벽이었다. 벽에는 문이나 창문으로 보이는 것이 나 있고, 그 너머로 솔 같은 꼬리에 발을 쳐든 부동자세의 작은 설치동물과 무리지어 핀 푸른 두상화가 비쳤다. 아래쪽에는 강철 비슷한 금속으로 만들어진 널찍한 나선형 트랙의 맨 꼭대기가 시작되었다. 트랙은 얼음 세계의 우윳빛 안개를 통해 보였다.

작전의 두 번째 단계가 시작되었다. 더운 공기를 뿜는 바람자루가 벽체가 위치한 내벽을 향했다. 전 세계가 지켜보는 가운데, 파묻힌 과거의 첫 번째 조각에서 은폐물을 제거하려는 참이었다.

더운 공기가 솟아나 얼음에 부딪혔고 얼음은 줄줄 녹아내리기 시작했다.

흡입기 한 대가 증기를 빨아들이고, 다른 한 대는 녹은 물을 흡입하여 지표로 올려 보냈다.

얼음의 내벽이 녹고, 줄어들면서 녹색 벽과 가까워지다가 거기에 이르렀다. 그리고 화면에서는, 물이 줄줄 흘러내리는 방수 카메라 렌즈 때문에 일그러지고 뒤틀린 영상이 믿을 수 없는 현상을 보여 주었다. 벽이 얼음과 동시에 녹아내린 것이다. 푸른 두상화와 앞발을 쳐든 설치동물도 녹아서 사라졌다.

더운 공기는 방 전체에 퍼져 있었다. 내벽 전체에서 물이 흘렀다. 천장에서는 잠수복을 입은 사람들 위로 폭포가 쏟아졌다. 나무의 잎사귀들도 녹고, 상어의 주둥이는 설탕옷 입힌 초콜릿처럼 녹았다. 말의 두 다리와 옆구리도 녹았다. 몸뚱이의 내부가 시뻘겋게 드러났다. 자주색 꽃은 핏빛 물로 변해 흘렀다. 미지근한 공기는 강철로 된 나선형 트랙 꼭대기에 닿았고, 강철도 녹아내렸다.

신문의 표제: "금세기 가장 큰 환멸", "파묻힌 도시는 환각에 불과했다", "신기루에 날려 버린 수십억의 돈"

로슈푸가 텔레비전 인터뷰에서 사태를 확실히 정리했다. 그는 수없이 오랜 세월의 결과로 생긴 엄청난 압력이 가장 단단한 물체들조차 분자 상태로 해체했다고 설명했다. 미세한 먼지가 되어 버린 그것들을 얼음이 원래의 형태대로 유지하고 있었으나 이번에 녹으면서 먼지들은 풀려나고, 물에 의해 분해되어 쓸려간 것이다.

"우리는 새로운 기술을 채택할 것입니다." 로슈푸는 덧붙였다. "안에 들어 있는 물체째로 얼음을 잘라 낼 겁니다. 우리는 포기하지 않고 태초의 시대로부터 우리에게 온 이 문명의 비밀을 밝혀낼 것입니다. 초음파 발신기는 계속해서 신호를 보내고 있습니다. 우리는 계속해서 그리로 내려갈 겁니다……."

표면의 얼음으로부터 978미터 내려간 곳에서, 수직갱은 대륙의 지면에 닿았다. 신호는 지하로부터 왔다.

얼음 속을 다 파고 들어가자, 수직갱은 땅속을 파고 들어갔고, 그다음은 암석이었다. 암석은 딱 보아도 몹시 단단하고, 불에 굽고 압축된 듯 유리화된 것 같았다. 암석의 견고함은 곧 지질학자들을 당황시켰다. 그 경도와 밀도는 지구 어떤 곳에서도 발견할 수 없는 정도였다. 일종의 화강암이었지만, 그것을 이루는 분자들은 최소한의 공간을 차지하는 동시에 최대의 응집력을 발휘하도록 '정돈되고' 배열된 것 같았다. 상당히 많은 기계 장비가 부서진 끝에, 마침내 암반의 끝에 도달했고, 얼음 밑 107미터에서 모래층이 나왔다. 그 모래는 지질학적으로 전혀 말도 안 되는, 거기에 있어서는 안될 물질이었다. 언제나 낙관주의자인 로슈푸는 모래가 외부에서 가져온 것이라는 결론을 내렸다. 올바른 길을 가고 있다는 증거라는 것이다.

신호는 여전히, 더 깊은 곳에서 불러 댔다. 계속 내려가야만 했다.

계속 내려갔다.

모래층에 닿은 뒤부터는 수직갱을 파 내려가기 전에 널벽을 대야 했다. 모래시계에 들어 있는 것처럼 건조하고 부드러우며 물처럼 흐르는 모래에 금속 보호벽을 박아야만 했다.

암반 밑 17미터에서, 줄에 몸을 맨 광부 한 사람이 격렬한 몸짓을 하며 방진 마스크 때문에 알아들을 수 없는 소리를 뭐라 외쳤다. "발밑에서 뭔가 단단한 것이 밟혔다"는 말이었다.

모래 속에 박힌 흡입기가 갑자기 삐걱거리며 진동하기 시작했고 흡입관은 납작해졌다.

높이 돋워 둔 곳에서 작업을 지켜보던 엔지니어 히긴스가 모터를 분리했다. 그는 광부들 곁으로 오더니, 처음에는 삽으로, 다음에는 손으로, 그 다음에는 빗자루로 주의 깊게 모래를 치우기 시작했다.

로슈푸가 시몽과 브리보, 러시아 대표단의 단장인 매력적인 인류학자 레오노바와 미국 대표단의 단장인 화학자 후버와 함께 내려왔다. 고운 모래를 치워 낸 수직갱 밑바닥에서 그들은 약간 볼록하고 균일한 노란색의 금속 표면을 보게 되었다.

후버는 환기 장치의 모터까지 전부 중지시키라고 명하고, 모두 말이나 움직임을 삼가달라고 청했다.

그러자 100미터의 암반과 1킬로미터의 얼음층으로 지상의 소음으로부터 차단된 완벽한 정적이 찾아들었다. 후버는 무릎을 꿇고 앉았다. 그의 왼쪽 무릎이 우두둑거리는 소리가 들렸다. 둘째손가락을 구부려 그는 금속의 표면을 두드렸다. 약한 소리가 났을 뿐이었다. 인간의 연약한 살이 육중한 장애물에 부딪치는 소리였다. 후버는 도구상자에서 구리 망치를 꺼내 그것으로 금속을 두들겼다. 처음에는 살살, 그러다가 점차 세게. 아무런 반향도 없었다.

후버는 투덜거리며 몸을 구부리고 표면을 관찰했다. 망치로 두드린 흔적이라곤 전혀 없었다. 그는 금속의 표본을 채취하려 했다. 그러나 텅스텐 강으로 된 끌이 표면에서 미끄러지며 도무지 들어가질 않았다.

다음으로 그는 금속에 여러 가지 산(酸)을 부어 보며 휴대용 입체경으로 관찰했다. 몸을 일으킨 그는 난처해했다.

"이게 어떻게 이렇게 단단한지 모르겠군요. 완벽한 순도인데."

"'이거'라니, '이게' 뭔데요? 그 금속은 뭐죠?" 레오노바가 짜증스레 물었다.

후버는 배불뚝이에 동작이 느릿하고 사람 좋은 거한이었다. 레오노바는 날씬하고 갈색 머리에 신경질적이었다. 그녀는 탐사단에서 제일 예쁜 여자였다. 후버는 웃으며 그녀를 보았다.

"이런! 모르시겠습니까? 여성분이시면서요? …… 이건 금이잖습니까!"

브리보는 기록기를 작동시키고 있었다. 종이가 풀려나왔다. 눈에 익은 가느다란 선이 꺾인 곳 없이, 끊김 없이 거기에 기록되어 있었다.

신호는 금의 안쪽에서 왔다.

표면을 더 많이 드러냈다. 표면은 사방이 계속 모래 속으로 빠져 들어갔다. 수직갱은 커다란 구체에, 그 정확한 꼭대기가 아니라 약간 옆쪽에 닿은 것 같았다.

구체의 높은 부분을 치워 노출시켰다. 최초로 의미심장한 발견을 하게 된 것은 그 직후였다. 금속에서 동심원 여러 개가 연이어 드러났는데, 가장 큰 것은 지름이 3미터 정도였다. 그것들은 마치 회전하는 방향을 공격하기라도 할 듯 늘어선 날카롭고 작은 이빨들로 이루어져 있었다.

"꼭 굴착기 끝부분 같군요." 후버가 말했다. "구멍을 뚫는 겁니다! 이 안에서 나가기 위해서요!……"

"이 안이 비어 있고, 누군가 있다고 생각하세요?" 레오노바가 물었다.

후버가 얼굴을 찌푸렸다.

"'있었'지요……."

그는 덧붙였다.

"나갈 생각을 했다면, 그 전에 들어가야 했을 겁니다. 어딘가에 문이 있어요!……"

금으로 된 물체와 처음 접한 지 2주 후, 다양한 탐사 장비를 동원한 끝에 충분한 정보를 얻어 다음과 같은 잠정적인 결론을 이끌어 낼 수 있었다.

물체는 받침대 위에 얹힌 구체로 보이며, 그 전체는 인공적으로 경화시킨 암석 속을 파내고 모래를 채운 공동 안에 놓여 있다. 모래의 역할은 물체를 지진의 진동을 비롯한 대지의 모든 움직임으로부터 차단하는 것이 틀림없다.

구체와 그 받침대는 서로 결합되어 한 덩어리인 것으로 보인다. 구체의 지름은 27.42미터. 안은 비어 있다. 내벽의 두께는 2.29 미터이다.

모래를 배출하고 암반 공동을 비워 금으로 된 물체를 적어도 반 정도까지 드러내기로 했다.

문을 발견한 순간의 작업 상황을 나타내는 크로키이다.

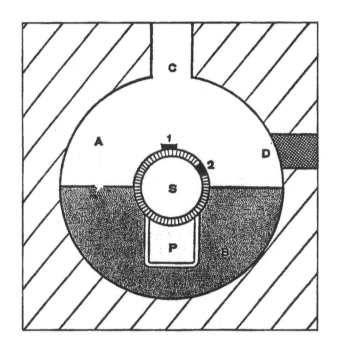

A는 모래를 제거한 암반 속 공동 부분을 가리킨다.

B는 아직도 모래가 차 있는 부분이다. C는 수직갱의 끝과 연결된다.

S는 물론 구체를, P는 받침대를 나타낸다. 그것이 구체를 받치는 게 전혀 아니라는 사실이 분명해졌음에도, 여전히 '받침대'라 불렸다. 측정 결과 받

침대도 구체처럼 속이 비어 있음이 드러났다.

크로키는 현실과는 다르고, 숫자는 제대로 표현하지 못한다. 구체의 지름이 27미터라는 것이 구체적으로 어떤지 나타내자면, 10층 집의 높이라고 생각하면 된다. 그리고 그 내벽의 두께를 감안해도 내부에는 8층짜리 집 정도의 공간이 남는다.

숫자 1은 굴착기의 머리 부분이 있는 곳이다.

숫자 2는 문이 위치한 곳이다.

어쨌든 문일 거라고 추측되는 것이었다. 그것은 지름이 사람 키보다 조금 큰 정도의 원형으로, 땜납 같은 것에 의해 표식이 남아 있었다.

문을 발견하고 나서부터는 모래 위에 임시 바닥을 깔아 하강기로 내려오는 연구자와 기술자들을 맞이했다.

브리보는 문자반이 달린 작은 기계를 갖고 원의 주변을 따라 돌았다.

"전부 용접이 되어 있군요. 벽 두께 전부가요."

"중심의 두께를 알려 줘요." 레오노바가 부탁했다.

그는 기계를 중심에 두고 문자반의 숫자를 읽었다. 2.92미터였다.

구체 내벽의 전반적인 두께였다.

"솥이 가득 차자 뚜껑을 땜질해 붙여 버렸군." 후버가 말했다. "은신처라기보다 무덤 같군요."

"그럼 굴착기는요?" 레오노바가 물었다. "뭘 나오게 하려는 거겠어요? 고양이?"

"그 시대에 고양이는 없었을 게 틀림없어요, 귀염둥이 아가씨." 후버가 말했다.

파리의 라탱 구역과 몽파르나스에 여러 해 사는 동안 한층 악화된 다정하면서도 몹쓸 미국식 버릇대로, 그는 검지로 레오노바의 턱 밑을 쓰다듬으려 했다. 그의 검지는 여기저기 갈색 얼룩이 지고 붉은 털이 돋아 크기도 색깔도 툴루즈 소시지와 똑같았다.

레오노바는 발칵 화를 내며 자기 얼굴로 다가오는 손을 찰싹 때렸다.

"물어뜯겠는걸!" 후버가 웃으며 말했다. "갑시다, 귀염둥이 아가씨. 올라가야지요. 먼저 타세요."

하강기에는 두 사람이 탈 수 있었지만, 후버는 세 사람 몫을 차지했다. 그는 레오노바를 꽃다발처럼 가볍게 들어 철제 의자에 앉히고, "올려요!"라고 외쳤다. 곧 하강기가 올라가기 시작했다. 요란하게 부서지는 소리와 고함이 들렸다. 뭔가가 후버의 오금을 때렸다. 그는 뒤로 넘어지며 단단하고 울퉁불퉁한 것에 머리를 부딪쳤다. 머릿속에서 부서지는 소리를 들으며 그는 정신을 잃었다.

그는 진료소 침대 위에서 정신을 차렸다. 시몽이 그에게 몸을 굽히고 낙관적인 미소를 띤 채 그를 바라보았다.

후버는 혼미한 의식에서 벗어나기 위해 눈꺼풀을 두어 번 깜빡거리고는 돌연 물었다.

"아가씨는?"

시몽은 안심하라는 표정으로 고개를 끄덕였다.

"무슨 일이 있었던 겁니까?" 후버가 물었다.

"낙반 사고입니다……. 복도 위에 있던 내벽 전체가 무너졌어요."

"사상자가 났나요?"

"사망자 두 명……."

시몽은 그 사실이 부끄럽다는 듯 낮은 목소리로 말을 했다. 탐사단의 첫 두 사망자였다……. 레위니옹 출신의 광부와 직인 연합회 회원인 프랑스인 목수로, 그들은 널벽 작업을 하고 있었다. 부상자도 네 명 있었으며, 일본인 전기기사는 중태였다.

복도는 크로키에 D로 표시되어 있다.

복도는 암석의 내벽에서 열려 있는 부분으로, 직사각형 꼴이었을 것이라 여겨지며, 암석, 일종의 시멘트 같은 것, 비틀어지고 본래의 광물질로 돌아간 금속 형태들의 잔해가 아무렇게나 뒤섞여 거기를 메우고 있었다. 이 열린 부분과 구체의 문 사이에서 같은 종류의 잔해가 모래와 뒤섞여 있는 것을 발견해, 조심스레 포장하여 검사와 분석을 위해 땅 위로 올려 보냈다.

복도라는 이름은 연구자들이 그것이 어느 통로의 끝부분일 거라 생각했기 때문에 붙은 것이지만, 그 규모를 보면 꽤 넓은 방의 단면에 가까워 보였다. 무엇이 됐든 간에, 과거의 인간들이—인간이 맞다면 말이다. 하지만 그 외 무엇이겠는가?—암석을 파내고 굳혔으며, 모래를 가져오고, 구체를 건설한 것은 거기에서부터였음이 분명했다. 복도는 탯줄이었고 구체는 그것을 통해 암석으로 된 태반 안에서 성장했다. 이 복도는 어딘가로부터 통하는 것이니, 그곳으로 이어질 수도 있을 터였다. 그곳을 치우고, 그리로 들어가서…….

하지만 다음에는? 먼저 구체를 탐사하자, 연구 회의에서는 그렇게 결정했다.

"그럼 나는 어떻게 된 겁니까?"

후버는 머리를 만져 보고 싶었지만, 손가락이 머리까지 닿지 않았다. 머리와 손가락 사이에는 붕대가 두껍게 감겨 있었다.

"금이 갔나요?" 그가 물었다.

"아닙니다. 피부가 찢어지고, 뼈가 타박상을 입고, 작은 화강암 조각이 후두부에 박혔습니다. 제가 제거했습니다. 뚫고 들어가진 않았어요. 다 괜 찮아질 겁니다."

"부르르." 후버가 몸서리를 쳤다.

그는 마음을 놓고 만족스럽게 베개에 몸을 파묻었다.

다음 날, 그는 회의실에서 열린 보고회에 참석했다.

그가 EPI의 중역위원회 자리에 앉기 위해 단상에 오르자, 제일 먼저 좌 중에 폭소가 일었다. 그는 침대에 누워 있다가 나왔고, 실내복만 걸친 차림 이었다. 실내복은 으깬 나무딸기 색깔에 파랑과 초록색 초승달 무늬가 잔 뜩 흩뿌려져 있었다. 불룩 나온 배 때문에 허리띠는 쑥 치켜 올라가고 그 끝 자락은 흰곰 가죽으로 만든 실내용 부츠까지 늘어졌다. 터번처럼 둥글게 감긴 붕대까지 합쳐져 그는 그리니치빌리지에서 공연하는 몰리에르의 〈상 상병 환자〉에 등장하는 고관 같았다.

의장인 로슈푸가 일어서서 그를 포옹했다. 웃음 대신 박수갈채가 일어 났다. 사람들은 후버를 무척 좋아했고, 비극의 한가운데에서 웃음을 선사 해 준 것을 고맙게 여겼다.

회의실에는 사람이 가득했다. 각국에서 온 학자와 기술자들 외에도, 세 계 유수의 언론사들을 대표하는 기자 여남은 명이 통역 헤드폰을 쓰고 취 재석에 자리하고 있었다.

단상 뒤쪽의 커다란 스크린에 조명으로 환히 밝혀진 암석 공동의 전경 이 비쳤다.

서른 명 남짓한 사람들이 오렌지색이나 붉은색 옷을 입고, 즉시 착용할 수 있도록 목에 마스크를 건 채 헬멧을 쓰고 분주히 일하고 있었다.

구체의 위쪽 반은 모래와 바닥 판자 위로 솟아올라 부드럽게 반짝였다. 거대하고 고요하게, 그러나 그 부피와, 수수께끼와, 그 안에 숨겨진 미지 때문에 위협적인 모습으로.

레오노바가 약간 단조로운 노래하는 듯한 목소리로 작업 상황을 요약해 발표했고, 번역기가 17개의 언어로 각자의 귓속에서 속삭이기 시작했다. 레오노바는 말을 멈추고, 생각에 잠긴 듯 잠시 그대로 있다가, 말을 이었다.

"이 구체를 보며 여러분은 무엇을 떠올리시는지 모르겠지만, 저는…… 저로서는 씨앗이 생각납니다. 봄이 되면, 씨앗은 싹터야 하죠. 망원경 같은 굴착기는 자라나서 빛이 있는 곳까지 뚫고 나가야 할 줄기이며, 속이 빈 '받침대'는 파낸 흙을 받아 내기 위한 것이었습니다……. 그런데 봄은 오지 않았어요……. 그리고 겨울이 90만 년 동안 지속되었습니다……. 그렇지만 저는 씨앗이 죽었다고는 믿고 싶지 않습니다, 그럴 수는 없어요!……"

레오노바의 목소리는 비명에 가까웠다.

"신호가 울리고 있는걸요!"

기자 한 명이 일어나 똑같이 격렬한 어조로 물었다.

"그렇다면, 어째서 문을 열지 않는 겁니까?"

레오노바는 깜짝 놀라 그를 쳐다보더니 다시 얼음장처럼 돌변한 어조로 대답했다.

"우리는 문을 열지 않을 겁니다."

경악한 웅성거림이 좌중에 일었다. 로슈푸가 일어나 미소를 지으며 확실히 설명했다.

"우리는 문을 열지 않을 겁니다. 문에 방어 장치나 파괴 장치가 연동되었을 가능성도 있으니까요. 우리가 열 곳은 여깁니다."

그는 대나무 지시봉으로 화면의 영상에서 구체 꼭대기의 한 부분을 가리켰다.

"하지만 어려운 점이 있습니다. 선단부가 다이아몬드로 된 우리 굴착기들이 이 금속에서는 날이 부러져 버립니다. 금속은 산수소 절단기로도 녹지 않습니다. 정확히 말하자면 녹기는 하지만 즉시 다시 굳어집니다. 마치 메스로 피부를 가르는데, 피부가 칼날이 지나가자마자 아무는 것처럼 말입니다. 이 현상의 원리를 우리는 이해할 수 없지만, 분자 단계에서 일어나는 현상입니다. 이 금속에 길을 내려면 우리는 분자 차원에서 공격을 가해, 분자들을 해체해야 합니다. 지금 레이저와 플라즈마를 동시에 사용하는 새 절단기를 기다리고 있습니다. 그것을 손에 넣으면, 우리는 곧 작전 O에 들어갈 겁니다. 개봉 작전 말입니다."

얼음과 암석의 수직갱 다음으로 금의 수직갱이 이어졌다. 구체의 표면에 지름 2미터의 구멍이 뚫렸다. 구멍 바닥에는 금색 빛 속에서 백기사가 빛의 창으로 금속을 공격하고 있다. 석면 옷을 입고, 유리와 강철로 된 마스크를 쓴 그는 '플라저'로 무장한 영국인 엔지니어 리스터였다. '플라저'는 '플라즈마'와 '레이저' 두 단어의 합성어이며, 여기서 활약하는 경이로운 절단기는 영국과 일본 기업들의 합작품임을 밝혀 두겠다.

TV 화면의 영상이 뒤로 물러나며 금 수직갱의 위쪽을 비춘다. 그 둘레에서는 오렌지색과 붉은색 옷의 기술자들이 케이블을 설치하고 카메라나 조명기구의 위치를 잡고 있다. 구멍에서 올라오는 열기 때문에 그들의 얼굴은 땀투성이다.

마이애미 어느 풀장 가에 세워진 파라솔 아래 접이식 화면이 걸려 있다. 가릴 곳만 가린 수영복 차림에 시뻘건 얼굴을 한 덩치 큰 남자가 선풍기 바람을 맞으며 그네의자에 늘어져 있다가, 한숨을 쉬며 수건으로 가슴팍을 닦는다. 가뜩이나 더운 사람에게 그런 광경을 보여 주다니 너무한 짓이라고 그는 생각한다.

해설자가 EPI의 학자들이 부닥친 난관들을 설명한다. 특히 기후적 난관들이다. 현재, 작업장 위쪽의 지표에서 휘몰아치는 날씨는 다음과 같다.

무시무시한 폭풍이 EPI 3을 휩쓰는 장면이 화면에 나타난다. 환영처럼 보이는 차량들의 노란 윤곽이 한 건물에서 다른 건물로 움직이며, 시속 240킬로미터의 바람이 수평으로 날려 대는 눈발이 그 표면을 때린다. 온도계는 영하 52도를 가리킨다.

시뻘건 얼굴의 덩치 큰 남자는 파랗게 질려 이를 덜덜 떨면서 수건을 몸에 두른다.

일본의 어느 집, 병풍 위에는 전통 판화 대신 TV 화면이 걸려 있다. 안주인이 무릎을 꿇고 차를 낸다. 해설자는 부드럽게 말한다. 수직갱의 바닥이 몇 센티미터 두께밖에 남지 않았으며 곧 구멍이 뚫려 내부로 TV 카메라를 진입시킬 수 있을 거라고 한다. 조금만 더 있으면 전 세계의 영예로운 시청자들은 카메라와 함께 구체 안에 들어가 마침내 그 신비를 알아낼 수 있다.

석면으로 된 방호복을 입은 레오노바가 수직갱 바닥으로 내려가 리스터와 합류했다. 후버는 덩치가 너무 큰 탓에 기술진과 함께 위쪽에 남아 있어야만 했다. 그는 구멍 가에 배를 깔고 엎드려 레오노바에게 충고의 말들을 외쳤지만 레오노바는 듣지 않았다.

레오노바는 리스터 곁에 무릎 꿇고 앉았다. 허벅지 앞에는 방호판이 놓여 두 사람을 보호했다. 장밋빛 불꽃 줄기가 금을 꿰뚫고 금은 끓어올라 빛의 물결이 되어 사라졌다.

갑자기 날카로운 고성이 터져 나왔다. 불꽃과 재와 연기가 아래쪽으로 격렬하게 빨려 들어갔다. 육중한 방호판이 금으로 된 바닥에 넘어졌다. 레오노바가 쓰러지고, 후버는 고함치며 욕설을 내뱉었으며, 리스터는 플라저를 붙들고 매달렸다. 기술자 한 사람이 이미 전기를 차단해 두었다. 고성은 휘파람 같은 소리가 되었다가 점차 잦아들더니 멎었다. 레오노바가 일어나 마스크를 벗고는 마이크에 대고 침착하게 구체에 구멍이 뚫렸음을 알렸다. 생각했던 것과 달리, 구체의 내부는 외부보다 훨씬 추운 것이 분명하며, 그때문에 급격한 공기 흡인이 일어났던 것이다. 이제는 내외부의 온도 평형이 이루어졌고, 구멍을 넓혀 카메라를 내려보낼 것이었다.

시몽은 구체의 위에, 후버와 굵은 케이블을 내려보내는 일을 감독하는 영국 TV 엔지니어 랜슨의 옆에 있었다. 케이블 끝에는 두 개의 겹쳐진 렌즈, 소형 조명기와 미니카메라의 렌즈가 달려 있었다.

수직갱 바닥에서 레오노바가 장갑을 낀 두 손으로 케이블을 붙잡아 컴컴한 구멍 속으로 들여보냈다. 1미터 가량 내려가자, 그녀는 두 팔을 쳐들었다. 랜슨은 케이블을 풀던 것을 중단했다.

"준비 완료로군." 후버가 말했다.

"기다려 줘요." 레오노바가 말했다.

그녀는 다른 사람들과 함께 수직갱 가장자리에 설치한 수상기 모니터를 보기 위해 구멍 위로 올라왔다.

"갑시다!" 후버가 말했다.

랜슨이 한 기술자를 돌아보았다.

"조명!"

금으로 된 바닥 아래에서, 조명기의 눈에 불이 들어오고, 카메라는 눈을 떴다.

영상은 케이블을 타고 올라와, 폭풍을 뚫고 EPI 1의 안테나 높은 곳에서 솟아올라 텅 빈 어두운 우주에 부동으로 떠 있는 트리오 위성으로 발사되어, 다른 위성들로 튀어 날아가서 전 세계의 모든 화면에 비처럼 내렸다.

모니터에도 영상이 떠올랐다.

아무것도 없었다.

소형 조명기의 빛이 헛되이 느릿한 잿빛 소용돌이를 뚫어 보려 하고 있을 뿐이었다. 런던의 안개층을 뚫어 보려 애쓰는 자동차 전조등의 쓸모없는 노력 같았다.

"먼지!" 후버가 외쳤다. "지독한 먼지!"

이 소용돌이는 공기의 유입으로 발생한 난기류 때문에 발생한 것이었다……. 이 망할 놈의 먼지는 그토록 엄중하게 닫혀 있던 이 신성한 구체 안에 대체 어떻게 들어갔단 말인가?

확성기의 목소리가 대답했다. 로슈푸가 회의실에서 말하는 것이었다.

"갱 안쪽 바닥을 신속히 폭파하시오, 그리고 가 보시오……."

수직갱의 바닥이 열렸다. 입구에서는 선발대가 내려갈 준비를 마쳤다. 히긴스, 후버, 레오노바, 랜슨과 그의 무필름 카메라, 아프리카인인 샹가, 중국인 라오, 일본인 호이토, 독일인 헨켈과 시몽이었다.

위험하리만치 많은 인원이지만, 어느 나라 대표단의 심기도 거슬러선 안 되었다.

심한 피로를 느끼고 있던 로슈푸는 시몽에게 자기 자리를 양보했다. 게다가 의사가 필요한 상황이 있을지도 몰랐다.

가장 젊은 시몽은 제일 먼저 내려가게 해 달라고 간청했고 기회를 얻었다. 그는 레몬색의 발열 방호복을 입고, 회색 펠트 부츠에 아스트라한 모자 차림이었다. 탐색 온도계를 내려 본 결과 내부의 온도는 영하 37도였다. 그는 헤드램프와 목에 거는 산소마스크를 착용하고, 허리띠에는 거절하려 했으나 로슈푸가 억지로 떠맡긴 리볼버를 찼다. 내려가서 무엇과 마주칠지 모른다는 것이었다.

안테나 역할을 하는 금속 사다리가 수직갱 입구에 고정되어 미지 속으로 드리워졌다. 시몽은 헬멧을 쓰고 들어갔다. 그가 금색 빛 속으로, 다음에는 어둠 속으로 사라지는 것이 보였다.

"뭐가 보입니까?" 후버가 소리쳤다. 침묵이 흐르다가, 확성기에서 소리가 났다.

"발이 닿았어요! 바닥이 있습니다⋯⋯."

"젠장, 뭐가 보이냐고요?" 후버가 물었다.

"⋯⋯아무것도⋯⋯ 아무것도 보이지 않습니다⋯⋯."

"내가 가겠소!" 후버가 말했다.

그가 금속 사다리를 디뎠다. 그의 방호복은 분홍색이었다. 굵은 녹색 털실로 된 모자를 쓰고 있었는데, 꼭대기에는 알록달록한 방울술이 달려 있었다.

"당신은 모조리 부숴 버릴 거예요!" 레오노바가 말했다.

"난 깃털같이 가벼워요. 난 커다란 솜뭉치거든……."

후버가 마스크를 조절하고는 내려갔다.

랜슨이 웃으며 카메라를 그쪽으로 돌렸다.

66 나는 금으로 된 바닥 위에, 둥글고 텅 빈 방에 서 있었다. 무언가를 담기 위해 만들어진 것 같았으나 아무것도 담기지 않은 수없이 많은 벌집 모양의 홈이 우묵하게 팬 둥근 금벽을 따라, 엷은 먼지가 너울거렸다.

다른 이들도 내려왔고, 보았고, 입을 다물었다. 먼지가 헤드램프에서 나오는 빛줄기를 희미하게 했고, 마스크를 쓴 우리의 윤곽을 빛무리로 둘러쌌다.

다음으로 두 전기공이 배터리형 조명기구를 가지고 내려왔다. 커다란 빛이 비치자 방의 진짜 모습이 드러났다. 그저 빈 방일 뿐이었다. 내 앞의 벽 한 부분이 홈 없이 반들반들했다. 그 부분은 위쪽이 아래쪽보다 조금 더 큰 사다리꼴이었고, 중간 부분은 살짝 좁았다. 나는 그것이 문일지도 모르겠다고 생각하고, 그쪽으로 다가갔다.

그렇게 하여 나는 당신을 향한 첫 발걸음을 떼었지. **99**

그것이 문이라면, 그 문을 열 수 있는 방법은 아무래도 없어 보였다. 손잡이도, 자물쇠도 없었다. 시몽은 장갑 낀 오른손으로 문의 오른쪽 가장자리 부근을 밀었다. 문의 오른쪽 가장자리가 벽과 분리되어 반쯤 열렸다. 시몽은 손을 떼었다. 소음 없이, 찰칵 하는 소리도 없이, 문은 제자리로 되돌아왔다.

"이거 참, 뭘 멀거니 서 있는 겁니까? 갑시다……." 후버가 말했다.

후버는 시몽의 왼쪽에 있었으므로, 자연스럽게 왼손을 들어 문의 왼쪽 가장자리에 갖다 댔다.

그러자 문은 왼쪽으로 열렸다.

이 양면적인 문에 감탄할 쌈도 없이, 후버는 문을 쑥 밀었다. 문은 그대로 열려 있었다. 시몽은 손짓으로 전기공을 불렀고, 그는 조명기구를 들어 열린 문틈을 비췄다.

그 안은 몇 미터 정도 되는 복도였다. 바닥은 금이고 벽은 다공질로 보이는 녹색 물질로 이루어져 있었다. 같은 소재의 푸른색 문이 복도 끝을 막고 있었다. 오른쪽과 왼쪽에도 두 개의 다른 문이 있었다.

시몽이 복도로 들어섰고, 후버와 히긴스, 다른 이들도 뒤따랐다. 첫 번째 문에 다다르자 시몽은 멈춰 서서 손을 올리고 밀었다.

그의 장갑 낀 손은 문 속으로 들어가 문을 관통하고 나갔다…….

후버가 놀라 웅얼거리며 다가서느라 몸을 움직였다. 그의 엄청난 덩치가 히긴스를 건드렸고 그는 균형을 잃지 않으려 문에 기댔다.

순간 히긴스는 그대로 벽을 통과해 넘어갔다.

그는 비명을 질렀고 번역기가 귓속 마이크에서 똑같은 비명을 질렀다. 몇 미터 아래에서 둔탁한 충격이 일고 히긴스의 목소리가 끊겼다.

그 충격에 벽들이 뒤흔들렸다. 눈앞에서 벽이 떨리고, 구겨지며 부드러운 먼지덩이가 되어 무너져 내렸다. 조명의 빛줄기가 지나가자 암흑의 심연이 드러났고, 그 심연에서는 다른 벽들이 소리 없이 무너지며 한 세계 전체가 사라져 가는 장면이 보였다. 가구, 기계, 움직임 없는 동물들, 옷을 입은 형상들, 거울, 미지의 형체들, 그것들은 일그러지고, 위에서부터 미끄러져 바닥 위에 무더기로 떨어졌으며, 바닥 역시 뒤틀리다가 녹아 흘러갔다.

구체의 깊은 곳, 부드럽게 무너지는 모든 것이 만나는 지점에서 회색의 짙은 먼지 소용돌이가 일어났다. 학자들과 기술자들은 팔을 양쪽으로 벌리고 가슴을 금 말뚝으로 관통당한 히긴스를 언뜻 보았다. 그리고 구름이 그를 감싸고 계속해서 피어올랐다.

"마스크를!" 후버가 외쳤다.

그들이 간신히 마스크를 착용한 순간 구름이 도달해 그들을 에워싸고 구체 안을 채웠다. 그들은 움직일 엄두도 내지 못하고 그 자리에 얼어붙었다. 아무것도 보이지 않았다. 그들은 8층 높이의 텅 빈 공간 위, 난간도 없는 육교 위에 뚫을 수 없는 안개에 휩싸여 있었다.

"무릎을 꿇어요! 천천히!" 후버가 외쳤다. "네 발로 엎드려요!"

그런 자세로 그들은 천천히, 육교의 가장자리를 더듬어 가며 둥근 방에 닿았고 마침내 구체 밖으로 나왔다. 한 사람 한 사람, 먼지층의 조각을 달고 구체를 빠져나왔다. 금의 수직갱에서는 연기가 났다.

두 잠수부가 몸을 줄로 묶고 히긴스의 유해를 찾으러 내려갔다. 얼음 밑의 교회에서 성직자가 장례 예배를 올렸다. 반투명한 둥근 천장을 도려내며 하늘에 빛의 십자가가 열렸다. 그리고 죽은 히긴스는 그의 고국 케이프타운을 향해, 살아생전 그가 왔던 길을 되짚어 갔다.

언론은 잔뜩 신이 났다. "저주받은 구체가 다시금 일격을 가하다" "남극의 무덤은 투탕카멘의 무덤보다 더 많은 학자들을 죽일 것인가?"

EPI 2의 식당에서는 마지막 비행기로 도착한 신문이 이 사람 저 사람의 손으로 건네졌다. 레오노바는 경멸 어린 태도로 "금의 구체 앞에서 보초를 선 것은 어떤 살인적인 유령인가?"라는 표제의 영국 주간지를 쳐다보았다.

"자본주의 언론은 미쳤어요." 그녀가 말했다.

그녀의 맞은편에 앉은 후버는 옥수수가 담긴 접시 위에 크림 4분의 1리터를 부었다.

"마르크스주의자들이 초자연 현상을 믿지 않는다는 거야 잘 알지만, 그 유령이 밤중에 당신 발가락을 간질이러 올 때까지 어디 두고 봐요……."

그는 옥수수 한 숟가락을 씹지도 않고 삼키더니 말을 이었다.

"분명 뭔가 히긴스를 벽 너머로 밀었던 거예요, 안 그래요?"

"당신 배가 밀었잖아요! 그런 흉측한 물건을 몸에 달고 다니는 게 부끄럽지도 않아요? 쓸모없을 뿐 아니라, 위험하기까지 하다고요!"

그는 불룩한 배통을 톡톡 쳤다.

"내 지성 전부가 여기 담겨 있거든……. 살이 빠지면 나는 우울해지고 별 볼일 없는 사람처럼 멍청해진답니다……. 히긴스 일은 나도 유감이에요……. 그 사람처럼 죽는 건 사양이오, 뒷일을 보지 못하고……."

구체에 거대한 바람자루를 투입하여 빨아들이는 작업이 일주일째 진행되고 있었다.

바람자루가 지표에서 토해 낸 공기는 봉투에 담아 체로 걸렀다. 모아진 먼지는 탐사단을 돕는 전 세계 연구소들로 발송되었다.

더 이상 봉투에 담겨 나오는 것이 없어지면 선발대가 다시금 구체 안으로 들어갈 예정이었다.

내부 대기가 다시 투명해지자 사방을 향해 조명기구가 설치되었다. 그

빛은 사방에서 동일한 금속에 반사되고, 굴절되고, 확산되어 난해하고 기묘한 금의 건축물을 금빛 반사광으로 가득 채웠다.

폐쇄된 세계가 붕괴하고, 외벽과 같은 합금으로 이루어졌던 것들만이 남았다. 벽 없는 바닥, 난간 없는 계단, 어디로도 이어지지 않는 경사로, 빈 공간을 향해 열린 문들, 공중에 매달린 방들, 이들은 서로 연결되어 철골 구조로 된 들보와 새의 뼈처럼 가벼운 아치 버팀벽으로 지탱되고 떠받쳐져 금으로 된 날렵한 뼈대를 이루었으며, 상상할 수 없이 아름다웠다.

구체의 거의 중심에서 원주 하나가 구체를 수직으로 꿰뚫고 있었다. 그것은 굴착기, 정확히 말하면 굴착기가 들어 있는 기둥으로 보였다. 그 발치에 기대어 단단히 땜질된 듯이 보이는 높이 약 9미터에 완전히 밀폐된 달걀 모양의 구조물이 뾰족한 부분을 위로 하고 서 있었다.

"우리는 씨앗을 열었고, 이것이 배아예요." 레오노바가 중얼거렸다.

금으로 된 발판만이 공중에 저 혼자 떠 있는 것처럼 보이는 계단이 구체 내벽의 문이 있는 곳에서 시작하여, 마치 건축가의 꿈처럼 허공을 가로질러 내려와 높이의 4분의 3 지점에서 알에 이르렀다. 논리적으로 보아, 그 자리에 출구가 있어야 했다.

육교와 계단의 발판을 딛고, 공중의 길을 따라 탐험대는 알 쪽으로 내려갔다. 그리고 그들은 예상했던 곳에서 문을 찾았다. 문은 아래쪽으로 갈수록 넓어지는 달걀 모양이었다. 물론 닫혀 있었고, 열 수 있는 장치는 어디에도 보이지 않았다. 하지만 땜질되어 있지는 않았다.

문은 아무리 힘줘 눌러 보아도 요지부동이었다. 시몽은 개구쟁이 아이처럼 주머니에서 주머니칼을 꺼내 그 칼날을 거의 보이지도 않는 틈새에 밀어 넣어 보았다. 칼날은 파고들지 못하고 미끄러졌다. 문은 완벽히 밀폐되어 있었다. 후버가 구리 망치를 꺼내 두드렸다. 구체의 벽이 그랬듯, 여기서도 무딘 소리가 났다.

브리보에게 기록기를 들고 내려오게 했다. 초음파가 그리는 선이 종이에 나타났다.

신호는 알의 안쪽에서 왔다.

회의실에서는 학자와 기자들이 화면을 통해 구체 안에서의 작업 상황을 지켜보았다. 직인 연합회의 목수들은 육교를 놓고, 계단을 떠받쳤다. 후버와 랜슨은 전기공들의 보조를 받으며 알의 문에 몰두했다. 레오노바와 시몽은 사다리를 이용해 공중에 매달린 금의 방에 도달했다.

공기는 깨끗했다. 이제 아무도 마스크를 쓰지 않았다.

주의에 주의를 기울이며 레오노바는 둥근 방의 금속 문을 밀었다. 문은 천천히 열렸다. 레오노바는 안으로 들어가 시몽이 들어올 수 있도록 비켜섰다. 두 사람은 돌아서서 방 안쪽으로 눈길을 향했다.

열린 문을 통해 들어오는 반사광이 방 안을 비추었다. 그 희미한 금빛 속에 여섯 명의 인간이 있었다.

두 명은 서 있었으며 그들이 들어오는 것을 보고 있었다. 오른쪽의 사람은 움직이지 않는 동작으로 그들에게 받침대가 보이지 않는 수평으로 된 의자 같은 것에 앉으라고 권하고 있었다. 왼쪽의 사람은 환영의 포옹이라도 하듯 두 팔을 벌리고 있었다.

두 사람 다 바닥까지 내려와서 발을 가리는 묵직하고 풍성한 붉은 로브 차림이었다.

머리에는 챙이 짧은 붉은 보닛이 씌워져 있었다. 한 사람은 갈색, 한 사람은 금색인 윤기 있는 머리칼이 어깨에 닿을 정도로 내려왔다.

그들 뒤에는 거의 나체인 두 사람이 하얀 모피 위에 마주보고 앉아 왼손의 손가락을 서로 깍지 끼고 오른손을 쳐들고 있었다. 아마 게임인 것 같았다.

레오노바가 사진기를 그쪽으로 들고 레이저 플래시의 이중 섬광을 터뜨렸다. 찰나의 순간 장면 전체가 급격히 밝아졌다. 시몽은 다른 두 사람을 간신히 분간했지만, 이미지는 망막에서 지워졌다. 그리고 장면 전체가 동시에 지워졌다. 빛의 충격이 그들에겐 너무나 강렬했던 것인지, 처음에는 의복이, 다음에는 몸을 이루는 물질이 떨어져 나오더니 먼지가 되어 흘러내리고, 모터와 금속 골격 같은 것들이 드러났다. 그러고는 그 뼈대들 역시 천천히 무너져 내렸다. 몇 초 만에, 피어오르는 먼지 속에는 공중에 매달려 여기저기서 사각형, 원형, 나선형을 지탱하고 있는 금실의 우아한 곡선 몇 개만이 남아 있을 뿐이었다…….

레오노바와 시몽은 서둘러 방을 나와 안을 가득 채운 먼지 구름을 뒤로하고 문을 닫았다. 다시는 꾸지 못할 꿈 중간에 깨어난 것처럼, 그들은 낙심했다.

알의 문 앞쪽 계단에 서서, 후버가 자기 팀의 작업에 대해 보고했다. 회의실에서는 기자들이 대형 화면을 바라보며 받아 적었다.

"문을 뚫었습니다!" 후버가 말했다. "여기가 구멍입니다……."

그의 굵은 엄지손가락은 문 위의 방금 뚫어낸 검은 구멍 가까이에 놓여 있었다.

"어느 방향으로도 공기의 움직임은 없었습니다. 내부와 외부 압력의 평형은 우연히 얻어진 결과일 수는 없습니다. 어딘가에 외부의 압력을 감지하고 내부 압력을 조정하는 장치가 있는 것입니다. 어디에 있을까요? 어떻게 작동하는 것일까요? 궁금하시겠지요? 저도 그렇습니다……."

로슈푸가 회의실 탁자의 마이크를 통해 말했다.

"문의 두께는 어느 정도입니까?"

"192밀리미터, 금속과 일종의 단열재인 듯한 다른 물질의 층이 번갈아 쌓여 이루어져 있습니다. 적어도 50겹은 됩니다. 정말 켜켜이도 쌓여 있죠! 내부 온도를 측정하겠습니다."

기술자 한 사람이 맨 끝 바깥쪽에 문자반이 달린 긴 금속 튜브를 집어넣었다. 후버는 문자반에 흘끗 눈길을 주고, 갑자기 흥미롭다는 표정을 보이더니 눈을 떼지 않았다.

"자아, 보십시오! …… 내려갑니다! 내려갑니다! …… 계속…… 계속…… 영하 80도…… 영하 100도…… 120도……."

그는 숫자 부르기를 멈추고 놀라운 듯 휘파람을 불었다. 번역기가 17개의 수신기에서 휘파람을 불었다.

"섭씨 영하 180도입니다!" 클로즈업 된 후버의 영상이 말했다. "거의 액체 공기의 온도입니다!"

〈유로프레스〉의 대표 루이 드빌이 스파게티처럼 길고 가느다란 검은색 시가를 피우고 있다가 근사한 남프랑스 억양으로 말했다.

"젠장! 완전 냉장고잖소! 얼어붙은 완두콩들이 있겠군……."

후버가 말을 계속했다.

"우리는 구멍으로 강철 갈고리를 넣어 위쪽으로 잡아당겨서 문을 열 생각이었습니다. 하지만 안쪽이 이렇게 춥다면 갈고리는 성냥개비처럼 부러지고 말겠지요. 다른 수를 찾아봐야 합니다…….”

'다른 수'란 접시만큼 커다란 압축 흡착판 세 개였다. 이것들을 문에 붙이고 견인용 잭에 연결한 다음, 잭은 알 주변에 버팀벽으로 선 철제 들보 골조에 고정시켰다. 펌프로 흡착판 안의 공기를 거의 진공 상태까지 빨아들이자, 흡착판은 기관차라도 들어 올릴 수 있을 정도였다.

후버가 잭의 핸들을 돌리기 시작했다.

회의실에서 어느 영국인 기자가 로슈푸에게 물었다.

“여기에 파괴 장치가 있을까 두렵지는 않으십니까?”

“구체의 문 뒤에 그런 장치는 없었습니다. 일단 들어온 후부터는 파괴 장치를 본 적이 없습니다. 여기라고 있을 이유는 없죠.”

위원회는 전원 빠짐없이 화면 앞에 모여 있었다. 화면을 통해서는 아래에서 일어나는 일이 현장보다 더 잘 보였다. 회의실은 가득 차고 열기로 들떴다. 다른 데서 볼일이 있는 이들도 어디까지 진행되었는지 잠깐 보러 왔다가 다시 일을 보러 갔다.

너무 안달이 나 도저히 멀리서 지켜볼 수 없었던 레오노바만이 후버와 그가 거느린 기술자들과 함께 갔다. 시몽은 간호사 두 명과 함께 사고에 대비해 개입할 태세를 하고 그들 곁에 있었다.

화면에서 후버의 영상이 위원회 동료들 쪽으로 고개를 돌렸다.

“손잡이를 20바퀴 돌렸습니다. 10밀리미터 끌어당긴 셈이죠. 문은 털끝만치도 움직이지 않았습니다. 계속 돌린다면, 문은 변형되거나 찢어질 겁니다. 계속할까요?”

“흡착판이 떼어질 위험은 없습니까?” 루마니아 물리학자 이오네스쿠가 물었다.

"그러기는커녕 남극이 뽑힐 걱정을 해야 할 겁니다." 후버의 영상이 말했다.

"어떤 방법으로든 저 문을 열어야만 합니다." 로슈푸가 말했다.

그는 위원회 참석자들을 돌아보았다.

"여러분은 어떻게 생각하십니까? 투표할까요?"

"계속해야 합니다." 샹가가 손을 들고 말했다.

모두의 손이 올라갔다. 로슈푸는 이미지를 향해 말했다.

"계속하세요, 조."

"좋습니다."

그는 두 손으로 잭의 손잡이를 다시 돌렸다.

랜슨이 TV 조정실에서 송신 안테나를 연결했다. 유리 방음벽 뒤에서 독일인 기자가 해설을 했다.

취재석에서 루이 드빌이 일어섰다.

"후버 선생에게 질문을 하나 해도 되겠습니까?" 그가 물었다.

"가까이 오시지요." 로슈푸가 허락했다.

드빌은 연단에 올라 직통 마이크에 얼굴을 가까이 댔다.

"후버 선생님, 제 말이 들립니까?"

영상 속 후버의 목덜미가 끄덕거렸다.

"좋습니다. 선생께서는 얼음에 구멍을 뚫었고, 씨앗을 발견했습니다. 씨앗에 구멍을 뚫었고, 알을 발견하셨죠. 오늘은 무엇을 발견할 거라 생각하십니까?"

후버는 커다란 얼굴에 매력적인 미소를 지었다.

"중심핵?"

번역기는 아주 잠깐 망설이다가 프랑스어 마이크로 이 말을 이렇게 옮겼다.

"중심 원자력?"

자동 두뇌에 너무 많은 걸 바라서는 안 된다.

사람의 두뇌였다면 중요한 핵심을 의미하는 다른 표현을 썼을 것이다.

드빌은 양손을 비벼 대며 제자리로 돌아갔다. 어쨌거나 그는 오늘 저녁 쓸 좋은 기삿거리를 얻은 것이다…….

"주목하세요." 후버가 말했다. "이제 된 것 같습니다…….'

확성기에서 갑자기 엄청난 양의 벨벳이 찢어지는 듯한 소음이 났다. 문의 아래편에 어두운 균열이 나타났다.

"아래쪽이 열립니다!" 후버가 말했다. "흡착판 1과 2를 떼어 내요, 빨리!"

위쪽에 붙어 있던 흡착판 두 개가 공기가 주입되어 사슬 끝에서 떨어졌다. 아래쪽에 붙은 것만 남았다. 후버는 전속력으로 손잡이를 돌렸다. 피아노의 모든 줄들이 차례로 끊어지는 듯한, 찢어지는 아르페지오가 들렸다. 그러고는 문의 저항이 멈췄다.

몇 분 만에 문의 가장자리가 열렸다. 레오노바와 시몽은 작업복을 입었다. 그것은 우주비행사용 수트로, 입은 사람을 알 속의 추위로부터 보호할 수 있는 유일한 수단이었다. 우주복은 미국의 달 여행 기지인 록펠러 스테이션에 제트기를 보내 실어 왔다. 러시아와 유럽에서 보내 줄 우주복도 있었지만, 지금 있는 것은 그 두 벌뿐이었다. 후버는 두 벌 중 한 벌을 입고 들어갈 기회를 포기해야 했다. 100킬로그램을 넘은 뒤 처음으로 그는 자신이 살찐 것을 후회했다. 문을 여는 것은 그의 몫이었다. 그는 석면 장갑을 끼고, 두 손을 문틈 안쪽, 마지막 계단 가에 넣고는 당겼다.

문은 뚜껑처럼 열렸다.

❝나는 들어갔고, 당신을 보았지.

그리고 나는 즉시 격렬하고 치명적인 욕망에 사로잡혔어. 내 뒤에서, 문 뒤에서, 구체 안에서, 얼음 위에서, 전 세계의 자기 집 화면 앞에서 알기를 또 보기를 기대하는 모든 이들을 파괴하고 싶은 욕망. 그리고 내가 당신을 바라보듯, 당신을 바라보게 될 이들을.

그러면서도 나는 또한 그들이 당신을 보기를 바랐어. 전 세계가 당신이 얼마나 경이롭게, 믿을 수 없을 만큼, 상상조차 할 수 없으리만치 아름다운 지를 알기를 바랐어.

온 세상에 당신을, 찰나의 순간만 보여 준 다음, 나 혼자만이, 당신과 함께 틀어박혀, 영원토록 당신을 바라보기를 바랐어.**❞**

알의 안쪽에서 푸른빛이 나왔다. 시몽이 먼저 들어갔고, 그 빛 때문에 손 전등은 켜지 않았다. 외부 계단은 안쪽으로 이어졌고 푸른빛 속에서 끝나는 것 같았다. 계단의 마지막 디딤판들이 알의 중간 정도 높이에서 검은 윤곽으로 뚜렷하게 드러나 중단되어 있었다. 그 아래에는 금속으로 된 커다란 고리가 수평으로 허공에 매달려 있었다.

그 희미한 빛, 냉광(冷光)이라는 말이 더 어울릴 빛을 발산하는 것은 바로 그 고리였다. 빛은 그 주변에 배열된 온갖 장치들을 보여 주기에 충분했는데, 미지의 것들이었기에 그 형태들이 낯설게 보였다. 가느다란 막대와 줄들이 그것들을 서로 연결했으며, 모든 것이 뭔가를 받으려 어떤 식으로든 고리 쪽을 향하고 있었다.

커다란 푸른 고리는 회전했다. 고리는 무엇으로도 지탱되지 않고, 무엇과도 접촉하지 않은 채 허공에 매달려 있었다. 나머지 모든 것들은 완전한 부동이었다. 고리는 회전했다. 하지만 고리는 너무도 매끄럽고 그 움직임이 그 자체로 너무나 완벽하게 이루어졌기에 시몽은 자신에게 그것이 보이지 않는다고, 고리가 무척 천천히 돌고 있는지 제법 빠르게 돌고 있는지 파악할 수가 없다고 여겼다.

카메라를 지켜보기 위해 회의실에서 내려온 랜슨이 외부에서 조명을 켰다. 1,000와트에 달하는 빛이 푸른 냉광을 집어삼키고, 유령 같은 기계장치를 사라지게 하고는 대신 투명한 포석을 드러냈다. 포석은 이제 강렬한 빛을 반사해 그 밑에 무엇이 있는지 분간할 수가 없었다.

시몽은 여전히 계단 위에, 투명한 바닥으로부터 다섯 단 위에 서 있었고, 레오노바는 그보다 두 단 위에 있었다. 그들은 동시에 발밑의 바닥을 쳐다보던 것을 멈추고, 고개를 들어 눈앞에서 발견한 것을 바라보았다.

알의 꼭대기는 돔으로 된 방이었다. 바닥 위, 계단 맞은편에 길쭉한 모양의 받침대 두 개가 서 있었다. 받침대 위에는 각각 몹시 맑은 얼음과 비슷한 투명한 물질로 된 블록이 하나씩 얹혀 있었다. 그리고 블록 안에는 각각, 발을 문 쪽으로 향하고 누운 인간이 들어 있었다.

왼쪽은 여자, 오른쪽은 남자. 알몸이었으므로 전혀 의심의 여지가 없었다. 남자의 성기는 이륙하는 비행기처럼 솟아 있었다. 꼭 쥔 왼쪽 주먹이 가슴에 얹혀 있었다. 오른손은 검지를 뻗은 채 비스듬하게, 둥근 방에서 보았던 놀이하는 사람들의 몸짓과 똑같이 쳐들렸다. 여자의 두 다리는 모여 있었다. 펼친 두 손은 가슴 바로 밑에 포개어져 있었다. 그녀의 가슴은 곡선과 살이 빚어낼 수 있는 공간의 완벽의 극치였다. 허리의 완만한 경사는 모래바람이 지극히 사랑하여 백 년에 걸쳐 어루만지며 만들어 낸 모래언덕의 경사 같았다. 허벅지는 포동포동하고 길었으며, 파리의 숨결이라 할지라도 비집고 들어갈 틈을 찾지 못할 정도였다. 성기가 위치한 은밀한 둥지는 둥글둥글하게 말린 짧고 곱슬곱슬한 음모로 이루어져 있었다. 어깨에서 꽃 같은 발까지, 그녀의 육체는 기적처럼 정확한 각 음이 다른 음 하나하나와, 동시에 전체 음과 완벽한 화음을 이루는 하나의 하모니였다.

얼굴은 보이지 않았다. 남자와 마찬가지로 그녀의 얼굴도 정교하게 디자인된 엄숙하고 아름다운 황금 가면이 턱까지 씌워져 있었다.

두 사람을 둘러싼 투명한 물질은 몹시 차가워서 공기는 거기에 닿으면 액체가 되어 흘러내렸고, 두 블록에 레이스 장식처럼 붙어 하늘거리다가 떨어져 내려 바닥에 닿기 전 증발하고 말았다.

움직이는 빛의 보석상자 속에 누워 있는 두 사람은 그 나체 상태 때문에 오히려 눈부신 순수함을 입고 있었다. 연마한 돌처럼 매끄럽고 거무스름한 그들의 피부는 따뜻한 나무색이었다.

여자의 육체만큼 완벽하지는 않았지만, 남자의 육체도 여태껏 본 적 없는 놀라운 젊음의 인상을 주었다. 그것은 한 남자와 한 여자의 젊음이 아닌, 인류의 젊음이었다. 그 두 사람은 인류의 유년기 이래로 온전히 보존되어 온, 새로운 존재였다.

시몽은 천천히 손을 앞으로 뻗었다.

그 순간, 자기 집 TV 화면을 통해 그 여인의 영상을 보는 모든 남자들 중,

그녀의 풍만하고 부드러운 어깨를, 젖가슴의 우아한 열매를 바구니처럼 감싼 포동포동한 팔을, 온 세상의 총체적인 아름다움이 흐르는 허리의 곡선을 보는 모든 남자들 중, 손을 뻗어 만져 보고 싶은 욕망을 억누를 수 있는 이가 얼마나 되었을까?

그 남자를 보던 여자들 중, 얼마나 많은 이들이 그의 위에 누워, 그의 것을 받아들이고, 그대로 죽고 싶은, 도저히 저항할 수 없는 욕망에 불타올랐을까?

전 세계에 마비와 침묵의 한 순간이 흘렀다. 노인들과 어린아이들조차 입을 다물었다. 그런 후 612 지점의 영상이 꺼졌고, 조금 신경질적으로, 조금 소란스럽게 일상생활이 다시 시작되었다. 인류는 평소보다 조금 더 법석을 떨며 방금 전 남극의 누워 있는 두 사람을 보며 깨닫게 된 것을 잊으려 노력했다. 지금의 인류는 가장 아름다운 청춘 남녀들조차 너무나 오래되었고 지친 존재라는 사실을 말이다.

레오노바는 눈을 감고 헬멧을 쓴 머리를 흔들었다. 눈꺼풀을 다시 연 그녀는 남자 쪽을 보고 있지 않았다. 그녀는 내려와서 무릎으로 시몽을 밀었다.

그녀는 가방에서 문자반이 달린 작은 기계를 꺼내, 몇 걸음 걸어가 여자가 들어 있는 블록에 갖다 대었다. 그녀는 문자반을 보고, 감정이 담기지 않은 목소리로 헬멧 속 마이크에 대고 말했다.

"블록의 표면온도 : 영하 272도 이하."

회의실에 모인 학자들 사이에 경악한 속삭임이 일었다. 거의 절대 영도에 가까웠다.

루이 드빌이 마이크의 존재를 잊고 일어서서 큰 소리로 질문을 했다.

"시몽 박사에게, 의사로서 그들을 보며 살아 있다고 추정하시는지 물어봐 주시겠습니까?"

"블록 가까이 있지 말아요!" 시몽과 레오노바의 이어폰에서 번역된 후버의 목소리가 외쳤다. "물러서요! 더! 당신들의 우주복은 그만한 추위에 버티게 된 게 아니에요!"

그들은 계단 아래쪽으로 물러섰다. 시몽은 드빌의 질문을 들었다. 그 질문은 조금 전부터 그가 스스로에게 번민하며 던지던 질문이었다. 처음에 그는 전혀 의심하지 않았다. 그 여자는 살아 있었다, 살아 있을 수밖에 없었다……. 하지만 그것은 확신이 아닌 바람이었다. 이제 그는 그렇게 믿을 만한, 혹은 그것을 의심할 만한 객관적인 이유들을 찾았다. 그는 마이크에 대고 그 이유들을 늘어놓았다. 그 말들은 무엇보다 스스로를 위한 것이기도 했다.

"추위가 그들을 덮쳤을 때 그들은 살아 있었습니다. 남자의 상태가 그 증거입니다."

그는 두꺼운 우주복에 싸인 팔을 남자의 비스듬히 솟은 성기 쪽으로 뻗었다.

"이는 몇몇 목매달아 죽은 이들에게서 이미 증명된 현상입니다. 이는 갑작스런 충혈과, 혈액의 흐름이 신체 낮은 곳으로 역류했음을 보여 줍니다. 인간의 형태를 한 마법의 뿌리인 만드라고라가 교수대 아래서, 교수형당한 이들의 정액이 뿌려진 땅에서 태어난다는 전설은 여기서 기인한 것입니다. 유사한 충혈이 급속한 냉각 과정에서 일어난 것일 수도 있습니다. 신체가 아직 살아 있을 때만 일어날 수 있는 현상입니다. 하지만 죽음이 그 직후에 찾아왔을 가능성도 있습니다. 그리고 이 두 사람이 생명이 중단된, 하지만 냉동 뒤에도 생명 유지가 가능한 상태에 있었다 해도, 90만 년이 지난 지금 어떤 상태인지 우리가 어떻게 알겠습니까?"

시몽의 목소리를 직접 전달하던 회의실의 스피커는 그의 마지막 말에서 젊은 의사의 고뇌를 드러냈고, 말이 끊겼다.

회의 테이블에 앉아 있던 일본인 물리학자 호이토가 지적했다.

"그들이 어느 정도 온도에 있는지를 알아야 합니다. 우리 문명은 결코 절대 영도를 구현하는 데 성공하지 못했습니다. 하지만 이 사람들은 더 고등 기술을 지니고 있던 것 같습니다. 어쩌면 그들은 거기에 도달했겠지요······. 절대 영도란 분자 운동의 완전한 정지를 뜻합니다. 다시 말해 어떤 화학적 변화도 불가합니다. 극도로 작은 변화조차 불가능하지요······. 그런데 죽음이란 변화입니다. 만일 이 블록들의 한가운데가 절대 영도로 유지되고 있다면, 이 남자와 여자는 그 안에 들어온 순간과 완전히 똑같은 상태에 있습니다. 그리고 영원히 그 상태를 유지할 수 있겠지요."

"이들이 죽었는지 살았는지 알아볼 방법은 아주 단순합니다." 시몽의 목소리가 스피커에서 말했다. "그리고 의사로서 나는 그것이 우리의 의무라고 생각합니다. 이들을 깨워야 합니다······."

세상의 흥분은 엄청났다. 신문들은 커다란 컬러 활자로 저마다 "깨워라!" 혹은 "잠든 채 놓아둬라!"고 외쳐 댔다.

한편에서는 그들을 생명으로 되돌리려는 시도를 하는 것이 우리의 절대적인 임무라 주장했고, 다른 한편에서는 믿을 수 없을 만큼 오랜 세월을 휴식하고 있는 그들의 평온을 깨뜨릴 권리가 우리에겐 없다고 주장했다.

유엔 파나마 대표의 요청에 따라 이 문제를 심의하기 위해 유엔 회의가 소집되었다.

　새 우주복들이 612 지점에 도착했으나, 어느 것도 후버의 치수에는 맞지 않았다. 그는 맞춤 치수로 한 벌을 주문했다. 그것이 도착하길 기다리는 동안, 그는 무력하게 격분한 채 금으로 된 계단 위쪽에서, 알 안에서 두 다리를 벌리고 팔은 뻣뻣한 채 서투르게 움직이는 동료들의 작업을 지켜보았다. 구체의 습기가 알 안으로 들어가 이내 미세한 송이로 된 안개로 응결되었다. 벽 안쪽 표면 전체에 성에가 끼었고, 먼지처럼 잘 날리는 가루눈 층이 바닥에 덮였다.

　우주복을 입었음에도 알 속으로 내려간 사람들이 머무를 수 있는 시간은 아주 짧았고, 그래서 연구는 더디게 진척되었다. 누워 있는 이들을 감싼 투명한 물질이 무엇인지 분석하는 데 성공했다. 그것은 고체 헬륨으로, 저온 물리학자들이 이제껏 만들어 내는 데 성공한 적 없을뿐더러 이론적으로도 존재할 수 없다고 생각했던 물질이었다.

　알 안을 채운 얼어붙은 안개가 남자와 여자의 나신을 그 곁에서 일하는 팀들의 시선으로부터 부분적으로 가려 주었다. 그들은 그 안개 뒤에 몸을 피하고, 다시금 거리를 두며 먼 시간 속으로, 그들과 함께하고 싶어 하는 사람들로부터 멀어지는 것처럼 보였다.

　하지만 세상은 그들을 잊지 않았다.

　고생물학자들은 아우성쳤다. 남극에서 찾아낸 것은 진실일 '수가' 없다. 아니면 연대 측정을 한 연구소들이 실수한 것이다.

　유적의 녹아내린 찌꺼기, 금 부스러기, 구체의 먼지를 조사했다. 알려진 모든 방법을 동원해 얼마나 오래되었는지를 측정했다. 전 대륙에 흩어진 100개가 넘는 연구소에서 각자 100번도 넘게 측정했으나, 얼음 밑에서 발견한 것은 대략 90만 년이 넘었다는 1만 개가 넘는 결과가 나왔을 뿐이었다.

이런 만장일치의 결과에도 고생물학자들의 확신은 요지부동이었다. 그들은 사기라고, 오류라고, 진실의 왜곡이라고 외쳤다. 그들에게는 자명한 일이었다. 90만 년 전이라면 홍적세가 시작될 무렵이다. 그 시대에 존재할 수 있던 인간 비슷한 것이라곤 오스트랄로피테쿠스, 다시 말해 침팬지라도 그에 비하면 굉장히 세련되게 보였을 법한 보잘것없는 영장류의 일종뿐이었다.

얼음 밑에서 찾아냈다는 시설과 사람들은, 거짓이거나, 최근 것이거나, 다른 곳에서 왔거나, 사기꾼들이 거기에 둔 것이었다. 사실일 리가 없었다. 그건 '불가능'했다.

생제르맹앙레 지하철역 출구에서 질문을 받은 행인들의 대답 :

TV 리포터 : 사실이라고 생각하십니까, 사실이 아니라고 생각하십니까?

옷 잘 입은 남자 : 뭐가 사실이란 말입니까?

TV 리포터 : 남극에, 그 얼음 밑에 있는 것 말입니다…….

옷 잘 입은 남자 : 아! 저야 뭐…… 봐야 알겠죠!

TV 리포터 : 부인 생각은 어떠십니까?

감탄에 사로잡힌 꽤 나이 든 노부인 : 그들은 너무나 아름다워요! 그렇게 아름다운걸요! 분명 사실이고말고요!

마르고, 갈색 머리에 추워 보이고 신경질적인 남자가 마이크를 낚아챈다 : 제가 한마디 하죠. 왜 학자 양반들은 언제나 우리의 조상이 흉측할 거라고만 하는 겁니까? 크로마뇽인이니 뭐 그런, 오랑우탄 같은 것들 말이죠. 알타미라나 라스코 동굴에서 본 들소들은 노르망디 암소보다 더 아름답지 않았습니까? 우리라고 다를까요?

유엔에서, 의회는 정작 회의 소집의 사유인 두 사람에 대해서는 갑자기 관심을 잃고 말았다. 파키스탄 대표가 연단에 올라 깜짝 놀랄 만한 발표를 했던 것이다.

파키스탄의 전문가들은 구체, 그 받침대와 내부 시설들을 이루는 금의 총량이 얼마나 될지를 계산했다. 그들은 경이적인 숫자에 도달했다. 거기에, 얼음 밑에는, 거의 20만 톤의 금이 있다! 이는 모든 국가의 금 보유고, 모든 민간은행, 개인 소유와 지하시장의 금을 합친 것보다 더 많다! 전 세계 금의 총량보다 많다!

어째서 이런 진실을 여론으로부터 숨겼는가? 강대국들은 무엇을 모의하고 있었는가? 이미 다른 모든 것들을 나눠 가졌듯, 이 엄청난 부를 자기들끼리만 나눠 갖기로 결탁한 것인가? 이 막대한 금이 있으면, 아직도 굶주림에 시달리고 있으며 모든 것이 부족한 인류 절반의 불행은 끝난다. 가난한 나라, 빈곤한 나라들은 그 금을 자르고 나누어 인구수에 비례하여 그들끼리 재분배할 것을 요구하라.

흑인들, 황인들, 환경주의자들, 아랍인들, 일부 백인들이 일어서서 파키스탄 인들에게 열광적인 박수갈채를 보냈다. 빈곤국들은 유엔에서 상당한 다수를 차지하고 있어 강대국들의 권한과 거부권으로 꼼짝 못하게 하기는 점점 어려워졌다.

미국 대표가 발언권을 요청하여 얻었다. 그는 키가 크고 늘씬한 남자로,

매사추세츠 주의 가장 유서 깊은 가문 중 하나로부터 물려받은 나른한 분위기를 지니고 있었다.

냉정하고 약간 모호한 목소리로, 그는 동료의 감정을 이해하며, 미국의 전문가들도 파키스탄과 같은 결론에 도달했고 자신도 막 그 문제를 발표할 참이었다고 말했다.

하지만 다른 전문가들은 남극의 금 견본을 조사하고 다른 결론을 내렸다고 그는 덧붙였다. 그 금은 천연 금이 아닌 합성 금속으로, 우리가 도무지 알 수 없는 어떤 기술을 통해 제조되었다. 미국의 원자물리학자들 역시 원자의 변환을 통해 인공 금을 제조할 수 있다. 다만 어렵고, 소량이며, 원가가 굉장히 높을 뿐이다.

그러므로 얼음 속에 묻힌 진짜 보물은 아무리 막대한 양이라 할지라도 금이 아니라, 그 남자나 여자, 혹은 둘 다의 뇌에 담긴 지식이다. 단지 금 제조, 절대 영도, 무한 동력의 비밀뿐만이 아닌 그보다 훨씬 중요한 많은 지식이 있을 것이 분명하다.

"612 지점에서의 발견을 통해," 연사는 말을 계속했다. "우리는 사실상, 고도로 발전한 한 문명이, 그 문명을 완전히 파괴할 위험이 있는 대재난의 위협에 처한 것을 알고, 아마도 그들이 지닌 부를 몽땅 쏟아 넣었을 호화스러운 방비책을 세워, 재난이 지나가고 난 후 생명을 다시금 태어나게 할 수 있도록 남자와 여자 한 사람씩을 대피시켰다는 추측을 할 수 있습니다. 논리적으로 볼 때 이 남녀가 오직 신체적인 특성만으로 선택되었다고는 생각되지 않습니다. 남자든 여자든, 아니면 둘 다든, 그들이 태어났던 것과 동등한 수준의 문명을 재탄생시키기에 충분한 지식을 소유하고 있을 것이 분명합니다. 오늘날의 세계가 공유해야 할 것은 다른 무엇보다도 이 지식입니다. 그러기 위해서는 지식을 소유한 이들을 소생시키고 그들을 우리 사이에 받아들여야 합니다."

"이프 데이 아 스틸 얼라이브(만일 아직 살아 있다면 말이죠)." 중국 대표가 말했다.

미국 대표는 왼손으로 우아한 손짓을 하며 희미한 미소를 떠올렸는데, 이 두 가지는 합쳐져서 대단히 정중하지만 완전한 경멸을 담아 "그야 당연하죠."라는 뜻을 나타냈다.

그는 권태로운 듯한 기색으로 전 의석을 바라보더니 말을 이었다.

"컬럼비아 대학은 이 소생을 이뤄 낼 수 있는 연구진과 장비를 완벽하게 갖추고 있습니다. 그러므로 미국은, 여러분의 동의하에, 612 지점에서 남자와 여자를 블록째로 데려와, 모든 필요한 예방 조치를 갖추고 지극히 신속하게 컬럼비아 대학 연구실로 이송하여 그들을 긴 잠에서 깨워 전 인류의 이름으로 맞아들일 것을 제안하는 바입니다."

러시아 대표가 미소를 지으며 일어나, 미국 측의 선의를 믿어 의심치 않으며 미국 학자들의 능력에도 의심이 없다고 말했다. 하지만 소련 역시 아카뎀고로도크에 필요한 기술진과 연구진과 설비를 갖추고 있다, 소련 역시 소생 작업을 맡을 수 있다, 하지만 인류의 미래가 달린 이 중대한 순간에 과학적 경쟁을 격화시키고 전 세계 인류의 몫인 것을 서로 차지하려 다퉈서는 안 된다. 따라서 소련은 남녀를 나눠, 소련이 두 사람 중 하나를 맡고, 미국에서 다른 하나를 맡을 것을 제안한다.

파키스탄 대표가 폭발했다. 강대국들의 음모가 훤히 드러나지 않았는가! 처음부터 그들은 612 지점의 보물을, 금전적 보물이든 과학적 보물이든, 저희들끼리 차지하기로 결정했다. 그리고 과거의 비밀을 나눠 가짐으로써 그들은 미래의 패권 역시 나눠 가지려 한다. 이미 현재의 패권을 쥐고 있듯 말이다. 612 지점에 파묻힌 지식을 독점하는 국가들은 절대적이고 굳건한 지배권으로 세계를 휘두르게 된다. 다른 어떤 나라도 그들의 패권에서 벗어나기를 바랄 수조차 없으리라. 빈곤국들은 온 힘을 다해 이 가증스런 계획이 실행되는 것을 막아야 한다, 과거에서 온 두 존재는 영원히 헬륨 방어벽 속에 남아 있어야 한다!

본국 정부와 통화하고 온 프랑스 대표가 발언권을 요청했다. 그는 조용하게 612 지점은 남극 대륙에서 프랑스 몫으로 할당된 구역 내에 있었음을 주지시켰다. 다시 말해 프랑스 영토에 말이다. 그렇기에, 거기서 발견한 모든 것은 프랑스 소유인 셈이다…….

이 말에 소란스런 야유가 일었다. 강대국과 약소국의 대표들은 이번에는 일치된 의견으로 각자의 교양 수준에 따라 항의하거나, 비웃거나, 우습다는 듯 입을 삐죽거렸다.

프랑스 대표는 미소를 지으며 진정하라는 몸짓을 했다. 장내가 다시 조용해지자, 그는 프랑스는 발견이 지닌 보편적 이익 앞에서 자국의 모든 권리는 물론 '발견자'로서의 권리조차 포기했으며, 612 지점에서 발견되었거나 앞으로 발견될 모든 것을 유엔의 제단에 내놓았다고 선언했다.

이번에는 정중한 박수갈채가 일었고 그는 박수를 멈추라는 손짓을 했다.

그러나…… 그러나…… 파키스탄과 같은 걱정을 하는 것은 아니지만, 프랑스는 모든 수를 동원해 그 걱정들이 아무리 조금이라도 사실로 드러나는 것은 막아야 한다고 생각한다. 소생에 필요한 준비를 갖춘 곳은 컬럼비아와 아카템고로도크 뿐만은 아니다. 유고슬라비아, 네덜란드, 인도, 아랍

대학 등에서도 저명한 전문가들을 찾을 수 있으며, 파리 보지라르 병원에 있는 몹시 유능한 르보 박사 팀도 있다.

그렇다고 해서 러시아와 미국의 팀들을 배제하지는 않는다. 프랑스는 다만 그 선택이 의회 전체에 의해 이루어져야 하며, 표결에 의해 승인될 것을 요청한다.

미국 대표는 즉각 이 제안에 동조했다. 유능한 지원자들이 나타날 시간을 주기 위해, 그는 회의를 다음 날로 연기하자고 청했으며, 그렇게 결정되었다.

이내 은밀한 뒷거래와 흥정이 시작되었다.

이번에는 TV가 반대 방향으로 작동하여, 트리오 위성은 하늘 높은 곳에서 EPI 1의 안테나에 유엔의 영상을 보냈다. 긴급한 일에 매달려 있지 않은 학자들은 회의실에서 기자들과 함께 토론을 지켜보았다. 토론이 끝나자, 후버는 엄지손가락으로 대형 화면을 끄고 약간 찌푸린 얼굴로 동료들을 둘러보았다.

"우리도 논의할 게 있을 것 같군요."

그는 기자들에게 부디 물러나 달라고 청하고, 스피커를 통해 탐험단의 전 학자, 기술자, 노동자, 작업자들은 즉시 모여 달라는 전체 호출을 했다.

다음 날, 유엔 회의가 개회되려는 순간, 612 지점에서 온 공식 성명서가 의장에게 넘겨졌다. 그와 동시에 성명서는 모든 국제적 보도 수단을 타고 방송되었다. 전문은 다음과 같다.

"국제 극지 탐사단의 단원들은 만장일치로 다음과 같은 결정을 내렸다.

1. 단원들은 부국이든 빈국이든 모든 국가에 대해, 구체와 그 부속품의 금을 아주 작은 조각이라도 영리적으로 사용하겠다고 주장할 권리를 금한다.

2. 단원들은, 인류에게 유익할 수 있다면, 금을 현재 장소에 그대로 둔다는 조건에서 국제 통화를 창설하고 이 금을 담보로 할 것을 제안한다. 1킬로미터의 얼음 밑에 있으나 국제 은행들의 지하금고에 있으나, 쓸모없고 '동결되어' 있기는 마찬가지라는 판단에서다.

3. 단원들은 동면 중인 남녀에 대한 결정—의학적이고 과학적인 영역의—이라는 면에서, 정치 기구인 유엔의 권한을 인정하지 않는다.

4. 단원들은 이 남녀를 어떤 특정 국가에도 위임하지 않을 것이다.

5. 단원들은 탐사로 얻을 수 있는 과학적 정보 혹은 모든 분야의 정보 전부를 인류가 자유로이 이용할 수 있도록 내놓을 것이다.

단원들은 컬럼비아의 포스터, 아카뎀고로도크의 모이소프, 베오그라드의 자브레크, 헤이그의 반 후크, 베이루트의 하만, 파리의 르보에게 소생을 진행하기 위해 필요한 모든 장비를 갖추고 긴급히 612 지점으로 합류해 줄 것을 청하는 바이다."

유엔은 마치 벌통을 걷어찬 것 같았다. 유리로 된 궁전의 유리창들은 맨 위층까지 뒤흔들렸다. 파키스탄 대표는 굶어 죽어 가는 아이들을 내세우며, 인류의 위에 서서 자신들을 특별한 존재라고 여기는 학자들의 오만을 규탄했다. 그는 "두뇌의 독재자들"이라는 말을 쓰며 이는 용인할 수 없는 짓이라 선언했고, 제재를 요청했다.

열띤 논쟁이 있은 후, 의회는 612 지점에 즉각 유엔 평화유지군을 파병

해 유엔의 이름으로 그곳에 있는 모든 것을 점유하기로 표결을 내렸다.

두 시간 후, EPI 1의 안테나는 국제 통신로를 요청하여 얻어 냈다. 모든 방송국은 민영이든 국영이든 남극에서 온 영상을 받아들이기 위해 자사 방송을 중단했다. 화면에 나타난 것은 후버의 얼굴이었다. 덩치 큰 남자의 얼굴은 어떤 감정을 표현하려 하든 언제나 미소 지을 준비가 되어 있었다. 하지만 그 눈빛은 몹시 심각하여 통통한 장밋빛 뺨과 손가락으로 빗어 넘긴 다갈색 머리칼이 눈에 들어오지 않을 정도였다. 그는 말했다.

"우리는 큰 충격을 받았습니다. 충격을 받았으나 결단을 내렸습니다."

그는 오른쪽과 왼쪽을 돌아보며 손짓을 했다. 카메라가 뒤로 물러서서 다가오는 사람들을 화면 안에 담았다. 레오노바, 로슈푸, 샹가, 라오 창이었다. 그들은 다가와 후버의 양쪽에 서서, 그 존재감으로 후버에게 힘을 실어 주었다. 조명이 그들 뒤로 모든 분야의 온갖 국적의 학자들의 얼굴을 비추었다. 몇 달 전부터 비밀을 캐내기 위해 얼음과 사투를 벌여 왔던 이들이었다. 후버는 말을 이었다.

"보시다시피, 우리는 모두 여기 있습니다. 그리고 모두가 결단을 내렸습니다. 국가적이든 국제적이든, 특정 집단의 탐욕이 어쩌면 오늘날과 내일의 인간의 행복이 달려 있을 재산에 손을 뻗치는 것을, 우리는 절대 허용하지 않겠습니다. 특정 부류의 몇몇이 아닌 모든 인간의 행복 말입니다.

우리는 유엔을 신뢰하지 않습니다. 우리는 유엔 평화유지군을 신뢰하지 않습니다. 평화유지군이 612 지점에 상륙한다면, 우리는 수직갱에 원자로를 빠뜨리고, 폭파시킬 것입니다……."

그는 잠시 부동자세로 침묵을 지켜, 시청자들에게 이 결단이 얼마나 엄청난 것인지 이해할 시간을 주었다. 그런 다음 그는 물러나며 레오노바에게 발언권을 넘겼다.

레오노바의 턱이 떨렸다. 그녀는 입을 열었으나 말을 하지 못했다. 후버의 커다란 손이 그녀의 어깨에 얹혔다. 레오노바는 눈을 감고, 깊이 숨을 들이쉬고, 약간 침착해졌다.

"우리는 이곳에서 전 인류를 위해 일하고 싶습니다. 그런 우리를 막기는 쉬운 일입니다. 우리가 사용하는 나사못이나 우리가 먹는 빵 한 조각 하나까지, 이런저런 나라들이 보내 주지 않은 것은 없으니까요. 우리에게 보급을 끊거나, 나쁜 짓을 하기만 하면 되잖아요. 지금까지 우리가 거둔 성공은 여러 국가들 간의 사심 없는 협동의 노력이 빚은 결과입니다. 이 노력은 흔들림 없이 지속되어야 합니다. 여러분이, 우리 얘기를 듣고 계시는 여러분이 그걸 얻어 낼 수 있습니다. 저는 정부들을 향해, 정치가들을 향해 말하는 게 아닙니다. 사람들, 남자들, 여자들, 민중들, 모든 민족들을 향한 것입니다. 여러분의 정부에, 국가 수장에게, 수상에게, 소비에트 회의에 편지를 써 주세요. 지금 당장, 모두가 편지를 쓰세요! 지금이라면 여러분은 모든 걸 구할 수 있습니다!"

그녀는 진땀을 흘렸다. 카메라가 그녀를 더 가까이 잡았다. 얼굴에 흘러내리는 땀방울이 보였다.

화면 안으로 손 하나가 들어와, 미나리아재비색 종이 수건을 건넸다.

그녀는 수건을 받아 이마와 콧방울을 훔쳤다. 그리고 말을 이었다.

"만일 물러나야 한다 해도, 우리는 잘못 사용되면 세계를 돌이킬 수 없는 불행으로 뒤덮을지 모를 지식의 기회를, 누군지도 모를 이에게 넘겨주지는 않을 것입니다. 우리를 억지로 쫓아낸다면 우리는 우리 뒤에 아무것도 남겨 두지 않을 겁니다."

그녀는 손수건을 눈에 대고 고개를 돌렸다. 울고 있었다.

텔레비전이 국가의 전유물인 나라에서는 대부분 학자들의 호소가 담긴 방송이 끝나기도 전에 끊겨 버렸다. 하지만 EPI 1의 안테나는 열두 시간 동안 트리오 위성에 후버와 레오노바가 담긴 녹화 영상을 계속 쏘아 보냈다. 그리고 의견이란 것을 전혀 갖지 않은 과학적 물체인 트리오는 지구를 도는 제 쌍둥이와 사촌 위성들에게 열두 시간 동안 줄곧 영상을 재전송했다. 그중 3분의 2 가량은 개별 수신기에 직접 포착될 만큼 강렬한 전파를 보냈다. 매번 영상이 반복될 때마다, 번역기는 호소문을 다른 언어로 번역했다. 그리고 마지막에는 과거로부터 온 두 존재가, 처음으로 화면에 보였을 때 그대로의 아름다움과 꼼짝 않는 기다림에 잠긴 모습으로 비쳤다.

방송은 예정된 프로그램과 겹치며, 온통 뒤섞이면서 결국은 토막토막 이어지며 알아듣고자 하는 이들에게 이해되었다.

그 후 한나절 동안 전 세계의 우편 체계는 완전히 마비되었다. 오베르뉴나 발루치스탄의 아주 작은 마을에서까지 우체통에 편지가 넘쳐흘렀다. 우편 행낭이 모여드는 첫 번째 취급소부터 접수실은 천정까지 꽉 찼다. 그 윗선은 완전히 우편물에 파묻혔다. 우정 당국과 사설 기관에서는 우편물을 그 이상 배달하길 포기했다. 읽을 필요는 없었다. 쇄도하는 것 자체가 그 의미였다. 처음으로, 사람들은 그들의 언어를, 국경을, 차이와 분열을 넘어 하나 된 의지를 표명했다. 어떤 정부도 그렇게 대규모의 감정에 거스를 수 없었다. 유엔 대표자들에게 새로운 지시가 내렸다.

열렬한 만장일치로 동의안 하나가 채택되었다. 평화유지군 파병을 철회하고 EPI의 학자들에 대한 국가들의 신뢰를 표명한다는 것이었다. 성공적인 수행과… 어쩌구… 최선의 이익과… 저쩌구… 세계인의 연대… 등등을 위해서. 땅땅.

학자들이 성명서를 통해 호출한 소생 전문가들이 장비를 갖추고 팀원들을 거느리고 도착했다.

르보의 지시에 따라, 직인 연합회의 목수들이 구체의 안, 알 위에 소생실을 건축했다.

책임자들은 중대한 문제에 직면했다. 누구부터 시작할 것인가? 남자부터, 아니면 여자부터?

첫 번째로 처치할 사람은 필연적으로 위험을 감수하게 될 터였다. 어떤 의미로는 '시범작'이 되는 셈이었다. 반대로 두 번째는 앞선 경험이 도움이 될 것이다. 그러니 덜 중요한 쪽부터 시작해야 했다. 하지만 덜 중요한 쪽이 누굴까?

아랍인에게는 두말할 것도 없이 남자가 더 중요했다. 미국인이 보기에는 가장 조심스레 다뤄야 할 것은 여자였으며, 그녀를 위해 남자의 생명이 위태로워지는 것도 감수한다는 입장이었다. 네덜란드인은 아무래도 상관없다는 쪽이었고, 유고슬라비아인과 프랑스인은 부인하기는 했지만 남자가 더 중요하다는 편으로 기울었다.

"소중한 동료 여러분," 르보가 회의 중에 말했다. "남성의 뇌가 여성의 뇌에 비해 용적과 무게에서 우위라는 사실은 여러분도 저처럼 아실 겁니다. 우리의 관심 대상이 뇌라면, 두 번째로 남겨 둬야 하는 것은 남자 쪽일 것 같습니다."

"하지만 개인적으로는 말이죠," 그는 웃으며 덧붙였다. "여자를 보고 나니, 그만한 아름다움이라면 지식보다 더 중요하다는 쪽으로 기울 것도 같군요. 아무리 대단한 지식이라도 말입니다."

"꼭 한 사람을 먼저 할 이유는 없죠." 모이소프가 말했다. "둘은 동등한 권리가 있습니다. 우리가 두 팀을 꾸려 동시에 두 사람을 시술하는 것은 어떨까요."

관대한 제안이었지만, 불가능했다. 장소가 여의치 않고 장비도 충분치 않았다. 게다가 어려운 순간을 헤쳐 나가려면 여섯 학자의 지식을 다 합쳐도 지나치다고 할 수 없었다.

르보의 논리는 오늘날의 뇌에 대해서는 타당한 소리였다. 하지만 이 두 존재가 살았던 시절에도 뇌의 용적과 무게에 차이가 있었다고 누가 확신할 수 있겠는가? 또한 차이가 있다고 해도, 당시에는 반대로 여성의 뇌가 더 우월했던 것은 아닐까? 두 머리는 황금 가면으로 덮여 있어 대략적으로 크기를 비교하고 그 내용물을 추측해 볼 수조차 없었다…….

네덜란드의 반 후크는 물범 동면의 탁월한 전문가였다. 그는 물범 한 마리를 12년간 냉동 상태로 유지시키고 있었다. 매년 봄이면 녹여서 깨워, 청어 몇 마리를 먹인 후 다 소화될 무렵이면 다시 냉동시켰다.

하지만 그는 자기 전공 밖에서는 몹시 순진한 사람이었다. 그는 기자들에게 동료들의 불안함을 털어놓고 그들에게 조언을 구했다.

기자들은 신이 나서 트리오 위성을 통해 전 세계의 여론에 상황을 공개하고 질문을 던졌다. "누구부터 시작해야 할까요? 남자일까요 여자일까요?"

후버는 마침내 우주복을 받았다. 그는 그것을 입고 알 안으로 내려갔다. 안개 속으로 그는 사라졌다. 다시 올라왔을 때, 그는 위원회에 소생팀과의 모임을 요청했다.

"결정을 내려야 합니다." 그는 말했다. "헬륨 블록이 줄어들고 있어요…… 저온을 만들어 내는 장치는 계속 작동하고 있지만, 우리가 알 안에 들어감으로써 효율이 일부 줄었습니다. 허락하신다면 한 말씀 드리죠. 방금 저는 그 남자와 여자를 가까이서 보고 왔습니다…… 세상에, 그녀는 정말 아름다워요! 하지만 그게 문제가 아니죠. 여자는 남자보다 상태가 좋아 보였습니다. 남자는 가슴과 신체 곳곳에 가벼운 피부 변색이 나타났는데, 어쩌면 표피 손상의 외적 징후일지도 모릅니다. 어쩌면 아무것도 아닐지 모르죠, 저는 모르겠습니다. 하지만 솔직한 제 생각을 말씀드리자면, 확신이라기보다 느낌이 그렇다는 거지만, 여자가 남자보다 더 강인하고, 여러분이 혹시 사소한 실수를 저질러도 더 잘 견딜 것 같군요. 여러분은 의사이시니 그 둘을 다시 한 번 보고, 제가 방금 드린 말씀을 생각하면서 남자를 진단한 다음, 결정해 주십시오. 여자부터 시작해야 한다는 게 제 생각입니다."

알까지 내려갈 것도 없었다. 누구부터든 시작해야 했다. 그들은 후버의 의견에 동의했다.

그리하여, 여론이 끓어오르고, 인류의 반반인 남자와 여자가 서로 맞서며, 모든 가족과 커플 사이에서 다툼이 생기고 남학생과 여학생들이 드잡이를 벌이는 동안, 여섯 명의 소생 전문가들은 여자부터 시작하기로 결정했다.

자신들이 비극적인 실수를 저지르고 있다는 것을, 만일 남자부터 소생시키기로 했다면 모든 게 달라졌으리라는 것을, 그들이 어떻게 알았겠는가?

바람자루가 왼쪽 헬륨 블록 쪽으로 겨누어져 지표면 온도인 영하 32도의 공기를 쏟아 내기 시작했다. 블록은 순식간에 녹았다. 헬륨은 고체 상태에서 곧바로 기체가 되어 사라지며, 여자를 받침대 위에 온전히 남겨 두었다. 우주복을 입고 그녀를 바라보던 네 남자는 몸을 떨었다. 이제 금속으로 된 받침대 위에 알몸으로 누워, 소용돌이치는 차가운 안개에 감싸인 그녀가 죽을 만큼 추울 거라는 생각이 들었다. 사실은 반대로 전보다 훨씬 따뜻해졌지만 말이다.

시몽도 그 넷에 끼어 있었다. 남극 문제에 대한 그의 지식과, 구체와 알과 남녀에 대해 이미 아는 바가 있다는 이유로 르보가 그에게 소생팀에 합류해 줄 것을 청했던 것이다.

그는 받침대 주위를 돌았다. 우주비행사 장갑을 낀 손으로 뻣뻣하게 커다란 펜치를 꺼냈다. 르보의 신호에 따라 그는 두 손으로 펜치를 쥐고, 몸을 굽혀 황금 가면을 받침대 뒤와 연결하는 금속 튜브를 끊었다. 르보는 한없이 조심스러운 동작으로 가면을 들어 올리려 했다. 가면은 움직이지 않았다. 눈으로 보기에 적어도 1센티미터는 되는 틈이 있음에도, 가면은 여자의 머리에 단단히 결합된 것 같았다.

르보는 허리를 펴고 안 되겠다는 몸짓을 하고는 금 계단 쪽으로 향했다. 다른 이들도 뒤따랐다.

일행은 계속해서 거기 머무를 수는 없었다. 추위가 그들의 방한복 속으로 밀려왔다. 여자를 데리고 나갈 수는 없었다. 여자의 현재 온도에서는 유리처럼 깨질 위험이 있었다.

소생실에서 무선으로 조종되는 바람자루는 계속해서 천천히 그녀의 위를 움직이며, 영하 20도까지 온도를 올린 공기를 그녀에게 불어 댔다.

몇 시간 후, 네 명은 다시 내려갔다. 넷은 동작을 맞춰 가며 장갑 낀 손을 얼음 같은 여자 밑에 밀어 넣고 받침대에서 분리했다. 르보는 그녀가 금속에 얼어붙어 있지 않을까 걱정했지만, 그런 일은 일어나지 않았고 여덟 개의 손은 석상처럼 뻣뻣한 그녀를 들어 올려 어깨에 들쳐 멨다. 그런 후 네 사람은 발을 헛디딜까 무척 조심하며 천천히 걸음을 내딛었다. 흩날리는 가루눈이 그들의 종아리를 때리고 발걸음 앞에서 물처럼 갈라졌다. 헬멧이 달린 우주복 차림의 무시무시하고 기괴한 모습으로, 안개에 반쯤 가려진 그들은 마치 악몽 속의 사람들이 꿈을 꾸는 여자를 다른 세상으로 데려가는 것 같았다. 그들은 계단을 올라 문의 환한 구멍으로 나왔다.

바람자루가 거두어졌다. 남자가 들어 있는, 작업 중 많이 줄어든 투명한 블록은 줄어들기를 멈췄다.

네 사람은 수술실로 들어가 여자를 몸에 딱 맞는 소생 시술대 위에 내려놓았다.

뒤이어 일어난 불행한 사건들의 흐름을 이제는 그 무엇도 막을 수 없었다.

지상의 수직갱 입구는 거대한 얼음 블록들을 제 무게로 서로를 지탱하도록 쌓아 세운 건물로 둘러싸여 있었다. 묵직한 미닫이문이 그 입구를 닫았다. 안쪽에는 송풍 설비, TV, 전화, 번역기, 동력과 조명 전력의 중계기들, 승강기와 화물용 리프트의 모터와 탑승장과 건전식 비상용 축전지가 있었다.

승강기 문 앞에서 로슈푸가 한 떼의 기자들을 상대했다. 그는 문들을 열쇠로 잠그고 열쇠들을 주머니에 넣어 두었다. 기자들은 갖가지 언어로 거세게 항의했다. 그들은 여자를 눈으로 보기를, 그녀가 소생하는 것을 목격하길 원했다. 로슈푸는 미소를 지으며 그건 불가능하다고 잘라 말했다. 의료진 이외에는 누구도, 그 자신마저도, 수술실 입장이 허가되지 않는다고. 그는 내부의 TV를 통해 회의실의 큰 화면으로 모든 것을 볼 수 있을 거라는 약속으로 기자들을 진정시켰다.

시몽과 여섯 명의 소생 전문가들은 물빛 녹색 상의를 입고, 외과수술용 모자를 쓰고, 얼굴 아랫부분에 마스크를 착용하고, 하얀 캔버스와 면으로 된 장화를 신고, 분홍색 라텍스 장갑을 낀 채 수술대 주변에 둘러섰다. 보온 담요가 여자를 목까지 덮고 있었다. 얼굴에는 여전히 황금 가면이 덮여 있었다. 담요의 틈으로 나온 여러 색의 전선이 그녀의 얼어붙은 몸 이곳저곳에 연결된 밴드, 전극, 흡반들을 계기와 연결했다.

노란 상의를 입고 의사들처럼 마스크를 착용한 아홉 명의 의료 기술자가 계기들의 눈금에서 눈을 떼지 않았다. 푸른 옷을 입은 남자 간호사 네 명과 여자 간호사 세 명이 즉각 지시를 따를 준비를 하고 각자 의사 곁에 대기했다.

짙은 회색 눈썹 덕분에 알아볼 수 있는 르보가 수술대에 몸을 숙이고, 다시 한 번 가면을 들어 올려 보았다. 가면은 움직였지만, 어떤 중심축에 고정된 것 같았다.

"체온은?" 르보가 물었다.

노란 옷의 기술자 한 명이 대답했다. "5도입니다."

"송풍기를……."

푸른 옷의 여자가 유연한 튜브의 끝을 내밀었다. 르보는 그것을 가면과 턱 사이에 밀어 넣었다.

"압력 100g/cm², 기온 15도."

노란 옷의 남자가 작은 핸들 두 개를 돌리고 숫자를 반복해 말했다.

"틀어요." 르보가 말했다.

약하게 슈욱 하는 소리가 들렸다. 15도의 공기가 가면과 여자의 얼굴 사이로 흘러 들어갔다. 르보는 허리를 펴고 동료들을 바라보았다. 그의 눈빛은 거의 근심에 가깝게 심각했다. 푸른 옷의 여자가 거즈 습포로 땀이 맺히는 그의 관자놀이를 닦아 주었다.

"해 봐요!" 포스터가 말했다.

"몇 분만 더, 최대한 기다려 봅시다." 르보가 말했다.

끝없는 몇 분이었다. 수술실 안의 스물세 명의 남녀는 선 채로 기다렸다. 그들은 각자의 심장이 뼈로 된 우리 안에서 쿵쾅거리는 것을 느꼈고, 몸의 무게가 마치 돌처럼 종아리를 단단하게 짓누르는 것을 느꼈다.

황금 가면 쪽을 향한 1번 카메라가 대형 화면에 가면을 거대하게 비췄다. 다시 한 번 초만원을 이룬 회의실에는 완전한 침묵이 흘렀다. 스피커를 통해 마스크 뒤의 급한 호흡과 황금 가면 아래로 공기가 주입되는 긴 소리가 들렸다.

"얼마나 됐지?" 르보의 목소리가 말했다.

"3분 17초입니다." 노란 옷의 남자가 대답했다.

"해 봅시다." 르보가 말했다.

그는 다시 한 번 여자 쪽으로 몸을 숙이고, 가면 아래로 손가락을 넣어 턱 쪽을 살짝 눌렀다.

턱이 천천히 움직였다. 보이지 않았지만, 입이 열린 것이 분명했다.

르보는 두 손으로 가면을 쥐고, 다시 한 번, 아주 천천히 들어 올려 보았다. 더 이상의 저항은 없었다…….

르보는 한숨을 쉬었고, 굵은 눈썹 아래로 그의 눈이 미소를 띠었다. 같은 동작으로, 서두르지 않으며 그는 계속 가면을 들어 올렸다.

"역시 우리가 생각한 대로였어요. 공기나 산소를 주입하는 가면이었소. 입 속에 물미가 달려 있군……."

그는 가면을 완전히 벗겨서 뒤집었다. 확실히, 입 자리에는 유연해 보이는 반투명한 물질로 된 속이 패인 튀어나온 부분이 가장자리를 따라 연결되어 있었다.

"이것 보시오!" 그는 가면의 안쪽을 동료들에게 보여 주었다.

그러나 아무도 보지 않았다. 모두 여자의 얼굴을 보고 있었다.

3_ 엘레아

❝먼저 나는 당신의 입을 보았지. 열린 입의 어두운 구멍을, 그리고 위아래로 보이는 섬세한 치아로 이루어진 거의 투명에 가까운 꽃줄이 당신의 창백한 입술 가장자리로 살짝 드러난 것을. 나는 떨기 시작했어. 병원에서 나는 그렇게 열린 입들을, 생명력이 단숨에 모든 세포에서 떠나가서 별안간 중력에 사로잡힌 텅 빈 고깃덩어리에 지나지 않게 된 육체의 입들을 너무나 많이 보았었어.

하지만 모이소프가 오므린 손을 당신의 턱에 갖다 대고, 가만히 입을 다시 닫고, 잠시 기다렸다가 손을 떼었지.

그리고 당신의 입은 닫힌 채였어…….❞

그녀의 다문 입은—춥고 혈액이 돌지 않아 진주빛이었다—마치 깨지기 쉬운 조개껍질의 가두리 같았다. 그녀의 눈꺼풀은 두 장의 갸름한 지친 나뭇잎과 같고, 속눈썹과 눈썹의 선은 금빛 음영이 진 선으로 그 윤곽을 그렸다. 코는 날렵하고 곧았으며, 콧구멍은 살짝 도드라지고 잘 벌어져 있었다. 따뜻한 갈색 머리칼은 금색 빛을 문질러 바른 듯했다. 머리칼은 햇빛 같은 광채를 빌하며 짧게 곱슬거리면서 이마와 볼을 약간 가리고, 동그랗게 말려들어간 구멍이 난 꽃잎 같은 왼쪽 귓불만 살짝 드러냈다.

남자의 커다란 한숨 소리가 나고, 마이크가 그 소리를 전달했으며, 번역기는 그것을 어찌 옮겨야 할지 몰랐다. 하만이 몸을 숙여 머리칼을 넘기고는 전극과 뇌파 검사기를 꽂았다.

런던 인터내셔널 호텔 지하는—수소폭탄은 안 되어도 원자폭탄에는 내구성이 있었다. 직격이 아니라 낙진에 대해서였지만—안전함과 안락함을 동시에 요구하는 부유한 고객들을 만족시키기에 충분할 만큼 견고했다. 인터내셔널 호텔의 지하는 보호를 보장받을 만큼은 아니지만—그 누구든, 그 무엇이든, 누구도 아무것도 보호할 수 없는 법이니까—안심을 시킬 만큼 눈에 띄는 방호벽으로 둘러싸여 있었는데, 그 건축 양식과 차폐성과 콘크리트 벽 덕분에 '쉐이커'가 되기에 이상적인 넓이와 방음과 흉측함을 갖추고 있었다.

'쉐이커'란 갖가지 계급과 경제력을 지닌 다양한 젊은 남녀들이 모여 열광적인 춤을 추는 데 몰두하는 넓은 홀을 가리키는 말이었다.

이들 청춘 남녀는 새로 태어나고자 하는 본능의 충동에 끌려, 분만되기 전까지 어둑하고 후덥지근한 모태 속에 틀어박혀서 진동하는 음악 소리에 뒤흔들리며, 아직 그들의 관절이나 성기, 뇌 이곳저곳에 달라붙어 있던 선입견과 관습들을 마지막 조각까지 떨쳐 버렸다.

런던 인터내셔널 호텔 지하는 유럽에서 가장 큰 쉐이커였다. 가장 '화끈

한' 곳 중 하나이기도 했다.

육천 명의 젊은이들. 밴드는 단 하나지만, 진동막 없이 이온을 통해 지하 공간의 공기 전체를 테너 색소폰 내부처럼 울리는 스피커가 열두 대. 그리고 그 자리의 주인이자 사회자, 런던 제일의 유명인사, 짧게 깎은 머리에 각설탕만큼 두꺼운 안경을 끼고, 한쪽 눈은 비뚤어지고 다른 쪽 눈은 튀어나온, 16세 소년 유니가 있었다. 호텔 이사회의 결정을 이끌어 내어 지하를 빌린 것은 유니였다. 위층에서 식사를 하거나 자는 손님들에게는 음 하나도 들리지 않았다. 하지만 음악은 이따금 배 속을 뒤흔들 정도로 낮아졌다가, 부글부글 끓어오르며 잉태하는 원료 상태의 청춘의 광경에 감탄하여—그리고 겁에 질려—다시금 높아졌다. 유니는 음향기기의 키보드 앞, 밴드의 위쪽 벽에 걸린 알루미늄 단 위에 서서, 한쪽 귀를 꽃양배추 모양의 거대한 헤드폰에 가린 채 방송 중인 모든 밴드의 연주를 듣다가 괜찮은 것을 발견하면 밴드 대신 그 음악을 스피커에 틀었다. 눈을 감은 채 그는 귀를 기울였다. 한쪽 귀로는 지하에 울리는 엄청난 소리에, 다른 귀로는 찰나의 순간 지나가는 세 소절, 스무 소절, 두 소절의 음악에. 이따금 그는 눈을 감은 채 날카로운 소리를 길게 질렀는데, 그 소리는 튀김냄비에 뿌린 식초처럼 배경 소음 위에서 튀었다. 갑자기 그는 눈을 번쩍 뜨고 음향기기를 끄더니 소리쳤다.

"리슨! 리슨!"

밴드의 연주가 멎었다. 땀을 흘리던 6천 개의 육체가 별안간 움직임 없는 침묵 속에 놓였다. 멍하니 굳어 있던 그들이 정신을 차리는 동안, 유니는 말을 이었다.

"뉴스 오브 더 프로즌 걸!"

야유와 욕설이 빗발쳤다. 닥쳐! 알 게 뭐야! 네 녀석이 가서 후끈 달아오르게 해 줘라! 뿅 가게 해 주라구!

유니가 외쳤다.

"멍청한 자식들! 들어 봐!"

그는 BBC를 스피커에 연결했다. 열두 대의 스피커에서 아나운서의 목소리가 흘러나왔다. 교양 있는 어조의 목소리가 웅장하게 진동하며 지하를 가득 채웠다.

"612 지점에서 도착한 자료를 두 번째로 전달해 드립니다. 단연 오늘의 가장 중요한 뉴스라 하겠습니다……."

칙칙 대는 잡음. 침묵. 믿을 수 없이 먼 곳에서 들려오는, 맨발로 밤을 딛는 무수한 발걸음의 소리와 더불어 하늘이 지하로 들어왔다. 별들의 소리였다…….

그리고 후버의 목소리가 들렸다. 숨 가쁜 듯한 소리. 천식 때문일지도 모른다. 아니면 심장에 지나치게 지방이 끼고 감정이 벅차진 때문이거나.

"여기는 EPI, 612 지점입니다. 저는 후버입니다. 기쁜… 너무나 기쁜 마음으로…… 여러분께 수술실에서 온 발표를 전해 드리게 되었습니다.

〈여성 실험체의 소생 절차는 순조롭게 진행되고 있습니다. 오늘 11월 17일, 현지 시각 14시 52분을 기하여, 이 여성의 심장이 다시 뛰기 시작했습니다…….〉"

아우성치는 소리가 지하실을 울렸다. 유니는 음향기기 앞에서 더 큰 소리로 외쳤다.

"입 다물어! 밥통들 같으니라구! 너희는 영혼도 없냐? 들어 봐!"

그들은 순순히 따랐다. 그들은 음악을 따르듯 목소리를 따랐다. 강렬한 것이라면 뭐든.

정적. 후버의 목소리.

"⋯⋯이 여성의 첫 심장 박동이 녹음되었습니다. 90만년 만에 뛰는 것입니다. 들어 보십시오⋯⋯."

이번에야말로 6천 명의 젊은이가 입을 다물었다. 유니는 환한 얼굴로 눈을 감았다. 두 귀로 같은 소리를 듣고 있었다. 그는 귀를 기울였다.

정적.

들릴락 말락 하는 소리, 쿵⋯⋯

단 한 번이었다.

정적⋯⋯ 정적⋯⋯ 정적⋯⋯

쿵⋯⋯

정적⋯⋯ 정적⋯⋯

쿵⋯⋯

쿵⋯⋯ 쿵⋯⋯

⋯⋯

쿵⋯⋯ 쿵⋯⋯ 쿵, 쿵, 쿵⋯⋯

밴드의 드러머가 심장 뛰는 소리를 따라 발로 가볍게 박자를 맞추었다. 그러다가 손가락 끝으로 드럼을 두드렸다. 유니는 밴드의 연주와 방송을 겹쳐지게 했다. 콘트라베이스 선율이 드럼과 심장 박동에 합세했다. 클라리넷이 길고 높은 소리를 내더니, 즐거운 즉흥곡을 연주했다. 여섯 대의 전자 기타와 열두 대의 전자 바이올린이 열정적인 연주를 했다. 드러머는 온 힘을 다해 타악기들을 두드렸다. 유니는 미나레트에서 기도 시간을 알리듯 외쳤다.

"쉬즈 어웨에에이크!(그녀가 깨어났다!)"

쿵! 쿵! 쿵!

6천 명의 젊은이가 노래했다.

"쉬즈 어웨이크!…… 쉬즈 어웨이크!……"

6천 명은 갓 되살아난 심장의 박자에 맞추어 춤추고 노래했다.

그리하여 깨어남의 춤 '웨이크'가 탄생했다. 춤추고 싶은 이들이 춤추도록, 깨어날 수 있는 이들이 깨어나도록.

아니, 그녀는 깨어나지 않았다. 그녀의 긴 눈꺼풀은 아직 끝없는 잠으로 감겨 있었다. 하지만 심장은 확실하고 힘 있게 뛰고, 폐는 평온하게 호흡하며, 체온은 조금씩 생명의 온도로 올라갔다.

"주의해요!" 르보가 뇌파 측정기를 굽어보며 말했다. "박동이 불규칙해……. 꿈을 꾸고 있어요!"

그녀가 꿈을 꾼다! 그녀를 따라와, 머릿속 어딘가에 웅크리고 얼어붙었던 꿈이 이제 따뜻해져, 피어난 것이었다. 어떤 놀라운 이미지들로 피어났을까? 행복한 꿈일까, 나쁜 꿈일까? 꿈일까, 악몽일까? 심장 박동이 갑자기 30에서 45로 치솟고, 혈압이 급상승했으며, 호흡이 가빠지다 불규칙해졌으며 체온이 36도로 뛰어올랐다.

"준비하시오!" 르보가 말했다. "각성 직전의 맥박입니다. 곧 깨어날 거요! 깨어납니다! 산소 호흡기를 떼어요!"

시몽은 흡입기를 벗겨 간호사에게 건네주었다. 여자의 눈꺼풀이 떨렸다. 눈꺼풀 아래에 가느다랗게 그늘진 틈이 벌어졌다.

"우릴 보면 겁먹을 겁니다!" 시몽이 외쳤다.

그는 얼굴 아래쪽을 덮는 외과용 마스크를 벗었다. 다른 의사들도 똑같이 했다.

천천히 눈꺼풀이 들렸다. 믿을 수 없을 만큼 커다란 두 눈이 나타났다. 흰자위는 무척 깨끗하고 맑았다. 커다란 홍채는 윗눈꺼풀 때문에 조금 그늘이 졌지만 여름 밤하늘 같은 푸른빛이었으며 금가루를 총총히 흩뿌린 듯했다.

눈을 가만히 뜬 채, 분명 눈에 들어오지 않을 천장을 바라보고 있었다. 그러다가 살짝 깜빡하더니, 눈썹이 찌푸려지고, 눈을 움직여 초점을 맞추고, 보았다. 처음에는 시몽을, 그리고 모이소프, 르보, 간호사들, 전원을. 여자의 얼굴에 놀란 표정이 밀려왔다. 그녀는 말하려고 애쓰며, 입을 반쯤 열었지만 혀와 목구멍의 근육이 움직이지 않았다. 그녀는 헐떡이는 소리를 내뱉었다. 머리를 조금 쳐들려고 무진 애를 쓴 끝에 그녀는 모든 것을 보았다. 자신이 어디에 있는지 알 수 없었고, 무서웠고, 누구도 그녀를 안심시켜 줄 말을 할 수 없었다. 모이소프가 그녀에게 미소를 지었다. 시몽은 감격으로 떨었다. 르보가 아주 부드럽게 말을 꺼냈다. 그는 라신 작품의 두 줄, 어떤 언어로 이루어진 것보다 더욱 아름다운 구절을 암송했다. "아리아드네, 내 언니여, 어떤 아픈 사랑으로……."

그것은 언어로 이루어진 노래, 완벽하고 마음을 달래는 노래였다. 하지만 여자는 듣지 않았다. 공포가 그녀를 사로잡는 것이 보였다. 그녀는 다시 말하려고 했지만, 그러지 못했다. 턱이 떨리기 시작했다. 그녀는 다시 눈을 감았고 머리가 뒤로 넘어갔다.

"산소!" 르보가 지시했다. "심장은?"

"정상입니다. 52회……." 노란 옷의 남자가 답했다.

"기절했군……." 반 후크가 말했다. "우리가 엄청나게 겁을 주었군요……. 대체 어떤 광경을 기대했던 걸까요?"

"우리가 당신 딸을 잠재웠는데 그녀가 파푸아뉴기니 주술사 무리에 둘러싸여 깨어나면 어떨 것 같습니까?" 포스터가 대꾸했다.

의사들은 그녀가 기절한 틈에 지상으로 옮기기로 결정했다. 지상의 진료소에는 더 안락한 방이 기다리고 있었다. 그녀는 이중 단열 내벽에 펌프로 공기가 공급되는, 투명 플라스틱으로 된 고치 같은 기구에 실려 들어갔다. 네 사람이 승강기까지 그녀를 옮겼다.

보도진의 사진기자들은 전부 그녀를 보려고 회의실을 나와 달음질쳤다. 기자들은 벌써 무전실에서 전화로 자신들이 본 것과 보지 못한 것을 전 세계에 알리는 중이었다. 대형 화면에 노란 옷을 입은 남자들이 천 마스크를 벗고, 장치를 분리하는 모습이 나왔다. 랜슨은 작업실의 영상을 지우고 대신 구체 내부의 감시카메라가 전송하는 영상을 띄웠다.

레오노바가 갑자기 일어섰다.

"저것 봐요!" 그녀가 손가락으로 화면을 가리키며 말했다. "랜슨 씨, 왼쪽 받침대에 초점을 맞춰 주세요!"

비어 있는 왼쪽 받침대의 영상이 회전하면서 커지고, 엷은 안개의 베일 뒤에서 형체가 명확해졌다. 그러자 받침대의 옆면 하나가 없어진 것이 보였다. 수직 벽 하나 전체가 바닥으로 쑥 들어가고, 알 수 없는 모양의 물건들이 얹힌 금속 선반들이 보였다.

수술실에는 이제 여자 대신 받침대에서 찾아낸 물건들이 수술대 위에 얹혀 있었다. 물건들은 상온을 회복했다. 그것들은 잠든 여행자들의 '여행

짐'인 셈이었다.

수술대 주변에 모인 것은 의사들이 아니라 전공 분야에 따라 그 물건들의 쓰임새와 기능을 가장 잘 이해할 만한 학자들이었다.

레오노바가 개켜진 옷처럼 생긴 것을 조심스레 집어 들어 펼쳤다. 그것은 종이도 천도 아닌 소재로 된 직사각형으로, 오렌지색에 노랗고 빨간 무늬가 있었다. 절대 영도의 추위 덕분에 그것은 완벽한 상태로 보존되어 있었다. 유연하고, 가볍고, '흐르는' 듯했으며, 튼튼해 보였다. 여러 가지 색깔과 형태와 다양한 크기로 여러 벌이 있었는데, 소매도, 벌어진 틈도, 단추도, 후크도, 끈도, '입'거나 고정시킬 수 있는 장치라곤 아무것도 없어 보였다.

학자들은 그것들의 무게를 달아 보고, 크기를 재 보고, 번호를 붙이고, 사진을 찍고, 분석해 보기 위해 현미경용 표본을 채취한 후 다음 물건으로 넘어갔다.

다음 물체는 모퉁이가 둥그스름한 정육면체로, 모서리 길이는 22cm였다. 한쪽 면에 대각선을 따라 속이 빈 튜브가 달려 있었다. 전체적으로 아담하고, 투명한 회색의 단단하고 가벼운 물질로 되어 있었다. 물리학자 호이토가 손으로 그것을 들고 오랫동안 바라보다가 다른 물건들로 눈을 돌렸다.

다양한 색깔의 팔각형 막대들이 담긴 뚜껑 없는 상자가 있었다. 호이토는 막대 하나를 집어 정육면체에 붙은 튜브에 밀어 넣었다. 그러자 물체에서 빛이 나며 부드럽게 비쳤다.

그리고 물체는 숨소리를 냈다…….

호이토의 얼굴에 엷은 미소가 떠올랐다. 그는 섬세한 손으로 육면체를 하얀 테이블 위에 얹었다.

이번에는 물체가 말을 했다. 여자 목소리가 낮은 소리로 미지의 언어를 이야기했다. 음악이 흘러나왔는데, 새들이 가득하고 하프가 여기저기 놓인 숲을 스치는 산들바람의 속삭임을 닮은 음악이었다. 그리고 육면체의 윗면에는 안쪽에서 비치는 듯한 이미지가 나타났다. 말하는 여자의 얼굴이었다. 알 안에서 발견된 여자와 닮았지만, 그녀는 아니었다. 그녀는 미소를 짓고는 사라졌고, 대신 낯선 꽃 한 송이가 나타났는데, 꽃 역시 흐르는 듯한 색채가 되어 사라졌다. 여자의 목소리는 이어졌다. 노래도 아니고, 이야기도 아닌, 노래이면서 동시에 이야기였고, 시냇물 흐르는 소리나 빗소리처럼 소박하고 자연스러웠다. 그리고 육면체의 모든 면이 번갈아 가며 혹은 전부 빛을 발하면서, 손, 꽃, 성기, 새, 가슴, 얼굴, 모양과 색이 바뀌는 물체, 무엇인지 모를 형태, 형태 없는 색채를 보여 주었다.

모두가 사로잡혀 보고 들었다. 미지의 것, 예상치 못한 것이면서도 그 이미지들과 소리는 마치 모든 관습과 장벽을 뛰어넘어 저마다의 은밀하고 깊숙한 영감을 따라 각자를 위해 특별히 만들어진 듯, 마음 속 깊이 개인적인 감동을 주었다.

후버가 도리질을 하고 헛기침을 하더니 기침했다.

"재미있는 라디오로군. 그거 꺼요."

호이토는 튜브에서 막대를 꺼냈다. 육면체는 빛이 꺼지고 조용해졌다.

30도로 난방이 된 진료소에 여자는 나체로 있었다.

다시 나체가 된 여자는 좁은 침대에 누워 있었다.

여자의 손목, 관자놀이, 발, 팔에는 전극, 판, 밴드 따위가 부착되어 꼬이고 말린 선들을 통해 검사 장비들로 연결되었다.

안마사 두 명이 그녀의 허벅지 근육을 안마했다. 남자 안마사 한 명은 그녀의 턱 근육을 안마했다. 간호사는 적외선 치료기를 그녀의 목 주변에 쐬었다. 반 후크가 부드럽게 여자의 복부를 촉진했다. 의사, 간호사, 기술자들은 더워서 땀을 흘리며 실신 상태가 계속되는 것에 애가 닳아 바라보며 낮은 소리로 의견을 주고받았다. 시몽은 여자를 바라보고, 여자를 둘러싼 이들이 그녀를 만지는 것을 바라보았다. 그는 주먹을 꽉 쥐고 이를 악물었다.

"근육이 반응을 보이는군." 반 후크가 말했다. "의식이 돌아온 것 같습니다……."

모이소프가 침대 머리맡으로 가서 여자 쪽으로 몸을 굽히고 한쪽 눈꺼풀을, 다른 쪽 눈꺼풀을 쳐들었다…….

"의식이 있소! 일부러 눈을 감고 있는 겁니다……. 지금은 기절한 것도 잠든 것도 아니오……."

"왜 눈을 감고 있을까요?" 포스터가 물었다.

시몽은 버럭 소리쳤다.

"무서우니까 그렇죠! 여자가 무서워하지 않게 하려면, 실험용 동물처럼 다루는 짓을 그만둬야 합니다!"

그는 침대 주변에 모여 선 다섯 사람을 쫓아내는 손짓을 했다.

"여기서 나가요. 여자를 좀 가만히 둬요!"

반 후크는 항의했다. 르보가 말했다.

"그 말이 맞는 것 같소……. 시몽은 페리에 밑에서 2년간 심리치료를 배웠지……. 어쩌면 지금은 우리보다 그가 더 적임자일지도 몰라요……. 갑시다! 저것들 다 떼어 내고……."

모이소프는 이미 뇌파 측정기의 전극들을 떼어 냈다. 간호사들이 누워 있는 몸에서 거미줄에 걸린 먹잇감처럼 칭칭 늘어져 있던 다른 선들을 모조리 치웠다. 시몽은 침대 발치에 젖혀져 있던 담요를 들어 조심스럽게 여자의 어깨까지 덮어 주고 두 팔만 나오게 했다. 그녀는 오른손 가운뎃손가락에 윗부분이 잘려 나간 피라미드 모양의 보석이 달린 커다란 금반지를 끼고 있었다. 시몽은 반지를 끼지 않은 왼손을 두 손으로 쥐고, 길 잃은 새를 달래듯이 잡았다.

르보가 소리 없이 간호사와 안마사와 기술자들을 내보냈다. 그는 시몽에게 의자 하나를 밀어 주고, 벽으로 물러나 다른 의사들에게 자기처럼 하라는 몸짓을 했다. 반 후크는 어깨를 으쓱하고 나가 버렸다.

시몽은 앉아서, 여전히 여자의 손을 잡은 두 손을 침대 위에 내려놓고, 말하기 시작했다. 매우 부드럽게, 속삭이듯이. 아주 따스하고, 아주 침착하게, 마치 고열과 괴로움으로 겁에 질린 아픈 아이를 달래듯이.

"우리는 친구입니다……. 내 말을 이해하지는 못하겠지만, 내가 친구처럼 말하고 있다는 건 알겠지요……. 우리는 친구입니다……. 눈을 떠도 괜찮아요……. 우리 얼굴을 봐도 괜찮아요……. 우리는 당신이 잘되기만을 바랍니다……. 모든 게 잘될 거예요……. 당신은 좋아질 겁니다……. 깨어나도 됩니다……. 우리는 당신의 친구입니다……. 우린 당신을 행복하게 해 주고 싶어요……. 우리는 당신을 사랑합니다……."

그녀는 눈을 뜨고 그를 보았다.

지하에서는 여러 가지 물건들을 검사하고, 무게와 크기를 재어 보고, 사진을 찍었다. 용도를 알 수 있는 것도 알 수 없는 것도 있었다. 이번에는 세

손가락이 달린 벙어리장갑 같은 물건 차례였다. 엄지와 검지가 있고, 중지와 약지와 새끼손가락이 같이 들어갈 곳은 더 컸다. 후버가 그것을 들어 올렸다.

"왼손용 장갑입니다." 그가 녹화 카메라 쪽으로 장갑을 들어 보이며 말했다.

그는 눈으로 오른손용을 찾았지만, 없었다.

"정정합니다. 외팔이용 장갑이군요!"

그는 왼손에 장갑을 끼고, 손가락을 굽혀 보았다. 검지는 꼿꼿하게 선 채고, 엄지는 돌아갔으며, 남은 세 손가락은 함께 손바닥 쪽으로 굽어졌다. 순간 빛과 소리를 내며 둔중한 충격이 일고, 비명 소리가 났다. 후버의 맞은편에 있던 루마니아인 이오네스쿠가 마치 엄청난 힘으로 내던져진 듯, 양팔을 벌리고 다리가 뒤틀려진 채 공중으로 날아가 장비들에 내동댕이쳐져 박살을 냈다.

후버는 넋이 나가 손을 들고 쳐다보았다. 요란한 굉음이 나며, 맞은편 벽 위쪽과 천장의 반이 산산조각 났다.

그는—아슬아슬하게!—남은 천장과 자기 머리를 날려 버리기 직전에 반사 신경을 발동해, 손가락을 폈다…….

공기 중의 붉은 빛이 사라졌다.

"이런……!" 후버는 낯설고 끔찍한 물건을 대하듯 팔을 쭉 뻗어 장갑 낀 왼손을 멀리했다.

손이 떨렸다.

"어 웨폰……." 그가 말했다.

번역기가 열일곱 개 언어로 그 말을 옮겼다.

"무기입니다……."

여자는 다시 눈을 감았지만, 이번에는 숨기 위해서가 아니라 피로해서였다. 그녀는 헤아릴 수 없는 피곤함에 휩싸인 듯했다.

"뭔가 먹여야겠군." 르보가 말했다. "하지만 뭘 먹는지 어떻게 안다?"

"그만큼 봤으면 포유류라는 건 충분히 알 만하지 않습니까!" 시몽이 격분해서 말했다. "우유지요!"

그는 갑자기 입을 다물었다. 모두 주의를 기울였다.

그녀의 입술이 움직였다. 아주 약한 소리로 말을 했다. 말을 멈추었다. 다시 시작했다. 그녀는 같은 문장을 반복하는 것 같았다. 그녀가 푸른 눈을 뜨자 하늘이 방 안을 채우는 듯했다. 그녀는 시몽을 바라보며 같은 말을 반복했다. 자기 말을 이해시킬 방법이 전혀 없다는 것이 분명하자, 그녀는 다시 눈을 감고 입을 다물었다.

간호사가 미지근한 우유가 든 그릇을 가져왔다. 시몽은 우유를 받아, 그 온기로 담요 위에 얹힌 손등을 가볍게 건드렸다.

여자가 쳐다보았다. 간호사가 그녀의 상체를 일으켜 부축했다. 그녀는 그릇을 받으려 했지만, 손의 연약한 근육은 아직 온전한 힘을 되찾지 못했다. 시몽은 그릇을 그녀에게 들어 주었다. 우유의 냄새가 코에 닿자 그녀는 소스라치더니 혐오스럽다는 듯 얼굴을 찡그리고 몸을 뒤로 뺐다. 그녀는 주위를 둘러보며 같은 말을 반복했다. 뭔가를 가리키는 말이 분명했다…….

"물이다! 물을 달라는 거요!" 갑자기 분명하게 깨달은 시몽이 말했다.

과연 여자가 바라던 것은 물이었다. 그녀는 물 한 잔을 마시고, 반 잔을 더 마셨다.

그녀가 다시 눕자, 시몽은 자기 손을 가슴에 대고 부드럽게 자기 이름을 말했다.

"시몽······."

그는 같은 동작과 말을 두 번 반복했다. 여자는 이해했다. 시몽을 바라보며, 그녀는 왼손을 들고, 자기 이마에 얹고는 말했다.

"엘레아."

시몽에게서 눈길을 떼지 않은 채, 그녀는 다시금 몸짓하며 말했다.

"엘레아······."

이오네스쿠의 시신을 옮기기 위해 들어 올렸던 이들은 모래와 자갈로 가득 찬 고무 자루를 주워 드는 느낌이었다. 그는 코와 입가에서 피를 약간 흘렸을 뿐이었지만, 온몸의 뼈가 다 으스러지고, 몸 안쪽은 곤죽이 되어 있었다.

그 일로부터 며칠이 지났음에도, 후버는 여전히 저도 모르게 왼손을 슬며시 바라보며 세 손가락을 구부리고 검지와 엄지를 펴고 있음을 깨닫곤 했다. 가까이에 버번위스키나 독한 스카치위스키, 아니면 아무거나 브랜디라도 있었다면, 그는 서슴지 않고 거기서 너무나 간절한 마음의 위안을 찾았을 것이다. 몇 주 동안 두 차례나 사람을 죽이게 된 불행한 운명을 견뎌 내기 위해서는 그의 넉넉한 낙천주의를 모조리 동원해야 했다. 그때까지 사람을 죽인 적이 없는 것은 말할 나위도 없지만, 그는 그 무엇도 죽인 적이 없었다. 사냥하러 가서 토끼를 잡은 적도, 낚시에서 모래무지를 잡은 적도, 파리나 벼룩조차 죽인 일이 없었다.

무기와 아직 조사하지 않은 물건들은 원래 있던 받침대 안에 도로 놓였다. 직공들이 소생실을 재건했고 기술자들이 고칠 수 있는 부분을 고쳤지만, 여러 장비가 완전히 파손되었고, 알의 두 번째 여행자를 소생시키기 위해서는 새 장비가 대체될 때까지 기다려야 했다.

여자는—엘레아, 그것이 그녀의 이름인 듯했다—모든 음식을 거부했다. 위에 관을 삽입해 유동식을 주입하려는 시도를 해 보았다. 여자가 너무 거세게 발버둥치는 바람에 몸을 묶어야만 했다. 하지만 입을 열게 할 수가 없었다. 콧구멍을 통해 관을 삽입했으나, 유동식이 위에 들어가자마자 그녀는 토했다.

처음에 시몽은 이런 난폭한 짓들에 항의했으나 결국은 체념했다. 그 결과는 자신이 옳았고 그게 좋은 방법이 아니었다는 확신을 더해 줄 뿐이었다. 동료들이 과거에서 온 여자의 소화 체계는 현재의 음식물을 소화시키도록 되어 있지 않다는 결론에 도달하고, 혹시 그녀의 위액에 대해 뭔가 알아낼 수 있으리라는 희망에서 토해 낸 유동식을 분석하는 동안, 그는 단 하나의 질문, 자신이 생각하기에 유일하게 중요한 질문만을 되씹었다.

"어떻게, 어떻게, 어떻게 해야 소통할 수 있을까?"

소통하고, 그녀에게 말하고, 그녀의 말을 듣고, 이해하고, 무엇을 필요로 하는지 알아야 한다. 어떻게, 대체 어떻게?

구속복에 갇혀, 팔과 허벅지는 벨트로 고정된 채, 그녀는 이제 저항조차 하지 않았다. 꼼짝 않고, 한없이 푸른 두 눈의 하늘을 다시금 눈꺼풀로 내리닫은 그녀는 공포와 체념의 끝에 다다른 것 같았다. 오른팔 안쪽에 꽂힌 굵은 바늘이 침대 링거대에 걸린 영양 수액을 그녀의 혈관으로 천천히 흘려보냈다. 시몽은 그 야만스럽고 잔혹한 도구를, 그럼에도 그녀가 굶어 죽게 될 순간을 늦추는 유일한 방법을 증오스럽게 바라보았다. 더 이상 견딜 수가 없었다. 어떻게든…….

그는 갑자기 방에서 나가, 진료소에서 뛰쳐나갔다.

얼음 속을 깎아서 낸 너비 11미터, 길이 300미터의 도로가 EPI 2의 척추 역할을 했다. 그 길은 남극점에 도달한 최초의 인간을 기리는 뜻에서 아문센 대로라는 이름으로 불렸다. 최초―적어도 지금까지는 말이다. 대로 좌우로 짧은 길들과 건물 입구가 나 있었다. 커다란 노란 타이어가 달린 지붕 없는 낮은 전기 화물차들이 필요할 때면 물자를 수송하는 역할을 했다. 시몽은 그중 하나, 진료소 문 근처에 아무렇게나 놓여 있던 차량에 뛰어올라 손잡이를 밀었다. 차는 쥐를 잡아먹고 배부른 큰 고양이처럼 골골거리며 나아가기 시작했다. 하지만 속도는 시속 15킬로를 넘지 않았다. 시몽은 거친 빙판 위로 뛰어내려 달리기 시작했다. 번역기는 대로의 끝 가까이에 있었다. 그다음은 120도로 커브를 돈 곳에 원자로가 있었다.

그는 번역기 센터 안으로 들어가, 여섯 개의 문을 열고서야 여직원을 만났고, "무엇을 도와 드릴까요?"라는 말에 짜증스런 손짓으로 답하고는 마침내 비좁은 방 안에서 발길을 멈췄다. 그 방의 안쪽 벽, 빙산으로 된 벽은 스펀지와 플라스틱으로 두껍게 싸이고 모직으로 덮여 있었다. 다른 벽은 유리, 다른 벽은 금속이었다. 금속 벽 앞에는 계기판, 스위치, 핸들, 표시등, 마이크, 버튼, 레버 따위가 잔뜩 붙은 콘솔이 있었다. 콘솔 앞에는 회전의자가 있고, 그 의자에 터키인 문헌학자 루코스가 앉아 있었다.

루코스는 부두 노동자 같은 육체를 지닌 천재였다. 앉아 있는데도 그에게선 범상치 않은 힘을 지녔음이 느껴졌다. 그의 육중한 엉덩이 근육에 가려져 의자는 보이지 않았다. 그는 어깨에 말이나 소라도, 아니 한꺼번에 둘

다라도 짊어질 수 있을 것 같았다.

번역기의 두뇌를 구상한 것이 바로 그였다. 미국인들은 그런 착상을 믿지 않았고, 유럽인들은 능력이 없었고, 러시아인들은 불신했지만, 일본인들은 받아들여 그에게 전적인 지원을 아끼지 않았다. EPI 2의 번역기는 열두 번째로 3년 전부터 가동되었고, 가장 완성도 높은 버전이었다. 번역기는 17개 언어를 옮겼으나 루코스 본인은 그 열 배, 어쩌면 스무 배는 더 많은 언어를 알았다. 모차르트가 음악의 천재이듯 그는 언어의 천재였다. 새로운 언어를 마주하면 그에겐 문헌 하나, 비교 연구를 할 참고 자료, 몇 시간만 있으면 충분했고, 그러면 짐작을 거쳐 불현듯 새 언어의 구조를 이해하고 어휘를 친숙하게 느끼게 되는 것이었다. 그럼에도 엘레아의 언어 앞에서 그는 막히고 말았다.

그에겐 두 가지 연구 자료가 있었고 그것들은 그의 앞에 놓여 있었다. 노래하는 육면체와, 포켓판 책만 한 크기의 다른 물건이었다. 평평한 한쪽 면에 빛을 발하는 띠가 둘리고 띠에는 규칙적인 선들이 가득했다. 각각의 선은 연속된 기호들로 이루어져 있고, 이는 문자 체계를 이루는 것이 분명해 보였다. 인물들이 활동하는 장면을 나타낸 3차원의 이미지들이 있어, 이 물체는 더욱 그림책 같아 보였다.

"어떻습니까?" 시몽이 물었다.

루코스는 어깨를 으쓱했다. 이틀 전부터 그는 번역기의 기록 화면에 기호 집단들을 입력해 왔지만 그것들은 서로 아무런 관련이 없는 것 같았다. 이 낯선 언어를 이루는 단어들은 너무나 다양하고 결코 반복되는 일이 없는 듯했다.

"뭔가 내가 놓치는 게 있소." 그가 투덜거렸다. "이 아이도 마찬가지고."

그는 두툼한 손으로 콘솔의 금속을 두드리더니, 음악이 나오는 육면체의 튜브에 막대 하나를 밀어 넣었다. 이번에는 남자 목소리가 노래하는 듯 이야기하기 시작했고, 육면체에는 크고 맑은 푸른 눈에 어깨까지 늘어지는 검은 머리를 한 수염 없는 남자의 얼굴이 나타났다.

"해결책은 아마 여기 있을 거요. 번역기는 막대를 전부 기록했소. 47개가 있지. 각각 수천 개의 음성을 담고 있소. 그 문자에는 만 개 이상의 서로 다른 단어들이 있고. 그게 단어가 맞다면 말이오……! 입력을 다 마치면, 번역기가 그것들을 비교해 봐야 하오. 하나씩 하나씩, 그리고 집단별로, 각 음성과 음성 집단별로, 번역기가 보편적인 개념, 규칙, 방향, 뭔가 따를 것을 발견할 때까지 말이오. 물론 나도, 번역기의 가설들을 검토하고 가설을 제시하면서 도울 것이오. 그리고 이 이미지들도 우리 둘 다에게 도움이 되겠지……."

"얼마나 있어야 결과가 나올까요?" 시몽이 걱정스레 물었다.

"어쩌면 며칠……. 헤맨다면 몇 주가 걸리겠지."

"그러면 그녀는 죽어요!" 시몽이 소리쳤다. "아니면 미칠 겁니다! 당장 성공해야 해요! 오늘, 내일, 몇 시간 후에 말입니다! 댁의 기계를 흔들어요! 데이터베이스를 총동원하라고요! 여긴 기술자들이 많이 있잖습니까!"

루코스는 예후디 메뉴인이 스트라디바리우스를 '흔들어서' 파가니니의 프레스티시모를 '더 빨리' 연주하라고 재촉하는 사람에게 지었을 법한 표정으로 시몽을 바라보았다.

"내 기계는 제 할 일을 하고 있어요. 애한테 필요한 건 기술자들이 아니오. 기술자는 충분해요. 필요한 건 두뇌들이오……."

"두뇌라고요? 여기보다 더 뛰어난 두뇌들이 모인 곳은 세상에 없을 겁니다! 즉시 위원회를 소집하지요. 거기서 문제점을 설명하시면…….”

“그건 작은 뇌라오, 의사 양반, 인간의 아주 작은 두뇌이지. 쉼표 하나의 의미에 의견 일치를 보는 데만도 인간의 뇌로는 몇 백 년의 토론을 해야 할 거요……. 내가 두뇌라고 한 건, 이 아이의 두뇌를 말했던 거요.”

그는 다시금 콘솔의 가장자리를 쓰다듬고는 말했다.

“그리고 그 동료들 말이오.”

EPI 1의 안테나가 새로운 SOS 신호를 보냈다. 세계 최고의 전자두뇌들이 즉각 협력해 줄 것을 호소하는 내용이었다.

이내 사방에서 응답이 왔다. 사용할 수 있는 모든 컴퓨터가 루코스와 그의 팀에 제공되었다. 하지만 당장 사용 가능한 컴퓨터들은 당연히 용량도 성능도 최고가 아니었다. 최고 성능의 컴퓨터들에 대해서는 약속을 받아 냈다. 프로그램을 돌리는 사이에 잠시 여유가 생기면 기꺼이 도울 것이며, 최선을 다해 보겠다, 그런 말들이었다.

시몽은 엘레아의 방에 세 대의 카메라를 들였다. 그는 최후의 수단인 영양 수액을 주입하는 바늘이 꽂힌 엘레아의 팔뚝 안쪽에 카메라 한 대를, 눈을 감고 볼이 움푹 팬 그녀의 얼굴에 또 한 대를, 다시 알몸이 된 안쓰러울 정도로 야윈 몸에 마지막 한 대를 향하게 했다.

그는 이 영상들을 EPI 1의 안테나를 통해 인류의 눈과 귀로 보냈다. 그리고 말했다.

“그녀는 죽을 겁니다. 우리가 그녀를 이해하지 못하기 때문에 그녀는 죽게 됩니다. 그녀는 굶주림으로 죽고, 무엇을 먹여야 하는지 그녀가 우리에게 하는 말을 알아듣지 못하는 우리는 그녀를 죽게 내버려 두는 거나 마찬가지입니다. 그녀를 이해하도록 도와줄 수 있는 이들이, 팔각형 볼트와 육각형 볼트의 원가를 비교하거나 주민의 성별과 나이와 피부색에 따라 티슈 판매 매장을 어떻게 배치하는 게 가장 좋을지 계산하기에 바쁜 그 소중한 컴퓨터의 시간을 1분도 내주려 하지 않아서, 그녀는 죽는 겁니다!

보십시오, 잘 봐 두십시오, 다시는 그녀를 볼 수 없습니다, 그녀는 죽을 테니까요……. 우리들, 현재의 인류는 막대한 힘과 우리 시대 최고의 지식인들을 동원하여 깊은 얼음 속에서 잠든 그녀를 찾아내고는, 죽이려 합니다. 부끄러운 일입니다!"

한순간 그는 입을 다물었다. 그리고 나직하게, 감정에 압도된 목소리로 다시 한 번 말했다.

"부끄러운 일입니다……."

인터콘티넨탈 기계-전기회사의 회장 존 가트너는 전용 제트기를 타고 디트로이트에서 브뤼셀로 가던 중 이 방송을 보았다. 그는 자신을 수행하는 직원들과 먼 곳에서 암호화된 대화를 받아보는 직원들에게 지시를 내렸다. 제트기는 아조레스 제도 3만 미터 위의 상공을 지나가고 있었다. 그는 아침식사로 투명한 멸균 봉투에 든 삶은 달걀의 노른자를 빨대로 빨아 먹은 참이었다. 오렌지주스와 위스키가 든 봉투도 있었다. 그는 말했다.

"디스 보이 이즈 라이트(이 친구 말이 맞아). 아무것도 하지 않는다면 부끄러운 일이지."

그는 즉시 회사의 슈퍼컴퓨터 전부를 EPI에서 자유롭게 쓸 수 있게 하라는 명령을 내렸다. 슈퍼컴퓨터는 미국에 일곱 대, 유럽에 아홉 대, 아시아에 세 대, 아프리카에 한 대가 있었다.

부하 직원들은 아연실색하여 그 경우 회사 업무의 전 부문에서 얼마나 지독한 혼란이 일어날지 설명하려 들었다. 혼란을 바로잡으려면 몇 달이나 걸릴 것이다. 게다가 회복할 수 없는 손해도 일어날 것이다.

"그런 건 상관없어. 우리가 아무것도 하지 않는다면 부끄러운 일이야."

그는 사람이었고, 정말로 부끄럽게 여겼다. 그는 또 유능한 사람이자 사업가이기도 했다. 그는 자신의 결정을 모든 수단을 동원해 즉각 전 세계에 알리라는 지시를 내렸다. 그 결과는 다음과 같았다.

효율 면에서, 인터콘티넨탈 기계-전기 회사 회장의 결정으로 사업은 17% 성장했다.

사업 면에서 기계-전기 회사의 인기와 매상이 올라가자 연쇄반응이 일어났다. 그때부터 모든 세계적 대기업, 연구소, 대학, 정부 부처, 심지어 미국 국방성과 러시아 탄도학 연구부조차 루코스에게 자신들이 보유한 전자두뇌를 마음껏 이용하라고 알려 왔다. 다만, 가능하다면 서둘러 달라고 당부했다.

쓸데없는 충고였다. 612 지점에서는 누구나 자신들이 죽음과 사투를 벌이고 있음을 알았다. 엘레아는 시시각각 약해졌다. 그녀는 다른 음식물을 먹어 보겠다고 승낙했지만, 그녀의 위에서 받아들이지를 않았다. 그리고 그녀는 계속해서 두 단어, 아니면 세 단어로 이루어진 듯한 똑같은 소리가 연속된 말을 되풀이했다. 이 세 단어를 이해하는 것, 전 세계 최고의 정교한 기술력 전체가 이 목적을 위해 힘쓰고 있었다.

세계의 끝에서, 루코스는 너무도 경이로운 연합을 시도했고 성공했다. 그의 지시에 따라 모든 슈퍼컴퓨터들은 유선으로, 무선으로, 영상 전파와 음성 전파로 전 세계 정지 위성들의 중계를 통해 서로 연결되었다. 몇 시간 만에 기업들의 경쟁, 국가 간의 전쟁, 사상의 대립, 민족 간의 증오를 위해 사용되던 최고의 전자두뇌들이 서로 연합하여 하나의 거대한 지능이 되었고, 이 지능의 신경망 통신은 전 세계와 주변의 하늘을 둘러쌌으며, 상상할 수조차 없는 막대한 능력을 다해 세 단어를 이해한다는 아주 작고 이해관계와 동떨어진 목적을 위해 애썼다.

이 세 단어를 이해하려면 미지의 언어 전체를 이해해야 했다. 번역기의 기술자들과 EPI 1의 발신기와 수신기 기술자들은 초췌하고, 지저분하고, 피곤해서 눈이 벌게진 채 분초를 다투며 불가능과 싸웠다. 그들은 쉬지 않고 '전체 두뇌'의 회로에 번역기의 검토를 이미 거친 새 데이터와 문제들, 그리고 루코스의 새로운 가설들을 주입했다. 루코스의 천재적인 두뇌는 엄청난 용량의 전자두뇌에 필적할 만큼 확장되는 것 같았다. 그는 거짓말 같은 속도로 컴퓨터 두뇌와 소통했으며, 그를 지체시키는 것은 발신기와 중계기에서 발생하는 제약뿐이었고, 그런 일에 그는 노발대발 화를 내곤 했다. 그에게는 그런 것들 없이도 직접 타자와 소통할 수 있을 것처럼 느껴졌다. 이 두 놀라운 지능, 살아 있는 지능과 마치 살아 있는 것 같은 지능은 서로 소통하는 그 이상이었다. 둘은 다른 이들을 훌쩍 뛰어넘어 같은 수준에 있었다. 둘은 서로를 이해했다.

시몽은 진료소에서 번역기를, 번역기에서 진료소를 초조하게 오고갔다. 그가 녹초가 된 기술자들을 들볶으면 그들은 시몽을 내쫓았고, 루코스는 이제 그에게 대꾸조차 하지 않았다.

마침내, 갑자기 모든 것이 명백해지는 순간이 왔다. 수십억 개의 조합 가운데서 두뇌는 논리를 발견했고, 빛의 속도로 거기서 결과들을 도출하여 그 결과들을 조합하고 시험했으며, 17초도 되지 않아 번역기에게 미지의 언어의 모든 비밀을 전달했다.

그런 다음 두뇌는 해체되었다. 중계는 정지되고, 연결은 풀리고, 전 세계에 뻗었던 신경 조직망은 끊어지고 흡수되었다. 거대한 두뇌에서 남은 것은 개별적인 신경절들뿐이었고, 그것들은 전처럼 사회주의자나 자본주의자, 상인이나 군인으로 되돌아가 욕심과 불신에 이바지했다.

번역기의 큰 방, 알루미늄으로 된 사방 벽 안에는 완전한 정적이 돌았다. 기록 장비를 담당하는 기술자 두 명이 바라보는 가운데 루코스는 입력용 판에 엘레아의 세 단어가 녹음된 작은 테이프 릴을 올렸다. 엘레아의 방에서, 그녀가 점점 더 잦아들어 가는 목소리로, 점점 더 적게 하게 된 그 말을 마이크로 녹음한 것이다…….

릴이 제자리에 들어가는 작은 딸깍 소리가 났다. 시몽은 뤼코스가 앉은 의자의 등받이에 두 손을 얹은 채 다시 안달하기 시작했다.

"어때요……!"

루코스가 시동 스위치를 눌렀다. 릴은 4분의 1바퀴쯤 도는 듯하더니 벌써 다 풀리고, 프린터가 작동했다. 루코스는 팔을 뻗어, 번역기가 1초도 안 되는 시간에 내놓은 비밀의 번역문이 인쇄된 종이를 꺼냈다.

그의 눈길이 종이에 닿은 순간 시몽이 종이를 손에서 빼앗아 갔다.

시몽은 프랑스어 번역문을 읽었다. 그는 어리둥절해져 루코스를 바라보았고 그는 고개를 끄덕였다. 루코스는 그새 알바니아어, 영어, 독일어, 아랍어 번역문을 읽었던 것이다…….

그는 종이를 도로 받아 다음 번역문들을 읽었다. 똑같았다. 17개 언어 모두에서 똑같이 말이 안 되었다. 러시아어와 중국어로도 그럴뿐더러 스페인어로도 의미가 통하지 않았다. 프랑스어로 하면 그 말은 다음과 같았다.

"먹는 기계 것"

시몽은 이제 목소리를 높일 기운조차 없었다.

"당신의 그 두뇌들······" 그의 목소리는 거의 속삭임에 가까웠다. "당신의 그 잘난······ 쓰레기 같은 두뇌들은······."

고개를 수그리고, 등은 구부정한 채 그는 발을 질질 끌며 가장 가까이의 벽으로 갔고, 무릎이 꺾이고, 늘어져서, 빛에서 등을 돌리고 알루미늄 방 구석에 코를 박은 채 잠이 들었다.

그는 9분간 잤다. 별안간 그는 깨어나 소리를 지르며 일어났다.

"루코스······!"

루코스는 거기 있었다. 그는 번역기에 책 같은 물체에서 찾은 텍스트의 부분들을 번역기에 입력하고, 프린트가 출력한 번역문들을 해독하는 중이었다.

그것은 놀라운 문체로 쓰인 역사의 단편들이었다. 너무나 낯선 세상에서 벌어지는 일이었기에 환상적으로 느껴질 정도였다.

"루코스! 우리가 한 이 모든 것이 헛일이었던 겁니까?"

"아니오." 루코스가 대답했다. "보시오······."

그는 인쇄된 종이들을 내밀었다.

"이건 글을 번역한 거요. 이건 횡설수설한 헛소리가 아니잖소! 컴퓨터 두뇌는 바보가 아니었고, 나도 마찬가지요. 컴퓨터는 언어를 제대로 이해했고, 내 번역기는 그걸 제대로 받아들였소. 보시다시피, 번역기는 옮겼소······ 충실하게······ 정확하게······ '먹는 기계 것'이라고."

"먹는 기계 것······."

"뭔가 뜻이 있는 거요! 번역기는 뭔가 의미가 있는 단어들을 번역한 거요! 우리가 멍청하기 때문에 이해하지 못할 뿐이지!"

"알겠습니다…… 알겠어요……. 그럼……."

다시금 솟아오르는 희망을 느끼며 그는 갑자기 형제를 대하듯 루코스에게 말을 놓았다…….

"이 언어에 번역기의 파장 하나를 할당해 줄 수 있겠나?"

"빈 곳이 없네……."

"하나를 빼! 언어 하나를 삭제해!"

"어떤 언어를?"

"아무거나! 한국어, 체코어, 스웨덴어, 프랑스어라도 좋아!"

"그 나라에서 엄청나게 화를 낼 텐데!"

"그것 참, 거 참, 화낸다니 큰일이군! 지금이 민족적 분개에 신경 쓸 때라고 생각하나?"

"이오네스쿠!"

"뭐라고?"

"이오네스쿠……! 그는 죽었지……. 루마니아어를 쓰는 건 그뿐이었어! 루마니아어를 지우고 그 파장을 이용하지."

루코스는 일어섰고, 그의 철제 의자는 한숨 돌린 듯 삐걱거렸다.

"여보세요!"

거대한 몸집의 터키인은 칸막이 너머에서 인터폰에 대고 고함을 질렀다.

"여보세요, 하카……! 곯아떨어졌군, 젠장!"

그는 얼굴이 벌게져 터키어로 욕설을 퍼붓기 시작했다.

졸린 목소리가 대답했다. 루코스는 그에게 영어로 지시를 내리고, 시몽 쪽으로 돌아섰다.

"2분이면 되네……."

시몽은 문으로 달려갔다.

"잠깐!" 루코스가 붙잡았다.

그는 벽장을 열고 캐비닛에서 루마니아 국기 색깔의 마이크 발신기와 이어폰을 꺼내 시몽에게 건넸다.

"자, 그녀에게 주게……."

시몽은 두 개의 자그마한 도구를 받았다.

"조심하게." 그가 말했다. "자네의 굉장하신 기계가 그녀의 고막에 고함을 질러대지 않도록!"

"약속하지." 루코스가 말했다. "내가 지켜볼 거야……. 부드럽게…… 아주 부드럽게 말하도록……."

그는 마디 달린 벽돌처럼 거친 두 손으로, 함께했던 엄청난 노력의 시간 동안 친구가 된 이의 손을 잡고, 부드럽게 쥐었다.

"약속하겠네……. 가게나."

몇 분 후, 시몽은 엘레아의 방에 들어섰다. 그는 르보에게 미리 알렸고, 르보가 후버와 레오노바에게 소식을 알렸다.

엘레아의 머리맡에 앉은 간호사는 감상적인 문고 소설을 읽고 있었다. 문이 열리는 것을 보고 그녀는 일어나 시몽에게 조용히 들어오라는 몸짓을 했다. 그녀는 엘레아의 얼굴을 보며 간호사답게 걱정스런 기색을 띠었다. 사실은 그런 일은 안중에도 없고, 아직도 책 속에 빠져 세 번째로 버림받은 여인의 가슴이 찢어지는 고백에 사로잡혀 주인공과 함께 가슴 아파하며 남자들을 저주하고 있었다. 방금 방에 들어온 남자도 포함해서 말이다.

시몽은 엘레아를 향해 몸을 숙였다. 영양실조로 움푹 파인 얼굴이었지만 따스한 혈색만은 남아 있었다. 콧방울은 반쯤 비쳐 보일 정도였다. 눈은 감겨 있었다. 호흡은 가슴을 겨우 들썩거리게 할 뿐이었다. 그는 부드럽게 그녀의 이름을 불렀다.

"엘레아…… 엘레아……."

눈꺼풀이 가볍게 떨렸다. 그녀는 의식이 있었고, 그의 말을 들었다.

레오노바가 들어오고, 뒤따라 르보와 후버가 들어왔다. 후버는 확대해서 뽑은 사진을 한 다발 들고 있었다. 그는 멀찍이에서 사진 다발을 시몽에게 보여 주었다. 시몽은 고개를 끄덕이고, 다시 엘레아에게 완전히 주의를 집중했다. 그는 수척한 얼굴 바로 옆의 푸른 담요에 마이크 발신기를 놓고, 부드러운 머리칼 한 줌을 들어 올려 창백한 꽃잎 같은 왼쪽 귀를 드러낸 다음, 장밋빛 그늘이 진 귓구멍에 이어폰을 조심스레 끼웠다. 엘레아에게서 반사 신경이 발동해 고개를 흔들어 새로운 고문 도구일지도 모를 것을 거부하려 했다. 하지만 기력이 없어 그만두었다.

시몽은 그녀를 안심시키기 위해 곧바로 말을 했다. 그는 프랑스어로, 아주 나지막하게 말했다.

"내 말을 알아듣겠나요…… 이제 내 말을 이해하겠지요……."

그리고 엘레아의 귀에서는 남자 목소리가 그녀의 언어로 속삭였다.

"……이제 내 말을 이해하겠지요…… 당신은 내 말을 이해하고 나는 당신 말을 이해할 수 있어요……."

지켜보던 이들은 그녀의 호흡이 잠시 멎는 것을, 그리고 돌아오는 것을 보았다. 연민이 흘러넘친 나머지 레오노바가 침대 곁으로 가서 엘레아의 한 손을 잡고 열렬한 진심을 담아 러시아어로 말하기 시작했다.

시몽이 고개를 들고 험악한 눈빛으로 그녀를 노려보면서 저리 가라는 손짓을 했다. 레오노바는 조금 당황해서 그 말을 따랐다. 시몽이 사진들 쪽으로 손을 뻗자, 후버가 건네주었다.

엘레아의 왼쪽 귀로는 여자 목소리로 그녀가 알아들을 수 있는 동정의 말이 냇물처럼 흘러들어왔고, 오른쪽 귀로는 이해할 수 없는 말이 거친 격류로 흘렀다. 그러고는 조용해졌다. 그리고 남자 목소리가 다시 들렸다.

"눈을 뜰 수 있겠어요……? 눈을 뜰 수 있겠나요……? 해 봐요……."

그는 말을 멈췄다. 그들은 그녀를 바라보았다. 그녀의 눈꺼풀이 떨렸다.

"힘을 내요……. 조금만 더……. 우리는 당신의 친구입니다……. 힘을 내요……."

그리고 눈이 뜨였다.

그 눈은 익숙하지 않았다. 익숙해질 수가 없었다. 그렇게 크고, 한없이 깊이 푸른 눈은 본 적이 없었다. 눈빛은 조금 희미해져, 지금은 깊은 밤의 푸른빛이 아닌 석양이 진 후 밤이 오는 쪽의 푸른빛, 태풍이 지난 후 거센 바람이 하늘을 깨끗이 닦았을 때의 푸른빛이었다. 그리고 금빛 물고기들이 여전히 거기 걸려 있었다.

"봐요! ……이걸 봐요! ……어떤 게 먹을 것 기계죠?"

그녀의 눈앞에서 두 손이 그림 한 장을 들었다가, 다른 것으로 바꾸고, 또 다른 것으로 바꿨다……. 그녀에게 친숙한 물건들이 담긴 그림들이었다…….

"먹을 것 기계? ……어느 것이 먹을 것 기계인가요?"

먹는다? 산다? 어째서? 무엇하러 그래야 하지?

"봐요! ……여길 봐요! ……어느 게 먹을 것 기계죠? ……어느 게 먹을 것 기계에요?"

잠들어서…… 잊고…… 죽고…….

"안 돼요! 눈을 감지 말아요! 봐요! ……좀 더 봐요……. 이것들은 당신과 함께 발견된 물건들입니다……. 이 중 하나가 먹을 것 기계일 거예요. 봐요! ……더 보여 줄게요……. 먹을 것 기계가 보이면, 눈을 감았다가 다시 뜨는 거예요……."

여섯 번째 사진에서 그녀는 눈을 감았다가, 떴다.

"빨리!" 시몽이 말했다.

그는 후버에게 그 사진을 내밀었고 후버는 돌개바람 같은 위력과 속도로 밖으로 뛰쳐나갔다.

그것은 아직 살펴보지 않은 물건들 중 하나로, 받침대 안에 무기 옆에 도로 넣어 둔 것이었다.

엘레아의 언어를 해독하고 이해하는 게 어째서 그렇게 어려웠는지, 간단히 설명하고 넘어가는 게 좋겠다. 사실 그것은 한 언어가 아니라 두 개의 언어, 여성의 언어와 남성의 언어였다. 그 둘은 어휘는 물론 통사 구조에서도 완전히 달랐다. 물론 남자와 여자는 서로의 말을 이해했으나, 남자는 남성 언어로 말하고, 남성 언어에는 고유의 남성형과 여성형이 있었으며, 여자는 여성 언어로 말하고, 거기에도 여성형과 남성형이 있었다. 글을 쓸 때는 남성 언어를 사용할 때도 있고 여성 언어를 사용할 때도 있었다. 일이 진행되는 시간이나 계절에 따라, 색채, 기온, 흥분된 상태냐 평온한 상태냐에 따라, 산이냐 바다냐에 따라, 등등. 그리고 두 언어가 함께 섞여 쓰이는 경우도 있었다.

남성어와 여성어의 차이의 예시를 들기는 어려운데, 같은 의미를 지니는 두 표현은 똑같은 단어로밖에 옮길 수 없기 때문이다. 남자가 "가시가 없어야만 할"이라 말하고, 여자는 "저무는 태양의 꽃잎"이라 말한다면, 둘은 서로 장미에 대해 말하고 있다는 것을 알아듣는다. 이는 대략적인 예일 뿐이다. 엘레아가 살던 시대에는 아직 장미라는 종이 개발되지 않았기 때문이다.

'먹는 기계 것'. 물론 이는 세 단어지만, 엘레아의 언어의 논리로는 한 단어, 프랑스 문법학자들이라면 '명사'라고 부를 것이었고, '먹을 것 기계가 생성해 낸 것'이라는 뜻이었다. '먹을 것 기계'란 '먹을 것을 생성하는 기계'를 말했다.

그 기계는 침대에, 엘레아 앞에 놓였고, 엘레아는 부축을 받고 일어나 베개에 기대 앉아 있었다. 받침대 안에서 찾은 '옷들'도 가져다주었으나 엘레아에겐 그걸 입을 기력이 없었다. 한 간호사가 그녀에게 스웨터를 입히려 한 적 있었지만, 너무나 역력한 혐오의 표정으로 거부반응을 보였기에 굳이 강요하지 않았다. 그녀는 나체로 있었다. 그녀의 야윈 상체, 하늘을 향한 우아한 젖가슴은 거의 영적인, 초자연적인 아름다움이었다. 그녀가 감기에 걸리지 않도록 시몽은 방의 온도를 올려 두었고, 후버는 석쇠에 얹힌 각얼음처럼 줄줄 땀을 흘렸다. 그는 이미 재킷까지 축축해진 터였고, 다른 이들도 모두 셔츠를 쥐어짜면 물이 흐를 정도였다. 간호사가 얼굴을 닦으라고 흰 수건을 나눠 주었다. 카메라도 그 자리에 있었다. 그중 한 대가 먹을 것 기계를 클로즈업으로 잡았다. 그것은 녹색의 반구형 물체로, 꼭대기에서 아랫부분까지 색깔 있는 버튼들이 나선을 그리며 잔뜩 달려 있었다. 버튼들은 서로 다른 수많은 색조로 스펙트럼의 모든 색을 나타냈다. 꼭대기에는 하얀 버튼이 있었다. 바닥은 납작한 원통형 받침대 위에 얹혀 있었다. 전체적인 부피와 무게는 수박 반 통 정도였다. 엘레아는 왼팔을 쳐들려고 했지만, 힘이 없었다. 간호사가 도우려고 했다. 시몽은 간호사를 비키게 하고 자기 손으로 엘레아의 손을 잡았다.

시몽의 손이 엘레아의 손을 붙잡아 반구형 먹을 것 기계로 이끄는 장면이 클로즈업으로 방송되었다.

엘레아의 얼굴이 클로즈업되었다. 랜슨은 그녀의 눈에서 벗어날 수가 없었다. 그가 조종하는 카메라 중 한 대는 언제나 반쯤 무의식적인 충동에 따라 시간을 초월한 그 눈의 헤아릴 수 없는 밤에 초점을 맞추게 되었다. 그는 그 두 눈을 안테나로 전송하지 않았다. 모니터 화면에만 남겨 두었다. 자신이 간직하려고.

엘레아의 손이 반구의 꼭대기에 놓였다. 시몽이 새처럼 그 손을 이끌었다. 엘레아에겐 의지는 있었지만, 힘이 없었다. 그는 그녀가 어디로 가고자 하는지, 무엇을 하려고 하는지를 감지했다. 그가 그녀를 인도하면, 그녀가 그를 데려갔다. 가운뎃손가락이 흰 버튼 위에 놓이고, 색깔 버튼들을 건드렸다. 여기, 저기, 위쪽, 아래쪽, 가운데…….

후버는 주머니에서 꺼낸 축축한 봉투에 그 색깔들을 적었다. 하지만 손이 차례로 만지는 노란색의 세 가지 다른 색조를 표현할 말이 없었으므로, 포기했다.

엘레아는 흰 버튼으로 되돌아와, 거기에 손을 얹고, 누르려고 했으나 그러지 못했다. 시몽이 눌렀다. 버튼이 아주 약간 들어가고, 낮게 웅웅거리는 소리가 나더니 받침대가 열리고 열린 곳에서 직사각형의 작은 금빛 쟁반이 나왔다. 쟁반에는 연한 분홍색이 도는 투명한 물질로 만들어진 작은 알약

다섯 개와 날이 두 개 달린 자그마한 금 포크가 담겨 있었다.

시몽은 포크를 들어 작은 알약 한 개에 꽂았다. 마치 체리를 찍는 것처럼, 약간의 저항감이 들다가 포크가 들어갔다. 시몽은 그것을 엘레아의 입술로 가져갔다…….

엘레아는 간신히 입을 벌렸다. 음식물을 입에 넣고 입을 다무는 것도 힘겨워했다. 그녀는 씹는 동작을 전혀 하지 않았다. 알약은 입 안에서 녹은 듯했다. 그런 후 후두가 솟아올랐다가 가라앉는 것이 야윈 목에서 보였다.

시몽은 얼굴의 땀을 훔치고는 두 번째 알약을 내밀었다…….

몇 분이 지나자, 엘레아는 도움을 받지 않고도 먹을 것 기계를 사용하며, 다른 버튼들을 터치해 푸른색 알약들을 나오게 하고, 빠르게 그것을 삼킨 후 잠시 쉬었다가 다시 기계를 작동시켰다.

그녀는 믿을 수 없이 빠르게 기운을 회복했다. 그녀가 기계에 주문한 것은 단순한 음식물만은 아닌 것 같았다. 완전히 쇠약해진 상태에서 현재의 상태로 즉시 회복하는 데 필요한 무언가였다. 그녀는 매번 다른 버튼들을 터치하여, 서로 다른 색깔과 개수의 알약들을 얻어 냈다. 그것을 먹고, 물을 마시고, 심호흡을 하고, 몇 분간 쉬었다가는 되풀이했다.

방 안에 있던 모든 이들, 그리고 회의실에서 대형 화면을 통해 지켜보던 모든 이들은 그녀에게 말 그대로 생명이 차오르는 것을, 가슴이 부풀고, 볼이 통통해지고, 두 눈이 짙은 색깔을 되찾는 것을 목격했다.

먹을 것 기계, 그것은 먹는 데 쓰이는 기계였다. 회복의 기계이기도 한 모양이었다.

전 분야의 학자들이 조바심으로 들썩거렸다. 작동하는 장면을 지켜본 이 고대 문명의 두 가지 중요한 표본, 무기와 먹을 것 기계는 학자들의 상상력을 미친 듯이 자극했다. 그들은 엘레아에게 질문을 하고 이 기계를 열어 보고 싶어 안달했다. 적어도 위험하지는 않아 보였으니까.

한편 기자들은 이오네스쿠의 죽음이 모든 방송과 인쇄 매체에 센세이션을 선사한 이후, 먹을 것 기계와 그것이 엘레아에게 미친 영향이 그 못지 않게 놀라운, 하지만 낙관적인 소식을 제공해 주리라는 신나는 예상에 들떴다. 나쁜 소식 뒤에 좋은 소식이 이어지는 언제나 예측할 수 없는 반전, 이 탐사대는 정말이지 수지맞는 기삿거리였다.

엘레아는 마침내 기계를 밀어내고, 주위를 둘러싼 사람들을 쳐다보았다. 그녀는 말하려는 노력을 했다. 간신히 들리는 목소리였다. 그녀는 다시 입을 열었고, 모두가 각자 자기 언어로 들었다.

"내 말을 이해하겠나요?"

"위, 예스, 다……."

그들은 고개를 끄덕였다. 그래요, 그래, 이해합니다…….

"당신들은 누구죠?"

"친구입니다." 시몽이 말했다.

하지만 레오노바는 더 이상 가만히 있지 않았다. 그녀는 가난한 사람들, 굶주리는 아이들에게 먹는 것 기계가 보급되는 생각을 하고 있었다. 힘차게 그녀가 물었다.

"저건 어떻게 작동하는 건가요? 그 안에 무엇을 넣죠?"

엘레아는 그 질문을 이해하지 못하거나, 어린애가 낸 소리쯤으로 생각하는 것 같았다. 그녀는 자기 생각에 골몰했다.

"은신처 안의 우리는 두 명이었을 거예요. 나 혼자 있었나요?"

"아닙니다." 시몽이 답했다. "두 명이었어요. 당신과 남자."

"그는 어디 있죠? 죽었나요?"

"그렇지 않아요. 그는 아직 되살아나지 않았어요. 우리는 당신부터 깨웠죠."

엘레아는 잠시 말이 없었다. 그 소식에 그녀는 기뻐하는 게 아니라 어떤 불길한 염려를 되새기는 것 같았다.

그녀는 깊이 숨을 들이쉬더니 말했다.

"그 사람은 코반이에요. 나는 엘레아고요."

그리고 그녀는 다시 물었다.

"당신들은…… 누구세요?"

시몽은 달리 뭐라 대답할 말이 없었다.

"우리는 친구입니다."

"어디서 왔죠?"

"전 세계에서……."

그 말에 그녀는 놀란 듯했다.

"전 세계에서? 무슨 말인지 모르겠어요. 당신들은 곤다와 사람인가요?"

"아니오."

"에니소라이 사람?"

"아니오."

"당신들은 어디 사람인가요?"

"나는 프랑스에서, 이 사람은 러시아에서, 저 사람은 미국에서, 저 사람은 프랑스에서, 저 사람은 네덜란드에서, 저 사람은……."

"무슨 말인지 모르겠어요……. 지금은 '평화'인가요?"

"흠흠." 후버가 헛기침을 했다.

"아니에요!" 레오노바가 말했다. "제국주의자들이……."

"입 다물어요!" 시몽이 명령했다.

"물론 우리는 스스로를 방어해야 할 필요가……." 후버가 말했다.

"나가요!" 시몽이 말했다. "나가요! 우리끼리만 남게 다 나가요. 우리 의료진만!……"

후버가 사과했다.

"우리가 어리석었소……. 미안해요……. 하지만 여기 있겠어요……."

시몽이 엘레아 쪽을 돌아보았다.

"이 사람들이 말한 건 아무것도 아니에요. 예, 지금은 평화입니다……. 우리는 평화롭고, 당신도 평화로워요. 아무것도 걱정할 것 없습니다……."

엘레아는 깊은 안도의 한숨을 쉬었다. 하지만 다음 질문을 했을 때 그녀에게는 뚜렷한 걱정이 어려 있었다.

"소식을…… '대규모 은신처들'에 대한 소식은 있나요? 그것들은 잘 버텼나요?"

시몽이 대답했다.

"우리는 모릅니다. 그 소식은 듣지 못했어요."

엘레아는 그가 거짓말하는 게 아님을 확인하기 위해 주의 깊게 그를 바라보았다. 그리고 시몽은 그녀에겐 오직 진실 외에는 말할 수 없다는 것을 깨달았다.

그녀는 한 음절을 말하려다 멈췄다. 그녀에겐 대답을 듣기가 두려워 차마 할 수 없는 질문이 있었다.

그녀는 방의 모든 사람을 둘러본 다음, 다시 시몽만을 보았다. 아주 부드럽게, 그녀는 물었다.

"파이칸은?"

잠시 침묵이 흐른 후, 귓속에서 찰칵 소리가 나고, 번역기의 중성적인 목소리가—남자 목소리도, 여자 목소리도 아니었다—열일곱 개의 채널에서 열일곱 개의 언어로 말했다.

"'파이칸'이라는 단어는 제게 입력된 어휘 목록에 없으며, 신조어일 수 있는 어떤 논리적 가능성과도 부합하지 않습니다. 그 단어는 이름일 거라 추정할 수 있습니다."

엘레아 역시 자신의 언어로 그 말을 들었다.

"물론 이름이에요. 그는 어디 있죠? 그의 소식은 들었나요?"

시몽은 엄숙하게 그녀를 바라보았다.

"그의 소식은 없습니다……. 자신이 얼마나 오래 잠들어 있었다고 생각하나요?"

그녀는 걱정스레 그를 보았다.

"며칠?"

다시금 엘레아의 시선이 주변의 방과 사람들을 둘러보았다. 그녀는 처음으로 깨어났을 때의 낯선 기분을, 그 기묘함과 악몽을 모두 기억했다. 하지만 사실 같지 않은 설명을 받아들일 수는 없었다. 다른 해명이 있어야만 했다. 그녀는 불가능한 것에 매달리려 애썼다.

"나는 얼마나 잤나요? ……몇 주? ……몇 달? ……"

번역기의 중성적인 목소리가 다시 끼어들었다.

"이 부분은 대략적으로 옮겼습니다. 날과 해를 제외하면, 제게 입력된 시간의 단위는 우리의 단위와는 완전히 다릅니다. 남자일 때와 여자일 때 다르고, 계산할 때와 일상적일 때 서로 다르며, 계절에 따라 다르고, 깨어 있을 때와 잠잘 때도 다릅니다."

"그보다 더……." 시몽이 말했다. "더 많이……. 당신이 잠들었던 건……."

"조심하시오, 시몽!" 르보가 소리쳤다.

시몽은 말을 멈추고, 엘레아를 바라보며 잠시 동안 걱정스레 생각에 잠겼다. 그러다가 르보를 쳐다보았다.

"당신 생각에는?"

"난 걱정돼요……." 르보가 말했다.

엘레아는 불안하게 질문을 되풀이했다.

"내가 얼마나 잤죠? ……내 질문을 이해하겠나요? ……내가 얼마나 오래 잤는지 알고 싶어요……. 난 알고 싶어요……."

"이해합니다." 시몽이 말했다.

그녀는 입을 다물었다.

"당신은……."

르보가 다시 그의 말을 가로막았다.

"난 동의할 수 없소!"

그는 자신의 말이 번역기에 들어가지 않도록, 번역되어 엘레아의 귀에 들어가지 않도록 손으로 마이크를 가렸다.

"어마어마한 충격을 주게 될 거요. 조금씩 차차 말해 주는 게 나아요……."

시몽은 심각했다. 그는 고집스레 눈썹을 찌푸렸다.

"난 충격이 나쁘다고 보지 않습니다." 그가 역시 손으로 마이크를 가리고 말했다. "심리 치료에서는 독이 되는 거짓말보다 깨끗이 치워 주는 충격이 바람직하다고 보지요. 그리고 이제 그녀는 기운을 차린 것 같고…….”

“알고 싶어요…….” 엘레아가 다시 말문을 열었다.

시몽은 그녀 쪽을 보고, 에두름 없이 말했다.

“당신은 90만 년 동안 잤습니다.”

엘레아는 넋 나간 듯 그를 쳐다보았다. 시몽은 그녀에게 생각에 잠길 틈을 주지 않았다.

“거짓말 같은 일로 여겨지겠지요. 우리도 마찬가지입니다. 하지만 그게 진실이에요. 우리 탐사대가 얼어붙은 대륙 깊숙이에서 당신들을 찾아낸 보고서와, 다양한 방법으로 얼마나 오래 거기 있었는지를 측정한 연구소들의 보고서를 간호사가 읽어 줄 겁니다…….”

그는 학교나 군대식의 무심한 어조로 얘기했고, 번역기의 목소리가 엘레아의 왼쪽 귀 깊은 곳에서 차분하고 감정 없는 목소리로 그 말을 따라했다.

“그만한 시간은 인간의 수명과는 비교할 수도 없이 길고, 한 문명의 수명과 비교해도 그렇습니다. 당신이 살았던 세계의 흔적은 전혀 남아 있지 않아요. 그 기억조차 말입니다. 당신은 우주의 다른 끝으로 이동된 거나 마찬가지입니다. 이 개념을, 사실들을 받아들여야 합니다. 당신이 깨어난 이 세상을, 모두가 당신의 친구인 세상을 받아들여야 해요…….”

그러나 그녀의 귀에는 더 이상 들리지 않았다. 그녀는 거기서 동떨어져 있었다. 귀에 들리는 그 목소리로부터, 그녀에게 말하는 그 얼굴로부터, 그녀를 바라보는 얼굴들로부터, 그녀를 맞이한 이 세상으로부터 떨어져 있었다. 그 모든 것은 멀어지고, 지워지고, 사라졌다. 남은 것이라고는 가증스러운 확실함―그 말이 거짓말이 아님을 알았기 때문이다―그녀가 심연의 구렁텅이 너머로 내던져졌다는 확실함뿐이었다. 그녀 자신의 삶이었던 모든 것과 멀어져, 그리고—

"파이칸!"

그 이름을 부르짖으며, 그녀는 침대에서 벌떡 일어났다. 쫓기다가 죽음을 맞는 짐승처럼, 벌거벗고, 야성적이고, 당당하게, 몸을 쭉 뻗고.

간호사들과 시몽이 그녀를 붙잡으려 했다. 그녀는 그들을 피해, "파이칸!"이라 외치며 침대에서 뛰어내려, 의사들을 뚫고 문 쪽으로 달려갔다. 그녀를 안아 붙들려던 자브레크는 얼굴을 팔꿈치로 얻어맞고 입에서 피를 뱉으며 놓아주었다. 후버는 칸막이에 나동그라졌다. 포스터는 그녀 쪽으로 팔을 뻗었다가 손목으로 어찌나 세게 얻어맞았는지 뼈가 부러졌을 거라고 생각했다. 그녀는 문을 열고 나갔다.

회의실 화면으로 이 장면을 지켜보던 기자들은 아문센 대로로 몰려들었다. 그들은 진료소 문이 거칠게 열리고 엘레아가 미친 사람처럼, 사자에게 덮치기 직전의 영양처럼 그 문 앞을, 그들 바로 앞을 달려가는 것을 보았다. 그들은 막아섰다. 엘레아는 그들을 보지 못하고 달려왔다. 그녀는 그들이 이해할 수 없는 어떤 말을 외쳤다. 줄지어 선 사진기자들 열에서 레이저 플래시의 이중 광채가 터졌다. 그녀는 세 사람을 장비와 함께 넘어뜨리며 그 틈을 뚫고 지나갔다. 그녀는 출구 쪽으로 달렸다. 사람들이 따라잡기 전에 그녀는 출구에 다다랐다. 마침 그때, 모피로 머리부터 발끝까지 감싼 운전기사가 운전하는 물자 보급용 캐터필러 차량을 들이기 위해 미닫이문이 열리고 있었다.

바깥에는 하얀 폭풍이, 시속 200킬로미터의 눈폭풍이 몰아쳤다. 미칠 듯한 비탄에 시달리고, 아무것도 보이지 않고, 벌거벗은 채, 그녀는 바람의 칼날에 찔렸다. 바람은 기뻐 날뛰며 그녀의 살갗에 박혔고, 그녀를 들어 올려 팔에 안고 죽음으로 데려가려 했다.

그녀는 몸부림쳤고, 비틀대는 발걸음을 다지며, 두 주먹과 머리로 바람을 때리고, 바람보다 더 크게 소리치며 가슴에서 뽑아내려 했다. 폭풍이 그녀의 입 안으로 들어와 목구멍에서 그녀의 외침을 뒤틀어 놓았다.

그녀는 쓰러졌다.

이내 사람들이 그녀를 안아 들어 데리고 들어갔다.

"그러게 내가 말했잖소." 르보가 시몽에게 말했다. 자기 말이 옳았다는 만족감 때문에 엄한 어조가 조금 누그러져 있었다.

시몽은 심각하게 간호사들이 의식을 잃은 엘레아를 문지르고 마사지하는 것을 지켜보았다. 그는 중얼거렸다.

"파이칸……."

"사랑하는 사람이었을 거예요." 레오노바가 말했다. 후버가 비웃었다.

"90만 년 전에 헤어진 사람을 말이지!"

"그녀로서는 어제 헤어진 거요……." 시몽이 말했다. "잠에는 시간이 없으니까……. 그리고 짧은 밤 동안, 영원이 두 사람 사이를 가로막은 거죠."

"가엾은 사람……." 레오노바가 중얼거렸다.

"나야 알 수가 없었지요." 시몽이 낮은 소리로 말했다.

"젊은 양반," 르보가 말했다. "의학에서는 말이오, 알 수 없는 일이라면, 가정해 봐야 한다오……."

❝나는 알고 있었어.

나는 당신의 입술을 보고 있었지. 그의 이름을 말하며 당신의 입술이 사랑으로 떨리는 것을 보았어.

그래서 나는 당신을 그와 떼어 놓고 싶었어. 즉시, 난폭하게. 이제 끝났다는 것을 당신이 알기를 바랐어. 영겁의 시간이 흘러 그에게 남은 것은 아무것도 없다는 것을, 파도와 바람에 밀리고 밀려온 어딘가의 먼지 한 톨조차 없다는 것을, 그는 아무것도 남지 않았고 다른 것들도, 이제 아무것도 없다는 것을…… 당신의 추억들이 있던 곳은 텅 비었다는 것을 알길 바랐어. 무(無)라는 것을. 당신의 뒤에는 이제 어둠만이 있을 뿐이고, 빛과, 희망과, 생명은 여기 우리의 현재에, 우리와 함께 있다는 것을 알아주길 바랐어.

나는 도끼로 당신의 뒤를 잘라 버린 거야.

나는 당신을 아프게 했어.

하지만 당신이 먼저, 그의 이름을 말하면서, 내 심장을 으스러뜨렸는걸. **"**

의사들은 최소한 폐렴과 군데군데 동상 정도는 걸렸을 거라 예상했지만 엘레아는 아무렇지도 않았다. 기침도, 열도 없고, 피부에 붉어진 흔적조차 없었다.

정신을 차렸을 때, 그녀가 충격을 견뎌 내고 모든 감정을 극복했음을 알 수 있었다. 그녀의 얼굴에는 이제 완전한 무심함의 경직된 표정만이 있었다. 종신형을 선고받은 이가 결코 나올 수 없으리라는 것을 아는 독방에 들어갈 때의 표정 같았다. 그녀는 자신이 들은 말이 진실임을 알았다. 그럼에도 그녀는 그 증거들을 보고 싶었다. 그녀는 탐사대의 보고서를 듣고 싶다고 청했다. 하지만 간호사가 보고서를 읽기 시작하자, 그녀는 저리 가라는 손짓을 하고는 말했다.

"시몽……."

시몽은 방에 없었다.

그의 거친 개입으로 너무나 나쁜 결과가 빚어질 뻔한 이후, 소생 의료진은 그를 위험인물이라고 판단하여 앞으로 엘레아를 돌보지 못하게 금지시켰다.

"시몽…… 시몽……." 엘레아가 반복해서 찾았다.

그녀는 눈으로 그를 찾아 온 방 안을 훑었다. 눈을 뜬 이후, 그녀는 언제나 곁에서 그를 보아 왔고, 그의 얼굴에, 그의 목소리에, 그의 조심스런 동작에 익숙해졌다. 그리고 그녀에게 진실을 말해 준 것은 바로 그였다. 그 무서운 여행 끝에 만난 이 낯선 세상에서, 그는 벌써 조금은 친숙해진 요소, 기댈 만한 버팀목이었다.

"시몽……."

"그를 불러오는 게 좋을 것 같군요." 모이소프가 말했다.

그는 왔고, 보고서를 읽기 시작했다. 그러다가 그는 문서를 놓고 이야기를 했다. 잠든 남녀를 발견한 대목까지 왔을 때, 그녀는 손을 들어 말을 멈추게 하고는 말했다.

"나는 엘레아, 그는 코반이에요. 그는 곤다와에서 가장 위대한 학자지요. 그는 모든 것을 알아요. 곤다와는 우리의 나라예요."

그녀는 잠시 입을 다물었다가, 아주 낮은 목소리로 덧붙였다. 번역기는 그 소리를 간신히 알아들었다.

"나는 곤다와에서 죽고 싶었는데……."

엘레아가 기절한 동안, 후버는 조금도 주저하지 않고 먹을 것 기계를 조작했다. 화면에서 그 기계의 작동을 본 모든 이들과 마찬가지로 그 역시 그 것이 어떤 원료로 여러 종류의 음식을 만들어 냈는지 알고 싶어 견딜 수 없 었다. 빈사 상태였던 엘레아에게 몇 십 분 만에 여남은 명의 사람을 밀쳐내 고 폭풍 속으로 뛰쳐나갈 만한 기운을 준 음식들 말이다.

반구와 원통형의 매끄러운 표면 위에, 잡을 만한 곳, 주문을 내리고 조작 할 만한 곳이라고는 단 하나, 꼭대기의 하얀 버튼뿐이었다.

레오노바가 질겁해서 바라보는 가운데 후버는 그것을 누르고, 왼쪽으로 돌렸다가 오른쪽으로 돌리고, 위쪽으로 잡아당겼다가 오른쪽으로, 왼쪽으 로 돌렸다…….

……그리고 그가 기대했던 결과가 나왔다. 반구의 윗부분이 마치 치즈 덮개처럼 버튼과 함께 열리며, 기계의 내부가 드러난 것이다.

기계는 작은 위생 탁자 위에 놓여 모두의 눈앞에서 그 비밀들을 드러냈 으며, 그 덕분에 더욱 미스터리해졌다. 왜냐하면 반구의 내부 전체를 차지 한 것은 어떤 기계적 조립 혹은 전기적 배선과도 비슷하지 않고, 오히려 금 속으로 된 신경 계통의 축소 모형 같은 이해할 수 없는 장치였기 때문이다. 그리고 거기에는 조각이든 분말이든 가루든 액체든 원료가 들어갈 자리라 고는 조금도 없었다. 후버는 기계를 들어 올려 흔들어 보고, 온갖 각도에서 쳐다보고, 금과 강철로 된 움직이지 않는 복잡하게 얽힌 조직망에 빛을 통 과시켜 본 다음, 레오노바와 로슈푸에게 넘겨주었다. 그들 역시 케이스 없 는 자명종처럼 배 속을 드러낸 그 기계를 볼 수 있는 모든 방법을 동원해 살펴보았다. 미네랄 소금이나 설탕, 후추, 고기나 생선이 들어갈 자리는 어 디에도 없고, 그런 흔적도 없었다. 명백히, 논리적으로, 부조리하면서도 확 실하게, 이 기계는 무로부터 요소들을 만들어 냈다…….

기계는 계속해서 음식을 제작했던 것이다.

후버는 반구형 윗부분을 도로 끼우고, 엘레아가 했던 것과 똑같은 동작을 해서 똑같은 결과를 얻었다. 작은 서랍이 열리고 먹을 수 있는 알약들이 나왔다. 이번에는 연한 녹색이었다. 후버는 잠시 망설이더니 금색 포크를 집어 들어 알약 하나를 찍어 입에 넣었다. 그는 대단한 놀라움을 기대했지만, 실망했다. 별 대단한 맛은 없었다. 딱히 좋은 맛도 아니었다. 응고된 우유 속에 쳇가루를 담근 듯한 맛이었다. 그는 레오노바에게도 권했지만 그녀는 거절했다.

"분석하러 보내는 게 낫겠어요."

탁월한 과학적 상식의 말이었다. 알약들은 비닐에 싸여 분석 실험실로 보내졌다.

첫 번째 분석 결과에서는 그저 진부한 사실만 알아냈을 뿐이었다. 단백질, 지방, 포도당, 다양한 무기 염류와 비타민과 무기질이 녹말 분자 같은 분자들에 싸여 있었다.

그리고 정정사항이 있었다. 더 정밀한 분석 결과 거의 세포와 비슷한 거대 분자들을 발견할 수 있었다.

그다음 두 번째 정정사항이 나왔다. 그 분자들은 번식을 했다!

그러니까, 먹는 기계는 무로부터 영양 물질을 만들어 낼 뿐 아니라, 생명체와 유사한 물질을 만들어 내는 셈이었다!

믿을 수 없는 일, 받아들이기 어려운 일이었다.

엘레아가 질문에 대답하겠다고 승낙하자, 사람들은 무엇이 어떻게 그렇게 되는지를 알고 싶어 앞을 다투었다.

"먹는 기계는 어떻게 작동하나요?"

"보았잖아요."

"하지만 그 내부는요?"

"내부에서는 먹을 것을 만들지요."

"대체 무엇으로 만드는 겁니까?"

"'전체'로요."

"전체? '전체'란 뭔가요?"

"당신들도 잘 알잖아요……. 당신들을 만든 것 역시 그것인걸요……."

"전체라…… 전체……. 다른 이름은 없나요?"

그녀는 세 단어를 발음했다.

번역기의 감정 없는 목소리가 말했다.

"방금 11번 채널에서 발음된 말은 제게 입력된 어휘 목록에는 없습니다. 하지만 유추에 의해 다음과 같은 대략적 번역을 제시할 수는 있습니다. 만유 에너지, 혹은 만유의 정수, 혹은 만유의 생명. 하지만 후자의 두 제시어는 조금 추상적으로 여겨집니다. 첫 번째 단어가 확실히 원래 의미에 가장 가깝습니다. 정확을 기하기 위해서는 두 다른 단어를 포함시켜야 합니다."

에너지! ……기계는 에너지에서 물질을 만들었다! 현재의 과학적 지식과 기술 수준에서 불가능한 일은 아니었고, 실현시킬 수도 있었다. 하지만 엄청난 양의 전기를 동원해서 얻을 수 있는 것이라 해 봐야, 잡을 수도 없고 나타나자마자 사라지는, 보이지 않는 입자에 불과하다.

반면 유치한 어린애 장난감처럼 생긴 이 반쪽 멜론 같은 기계는, 너무나 간단하게 무에서 음식물을 만들어 냈다. 얼마든지 주문하는 대로.

학자들의 질문이 번역기의 두뇌에서 뒤엉키는 바람에 르보가 나서 교통정리를 해야 했다.

"당신은 이 기계의 작동 메커니즘을 압니까?"

"몰라요. 코반이 알아요."

"그 원리 정도는 알겠지요?"

"그 작동 방식은 조란의 만유 방정식을 기초로 하고 있어요……."

그녀는 자신의 말을 더 자세히 설명하기 위해 눈으로 뭔가를 찾았다. 후버가 신문 가장자리에 메모를 하고 있었다. 그녀는 손을 뻗었다. 후버가 그녀에게 신문과 볼펜을 주었다. 레오노바가 재빨리 신문 대신 하얀 종이 한 묶음을 건넸다.

엘레아는 왼손으로 뭔가를 쓰고, 그리려고 했다. 잘 되지 않았다. 그녀는 짜증을 내며 볼펜을 내던지고 간호사에게 말했다.

"당신의 그… 그걸 줘요……."

그녀는 간호사에게서 여러 번 보았던 립스틱으로 입술을 칠하는 동작을 따라했다. 간호사는 놀라서 립스틱을 내주었다.

그러자 엘레아는 굵고 간결한 선으로 종이 위에 나선꼴에 수직으로 된 직선이 관통하고 짧은 선 두 개가 들어 있는 모양을 그렸다. 그녀는 종이를 후버에게 내밀었다.

"이게 조란의 방정식이에요. 이 식은 두 가지로 읽혀요. 모든 이의 말로

읽히고, 만유 수학의 용어로 읽히지요."

"읽을 수 있나요?" 레오노바가 물었다.

"나는 모든 이의 말로 읽을 수 있어요. '존재하지 않는 것이 존재한다'고 읽지요."

"다른 방식으로는요?"

"나는 몰라요. 코반이 알아요."

약속했던 대로, EPI의 학자들은 이해할 능력이 되는 전 세계 사람들에게 그들이 알고 있는 사실과 알아내고 싶은 사실 전부를 알려 주었다. 곤다와의 언어는 이미 많은 대학에서 연구 중이었고, 전 인류가 지금 놀라운 격변의 직전에 서 있음을 알았다. 잠들어 있는 남자가 깨어나면 조란의 방정식을 설명할 것이고 그러면 만유 에너지에서 끌어낸 것으로 헐벗은 자들을 입히고 굶주린 자들을 먹일 수 있게 되리라. 원자재를 두고 벌이는 잔혹한 싸움도, 석유를 놓고 벌이는 전쟁도, 비옥한 평원을 차지하기 위한 전투도 더 이상 없을 것이다. 조란의 방정식 덕택에 '전체'가 모든 것을 줄 것이다. 잠든 남자가 곧 깨어나 어떻게 하면 인류의 불행과 굶주림과 고통이 완전히 사라질지 일러 주리라.

바로 내일이었다. 수술실은 재건되었고, 지난번 부서진 것들을 대체할 새 장비들이 모두 도착했다. 기술자들이 장비들을 설치하고 연결하느라 바삐 움직였다. 두 번째 소생 시술을 시작할 준비가 갖추어졌다.

폭풍은 잠잠해졌다. 바람은 아직 불었지만, 그 위도에서는 언제나 바람이 부는 법이었고 시속 150킬로미터를 넘지 않는다면 친근한 산들바람이나 다름없었다. 한밤중이었고, 하늘은 청회색으로 구름 한 점 없었다. 붉은 태양이 지평선에 퍼졌다. 수많은 별들이 바람 때문에 날카로워져 하늘을 찔렀다.

구체 안에서 늦게까지 일하던 두 사람이 승강기에서 나왔다. 브리보와 그의 조수였다. 둘은 녹초가 되어 있었다. 빨리 가서 드러누워 자고 싶은 마음뿐이었다. 두 사람이 올라온 것을 마지막으로 이제 밑에는 아무도 없었다.

브리보가 열쇠로 승강기 문을 잠갔다. 두 사람은 벽이 눈으로 뒤덮인 건물에서 나와, 욕설을 내뱉으며 바람을 뚫고 나아갔다.

텅 빈 어두운 건물 속에 동그란 빛의 얼룩이 생겼다. 최근 도착한 장비들이 들어 있던 박스를 쌓아 둔 더미 뒤에서 웅크리고 있던 한 남자가 이빨을 딱딱 떨며 몸을 일으켰다. 그의 손에 쥐어진 손전등이 떨렸다. 그는 한 시간도 넘게 거기 숨어 마지막 남은 기술자들이 올라가기만을 기다렸으며, 방한복을 입고 있었는데도 뼛속까지 추위에 사로잡혀 있었다.

그는 승강기로 가서 주머니에서 열쇠뭉치를 꺼내 하나씩 시험해 보기 시작했다. 너무 심하게 떨고 있었으므로 잘 되지 않았다. 그는 장갑을 벗고, 곱은 손가락에 입김을 분 후 팔로 상체를 치고 몇 번 제자리 뛰기를 했다. 몸에 피가 다시 돌기 시작했다. 그는 다시 시도해 보았다. 드디어 딱 맞는 열쇠가 나왔다. 그는 승강기에 들어가 내려가는 버튼을 눌렀다.

시몽은 진료소에서 엘레아가 잠자는 것을 지켜보았다. 그는 이제 그녀 곁을 떠나지 않았다. 그가 떨어지는 순간부터 엘레아는 그를 찾았다. 얼음 같은 무심함에 빠진 것에 더해, 그가 곁에 없을 때면 그녀는 신체적인 불안감마저 내보였고, 그 불안을 떨쳐 버리고자 시몽을 불렀다.

그가 거기에 있어 그녀는 잠들 수 있었다. 당번 간호사도 간이침대 두 개

중 하나를 차지하고 자고 있었다. 문 위에 걸린 푸른 램프에서 아주 부드러운 빛이 나왔다. 간신히 밝혀진 이 어둠 속에서 시몽은 잠든 엘레아를 바라보았다. 두 팔은 긴장이 풀려 담요 위에 놓여 있었다. 엘레아는 결국 플란넬 파자마를 입겠다고 했고, 그것은 무척 보기 싫지만 편했다. 그녀의 호흡은 침착하고 느렸으며 얼굴은 엄숙했다. 시몽은 몸을 굽혀 손가락이 긴 갸름한 손을 그녀의 입술을 거의 만질 듯 가까이 댔다가는 그냥 허리를 폈다.

그런 후 그는 빈 침대에 누워, 몸을 쭉 뻗고, 담요를 끌어 올리고, 행복한 한숨을 내쉰 뒤 잠에 빠져들었다.

남자는 소생실에 진입했다. 그는 작은 금속 벽장으로 곧바로 다가가 문을 열었다. 선반 위에 서류들이 있었다. 그는 서류를 훑어보면서 중간 중간 몇 페이지를 꺼내 어깨에 멘 장비로 사진을 찍고 제자리에 돌려놓았다. 그런 다음 그는 감시 모니터의 수신기 쪽으로 갔다. 모니터 화면은 언제나 알의 내부를 비추었다. 적외선을 감지하는 신형 카메라라서 알 속의 안개는 보이지 않았다. 거의 온전한 헬륨 블록 속에 있는 남자와 엘레아를 받치고 있던 받침대가 똑똑히 보였다. 받침대의 한쪽 면은 여전히 열려 있고, 그 선반에는 엘레아가 달라고 하지 않은 몇 가지 물건이 아직 놓여 있었다.

남자는 카메라의 리모컨 버튼을 작동시켰다. 그는 열린 받침대를 화면 가득하게 잡고, 줌을 작동시켜 마침내 그가 찾던 물건을 확대 화면으로 알아보았다. 무기였다.

그는 만족스런 미소를 짓고 알 속으로 내려갈 채비를 했다. 알 속의 온도가 위험할 정도로 낮다는 것을 그는 알고 있었다. 우주복을 준비할 수가 없었으니, 매우 빨리 해치워야 했다. 그는 수술실에서 나왔다. 그의 주변, 전구 몇 개로 약하게 밝혀진 구체 내부는 무의식의 밤에 반쯤 빠져든 초현실적으로 거대한 새의 뼈대 같았다. 완전한 정적의 마력을 떨쳐 버리기 위해 남자는 일부러 기침을 했다. 그의 기침소리는 플래시가 터진 것처럼 구체 안을 채우고, 꽃줄처럼 이어진 들보와 아치 버팀벽에서 찢어져 꼭대기에 부딪치더니 수천 개의 깨지고 날카롭고 위협적인 조각 난 소리가 되어 그에게 되돌아왔다.

금으로 된 계단을 내려가며 그는 모자를 거칠게 귀까지 눌러쓰고, 두툼한 목도리로 목을 감싸고 모피 장갑을 끼었다. 알의 문에는 문을 여는 전기 장치가 설치되어 있었다. 그는 버튼을 눌렀다. 문은 조개껍질처럼 열렸다. 그는 안으로 슬며시 들어갔고, 문은 그가 채 다 들어가기도 전부터 닫혔다.

적외선 카메라로는 보이지 않았던 안개에 그는 깜짝 놀랐다. 움직이지 않는 모터에서 나와 투명한 바닥과 푸른 가루눈 층을 뚫고 비치는 빛 때문에 안개는 비현실적인 푸른빛을 띠고 있었다. 손전등을 꼭 쥐고, 불투명한 하얀 빛의 동그라미를 앞세운 채 그는 조심스레 계단을 내려갔다. 내려감에 따라, 그는 무시무시한 추위가 발목을, 종아리를, 무릎을, 허벅지를, 배를, 가슴을, 목을, 머리를 물어뜯는 것을 느꼈다…….

빨리, 빨리 해치워야 했다. 그의 오른발이 눈 밑의 바닥에 닿았다. 그리고 왼발도. 그는 왼쪽으로 한 발 내딛고는 처음으로 숨을 들이쉬었다. 그의 폐는 송두리째 얼어붙어 돌덩이가 되었다. 그는 소리를 지르려고 입을 열었다. 혀가 얼어붙고, 치아가 잇몸에서 튀어나왔다. 눈의 내부가 팽창해 딱딱하게 굳고, 홍채는 버섯처럼 밖으로 솟아났다. 죽기 전 마지막으로 그는 추위의 주먹이 그의 고환을 으깨 버리는 것을 느꼈고, 이내 골이 얼어붙었다. 손전등의 불이 꺼졌다. 모든 것이 다시 고요해졌다. 그는 앞으로, 푸른 눈 속으로 쓰러졌다. 바닥과 부딪치면서 그의 코가 부서졌다. 눈의 먼지가 한순간 빛을 발하는 가벼운 구름이 되어 풀썩이다가 내려앉으며 그를 덮었다.

아침, 하품을 하며 수술실의 수신기로 다가가던 카메라맨은 화면에 알의 전체 영상 대신 무기가 크게 확대되어 떠 있는 것을 보고 놀랐다.

"어떤 놈의 개자식이 내 기계에 손을 댔군! 또 그놈의 전기 기술자들이야! 내려오기만 하면 마르소에게 고해 바칠 테다, 망할 놈들!"

계속 툴툴거리며 그는 리모컨을 조작해 알 내부 전체 영상을 불러왔다. 그리하여 그는 화면 아래쪽에 장갑을 낀 손 하나가 손을 쫙 펴고 눈 속에서 나와 있는 것을 보게 되었다.

헬멧을 쓰고 우주복 슈트를 입은 사람들이 고운 눈의 수의 밖으로 시신을 끌어냈는데, 주의를 기울였음에도 불구하고 마치 신호처럼 손을 펼친 채 뻗어 있던 오른팔이 부서지고 말았다. 입고 있던 옷과 함께 팔은 죽은 나뭇가지처럼 떨어져, 다시 네 조각으로 부서졌다.

"유감스럽게도," 로슈푸가 회의실에 모인 기자와 사진사들에게 말했다. "여러분의 동료, 부에노스아이레스에서 온 〈나시온〉지의 사진작가 후안 페르난데스가 비극적인 죽음을 맞았음을 알려드리게 되었습니다. 그는 비밀리에 알 속에 잠입했고, 그 목적은 의심할 나위 없이 코반의 사진을 찍기 위해서였으나, 추위 때문에 채 세 발도 내딛지 못하고 죽고 말았습니다. 무시무시한 죽음입니다. 여러분께 아무리 신중하라고 당부 드려도 지나치지 않을 것입니다. 우리는 여러분께 아무것도 숨기지 않습니다. 오히려 여러분이 모든 것을 알고 전 세계에 그것을 전파했으면 하는 것이 우리의 가장 큰 바람입니다. 부디 이런 앞서가려는 행위는 더 이상 하지 말아 주시기 바랍니다. 몹시 위험할뿐더러, 성공하면 인류의 운명을 완전히 뒤바꿔 놓을 수 있는 민감한 수술의 성공을 심각하게 망칠 수도 있는 행위입니다."

하지만 트리오 위성으로 온 나시온 측의 전보로 〈나시온〉지는 후안 페르난데스에 대해 전혀 몰랐으며, 그는 소속 직원도 아니라는 사실이 알려졌다. 그때 무기의 영상이 크게 확대되어 있었다던 카메라맨의 증언이 생각났다. 페르난데스의 방이 수색되었다. 미국제, 체코제, 일본제의 카메라 세 대, 독일제 무선 송신기, 이탈리아제 리볼버가 나왔다.

EPI의 책임자들과 소생 의료진은 기자들의 궁금증을 뒤로 하고 모였다. 그들은 경악에 빠져 있었다.

"비밀 정보부의 명칭이 중 하나입니다." 모이소프가 말했다. "어느 비밀 정보부냐? 나야 모르지요, 여러분도 마찬가지고요. 어쩌면 영원히 알지 못하겠지요. 그들은 모두 멍청하고 무능하다는 공통점이 있습니다. 그들은 천재적인 재간을 발휘해 파리똥만큼도 못한 결과를 얻어 내지요. 유일하게 성공하는 게 있다면, 대참사뿐입니다. 그 쥐새끼들로부터 우리를 지켜야 합니다."

"흥, 흥…… 아주 개자식들이지요." 후버가 프랑스어로 말했다.

"러시아어로는 다른 단어를 쓰지만, 뜻은 같습니다. 유감스럽지만, 표현력이 덜하고 더 모호한 단어들을 써서 말할 필요가 있겠군요. 그런 잘난 척하는 말들은 내 맘에 안 들긴 하지만. 그래도……."

"자, 자." 후버가 말했다. "사설은 접어 두고 말해 봐요. 그 시체 때문에 귀찮게 된 건 우리 모두 마찬가지니까."

"나는 의사입니다." 모이소프가 말했다. "당신은…… 어떤 분야입니까?"

144

"화학과 전기지요…… 그게 무슨 상관이란 겁니까? 여긴 전부 모여 있는데."

"그렇습니다. 그럼에도 우리는 모두 똑같습니다…… 우리의 차이점보다 더 강력한 공통점을 지니고 있지요. 그건 알고자 하는 욕구입니다. 문인들은 그걸 지식에 대한 사랑이라고 부르지요. 나는 그걸 호기심이라고 합니다. 지성의 도움을 받는다면, 호기심은 인간의 가장 위대한 자질이 됩니다. 우리는 과학의 온갖 분야에, 온갖 국가에, 온갖 사상에 속해 있습니다. 여러분은 내가 공산주의자 러시아인이라는 게 마음에 안 들죠. 난 여러분이 썩어 가는 사회주의의 과거에 발목이 잡힌 딱할 정도로 어리석은 자본주의 제국주의자들이라는 게 맘에 안 듭니다. 하지만 나도, 여러분도 우리의 호기심이 그 모든 걸 초월한다는 걸 알고 있습니다. 여러분과 나, 우리는 알고 싶습니다. 우리는 우주의 모든 비밀을, 가장 큰 것이든 가장 작은 것이든 알고 싶습니다. 그리고 우리는 적어도 한 가지만은 이미 알고 있습니다. 인간 개인은 경이로우며, 인간들은 딱한 존재라는 것, 그리고 우리 각자의 편에서, 우리가 아는 지식과 우리의 하찮은 민족주의 안에서, 우리는 인류를 위해 일하고 있다는 것입니다. 여기서 알아낼 지식은 엄청납니다. 그리고 거기서 우리가 인류의 복지를 위해 끌어낼 수 있는 것은 상상을 초월합니다. 하지만 우리의 국가들이, 그 역사 깊은 우매함과, 장군들과, 장관들과 스파이들이 끼어들게 한다면, 모든 게 끝장입니다!"

"마르크스주의 야학에 다니시는 모양이군." 후버가 말했다. "언제나 입에서 연설이 줄줄 흘러나오니 말씀이오. 하지만 물론, 당신 말이 맞습니다. 당신은 내 형제에요. 자기는 내 여동생이고." 그가 레오노바의 엉덩이를 톡치며 말했다.

"당신은 역겹기 짝이 없는 살찐 돼지예요." 그녀가 말했다.

"유럽에도 목소리를 내게 해 주시지요." 로슈푸가 웃으며 말했다. "우리에겐 금이 있습니다. 구체의 꼭대기를 뚫고 들어가면서 잘라 낸 부분이지요. 20톤 정도 됩니다. 이걸로 우리는 무기와 용병을 살 수 있습니다."

아프리카인 상가가 분연히 일어섰다.

"난 용병에는 반댑니다!"

"나도 그렇습니다." 독일인 헨켈이 말했다. "이유야 다르지만 말입니다. 난 다만 그들이 스파이 놈들에게 매수될 수도 있다고 생각합니다. 우리의 경찰과 보호 체제는 우리끼리 조직해야 합니다. 보호란 구체 안에 있는 것들, 무기와 무엇보다도 코반을 지키는 것입니다. 그가 추위 속에 있는 동안은 위험할 게 없습니다. 하지만 소생 시술이 곧 시작할 겁니다. 우리가 그의 지식들을 모두에게 전달하기 전에 그를 납치하려는 유혹이 크겠지요. 그의 머리에 든 것을 독점하기 위해 갖은 수를 다 쓰지 않을 나라는 없을 겁니다. 예를 들면 미국……."

"물론이죠, 물론입니다." 후버가 말했다.

"소련……."

레오노바가 덤벼들었다.

"소련! 언제나 소련이죠! 왜 소련만 그런가요? 중국도 있어요! 독일도! 영국도! 프랑스도!"

"그야!……" 로슈푸가 웃었다. "스위스도 그럴 수 있지요……."

"내가 기관총, 리볼버, 지뢰 같은 것들을 구할 수 있습니다." 루코스가 말했다.

"나도 구할 수 있습니다." 헨켈이 말했다.

둘은 같은 날 유럽으로 떠났다. 샹가와 후버의 조수 가레트가 조수로 붙어 따라갔다. 그들은 결코 서로의 곁을 떠나지 않도록 되어 있었다. 그리하여 각자의 충실함이—거기에 대해서는 누구도 의심하지 않았지만—다른 이들의 존재에 의해 보장받도록 말이다.

기지에 전부터 있던 리볼버와 사냥용 소총 몇 정으로, 승강기와 엘레아 방 부근을 밤낮으로 지킬 경비대를 조직했다. 기술자든 학자든 두 사람이 동시에 보초를 섰다. '서양인' 한 사람과 '동양인' 한 사람이었다. 이러한 조치는 논란 없이 만장일치로 결정되었다. 너무나 중대한 일이 걸려 있었기에, 물론 누구도 의심하지 않지만, 누구도 믿을 수가 없었다—심지어 자기 자신조차.

알.

두 대의 조명이 안개를 밝혔다.

바람자루가 코반의 블록 쪽으로 겨누어졌다.

블록은 푹 파이고, 일그러지고, 흡수되어 후광이 사라지듯 사라졌다.

작업실에서, 소생 기술자들은 한 사람씩 소독실을 통과해 수술복을 입고 무균 장갑을 끼고, 캔버스로 된 신발 끈을 묶었다.

시몽은 그 자리에 없었다. 그는 회의실에서 엘레아 곁에 있었다. 그는 그녀와 둘이 연단 위에 앉아 있었다. 그 앞의 탁자에는 그에게 맡겨진 리볼버가 놓여 있었다. 그는 청중석에서 감시의 눈길을 떼지 않았다. 그는 누구를 상대로든 엘레아를 지킬 준비가 되어 있었다.

엘레아의 앞에는 그녀가 가져다 달라고 한, 받침대에 있던 다양한 물건들이 늘어서 있었다. 그녀는 침착하고 태연했다. 금색으로 빛나는 갈색의 동글동글 말린 머리는 평온한 바다 같았다. 그녀는 받침대에서 찾은 '옷'을 입었다. 그녀는 결이 곱고 흘러내리는 묵직한 천 같은, 비단 같은 소재로 된 네 개의 금갈색 직사각형을 허리에 걸쳤다. 그것들은 무릎까지 내려왔으며, 그녀가 걷자 펄럭거리며 피부를 덮었다가 드러내고는 했다. 마치 날개처럼, 햇빛을 받은 흐르는 물처럼. 상반신에는 같은 색으로 된 긴 띠를 둘렀는데, 이는 그녀의 상체와 어깨의 곡선을 그대로 드러냈고 그 밑에서 젖가슴이 새처럼 자유롭게 움직이는 것을 알 수 있었다.

이 모든 것은 매듭 하나, 고리 하나, 안팎으로 드나들며 꿰인 끈에 의해 기적적으로 고정되었다. 몹시 복잡한 동시에 단순했으며, 무척 자연스러워서 마치 날 때부터 입고 있던 것 같았다. 그리고 회의실에 들어오거나 자리에 앉는 모든 남녀는 밀가루 부대를 입은 것 같은 흉한 느낌을 주었다.

엘레아는 모든 질문에 대답하겠다고 승낙했었다. 이번이 오늘날의 사람들에게 과거의 사람들에 대해 가르쳐 줄 것을 목적으로 하는 연구 모임의 첫 번째 시간이었다.

엘레아의 얼굴은 냉담하고, 두 눈은 밤을 향해 열린 문 같았다. 그녀는 조용했다. 그 침묵은 청중 전체에게 퍼져 지속되었다.

후버가 엄청난 소리로 헛기침을 했다.

"크흠… 자, 시작할까요? 처음부터 시작하는 게 제일 좋겠죠! 먼저 당신이 누구인지부터 말해 줄 수 있을까요? 나이, 직업, 가족 사항 등등. 간단하게 말입니다……."

1천 미터 아래서는 나체의 남자가 투명한 갑옷을 벗고 이동 가능한 온도에 다다랐다. 빛나는 안개 속에서, 네 사람이 몸에 꼭 끼는 붉은 옷을 입고,

148

부츠를 신고, 플라스틱으로 된 둥근 헬멧을 쓴 채 천천히 그에게 다가가 받침대의 이쪽과 저쪽에 섰다. 알의 문에서는 두 사람이 경기관총을 들고 망을 보았다. 안개 속의 네 사람은 몸을 구부려 나체의 남자 밑에 모피와 가죽, 석면으로 된 장갑을 낀 손을 밀어 넣고 대기했다.

작업실 모니터 화면 앞에서는 포스터가 주의 깊게 그들의 영상을 지켜보았다. 그들이 준비되자 그는 명령을 내렸다.

"비 케어풀, 소프틀리! …… 원, 투, 쓰리…… 업!"

네 개의 다른 언어로, 명령은 동시에 네 개의 둥근 헬멧 안에 도달했다. 네 사람은 천천히 몸을 일으켰다.

조명의 빛보다 천 배나 강렬한 번쩍이는 섬광이 그들의 발밑에서 일어, 눈을 쓰라리게 하고, 폭발처럼 알 속을 채우고, 열린 문을 통해 뿜어져 나가 구체 안을 뒤덮고 간헐천처럼 수직갱에 솟구쳤다.

그리고 꺼졌다.

아무런 소리도 나지 않았다. 그저 빛일 뿐이었다. 알의 바닥 위의 눈은 더 이상 푸르지 않았다. 그 안에 맡겨진 두 생명체를 온전하게 보전하기 위해 영원한 옛날부터 추위를 만들어 내던 모터는, 그 마지막 존재 이유를 분리한 바로 그 순간, 멈췄다. 혹은 스스로 파괴되었거나.

"나는 엘레아입니다." 엘레아가 말했다. "내 번호는 3-19-07-91이고, 이것이 내 열쇠예요……."

그녀는 오른손을 보여 주었다. 손가락을 접고, 윗면이 잘려 나간 피라미드 모양의 반지에 물린 보석이 잘 보이도록 가운뎃손가락을 구부려서 들어 올리고 있었다.

잠시 머뭇거리다가 그녀는 물었다.

"여러분에겐 열쇠가 없나요?"

"물론 있지요!……" 시몽이 말했다. "하지만 우리 열쇠는 당신 것과 다른 것 같군요……."

그는 주머니에서 열쇠뭉치를 꺼내 흔들고는 엘레아의 앞에 놓았다.

그녀는 걱정스러움과 이해하지 못하겠다는 감정이 뒤섞인 표정으로 건드리지 않고 열쇠뭉치를 보더니, 누가 보아도 '어쨌거나 별 상관없으니까'로 보이는 몸짓을 하고 다음으로 넘어갔다.

"나는 '다섯 번째 지층'의 피난처에서, 제3차 전쟁이 끝난 2년 뒤에 태어났습니다."

"뭐라고요?" 레오노바가 물었다.

"어떤 전쟁입니까?"

"누구와 누구의 전쟁이었죠?"

"당신의 나라는 어디 있었나요?"

"적군은 누구였습니까?"

회의실의 사방에서 질문이 솟아나왔다. 시몽은 버럭 화를 내며 일어섰다. 엘레아는 고통으로 얼굴을 찡그리고 손을 귀로 가져가 이어폰을 뽑았다.

"대단하시군요! 참 잘하셨습니다! 성공하셨어요!" 시몽이 말했다.

그는 손을 펴서 엘레아에게 내밀었다. 그녀는 손에 이어폰을 얹었다.

그는 레오노바에게 손짓했다.

"이리 오세요."

레오노바가 연단에 올라갔다. 그녀는 바닥에 놓여 있던 대형 지구본을

150

들어 탁자 위에 올려놓았다.

"엘레아가 소리 차단 장치를 만질 줄 모른다는 걸 잘 아시잖습니까." 시몽은 학자들에게 말했다. "엘레아의 귀에는 여러분의 질문이 동시에 들린다고요! 아시잖습니까! 미리 경고해 드렸다고요! 규율을 좀 더 존중해 주시지 않으면, 나는 책임 있는 의사로서 이 모임을 금지할 수밖에 없습니다! ……마담 레오노바가 여러분의 대표로 말하고, 첫 번째로 질문하게 할 것을 요청합니다. 그다음에 다른 분이 자리에 올라오고, 그런 식으로 계속하죠. 찬성하십니까?"

"자네 말이 맞아, 친구." 후버가 말했다. "그렇게 하게, 우리 사랑스런 비둘기가 대표로 말하게 하라고……."

시몽은 엘레아 쪽을 돌아보고 손바닥에 얹은 이어폰을 내밀었다. 엘레아는 잠시 멈칫하다가 이어폰을 받아 귀에 끼웠다.

남자는 수술대 위에 누워 있었다. 아직 나체였다. 마스크를 쓴 의료진과 기술진이 둘레에서 바쁘게 움직이며, 그의 몸에 전극, 손목 밴드, 팔과 다리 보호대 등 의료장비와 그를 연결하는 접속 장치들을 부착했다. 오른팔 밑에는 쿠션을 받쳐 두었는데, 반쯤 쳐든 그 팔은 아직도 쇠처럼 단단하고 가운뎃손가락에는 엘레아의 것과 같은 반지를 끼고 있었다. 반 후크가 아기에게 젖을 먹이는 듯이 조심스럽게 비스듬하게 솟은 소중한 성기를 탈지면으로 감쌌다. 주의를 기울였음에도 구불구불한 체모 한 자밤이 부러지고 말았다. 그는 네덜란드어로 욕설을 내뱉었다. 번역기는 입을 다물었다.

"상관없소." 자브레크가 말했다. "그거야 다시 돋아날 테니까. 나머지 부분만 멀쩡하면……."

"이것 봐요!" 모이소프가 갑자기 말했다.

그는 복부 표면 한 곳을 가리켰다.

"그리고 여기! 가슴도……."

"또 여기도!……"

왼쪽 윗팔…….

"제기랄!" 르보가 말했다.

엘레아는 지구본을 처다보고, 당황스럽게 돌려 보았다. 알아보지 못하는 것만 같았다. 그녀가 살던 시대의 지리적 관습은 우리와는 달랐던 게 분명했다. 푸른색의 바다들, 어쩌면 그녀는 그게 무엇을 나타내는지 이해하지 못할 수도 있었다. 그녀 시대의 지도에는 바다가 빨간색이나 하얀색이었을 수도 있으니까……. 어쩌면 북쪽이 위가 아니라 아래쪽에 있었는지도 모른다, 어쩌면 왼쪽, 오른쪽이거나.

엘레아는 망설이고, 생각하더니 팔을 뻗어 지구본을 돌려 보았고, 그녀의 표정에서 마침내 알아보았다는 것을, 그녀에게도 차이점이 보인다는 것을 알 수 있었다.

그녀는 지구본의 받침을 잡고 기울였다.

"이렇게, 이런 상태였어요……."

약속을 했음에도, 학자들은 소리 죽인 외침을 억누를 수 없었다. 랜슨이 카메라 한 대를 지구본 쪽으로 향하게 했고, 그 영상이 이제 대형 화면에 나타났다. 엘레아가 기울게 쥔 지구본은 여전히 북쪽이 위쪽이고 남쪽이 아래쪽이었지만, 40도 가까이 어긋나 있었던 것이다!

덴마크인 지리학자 올로프센은 기뻐서 제정신이 아니었다. 그는 줄곧 지구 축이 대변동을 겪었다는 너무나 논쟁적인 이론을 지지해 왔다. 그는 여러 가지 증거를 댔지만, 하나씩 부정당했다. 그가 생각했던 대변동은 더 먼 옛날에 일어났었고 그렇게 대규모는 아니었지만, 그런 건 사소한 일이었다. 하지만 여기에 상세한 증거가 있었다. 그가 옳았다! 더 이상 증거를 들이대며 갑론을박할 필요도 없었다. 증인이 있으니까!

엘레아는 남극 대륙에 손가락 하나를 놓고 말했다.

"곤다와!"

레오노바가 엘레아가 건네준 위치대로 잡고 있는 지구본에서, 곤다와는 남극과 적도의 중간 지점, 열대에 가까운 온대 지대 한가운데를 차지하고 있었다!

얼음 속에서 발견된 불꽃 같은 새들과 무성한 식물들을 설명해 주는 사실이었다. 어떤 갑작스런 재난이 지구를 적도축으로 기울게 해, 몇 시간 만에, 어쩌면 몇 분 만에 기후를 격변시키고, 추웠던 곳을 불타오르게 하고 따뜻했던 곳을 얼리며 잠잠함에서 일깨워진 엄청난 양의 바닷물로 대륙을 잠기게 했던 것이다.

"에니소라이… 에니소라이……." 엘레아가 중얼거렸다.

그녀는 지구본에서 뭔가를 찾았지만 찾을 수 없었다.

"에니소라이… 에니소라이……."

그녀는 레오노바가 들고 있는 지구본을 돌렸다. 돌아가는 지구본이 화면에 크게 비쳤다.

"에니소라이는 적국이에요!"

회의실 전체가 대형 화면에서 엘레아가 뭔가를 찾으려 하지만 찾지 못하는, 돌아가는 지구본의 영상을 보았다.

"에니소라이… 에니소라이… 아!……"

영상이 멈췄다. 화면에 잡힌 것은 남북 아메리카였다. 하지만 지구본이 기울어져 있어 아메리카 대륙은 이상한 위치로 놓여 있었다. 북아메리카는 아래쪽, 남아메리카는 위쪽으로 기울어져 있었다.

"여기! 여기엔 빠진 게 있어요……."

엘레아의 손이 시몽이 준 마커를 쥐고 영상에 나타났다. 마커의 끝은 캐나다의 끝에 놓였다가, 뉴펀들랜드를 지나 대서양 한가운데까지 나아가는 굵고 붉은 선을 그었고, 그 선은 비뚤기리는 그림이 되어 브라질의 가장 돌출된 지점에서 남아메리카 대륙과 합쳐졌다. 그런 다음 엘레아는 붉은 선으로 자신이 그린 선과 그 양측 사이에 포함되는 지역 전부에 빗금을 그었다. 양 아메리카를 갈라놓는 거대한 만을 메우며, 그녀는 아메리카를 가운뎃부분이 북대서양 반을 채우는 하나의 거대한 대륙으로 만들었다. 그녀는 마커를 내려놓고, 자신이 그린 대 아메리카에 손을 얹고는 말했다.

"에니소라이……."

레오노바는 지구본을 내려놓았다. 흥분의 물결이 다시금 회의실에 일었다. 이 대륙에 어떻게 그런 틈이 벌어질 수 있었을까? 에니소라이의 중부를 함몰시키고 지구를 기울게 한 대재난은 같은 것일까?

모든 질문에 엘레아는 대답했다.

"나는 몰라요……. 코반이 알아요……. 코반은 두려워했어요……. 그가 우리가 발견된 은신처를 짓게 한 것은 그 때문이에요……."

"코반은 무엇을 두려워했습니까?"

"나는 몰라요……. 코반이 알아요……. 하지만 보여 드릴 수는 있어요……."

그녀는 자기 앞에 놓인 물건들에 손을 뻗었다. 그녀는 금으로 된 원형 테를 골라, 두 손으로 잡고 머리 위로 올리더니 머리에 썼다. 작은 판 두 개가 관자놀이에 붙었다. 다른 하나는 눈 위로 이마를 덮었다.

그녀는 두 번째 금테를 들었다.

"시몽……."

그는 그녀 쪽으로 돌아섰다. 그녀는 두 번째 원을 그의 머리에 씌우고, 엄지손가락으로 이마 쪽의 판이 시몽의 두 눈을 가리도록 내렸다.

"긴장을 풀어요." 그녀가 말했다.

그녀는 탁자 위에 팔꿈치를 괴고 양손으로 머리를 감쌌다. 그녀의 이마 쪽 판은 펴진 채였다. 밤을 닮은 눈 위로 그녀는 천천히 눈꺼풀을 내리감았다.

모두의 시선과 모든 카메라가 나란히 앉은 엘레아와 시몽을 향했다. 엘레아는 탁자에 팔꿈치를 괴고, 시몽은 의자에 똑바로 앉아 등받이에 등을 기대고 두 눈은 금 판에 가렸다.

눈송이가 떨어지는 소리도 들릴 정도의 침묵이 흘렀다.

그리고 갑자기 시몽이 몸을 움찔했다. 사람들은 마치 뭔가의 현실성을 확인하려고 하듯, 그가 펼친 양손을 앞으로 내미는 것을 보았다. 그는 천천히 일어섰고, 뭐라고 속삭였다. 번역기가 속삭이며 그 말을 옮겼다.

"보여요! ……들려요……."

그는 소리쳤다.

"보인다! ……종말입니다! ……거대한 평원이…… 산 채로 불타고! 온통 유리처럼 변해서! 하늘에서 군대들이 떨어집니다! ……무기들이 죽음을 내뱉으며 그들을 죽이고……. 그래도 계속 떨어져요! ……마치 수많은 메뚜기 떼의 구름처럼……. 그들은 땅을 팝니다! ……땅속으로 들어가요! ……평원이 갈라집니다! 둘로 갈라져 ……지평선 한쪽 끝에서 다른 끝까지……. 땅이 솟아올랐다가 내려앉아요! ……군대는 으스러집니다! 땅에서 뭔가가 나와…… 뭔가…… 뭔가…… 거대한 것! ……기계 ……괴물 같은 기계, 유리와 강철로 된 평원 같은 것…… 그것이 땅에서 떨어져 나와, 올라가고, 날아올라, 커지고…… 펼쳐져…… 하늘을 가득 채우고…… 아! ……얼굴이 ……어떤 얼굴이 하늘을 가려요……. 내게 아주 가까이 있어요! 내게 몸을 기울이고, 나를 쳐다봅니다! 남자의 얼굴이에요……. 눈에는 절망이 가득하고…….”

“파이칸!” 엘레아가 탄식했다.

그녀는 손으로 머리를 감싸고, 탁자 위에 무너지듯 엎어졌다. 장면은 시몽의 뇌에서 사라졌다.

코반은 안다.

그는 최선과 최악을 안다.

그는 하늘을 가득 채운 그 무시무시한 전쟁 기계가 무엇인지 안다.

그는 무에서 인간에게 부족한 모든 것을 끌어내는 방법을 안다.

코반은 안다. 하지만 그가 자신이 아는 것을 말해 줄 수 있을까?

의료진은 그의 상반신과 팔의 거의 모든 표면에서 상처들을 발견했고, 하체에는 상처가 훨씬 더 적었다. 그들은 남자가 여자보다 온도 저하를 견뎌 내지 못해 동상이 생긴 것이라 생각했다. 하지만 가면을 벗겼을 때 나온 머리는 머리카락과 눈썹과 속눈썹이 피부 표면 가까이까지 타 버린 비극적인 몰골이었다. 그러므로 그의 몸과 얼굴을 뒤덮은 상처는 동상이 아니라 화상으로 인한 것이었다. 어쩌면 둘 다일 수도 있었다.

그들은 엘레아에게 어떻게 해서 그가 화상을 입었는지 혹시 아느냐고 물었다. 엘레아는 몰랐다. 그녀가 잠들었을 때, 코반은 건강하고 멀쩡하게 그녀 옆에 있었다…….

의료진은 그를 머리부터 발끝까지 괴사 방지 붕대로 감싸, 정상 체온을 되찾았을 때 피부가 손상되는 것을 막고 회복을 돕도록 했다.

코반은 안다. 그는 아직 노란 거즈에 감싸인 차디찬 미라에 불과했다. 투명하고 유연한 튜브 두 개가 붕대에서 나온 콧구멍에 삽입되었다. 온갖 색깔의 선들이 노란 나선을 그리며 그의 전신에서 나와 기기들과 연결되었다. 천천히, 천천히, 의사들은 계속해서 그의 몸을 덥혔다.

승강기의 경비는 구체 입구의 바닥문에 설치한 지뢰 장치로 강화되었다. 루코스는 파견되었을 때 가져와 직접 개조한 전자 지뢰 두 개를 설치했다. 그 무엇도 지뢰를 폭발시키지 않고서는 문에 다가갈 수 없었다. 구체에 들어가려면, 수직갱의 바닥에 도착했을 때 승강기 출구에서 경비를 서는 사람들에게 신원을 밝혀야 했다. 경비가 안쪽에 연락을 하고, 코반을 지키고 있는 세 명의 의사나 여러 명의 간호사, 기술자 중 하나가 차단기를 내려야 트랩이 작동 중임을 알리는 깜빡이는 빨간 불빛이 꺼지고, 지뢰는 납처럼 잠잠해졌다. 그러면 구체 안으로 내려갈 수 있었다.

"코반은 안다……. 선생님은 이 사람이 인류의 위험이라고 생각하십니까, 아니면 반대로 세상이 새로운 에덴으로 변하게 할 가능성을 가져올 거라고 생각하십니까?"

"에덴이라, 흠… 우린 에덴에 있어 본 적이 없잖습니까! 정말 그렇게나 근사한 곳이었는지 우린 모르죠……."

"그럼 선생님께서는?"

"저는, 그 사람 말이죠, 알기 힘들군요……."

"그럼 부인께서는?"

"난 너무나 흥미진진하다고 생각해요! 너무나 먼 곳에서 온, 서로를 사랑하는 두 남녀라니!"

"그들이 서로 사랑한다고 생각하십니까?"

"어머, 당연하죠! ……그 여잔 계속 남자의 이름을 부르잖아요! ……발칸! 발칸! 하고요……."

"몇 가지 사소한 혼동을 하시는 것 같습니다만, 어쨌든 부인 말씀이 맞습니다. 무척 흥미로운 일이죠! ……그리고 거기 선생님께서도 역시, 흥미진진하다고 생각하시나요?"

"저는 뭐라 할 말이 없군요. 저는 외국인이라……."

비농 부부와 아들과 딸은 화면을 보며 반원형 테이블에서 잼을 곁들인 감자튀김을 먹고 있다. 영양식 조리법이었다.

"저런 질문들은 바보 같지 뭐야." 어머니가 말했다. "그렇지만, 생각해보면……."

"나라면, 저 남자 냉동실에 다시 처박아 놓겠어요." 딸이 말했다. "세상은 저 사람 없이도 잘 돌아가는걸요……."

"오! 아무리 그래도! 그럴 수야 없지." 어머니가 말했다.

약간 쉰 목소리였다. 그녀는 어떤 특정 부위를 생각하고 있었다. 그리고 더 이상 예전 같지 않은 남편을…… 추억이 그녀의 배 속에서 요동쳤다. 크나큰 비탄으로 눈가에 눈물이 맺혔다. 그녀는 코를 풀었다.

"또 감기에 걸렸나 봐……."

딸은 그 점에서는 태연했다. 그녀가 장식예술학교에서 사귄 남자친구들은 그 남자만큼 균형 잡힌 몸매가 아닐지는 모르지만, 어떤 특정 부위에서는 그와 맞먹었다. 뭐, 꼭 그렇지는 않지만……. 그래도 그 친구들은 얼어붙어 있지는 않다!

"다시 빙산에 넣어 둘 수야 없지." 아버지가 말했다. "그만한 돈을 쏟은 이상. 그건 투자라고."

"죽어 버리라지!" 아들이 투덜거렸다.

그는 더 이상 말하지 않았다. 그는 나체의 엘레아를 생각했다. 밤이면 그는 그녀의 꿈을 꾸었고, 잠이 오지 않을 때면 더욱 심했다.

엘레아는 무심하게 학자들이 두 개의 금으로 된 테를 살펴보아도 좋다고 허락했다. 브리보는 거기에서 회로나 접속 등 뭔가를 찾으려 애썼지만, 아무것도 없었다. 관자놀이 쪽에 고정된 판 두 개와 이마 쪽의 움직이는 판 하나가 달린 두 개의 금테는 통짜 금속으로 되어, 안팎에 어떤 종류의 부속 장치도 달려 있지 않았다.

"착각해선 안 되지." 브리보가 말했다. "이건 분자 전자공학일세. 이 장치의 구조는 텔레비전의 송신기와 수신기와 같아. 모든 게 분자로 이루어져 있어! 어마어마해! 내가 보기엔, 이놈이 어떻게 작동하느냐? 이런 거지. 자네가 이걸 머리에 쓰면, 이놈은 자네 뇌에서 나오는 뇌파를 수신해서, 전자기파로 변화시켜 내보내. 나는 다른 금테를 쓰고, 판이 내려간 상태에서 금테는 반대 방향으로 작동하지. 자네가 내게 보낸 전자기파를 받아, 뇌파로 변환시켜 내 뇌에 직접 주입하는 거야⋯⋯. 알겠나? 내가 보기엔, 이걸 텔레비전에 연결할 수도 있을 것 같은데⋯⋯."

"뭐라고요?"

"어려운 일은 아냐⋯⋯. 전자기파로 변환된 순간의 파동을 잡아, 증폭시켜서 텔레비전 수신기에 주입하는 거지. 분명 뭔가가 나올 거야. 뭘까? 어쩌면 알아볼 수 없는 뒤죽박죽일 거고⋯⋯. 어쩌면 놀라운 거겠지⋯⋯. 해보는 거야. 되거나 안 되거나 둘 중 하나니까. 어쨌거나 어려운 일도 아니고."

브리보와 그의 팀은 고작 한나절 정도 일했다. 그런 다음 브리보의 조수 공슬랭이 송신하는 쪽 금테를 머리에 썼다. 결과물은 반쯤은 놀랍고 반쯤은 뒤죽박죽이었다. 이미지들이 나왔지만, 맥락도 일관성도 없고, 때로는 뚜렷한 형태도 없는, 어린아이의 손에 쥐어진 마른 모래만큼이나 불안정한 정신적 구조물이었다.

"'생각하려고' 애써서는 안 돼요." 엘레아가 말했다. "생각한다는 건 무척 어려워요. 생각들은 형성되었다가 해체되죠. 누가 형성하고, 누가 해체하죠? 생각을 하는 본인은 아니죠⋯⋯. 회상해야 해요. 기억. 오직 기억만요. 감각이 주의를 기울이지 않을 때조차, 뇌는 모든 것을 기록해요. 회상해야 해요. 정확한 순간 정확한 이미지를 떠올리는 거예요. 그다음은 가만히 두면, 나머지는 저절로 따라와요⋯⋯."

"두고 보면 알겠죠! 이걸 머리에 써요." 브리보가 실험의 우여곡절을 속기로 기록하고 있던 기술부 비서 오딜에게 말했다. "눈을 감고, 첫 키스를 떠올려 봐요."

"어머나! 브리보 씨!"

"뭐 어때요, 애들도 아니고!"

그녀는 45세였고 은퇴 직전의 기동 헌병을 닮았다. 많은 지원자들 중 그녀를 고른 것은 전에 하이킹을 했었기 때문이었다. 그녀는 아직도 대장이었다. 그녀는 악천후를 겁내지 않았다.

"자, 됐어요?"

"네! 브리보 씨!"

"자! 눈을 감아요! 떠올려 봐요!"

표시 화면에 붉은 폭발이 일어났다. 그러고는 아무것도 없었다.

"쇼트됐어!" 공슬랭이 말했다.

"감정이 너무 많아요." 엘레아가 말했다. "이미지를 떠올려야 하지만, 자기 자신을 잊어야 해요……. 다시 해 보세요."

그들은 다시 시도했다. 그리고 성공했다.

두 번째 연구모임에는 레오노바와 후버 말고도 브리보와 공슬랭도 엘레아와 시몽과 자리를 함께했다.

브리보는 엘레아 옆에 앉아 있었다. 그는 길이가 새끼손가락만 하고 곤충 더듬이처럼 복잡한 안테나가 한 다발 위에 붙은, 마가린 한 조각만 한 크기의 복잡한 회로를 만지고 있었다. 회로는 공슬랭 앞에 놓인 조종기에 연결되어 있었다. 조종기에서 나온 전선 한 줄이 랜슨의 촬영실 쪽으로 이어졌다.

"제3차 전쟁은 한 시간 동안 이어졌어요." 엘레아가 말했다. "그리고 에니소라이는 겁을 먹었죠. 물론 우리 쪽도요. 우리는 전쟁을 멈췄어요. 8억 명이 사망했어요. 주로 에니소라이에서였죠. 곤다와는 인구가 더 적었고,

피난처에서 잘 보호되었거든요. 하지만 우리 대륙의 표면에는 아무것도 남지 않았고, 생존자들은 치명적인 방사능 때문에 다시 지상에 올라갈 수가 없었어요."

"방사능이라고요? 어떤 무기를 썼습니까?"

"지상 폭탄요."

"어떻게 작동하는지 아나요?"

"몰라요. 코반이 알아요."

"그 원리는 아니요?"

"땅속에서 꺼낸 금속으로 만들어요. 그 금속은 폭발하고 나서도 오랫동안 태우고, 부수고, 독을 퍼뜨렸어요."

번역기의 감정 없는 목소리가 말했다.

"저는 곤다와 언어의 단어를 그대로 번역했고, 그 결과는 '지상 폭탄'이 됩니다. 하지만 지금부터는 이 용어를 거기에 상응하는 '원자 폭탄'으로 대체하여 옮기겠습니다."

"나는 제5지층에서 태어났어요. 내가 지상에 처음 올라간 건 일곱 살 때, 내 '지정식' 다음날이었죠. 열쇠를 받기 전까지는 위에 올라갈 수 없었어요."

후버가 물었다.

"그런데 대체, 그 빌어먹을 열쇠란 게 뭡니까? 어디 쓰이는 거예요?"

번역기의 감정 없는 목소리가 끼어들었다.

"'빌어먹을 열쇠'를 번역할 수 없습니다. 이 특정한 의미로 쓰인 '빌어먹을'에 대응하는 단어는 제게 입력된 어휘 목록에 없습니다."

"이 기계는 정말 성가시다니까!" 후버가 투덜거렸다.

엘레아의 오른손은 손가락을 뻗은 채 탁자 위에 놓여 있었다. 랜슨이 촬영실에서 2번 카메라로 손을 잡아 줌을 끝까지 당기고 영상을 더욱 확대했다. 반지에 달린 작은 피라미드가 대형 화면에 나타나 화면을 꽉 채웠다. 그것은 금으로 되어 있었고, 그렇게 확대해서 보니 표면에 자그마한 홈과 불규칙하고 기묘한 형태의 요철이 새겨지고 패여 있음을 알 수 있었다.

"열쇠는 모든 것의 열쇠에요. 열쇠는 각 주민이 태어날 때 정해지죠. 열쇠는 모두 똑같이 생겼지만, 개인마다 다 달라요. 그 내부 배열은……."

번역기의 감정 없는 목소리가 끼어들었다.

"마지막으로 발화된 단어는 제게 입력된 어휘 목록에 없습니다. 하지만 그 단어의 자음과 같은……."

"우릴 좀 가만히 내버려 둬!" 후버가 말했다. "아는 것만 말하고, 나머지는 내버려 두라고. 더 이상 우리를……."

그는 입에서 상스러운 말이 튀어나오기 직전에 입을 다물고 한결 얌전하게 말을 맺었다.

"더 이상 우리를 진땀 빼게 하지 말라고!"

"저는 번역기이지, 터키탕이 아닙니다." 번역기가 말했다.

회의실은 웃음바다가 되었다. 후버는 씩 웃고 루코스를 돌아보았다.

"축하드립니다. 당신 따님은 재치가 있군요. 하지만 좀 법석 떠는 편 아닙니까?"

"이 아이는 꼼꼼하답니다. 그게 제 임무니까요……."

아이들이 지하 해변의 조약돌을 갖고 놀듯 말을 갖고 노는 미개인들의 이런 농담을, 엘레아는 이해하려 하지 않고 그냥 들었다. 그들이 웃든, 울든, 짜증을 내든, 그녀에겐 아무래도 상관없었다. 계속해 달라는 부탁을 받고 이야기를 계속하는 것도 상관없었다. 열쇠에는 개인의 유전적 정보 전부와 그 신체적이고 정신적 특성들이 기재되어 있다고 엘레아는 설명했다. 열쇠는 중앙 컴퓨터로 보내지고, 컴퓨터는 그것을 분류하고, 6개월마다 아이가 새로운 시험을 침에 따라 수정했다. 일곱 살이 되면 개인은 최종적으로 확정되며 열쇠도 마찬가지였다. 그러면 지정식이 열렸다.

"지정식이란 뭔가요?" 레오노바가 물었다.

"중앙 컴퓨터는 모든 열쇠를 갖고 있어요. 곤다와의 모든 살아 있는 주민들, 그리고 살아 있는 이들을 낳은 죽은 이들의 것도요. 우리가 갖고 있는 열쇠는 복제품이에요. 매일같이 컴퓨터는 일곱 살짜리 아이들의 열쇠를 서로 비교해요. 컴퓨터는 모든 아이들에 대해 모든 걸 알아요. 내가 누구인지, 내가 어떤 사람이 될지를 알죠. 컴퓨터는 소년들 중에서 내게 필요한 사람, 내게 있어야 하며 그렇게 자라날 사람, 내가 원하고 갈망하는 소년들을 찾아요. 그리고 그 소년들 중에서 나와 어울리는 사람, 내가 필요하며 내가 있어야 하는 사람, 나를 원하고 갈망하는 사람을 찾지요. 그런 다음 컴퓨터는 우리를 서로에게 지정해 줘요."

"그 소년과 나, 나와 그 소년은 두 조각으로 깨져 온 세상의 깨진 조약돌 틈에 흩어진 하나의 조약돌과 같아요. 컴퓨터는 두 조각을 찾아 다시 만나게 하는 거죠."

"합리적이군요." 레오노바가 말했다.

"꼬마 개미의 한마디였습니다." 후버가 말했다.

"이야기를 계속하게 놔둬요! ……그 두 아이를 어떻게 하나요?"

엘레아는 무심하게 아무도 보지 않고 말을 이었다.

"둘은 함께 양육되어요. 한 아이의 가정에서, 다른 아이의 가정에서, 이런 식으로 번갈아 가면서. 둘은 함께 같은 취향과 습관을 키우죠. 둘은 같은 즐거움을 누리는 법을 알아 가요. 둘은 함께 세상이 어떤지, 여자아이란 어떤지, 남자아이란 어떤지를 알게 돼요. 성적으로 성숙하는 순간이 오면, 사람들은 둘을 결합시키고, 다시 만난 조약돌은 접합되어 하나의 돌이 되죠."

"굉장하군요!" 후버가 말했다. "그건 언제나 성공합니까? 당신네 컴퓨터는 결코 실수하지 않습니까?"

"컴퓨터는 실수할 수가 없어요. 이따금 어떤 소년이나 소녀가 변하거나, 예기치 못한 식으로 성장하곤 하죠. 그러면 두 조각의 조약돌은 더 이상 서로의 반쪽이 아니고, 따로 떨어져요."

"헤어지나요?"

"네."

"그럼 둘이 함께 남아 있는 이들은 무척 행복하겠군요?"

"모두가 행복해질 수 있는 건 아니에요. 그저 불행하지만 않을 정도인 커플들이 있죠. 행복한 커플들과 무척 행복한 커플들도 있고요. 그리고 '지정'이 절대적인 성공을 거두어, 세상의 생명이 시작된 순간부터 맺어져 있던 것 같은 몇몇 커플도 있어요. 그들에게는 행복이라는 말로는 충분치 않아요. 그들은……."

번역기의 감정 없는 목소리가 자신이 아는 모든 언어로 말했다.

"당신의 언어에는 방금 발화된 말을 옮길 수 있는 단어가 없습니다."

"당신은 어땠나요." 후버가 물었다. "당신은, 불행하진 않다, 행복하다, 무척 행복하다, 아니면 그, 말로는 표현할 수 없는…… 어느 쪽이었나요?"

엘레아의 목소리가 굳어져, 금속처럼 딱딱해졌다.

"내가 아니라, '우리'가 그랬어요……."

알래스카 해안의 수중 탐지기들이 미국 참모본부에 러시아 극지 함대의 원자력 잠수함 23정이 베링 해협을 건너 남쪽으로 향하고 있다고 알렸다,

미국 측의 대응은 없었다.

러시아 감시망에서는 참모본부에 전략위성들을 갖춘 미국 제7함대가 예상 궤도를 수정해 남쪽으로 접어들었다고 알렸다.

러시아 측의 대응은 없었다.

아프리카 서쪽 해안을 순항하던 유럽 잠수 항공모함 넵튠 1호가 잠수해 뱃머리를 남쪽으로 돌렸다.

중국 방송들이 외쳐 대기 시작하여, 전 세계가 아직 모르는 이 움직임을 널리 알리고 인류의 가장 큰 희망을 파괴하기 위해 일치단결하여 남극 대륙으로 나아가는 제국주의자들의 동맹을 비난했다.

동맹이라는 말은 정확하지 않았다. 공모라는 말이 보다 적절했다. 부유한 나라 정부들은 유엔을 배제하고 학자들의 의사를 거스르며 학자들과 그들이 지닌 경이롭고도 위협적인 보물을 지키자는 데 동의했다. 인구가 10억을 넘어선, 가난한 나라들 중 가장 강력한 나라의 혹시 있을지 모를 습격으로부터. 그리고 덜 강력하며 무기도 적고 덜 단호한 나라들로부터도. 심지어 스위스도 그럴 수 있다고 로슈푸는 농담 삼아 말했었다. 물론 스위스는 아니다. 스위스는 가장 부유한 나라였으니까. 스위스는 평화로울 때도 부유해지고, 전쟁이 났을 때도 부유해지며, 전쟁의 위협 혹은 평화의 위협으로도 부유해진다. 하지만 굶주림에 시달리는 공화국이나 무력으로 빈곤을 다스리는 흑인, 아랍인, 동양인 독재자 중 누구라도 EPI에 필사적인 폭력 행사를 하고, 코반을 빼앗거나 죽일 수 있었다.

은밀한 공모는 참모본부 선까지 하달되었다. 공동 계획이 세워졌다. 해

군과 잠수함 함대, 공군과 우주 공군 연대들은 612 지점 주변 해역에 방어 진영, 혹시 필요하다면 공격 진영을 함께 수립하기 위해 남극권으로 향했다.

장군과 제독들은 이 어리석은 학자들과 그들의 약한 경기관총을 가소롭게 여겼다. 각 함대의 사령관은 어떤 대가를 치르더라도 코반이 이웃나라로 가게 해서는 안 된다는 지시를 받았다. 그러기 위해서는 모두 함께 거기 모여 감시하는 게 최선의 방법 아니겠는가?

정부에서 내린 것도, 참모본부에서 내린 것도 아닌 더욱 은밀한 다른 지령들도 있었다.

만유 에너지, 어디서나 끌어올 수 있고 한 푼도 들지 않으며 모든 것을 만들어 내는 에너지가 나온다면, 석유와 우라늄, 온갖 종류의 원자재를 거래하는 대기업들은 파산이었다. 상인들은 끝장이었다.

더욱 은밀한 지령을 받은 것은 함대 사령관들이 아니라 승무원 틈에 섞여 들어간 익명의 사람들이었다.

이 지령들 역시 코반이 이웃나라로 가게 해서는 안 된다는 내용이었다.

여기에는 코반이 어디로도 가서는 안 된다는 것이 덧붙여졌다.

"짐승 같으니라구!" 시몽이 후버를 비난했다. "개인적인 질문은 삼가 주시지요."

"그녀의 행복에 대한 질문이었는데, 나는 그럴 거라고는 생각지……."

"웬걸, 생각했고말고요!" 레오노바가 말했다. "하지만 당신은 남 괴롭히는 걸 좋아하죠……."

"부디 입 좀 다물어 주시겠습니까?" 시몽이 명령했다.

그는 엘레아 쪽을 보며 이야기를 계속할 수 있겠느냐고 물었다.

"네." 다시 무심함을 되찾은 엘레아가 말했다. "내 '지정식'을 보여 드리 겠어요. 이 행사는 일 년에 한 번, '나무와 거울'에서 열려요. 각 지층에는 '나무와 거울'이 한 곳씩 있어요. 난 내가 태어난 제5지층에서 지정을 받았 지요……."

그녀는 앞에 놓인 금테를 집어, 머리 위로 들어 올려 썼다.

랜슨이 카메라들을 중단시키고 연단의 전선을 연결하고 음성 채널을 번 역기에 연결했다.

엘레아는 두 손으로 미리를 김싸고 눈을 김았다.

보라색 물결이 대형 화면을 뒤덮었다가, 오렌지색 불꽃에 쫓겨 밀려났 다. 혼란스럽고 알아볼 수 없는 이미지가 나타나려고 애를 썼다. 일렁이는 물결이 이미지를 찢어 놓았다. 화면은 새빨간 색이 되어 격정에 사로잡힌 심장처럼 요동치기 시작했다. 엘레아는 자신의 감정들을 떨쳐 버리지 못했 다. 그녀는 눈을 감은 채 상체를 꼿꼿이 펴고, 숨을 깊이 들이쉬고는 처음의 자세로 돌아갔다.

별안간 화면에 어린 남녀 한 쌍이 나타났다.

아이들의 등이 보이고, 거대한 거울에 아이들의 얼굴이 비쳐 보였으며 나무 한 그루도 보였다.

거울과 나무 사이, 나무 밑과 나무 속에는 군중이 모여 있었다. 그리고 거울 앞에는 스무 쌍 정도의 어린 남녀가 서로 몇 미터씩 떨어져서 각자 거 울에 비친 자기 영상 앞에 서 있었다. 상반신은 나체이고, 푸른 꽃 화환을 머리와 손목에 두르고, 푸른색의 짧은 치마를 입고 샌들을 신고 있었다. 그 리고 아이들의 부드러운 엄지발가락과 귓불에는 가볍고 나풀나풀한 금빛 새의 깃털이 붙어 있었다.

첫 번째 줄에 선 제일 아름다운 소녀가 엘레아였다. 한눈에 알아볼 수 있지만 지금과는 달랐다. 나이 때문이라기보다 얼굴을 환히 밝히는 평온과 기쁨 때문에 지금과 달라 보이는 것이었다. 그녀의 곁에 선 소년이 엘레아를 바라보았고, 엘레아도 그 소년을 바라보았다. 그는 햇빛에 무르익은 밀 같은 금발이었다. 윤기 흐르는 머리카락은 얼굴을 감싸고 곧게 드리워, 벌써 근육이 숨은 윤곽을 드러내고 있는 어깨까지 내려왔다. 개암빛 눈은 거울 속에서 엘레아의 푸른 눈을 바라보며, 웃음 지었다.

어른 엘레아가 말을 했고, 번역기가 옮겼다.

"지정이 완벽하다면, 처음 만나는 순간 지정된 두 아이는 서로를 알아봐요."

어린 엘레아가 소년을 바라보고, 소년이 엘레아를 바라보았다. 그들은 행복하고 아름다웠다. 둘은 반드시 만나리라는 확신을 지니고, 서두르지 않고 초조해하지도 않고 서로를 만나기 위해 계속 걸어온 사람들처럼 서로를 알아보았다. 만남의 시간이 왔고, 그들은 서로 함께가 되어 서로를 바라보았다. 둘은 서로를 발견했고, 평온하면서도 서로에게 경탄했다.

각 어린 커플 뒤에는 양쪽 가족이 있었다. 다른 아이들도 가족과 함께 뒤에서 기다렸다. 나무의 갈색 줄기는 거대하고 짧았다. 첫 번째 가지는 땅에 닿을 정도였고 제일 높은 가지들은 천장이 있다면 천장을 가릴 정도였다. 붉은 잎맥이 뻗은 짙은 녹색의 무성한 잎사귀들은 사람을 머리부터 발끝까지 가릴 정도였다. 수많은 아이들과 어른들이 나무의 가지 위에, 혹은 땅에 드리운 잎 위에 눕거나 앉아서 쉬고 있었다. 아이들은 새처럼 이 가지에서 저 가지로 뛰어다녔다. 어른들은 다양한 색의 옷을 입었는데, 어떤 이들은 옷을 완전히 갖춰 입고, 또 어떤 이들은—남자든 여자든—허리에서 무릎까

지만 입고 있었다. 허리 둘레에 유연한 띠만 두른 이들도 있었다. 어떤 여자
들은 완전히 나체였다. 나체인 남자는 없었다. 얼굴은 모두 아름답지는 않
았지만, 몸은 모두 균형 잡히고 건강했다. 다들 피부색이 거의 비슷했다. 머
리색은 조금 더 다양해, 순수한 금색부터 황갈색을 거쳐 금갈색까지 있었
다. 어른 커플들은 손을 마주잡고 있었다.

거울 끝에서 발끝까지 내려오는 붉은 로브를 입은 남자가 나타났다. 그
는 어린 남녀에게 다가와 짧은 예식을 거행하는 것 같았고, 아이들이 손을
마주잡게 하여 돌려보냈다. 다음 두 아이가 그 자리에 섰다.

붉은 옷을 입은 다른 남자들이 거울 끝에서 나타나 기다리는 다른 어린
남녀들을 맞았고, 그들은 얼마 후 손을 잡고 떠났다.

붉은 옷의 남자가 엘레아에게 다가갔다. 엘레아는 거울 속에서 그를 바
라보았다. 그는 그녀에게 미소를 짓고, 그녀의 뒤에 서서 오른손에 든 원판
같은 것을 들여다보더니 엘레아의 어깨에 왼손을 얹었다.

"네 어머니는 네게 엘레아라는 이름을 주셨다. 오늘 너는 지정된단다.
네 번호는 3-19-07-91이다. 따라하렴."

"3-19-07-91." 어린 엘레아가 따라했다.

"열쇠를 받을 거다. 손을 내밀려무나."

그녀는 왼손을 손바닥이 위로 가게 펼쳐 내밀었다. 손가락 끝이 거울에
비친 손가락 끝과 맞닿았다.

"네가 누구인지 말하렴. 네 이름과 번호를."

"나는 엘레아 3-19-07-91입니다."

거울 속에 비친 손이 파닥거리더니 열리고, 벌써 희미해진 빛을 발했다
가 닫혔으며, 거기서 어떤 물체가 펼친 손바닥에 떨어졌다. 그것은 반지였

다. 어린아이의 손가락에 맞는 고리에, 어른 엘레아가 낀 것의 3분의 1도 되지 않는 크기의 위가 잘린 피라미드가 달려 있었다.

붉은 옷의 남자가 반지를 받아 엘레아의 오른손 가운뎃손가락에 끼웠다.

"빼지 말아라. 너와 함께 자라날 거야. 반지와 함께 성장하거라."

그런 다음 그는 소년의 뒤로 가 섰다. 그녀는 새벽빛을 담은 커다란 눈으로 남자와 어린 소년을 보았다. 그녀의 진지한 얼굴은 자신감과 생의 약동으로 환했다. 그녀는 젊음과 생명으로 가득 찬 어린 식물 같았다. 어두운 땅을 막 뚫고 나와, 빛을 향해 첫 번째 잎사귀의 완벽하고 온화한 자신감을 피워 올리고, 한 잎 두 잎 자라나다 보면 곧 하늘에 닿으리라는 확신이 충만한…….

남자는 원판을 들여다보고, 소년의 왼쪽 어깨에 왼손을 얹고 말했다.

"네 어머니는 네게 파이칸이라는 이름을 주셨다……."

붉은 폭발이 일어나 영상을 찢고 화면에 밀려들어, 어린 엘레아의 얼굴을 뒤덮고, 그녀의 눈에 담긴 하늘을, 그녀의 희망과 기쁨을 지웠다. 화면이 꺼졌다. 연단 위에서 엘레아가 머리에서 금테를 벗은 참이었다.

"그 망할 놈의 열쇠가 어디에 쓰이는 건지는 아직도 모르잖아." 후버가 투덜댔다.

4_태양의 무기

❝나는 당신을 우리 세상으로 불러오려 애썼어. 우리에게 협조하기로 승낙했으면서도, 어쩌면 그 때문에, 나는 당신이 하루하루 과거로 물러나는 것을, 심연으로 물러나는 것을 보았지. 그 수렁을 건널 수 있는 다리는 없었어. 당신의 뒤에는 죽음뿐, 아무것도 없었어.

당신을 위해 나는 케이프타운에서 체리와 복숭아를 주문했지.

나는 새끼양고기를 보내오게 했고, 우리 요리사는 당신을 위해 양의 갈비를 빼내 샘물처럼 부드러운 양상추 몇 장을 곁들여 영양식을 만들었어. 당신은 혐오스럽다는 듯 갈비를 보았지.

"동물에서 베어 낸 조각인가요?"

나는 그런 생각은 하지 못했어. 그날까지 나에게 갈비는 그저 갈비일 뿐이었거든. 나는 조금 쩔쩔매며 대답했지.

"그렇습니다."

당신은 고기를, 샐러드를, 과일을 쳐다보았어.

"당신들은 동물을 먹는군요! ……풀을 먹는군요! ……나무를 먹는군

172

요!"

나는 애써 웃으려 했어. 나는 대답했지.

"우리는 야만인이랍니다……."

나는 장미를 보내오게 했어.

당신은 그것도 우리가 먹는 거라고 생각했지…….**"**

열쇠는 모든 것의 열쇠라고, 엘레아는 말했었다.

회의실을 가득 채운 학자와 기자들은 계속된 연구 모임을 통해 그 뜻을 이해할 수 있었다. 점차 스스로의 감정을 다스릴 수 있게 된 엘레아는 그들에게 자신의 삶과 파이칸의 삶을, 어른 커플이 되어 가며 사회에서 제자리를 잡는 어린 커플의 삶을 이야기하고 보여 주었다.

한 시간의 전쟁이 끝난 후에도 곤다와의 주민들은 계속 땅 밑에 있었다. 은신처는 효과적이라는 것이 증명되었다. 람파 조약에도 불구하고 전쟁이 결코 다시 시작되지 않으리라고는 아무도 믿을 수가 없었다. 은신처에 머물러 거기서 살아가는 것이 현명했다. 지상은 유리처럼 변했다. 모든 것을 재건해야 했다. 은신처에서 재건하는 것이 현명했다.

지하는 더 깊고 넓게 파였다. 지하 정비 사업에는 천연 동굴과 지하의 호수와 강들도 포함되었다. 만유 에너지 덕분에 힘을 자유자재로 사용할 수 있었고 그 무한한 힘은 온갖 형태로 나타났다. 그 힘을 이용해 지하에 지상에서 파괴된 것보다 더 무성하고 아름다운 식물들을 재창조했다. 낮의 햇빛과 똑같은 빛 속에서, 땅속의 도시들은 꽃다발이, 덤불이, 숲이 되었다. 새로운 종의 식물들도 창조되었고 식물들은 자라는 것이 눈에 보일 정도로 빠르게 자라났다. 부드럽고 고요한 기계들이 밑으로 파고 들어가 사방을 돌아다니며 앞에 놓인 흙과 바위를 없애고, 바닥과 둥근 지붕과 벽을 기어 다니며 지나간 자리를 윤기 나고 강철보다 단단하게 만들었다.

지상은 덮개일 뿐이었지만 그것도 이용했다. 온전히 남아 있는 구획은 잘 보호하고 가꿔서 휴양 시설로 개조했다. 그곳의 작은 숲에는 동물을 다시 번식시켰다. 다른 곳에는 유역이 잘 보존된 하천, 골짜기, 대양의 해변이 있었다. 건물들을 지어 거기서 놀고 외부 생활을 경험해볼 수 있게 했고 새로운 세대는 외부 생활을 모험으로 여겼다.

지하에서는 생활이 정돈되어 합리적이고 즐겁게 발전해 나갔다. 조용하고 폐기물을 내지 않는 공장들이 사람에게 필요한 것을 모두 생산했다. 분배 체계의 기반은 열쇠였다.

곤다와의 주민은 각자 매년 동등한 예산을 분배받았다. 예산은 조용한 공장의 총생산에 따라 계산되었다. 이 예산은 중앙 컴퓨터가 관리하는 각자의 계좌에 기록되었다. 예산은 한 사람이 생활해 나가고 사회가 제공할 수 있는 모든 것을 누리기에 넉넉했다. 곤다와 주민이 새로운 것을, 이를테면 새 옷이나 여행이나 물건을 원할 때면 그는 열쇠로 지불했다. 가운뎃손가락을 구부려 열쇠를 끼우는 자리에 열쇠를 끼우면, 중앙 컴퓨터에 있는 계좌가 즉시 물건이나 서비스의 가격만큼 줄어들었다.

비범한 자질을 가진 어떤 시민들, 그러니까 대학 총장인 코반 같은 사람은 추가 예산을 받았다. 하지만 추가 예산은 사실상 전혀 쓸 데가 없었는데, 곤다와 주민 중 한 해 예산을 전부 바닥내는 이는 극히 드물었기 때문이다. 한 사람 수중에 지불 수단이 축적되는 것을 막기 위해 남은 예산은 매년 말 자동으로 무효가 되었다. 가난한 이도 없고, 부유한 이도 없이 자신이 원하는 것이라면 뭐든 얻을 수 있는 시민들뿐이었다. 열쇠 시스템 덕택에 곤다와 주민들의 동등한 권리와 서로 다른 천성을 존중하면서 국부를 분배할 수 있었으므로, 각자 자신의 취향과 필요에 따라 예산을 썼다.

일단 건설되어 가동되면 공장들은 인간의 노동력이 필요 없이 제 고유한 두뇌로 돌아갔다. 그렇다고 해서 공장이 인간의 모든 노동을 면제하는 것은 아니었다. 공장이 생산을 담당한다 해도, 손이 가고 지성이 필요한 일이 남아 있었기 때문이다. 곤다와 주민은 각자 반나절 동안 5일을 일해야 했는데, 이 시간은 조각조각 분배할 수 있었다. 원한다면 더 일할 수 있었다. 원한다면 일을 덜 하거나 아예 안 할 수 있었다. 노동은 보수를 받는 일이 아니었다. 일을 덜 하기로 한 사람의 예산은 그만큼 줄어들었다. 아예 일하지 않기로 한 사람에게는 생존하는 데 쓰고 가까스로 남을 만큼의 예산이 주어졌다.

공장은 도시보다 더 깊은 곳에 있었다. 공장들은 서로 연결되고 이어지고 결합되어 있었다. 각 공장은 전체 공장의 일부였으며 공장은 쉼 없이 분기해 새로 싹트는 공장들을 만들어 내고, 더 이상 만족스럽지 못한 공장들을 흡수했다.

공장이 제작하는 물건들은 조립이 아닌 종합을 거친 결과물이었다. 원재료는 동일했고 어디에나 있었다. 바로 만유 에너지였다. 부동의 기계 속에서 물건이 제작되는 것은, 여자의 몸속에서 수정란이라는 거의 무에 가까운 것으로부터 아기라는 믿을 수 없이 복잡한 생명체가 창조되는 것과 비슷했다. 하지만 기계 속에 있는 것은 '거의'도 아닌 완전한 '무'였다. 그리고 이 무로부터, 삶의 욕구와 즐거움에 필요한 모든 것이 다발적이고 다양하며 끊임없는 흐름으로 지하의 도시로 흘러 들어왔다. 존재하지 않는 것이 존재한다.

열쇠에는 결코 덜 중요하다고 할 수 없는 다른 용도가 있었다. 수태를 막는 것이었다. 아이를 가지려면 남자와 여자는 반지를 빼야 했다. 둘 중 하나가 반지를 끼고 있으면 임신은 불가능했다. 아이는 두 사람 모두가 원할 때만 태어날 수 있었다.

지정식 날 반지를 받은 후부터 곤다와 사람은 결코 반지를 빼지 않았다. 그리고 그가 살아가는 내내 반지는 그가 필요한 것, 그가 원하는 것 모두를 채워 주었다. 반지는 그의 삶의 열쇠였으며, 삶이 끝나고 사람들이 죽은 자들을 만유 에너지로 바꾸는 부동의 기계에 그를 집어넣는 순간에도 반지는 손가락에 남아 있었다. 존재하지 않는 것이 존재한다.

또한, 두 배우자가 아이를 갖기 위해 결합하기 전 반지를 빼는 순간은 특별한 감정에 빠져드는 순간이었다. 두 남녀는 단지 나체라는 것을 넘어, 반지를 빼는 순간 피부 거죽까지 벗어 버린 기분을 느낀다. 둘은 머리부터 발끝까지 서로의 맨살과 피로 닿는다. 그들은 완벽한 화합에 들어간다. 남자는 여자 안으로 뚫고 들어가고 여자는 남자 안에 녹아든다. 두 육체는 동일한 공간을 느낀다. 아이는 무엇과도 비견할 수 없는 환희 속에서 잉태된다.

열쇠는 곤다와의 인구를 일정한 수준으로 유지시키기에 충분했다. 에니소라이에는 열쇠가 없었고, 열쇠를 원하지 않았다. 에니소라이의 인구는 증식했다. 에니소라이는 조란의 방정식을 알았고 만유 에너지를 이용하는 법도 알았으나 그것을 균형이 아닌 증식하는 데만 사용했다. 곤다와는 조직되었고, 에니소라이는 번식했다. 곤다와는 호수, 에니소라이는 강물이었다. 곤다와가 지혜라면 에니소라이는 힘이었다. 이 힘은 스스로를 넘어 뻗어 나가고 펼쳐질 수밖에 없었다. 처음으로 달에 착륙한 것은 에니소라이의 우주선들이었다. 곤다와도 제압당하지 않기 위해 곧 뒤따랐다. 탄도학적인 면에서 달의 동쪽 표면은 태양계 탐사 우주선이 이륙하기에 완벽하게 적합한 곳이었다. 에니소라이는 그곳에 기지를 건설했고 곤다와도 마찬가지였다. 제3차 전쟁은 여기서, 두 기지의 수비대 간의 분쟁으로 인해 발발했다. 에니소라이는 달을 독차지하고 싶었던 것이다.

두려움이 전쟁을 끝냈다. 람파 조약에 의거해 달은 세 구역으로 나뉘었다. 곤다와 구역, 에니소라이 구역, 국제 구역이었다. 국제 구역은 서쪽이었다. 두 나라는 그곳에 공동으로 이륙 기지를 건설하기로 합의했다. 다른 나라 사람들은 달을 나눠 갖지 않았다.

다른 나라 사람들은 달에는 상관하지 않았다. 그들은 에니소라이나 곤다와로부터 보호 약속과 그들에게 필요한 것을 제공하는 부동의 기계들을 받았다. 제일 약삭빠른 이들은 양쪽 모두로부터 받았다. 그들은 또한 제3차 전쟁 동안 양쪽으로부터 많은 폭탄도 받았다. 하지만 그 수는 곤다와보다는 적고, 에니소라이보다는 더욱 적었다.

에니소라이의 인구는 피난처에 대피시키기에는 너무 많았다. 하지만 왕성한 출산 활동 덕분에 한 세대 만에 사망자만큼의 인구가 회복되었다.

람파 조약에 따라, 에니소라이와 곤다와는 결코 다시는 '지상 폭탄'을 사용하지 않기로 약속했다. 남은 폭탄들은 우주로 보내 태양 주변 궤도를 돌게 했다. 두 강대국은 그 밖에도 이 금지된 무기의 파괴력을 능가하는 무기를 제조하지 않겠다는 약속을 했다.

하지만 어마어마한 증대력이 에니소라이를 팽창시켰다. 에니소라이는 만유 에너지를 이용해 개인 무기들을 생산하기 시작했다. 그 무기 하나하나의 위력은 제한적이었지만, 많은 물량에는 무엇도 버틸 수가 없었다. 그리고 군대의 수는 매일같이 늘어 갔다. 증가하는 생명의 격렬히 흐르는 강물은 다시금 물길을 꽉 채우고, 넘쳐나기 직전이었다.

그리하여 곤다와의 지도위원회에서는 중앙 도시 곤다 1을 희생시키기로 결정했다. 곤다 1은 비워지고 흡수되었으며, 지하의 도시 빈터에서는 기계들이 일하기 시작했다. 그리고 곤다와 지도위원회는 에니소라이의 정부위원회에 만일 새로운 전쟁이 발발한다면 그건 '최후'가 될 거라고 알렸다.

이리하여, 모임이 거듭됨에 따라 화면에 투사되는 엘레아의 직접 기억들과 여러 가지 질문들을 통해 EPI의 학자들은 이 사라진 세계에 대해 알아갔다. 우리 세계를 무척이나 걱정시키는 어떤 문제들을 해결했으면서도, 우리와 마찬가지로 어떤 합리적인 이유로도 정당화할 수 없으며, 모든 면에서 막을 수 있었던 대결로 피할 수 없이 이끌려 가는 듯한.

얼마 되지 않아, 엘레아의 기억들을 공개 TV에 생방송으로 내보낼 수는 없다는 사실이 자명해졌다. 그녀가 투사하는 영상들 중 선택을 할 필요가 있었다. 엘레아는 조금도 난처해하지 않고 파이칸과 함께했던 삶의 가장 내밀한 순간들까지 기억해 냈기 때문이다. 한편으로, 그녀는 파이칸과 자신의 아름다움과 둘의 결합을 부끄러움이 아닌 자부심과 기쁨으로 생각했다. 다른 한편으로, 그녀는 온갖 세부사항을 샅샅이 살펴보는 관객들에 대해서는 개의치 않고 점점 더 스스로를 위해 추억을 기억해 내는 것 같았다. 게다가 오늘날의 사람들은 그녀와 너무나 달랐고, 그 생각이나 행동이 너무나 뒤떨어지고 이상해서 그녀에겐 동물이나 사물처럼 동떨어지고 '없는 거나' 마찬가지로 여겨졌다.

그녀는 그 순간들을 다시 한 번 살기 위해 자기 삶의 가장 중요한 순간들, 가장 행복하고, 가장 드라마틱한 순간들을 회상했다. 마치 부활의 약을 들이마시듯 그녀는 한없이 추억에 몸을 맡겼고, 이따금 감정이 넘쳐나 파장이 새빨개질 때에만 거기서 벗어났다. 그리고 학자들은 그녀와 파이칸을 중심으로 조금씩 곤다와라는 전설적인 세계를 발견했다.

그레이하운드처럼 날씬한 긴 털의 새하얀 말을 타고, 엘레아는 '무사한 숲'으로 질주했다. 그녀는 파이칸 앞에서 달아나고 있었으며, 그에게 붙잡히는 행복을 즐기기 위해 웃으며 달아나고 있었다.

파이칸은 푸른 말을 골랐는데, 말의 눈 색이 엘레아의 눈 색과 같았기 때문이었다. 그는 엘레아의 바로 뒤를 달렸고, 조금씩 그녀를 따라잡으며 즐거움의 순간을 미뤘다. 그의 말은 푸른 콧구멍을 앞서 달리며 휘날리는 하얀 꼬리 쪽으로 벌름거렸다. 비단결 같은 긴 털 끝이 말의 섬세한 콧구멍에 들어왔다. 푸른 말은 갸름한 머리를 흔들었고, 조금 더 앞으로 나아가 휘날리는 하얀 털을 입 가득 물고 옆으로 당겼다.

하얀 말은 펄쩍 뛰고, 힝힝거리고, 뛰어오르며 뒷발질했다. 엘레아는 말의 어깨 털을 잡고 강인한 허벅지로 꽉 붙들었다. 그녀는 말과 함께 웃고, 뛰어오르고, 춤을 추었다…….

파이칸은 푸른 말을 쓰다듬으며 입질을 그만두도록 했다. 흰 말과 푸른 말은 나란히, 침착하고 영리하게 서로를 곁눈질하며 숲 입구로 들어갔다. 그 등에 탄 이들은 서로 손을 잡고 있었다. 제3차 전쟁에서 살아남은 거대한 나무들이 갈색 비늘로 이루어진 갑옷을 입은 굵은 줄기들을 뻗고 있었다. 땅 가까운 곳에서 나무줄기들은 좀 머뭇거리는 듯 느긋하고 완만한 곡선을 그렸지만, 그것은 제 나뭇잎들이 가리고 있는 빛을 향해 수직으로 아찔하게 돌진해 나가기 위한 도약에 불과했다. 얽히고설킨 나뭇잎들은 아주 높은 곳에서 천장을 이루었고, 바람이 쉬지 않고 그 천장을 뒤흔들며 햇빛의 구멍을 냈지만 이내 닫혔으며, 멀리서 걸어가는 군중의 소리가 들렸다. 기둥이 뻗은 양치류가 거친 카펫처럼 바닥을 덮었다. 점박이 암사슴들이 발굽으로 양치류를 긁으며 제일 부드러운 잎사귀를 찾다가 입술 끝으로 들어 올려 갑작스레 목을 비틀어서 뽑아냈다. 따뜻한 공기에서는 나뭇진과 버섯 냄새가 났다.

엘레아와 파이칸은 호숫가에 도착했다. 그들은 말에서 미끄러져 내려왔다. 말들은 초등학생처럼 서로를 뒤쫓으며 질주해 호수로 돌아갔다. 호숫가에는 사람이 거의 없었다. 등딱지 가장자리가 온통 금이 가고 닳아 버린 거대한 지친 거북 한 마리가 모래 속으로 무거운 몸을 이끌며 갔고, 발가벗은 어린아이가 그 등에 앉아 있었다.

멀리, 전쟁으로 황폐해졌던 반대편 호숫가에는 '입'의 거대한 입구가 나 있었다. 거기서 온갖 색깔의 거품 송이들이 날아오르거나 내려앉는 것이 보였다. 그것들은 장거리나 단거리 이동용 비행기로, 곤다 7에서 출입 배관을 통해 나오거나 돌아가는 중이었다. 몇 대가 비단을 어루만지는 소리를 내며 저공비행으로 호수 위를 지나갔다.

엘레아와 파이칸은 거대한 아스파라거스의 잘라 놓은 끄트머리처럼 해변 끝의 모래를 뚫고 난 승강기들 쪽으로 걸어갔다.

"주목하시오!" 엄청나게 큰 목소리가 울렸다.

목소리는 숲과 호수와 하늘에서 동시에 들려오는 것 같았다.

"주목하시오, 들으시오! 곤다와의 모든 주민들은 내일부터 우편으로 G 무기와 '검은 씨앗'을 받게 됩니다. 지상과 지하의 모든 여가 시설에서 G

무기의 사용법 훈련 교육이 실시될 것입니다. 참석하지 않는 주민들은 호출 11번째 날부터 예산이 100분의 1씩 삭감될 것입니다. 들으시오, 끝났습니다."

"미쳤어." 엘레아가 말했다.

G 무기는 죽이기 위한 것, 씨앗은 죽기 위한 것이었다.

엘레아도, 파이칸도 누구를 죽이고 싶지도, 죽고 싶지도 않았다.

같은 공부를 마친 뒤, 그들은 지상에서 살기 위해 기상 엔지니어라는 같은 직업을 선택했다. 그들은 곤다 7의 위에 있는 '날씨의 탑'에 살았다.

집으로 돌아가기 위해 비행기를 부를 수도 있었지만, 그들은 도시를 통해 돌아가기로 했다. 둘은 모래 위로 튀어나온 녹색 원뿔 모양이 부드럽게 반짝이고 있는 승강기를 택했다. 그들은 각자 자기 열쇠를 제어판에 꽂았고, 승강기는 잘 익은 과일처럼 열렸다. 둘은 그 장밋빛 따스함 안으로 들어갔다. 원뿔은 땅속으로 사라지고 땅은 그 위에서 닫혔다. 둘은 곤다 7의 첫 번째 지층에서 내렸다. 다시 한 번 열쇠를 사용해 12번 대로 출입구에 있는 투명한 문들을 열었다. 그것은 운송로였다. 꽃이 피어난 잔디로 된 많은 트랙들은 점점 더 빨라지는 속도로 외부에서 중앙을 향해 이동했다. 낮은 나무들이 의자 구실을 했고, 서 있는 승객들에게는 나뭇가지에 기댈 수 있게 해 주었다. 갈매기를 닮은 노란 새들이 즐겁게 지저귀며 날아다니며 중앙 트랙과 속도를 겨루었다.

엘레아와 파이칸은 호수 네거리 대로에서 나와 그들이 사는 탑의 승강기로 이어지는 오솔길로 접어들었다. 네거리에서 솟아난 냇물이 오솔길을 따라 흘렀다.

배가 하얗고, 3개월 된 아기고양이만한 크기의 자그마한 금색 포유류들이 풀숲에서 빈둥거리거나 수풀 뒤에 숨어 물고기를 노렸다. 이 동물들에 겐 곧고 짧은 꼬리와 배주머니가 있었는데, 배주머니에서는 이따금 순하고 장난기 어린 눈을 한 자그마한 머리가 솟아나 생선뼈를 갉아 먹었다. 동물들은 스스-스스 하는 숨소리를 내며 엘레아와 파이칸의 발 사이에 들어와 장난을 쳤다. 샌들 가장자리가 발이나 꼬리를 밟을라치면 그들은 날쌔게 피했다.

지하 곤다 7은 지상의 곤다 7의 폐허 아래의 땅을 파고 세워졌다. 옛 도시에서 남은 거라곤 거대한 흙더미들뿐이었고, 그 위로 날씨의 탑이 자갈밭 한복판의 꽃처럼 우뚝 서 있었다.

탑의 긴 줄기 꼭대기에는 동그란 테라스들이 꽃잎처럼 펼쳐져 있고, 테라스에는 나무와 잔디밭과 풀장이 있고, 서쪽에서 불어오는 바람을 막아주는 곳에 정박소가 긴 팔로 뻗어 있었다.

테라스에 둘러싸인 아파트는 전면이 테라스를 통해 열려 있었다. 높이가 다양하고 중간 중간 트인 곡선형 칸막이들이 동그랗고 달걀 모양인 불규칙적인 형태로, 사적이면서도 완전히 분리되지는 않게 집안을 나누고 있었다. 아파트의 위로는 천문대의 돔이 희미한 푸른빛을 띠는 투명한 모자처럼 탑의 꼭대기를 장식했다.

승강기가 중앙의 방에, 낮은 분수 가까이에 도착했다.

들어가면서, 엘레아는 손짓 한 번으로 창문을 전부 열었다. 테라스가 없는 아파트는 집이라 할 수 없었고, 부드러운 저녁 산들바람이 집 안으로 들어왔다. 색색의 해초가 풀장의 따뜻한 흐름 속에서 흔들렸다. 엘레아는 옷을 벗어던지고 물속으로 들어갔다. 뾰족하게 생긴 검고 빨간 물고기들이 떼로 몰려와 엘레아의 피부를 쪼아 대다가, 그녀를 알아보고는 살랑살랑 사라졌다.

파이칸은 돔을 한 번 둘러보고 모든 일이 잘되어 가고 있음을 확인했다. 복잡한 부속 설비 같은 것은 없었다. 돔 그 자체가 도구였고, 파이칸의 손이 닿고 손짓하는 대로 말을 들었으며, 명령할 때면 그가 없이도 일을 했다.

아무런 문제도 없었고, 하늘은 푸르렀으며, 돔은 부드럽게 웅웅거렸다. 파이칸은 옷을 벗고 엘레아처럼 풀장에 들어갔다. 그가 오는 것을 보자 엘레아는 웃으며 잠수했다. 그는 무지갯빛으로 일렁이는 커튼 물고기의 뒤에서 그녀를 발견했다. 물고기는 동그란 산호색 눈으로 무심하게 그들을 바라보았다.

파이칸은 팔을 들고 그녀의 뒤로 미끄러져 갔다. 엘레아는 그에게 기대앉은 채 가볍게 둥둥 떠 있었다. 그는 그녀를 배에 꼭 끌어안고, 위쪽으로 솟구쳐 올랐으며 그의 우뚝 선 욕망이 그녀를 꿰뚫었다. 두 사람은 한 몸이 되어 수면에 떠올랐다. 그는 그녀의 뒤에 있었으며 그녀의 안에 있었고, 그녀는 몸을 웅크리고 그에게 기대 있었으며, 그는 한 팔로 그녀를 자신의 가슴팍에 끌어당겨, 자신과 함께 옆으로 눕게 한 뒤 왼팔로 물살을 가르기 시작했다. 물속을 한 번 나아갈 때마다 그는 그녀 안으로 밀고 들어갔고, 두 사람의 몸은 모래톱으로 밀려갔다. 엘레아는 따뜻한 표류물처럼 고분고분했다. 그들은 물가에 이르러 물에서 몸을 반쯤 내민 채로 있었다. 그녀는 자신의 어깨와 허리가 모래 속으로 밀려 들어가는 것을 느꼈다. 그는 그녀를 둘러싸고, 가두고, 포위했으며, 고대하던 정복자처럼 그녀 안에 들어왔고, 그의 앞에서 외부의 문과 깊숙한 문들은 모두 열렸다. 그리고 그는 천천히, 부드럽게, 오랫동안 그녀의 모든 비밀들을 둘러보았다.

그녀는 뺨과 귀 밑에서 따스한 물과 모래가 밀려갔다 밀려오고, 밀려갔다 밀려오는 것을 느꼈다. 물이 반쯤 열린 그녀의 입가를 어루만졌다. 뾰족고기들이 물에 잠긴 그녀의 허벅지에서 살랑거렸다.

밤이 찾아드는 하늘에서 몇 개의 별이 반짝였다. 파이칸은 이제 거의 움직이지 않았다. 그녀의 안에서 그는 나긋나긋하고 단단하며 고동치는 감미로운 나무, 살로 되어 있고, 사랑받는 나무가 되었고, 계속 그 자리에 있다가, 더욱 강렬하게, 더욱 부드럽게, 더욱 뜨겁게 되돌아와, 갑자기 거대하게, 붉게, 활활 타올랐고, 그녀의 배 속 전체에서 뼈와 살 전부가 하늘까지 타오르며 불타올랐다. 자신의 젖가슴을 단단히 움켜쥔 두 손을 자기 손으로 꼭 쥐고, 다가오는 밤 속에서 그녀는 기나긴 신음을 내뱉었다.

빛이 사라지고 한없는 평화가 찾아들었다. 그녀는 파이칸에게 안겨 있었다. 그는 아직도 단단하고 부드럽게 그녀의 안에 있었다. 그녀는 잠드는 새처럼 그의 몸 위에서 쉬었다. 아주 느리게, 아주 부드럽게, 그는 다시 그녀에게 새로운 쾌락을 안겨 주기 시작했다.

둘은 암고양이 배의 털처럼 곱고 부드러운 방의 풀 위에서 잠을 잤다. 그들의 위에 살짝 얹힌 한없이 가볍고 따뜻한 흰 이불은 그들이 편안하게 느끼는 정도에 따라 형태와 온도가 바뀌었다. 엘레아는 한순간 잠에서 깨어, 파이칸의 펼쳐진 손을 찾아 꼭 쥔 작은 주먹을 그의 손 안에 넣었다. 파이칸의 손이 그녀의 주먹을 쥐었다. 엘레아는 행복한 한숨을 내쉬고 다시 잠에 빠졌다.

경보를 알리는 사이렌에 그들은 소스라치게 놀라 일어섰다.

"무슨 일이지? 이럴 리가 없어!" 엘레아가 말했다.

파이칸은 영상판에 열쇠를 끼워 넣었다. 그들의 앞에서 벽이 빛을 발하며 쑥 들어갔다. 붉은 머리 아나운서의 친숙한 얼굴이 나타났다.

"……전체 경보입니다. 미등록 위성이 정체를 밝히라는 요청에 응답하지 않고 곤다와 쪽을 향하고 있습니다……. 곧 우주 영토에 침입할 것입니다. 만일 계속해서 응답하지 않는다면, 우리 측 방위 장치가 가동할 것입니다. 외부에 나가 있는 모든 주민들은 즉시 도시로 돌아가십시오. 불을 모두 끄십시오. 우리의 지상 방송은 중단되었습니다. 들으세요, 끝입니다."

벽에 나타난 영상은 납작해져, 표면에 붙더니 꺼졌다.

"내려가야 할까?" 엘레아가 물었다.

"아냐, 이리 와……."

그는 이불을 들어 엘레아를 감싸고 테라스로 데려갔다. 둘은 비단종려나무의 낮은 잎들 틈으로 들어가 가장자리의 높은 난간에 기대어 섰다.

하늘은 달 없이 어두웠다. 셀 수 없이 많은 별들이 완벽한 빛으로 반짝였다. 날아가는 비행기의 빛나는 색색 방울들이 고도에 따라 크거나 작게 보이면서, 진로를 수정하고, 그들을 모두 한 방향으로, '입' 쪽으로 데려가는 흐름에 빨려 가는 듯했다.

땅에서는 경보 때문에 평원이나 폐허 가운데, 물가에 정박해 있던 여가 주택의 주민들이 깨어났다. 집들의 투명한 겉껍데기는 밤의 어둠에 그 모양대로의 빛을 드리웠다. 금빛 물고기, 푸른 꽃, 붉은 달걀, 녹색 방추형, 구형, 별 모양, 다면체, 물방울 모양…….

몇몇은 날아올라 '입' 쪽으로 가는 길로 접어들었다. 다른 집들은 신속하게 불이 꺼졌다. 하얀 뱀만이 불이 켜진 채 남아, 무너진 벽을 비추었다.

"저 집들은 뭘 대비해서 불을 끈 걸까?" 엘레아가 중얼거렸다.

"어쨌든 그래봐야 소용없지……. 공격 무기라면, 목표물을 찾아낼 다른 방법들이 있을 테니까."

"하나뿐이라고 생각해?"

"하나만 왔을 것 같진 않아……."

그들이 보는 앞에서 갑자기 빛줄기 하나가 지평선에서 솟구쳤다. 그리고 둘, 셋, 넷이 되었다.

"발포했어!" 파이칸이 말했다.

둘은 나란히 하늘을 바라보았다. 무한한 깊이에서 빛나는 별들의 무심함뿐, 이제 하늘에는 아무것도 없었다. 엘레아는 몸을 떨고, 담요를 젖히고 파이칸을 꼭 끌어안았다. 아주 높은 곳에서 갑자기 거대한 새로운 별이 나타나, 갈라지더니 장밋빛과 무지갯빛의 천천히 내려오는 장막이 되어 펴졌다.

"그렇지! ……놓칠 리가 없지……."

"뭐였을 것 같아?"

"모르겠어……. 아마 정찰 위성이겠지. 아니면 응답 장치가 고장 난 운 나쁜 화물 위성이거나. 어쨌거나 지금은 없어졌어."

사이렌 소리가 다시 한 번 그들을 놀라게 했다. 그 끔찍한 소리에는 도무지 익숙해질 수가 없었다. 사이렌은 경보가 끝났음을 알렸다. 여가 주택들에 하나 둘 불이 들어왔다. 멀리서 비행기들이 불티 다발처럼 '입'에서 날아올랐다.

방의 벽에서 영상이 다시 나타나 벽을 파이게 했다. 엘레아와 파이칸은 뉴스를 듣고 싶었지만, 밤의 평온함을 느닷없이 끔찍하게 침범당하는 일을 겪고 나니 그 평온함이 너무나 소중하게 여겨져, 떠나고 싶지 않았다. 파이칸은 난간의 판에 열쇠를 끼웠다. 영상은 방의 벽을 떠나 밖으로 나왔다. 파이칸은 움직이는 판을 돌려 영상을 조정하여 비단종려나무 나뭇잎 속에 띄웠다. 그는 난간에 등을 기대고 풀밭에 앉아 엘레아를 끌어안았다. 약간 서늘하게 느껴지는 서풍이 탑 주위를 돌아 그들의 얼굴을 감쌌다. 3차원의 컬러 입체 영상은 밝고 안정적이었으며, 붉은 머리의 아나운서가 심각하게 이야기하고 있었지만, 그의 말은 한마디도 들리지 않았다.

영상의 배경에 검은 육면체가 생기더니 수신 빔 전체를 침범해 아나운서를 지웠다. 육면체 안에서 매우 젊은 남자의 신경질적인 얼굴이 나타났다. 그의 갈색 눈은 열정으로 불타고, 검은색에 가까운 곧은 머리카락은 귀까지 밖에 오지 않았다.

"학생이야!" 엘레아가 말했다.

그는 열렬히 말했다.

"……평화! 우리의 평화를 지켜 줘요! 그 무엇도 전쟁을 정당화하지는 못합니다! 절대로! 하지만 인간이 죽음과의 싸움에서 승리하려는 순간인 오늘날 전쟁이 일어난다면, 그보다 더 잔혹하고 부조리한 전쟁은 없을 겁니다! 달의 꽃 핀 초원을 위해 서로를 학살할 겁니까? 화성의 양떼와 검은 목동들을 위해서? 말도 안 돼요! 말도 안 됩니다! 별들로 가는 다른 길들도 있어요! 에니소라이가 우주를 갉작거리게 내버려 둬요! 전부 먹어치우진 못할 겁니다! 그들이 무한을 상대로 싸우게 내버려 둬요! 우리는 여기서 훨씬 더 중요한 전투를 이끌어 가고 있습니다! 어째서 지도위원회는 여러분이 코반의 작업을 알지 못하게 하는 걸까요? 몇 년 전부터 그의 곁에서 일해 온 이들을 대표하여, 제가 말씀드리죠. 그는 이겼어요! 해냈어요! 대학의 17 연구실, 42번 유리덮개 안에서 파리 한 마리가 545일을 살았습니다. 파리의 보통 수명은 40일인데 말이죠! 파리는 살아 있고, 젊고, 굉장합니다! 1년 반 전, 이 파리는 코반이 만든 만능 세럼의 시험작 한 방울을 마셨거든요! 코반이 일하도록 내버려 둬요! 그의 세럼은 완성됐어요! 머지않아 기계들이 세럼을 생산할 수 있게 될 겁니다. 여러분은 이제 늙지 않아요! 죽음은 한없이 멀어질 것입니다! 살해당하지만 않는다면! 전쟁이 나지만 않는다면! 지도위원회에 전쟁을 거부하라고 요구하세요! 에니소라이와의 평화를 선언하라고! 코반이 일하게 놔두라고! ……"

눈 깜짝할 사이에 그의 영상은 개암만한 크기로 줄어들더니 사라졌다. 붉은 머리의 남자가 처음에는 투명한 유령처럼, 이내 확실한 영상이 되어 다시 나타났다.

"……해적 방송을 양해해 주시기 바랍니다……."

검은 육면체가 그를 통째로 빨아들이고, 다시금 열렬한 청년의 얼굴을 드러냈다.

"……폭탄들은 태양 궤도를 돌고 있죠, 하지만 그들은 최악을 발명해 냈습니다! 어떤 무시무시한 무기가 곤다 1의 자리를 차지하고 있는지 지도위원회는 우리에게 말해 줄 수 있을까요? 에니소라이 인들도 우리와 똑같은 사람입니다! 우리의 희망과 우리의 삶에서는 무엇이 남겠습니까, 만일 그……."

육면체는 다시 검어져, 2차원으로 납작해지고 아나운서의 상반신이 되돌아왔다.

"……지도위원회 위원장이 여러분께 말씀을 전합니다."

대통령 로칸이 나타났다. 그의 야윈 얼굴은 심각하고 우울했다. 그의 백발은 어깨까지 늘어지고 왼쪽 어깨는 드러나 있었다. 그의 섬세한 입과 아주 맑은 푸른 눈은 안심되는 말들을 하며 미소를 지으려고 애썼다. 그렇다,

달의 국제 구역에서 분쟁이 있었다. 그렇다, 대륙의 방위 장치가 수상한 위성을 파괴했다. 그렇다, 지도위원회는 조처를 취해야만 했으나, 이 모두 정말로 심각한 일은 아니다. 곤다와의 운명을 이끌어 나가는 임무를 지닌 사람들보다 평화를 더 중요하게 여기는 이는 없다. 모든 것이 평화를 지키는 방향으로 이루어질 것이다.

"코반은 내 친구, 거의 내 아들이나 마찬가지입니다. 저는 그의 작업을 전해 듣고 있습니다. 위원회는 그가 인간을 대상으로 실험한 결과를 기다리고 있으며, 만일 성공적이라면 그 만능 세럼을 생산하는 기계를 설치하도록 명할 것입니다. 이는 거대한 희망이지만, 그 때문에 우리의 주의가 다른 곳으로 쏠려서는 안 됩니다. 곤다 1의 자리에 들어선 것에 대해서는, 에니소라이도 그것을 알고 있으며, 저는 이렇게만 말씀드리지요. 그 무기는 너무나 무시무시하여 존재만으로도 우리의 평화는 보장될 것입니다."

파이칸은 조종판에 손을 얹었고, 영상은 꺼졌다. 날이 밝아 왔다. 티티새를 닮았지만 깃털이 푸르고 꼬리가 곱슬곱슬한 새 한 마리가 비단나무 높은 곳에서 울기 시작했다. 테라스의 모든 나무와 꽃 핀 덤불에서 온갖 색깔의 새들이 그에 화답했다. 그들에게는 낮이건 밤이건 불안할 게 없었다. 곤다와에는 사냥꾼이 없었으니까.

달의 꽃 핀 초원……. 화성의 양떼와 검은 목동들…….

EPI의 학자들은 설명을 부탁했다. 엘레아는 파이칸과 함께 달 유람을 다녀온 적이 있었고, 그 장면을 보여 줄 수 있었다. 학자들은 '꽃 핀 초원'들과 날씬하고 연약한 나무로 이루어진 숲들을 보았다. 그 나무들은 끝없이 뻗은 가냘픈 줄기를 지니고 이삭이나 털뭉치 같은 꽃을 피워, 엄청나게 큰 벼과 식물을 닮았다.

그들은 엘레아와 파이칸이 다른 여행자들과 함께 타고 온 우주선에서 내려, 달의 약한 중력을 즐기며 아이들처럼 노는 것을 보았다. 그들은 껑충 거리며 거인의 발걸음처럼 큰 걸음을 몇 번 내딛다가, 손을 잡고 함께 뛰어 오르고, 한 번 가볍게 도약하여 냇물들을 건너고, 언덕 꼭대기나 나무 위에 올라갔다가, 오렌지만큼 커다란 꽃가루로 뒤덮인 나무 이삭 위에 머물러, 몸을 부르르 떨어 꽃가루들이 다채로운 색으로 날아오르게 했다가, 눈송이 가 떨어지듯 가볍게 땅으로 내려왔다.

여행자들 모두가 똑같은 짓을 하며 놀았고, 우주선은 마치 달아나기 쉬 운 나비들을 풀어놓은 것 같았다. 나비들은 사방에서 우주선으로부터 멀어 지며 짙푸른 하늘 밑의 녹색 들판에서 여기저기에 앉았다.

별로 힘이 드는 일은 아니었지만, 이런 놀이는 금세 중단되었다. 희박한 공기 때문에 숨이 가빠 왔던 것이다. 여행자들은 물가에 앉거나 지평선을 향해 걸으며 가슴을 진정시켰다. 지평선은 항상 너무나 가깝고 쉽게 닿을 수 있을 것 같아 보이면서도, 지평선이 모두 그렇듯 다가가면 달아나기만 했다. 하지만 가깝고 눈에 띄게 구부러진 달의 지평선은 산책하는 사람들 에게 지구만 한 크기의 행성에서는 경험해 보지 못했던 감각을 안겨 주었 다. 무한 속에 빠져 있는 공 위를 걷고 있다는 신나면서도 무시무시한 기분 이었다.

학자들이 본 영상 속에 크레이터의 흔적이라곤 아무 데도 없었다, 큰 것 이든, 작은 것이든…….

엘레아는 화성에 대해서는 몰랐다. 그때까지 화성에 착륙한 것은 탐험이나 군사 목적의 우주선들뿐이었다. 하지만 '검은 목동들'이라면 본 적 있었다. 게다가 바로 이곳, EPI에도 한 사람 있는 것을 알아보았다!

처음으로 아프리카인 상가를 만났을 때, 그녀는 놀라운 기색을 띠었고 그를 뭐라고 칭했는데, 번역기는 그 말을 "9번째 행성에서 온 목동"이라 번역했다. 기나긴 대화 끝에서야, 우선, 곤다와의 관습으로는 행성들을 태양에서부터가 아니라 태양계 외부에서부터 센다는 것을 이해할 수 있었다. 그다음으로는 멀리 떨어진 불길한 행성 명왕성 외부에 3개의 행성이 더 있어, 태양계에는 9개가 아닌 12개의 행성이 있었다는 것을 알게 되었다.

이 소식으로 전 세계의 천문학자들은 계산의 수렁에 빠지고, 헛된 관측에 몰두하고, 날선 토론을 나누었다. 그 3개의 행성이 존재했든 말든, 9번째 행성, 어쨌거나 엘레아의 마음속에서 9번째인 행성은 화성이 확실했다. 그녀는 화성에는 검은 피부를 가진 종족이 살았으며 곤다와와 에니소라이의 우주선들이 몇 가족을 데려왔다고 주장했다. 그 전에는 지구상에 검은 피부를 가진 인간은 없었다.

상가는 커다란 충격에 빠졌고, 빠르게 이 소식을 접한 전 세계의 모든 흑인들도 마찬가지였다. 불운한 인종이여, 그러니까 그들의 방황은 노예 상인들 때 시작된 게 아니었다! 이미, 머나먼 옛날, 아프리카에서 끌려 나온 불행한 이들의 조상은 그들 또한 하늘의 고국에서 끌려 나왔던 것이다. 도대체 언제나 그들의 불행이 끝이 날까? 미국의 흑인들은 교회에 모여 노래했다. "주여, 저의 고난을 끝내 주옵소서! 주여, 저를 천상의 고국으로 데려가 주옵소서." 흑인종의 커다란 공동의 마음속에는 새로운 향수가 싹텄다.

식사를 하고 목욕한 뒤, 엘레아와 파이칸은 내부의 작은 경사로를 통해 일터인 돔으로 올라갔다. 투명한 벽을 따라 뻗어 있는 반원형의 옆으로 긴 판 위에서, 파동의 줄기들이 다양한 구름들이 변화하는 영상을 나타냈다. 그중 하나가 파이칸을 불안하게 했다. 엘레아와 상의한 후, 그는 '날씨 중앙국'에 연락했다. 판 위쪽에 새로운 영상이 켜졌다. 파이칸의 국장인 미칸의 얼굴이었다. 그는 피로해 보였다. 긴 회색 머리카락은 푸석푸석하고, 눈은 붉었다. 그가 인사를 했다.

"오늘밤 집에 있었나?"

"예."

"자네들 그거 봤나? ……슬픈 기억들을 불러일으키더군! 물론 자네들은 둘 다 태어나기 전이었지. 그렇지만 멋대로 하게 놔둘 수야 없지, 그 나쁜 자식들! 어째서 날 불렀나? 무슨 일이라도?"

"난기류입니다. 보십시오……." 파이칸은 손가락 세 개를 펴고 어떤 손짓을 했다. 이미지 하나가 사라져 날씨 중앙국으로 전송되었다.

"알겠네……." 미칸이 말했다. "맘에 들지 않는군……. 내버려 두면 우리 장치 전체가 뒤죽박죽이 될 거야. 그쪽 구역에선 어떤 선택을 할 수 있나?"

"방향을 바꾸거나 소거할 수 있습니다."

"그렇게 하게, 소거해, 지워 버려. 전혀 마음에 들지 않으니……."

미칸의 얼굴이 사라졌다. 곤다 7의 날씨의 탑과 다른 비슷한 건물들은 대륙의 높은 곳에서 통제된 기상 상태를 유지했다. 전쟁으로 혼란스러워진 기후를 회복시켜 식생이 다시 자라날 수 있도록 하는 것이 그 목적이었다.

자동화 체계 덕택에 예보된 기상 상태를 유지할 수 있었다. 파이칸이나 엘레아가 개입해야 하는 경우는 드물었다. 그들이 자리에 없을 때는 다른 탑이 이 골칫거리인 작은 태풍을 싹부터 제거하기 위해 필요한 일을 했다.

연한 푸른색의 원뿔 모양 여가 주택이 돔의 높이까지 표류해 왔다가 부서진 고속도로 쪽으로 착륙하러 갔다. 고속도로에서 뽑힌 열두 개의 트랙이 흔들리는 꽃다발 모양으로 하늘을 향해 뻗어 있었다. 고속도로들은 수리되지 않았다. 공장에서는 이제 더 이상 굴러가거나 기어가는 차량을 생산하지 않았다. 트랙, 대로, 승강기 등 지하 교통수단은 모두 공공시설이었고, 지상 교통수단은 전부 하늘을 날아다녔다. 땅 위를 몇 센티미터 높이로 낮게 날아갈 수도, 매우 높은 고도로 날 수도 있으며 어떤 속도로든 이동하고, 어디든 착륙할 수 있었다.

전쟁 이후 세대의 커플들은 여가 주택의 놀라운 성능을 거의 누리지 못했다. 어린 유대류가 어미의 주머니에서 멀리 떠나지 못하는 것처럼, 그들은 '입'에서 멀리 나가는 모험을 감행하지 못했다. 그래서 이동 주택들은 보통 지하 도시의 위를 덮고 있는 옛 도시들의 폐허 주변이나 그 한복판에 많이 집중되곤 했다. 외부 생활의 추억을 간직하고 있는 나이 든 곤다와 사람들은 아직 살아 있는 지상의 조각들을 찾아 사방으로 대륙을 누비다가, 폐허가 된 장소들의 끔찍한 광경과 사라진 세상에 대한 미어지는 회한을 품고 지하로 돌아왔다.

엘레아는 우편물이 도착했는지 보았다. 투명한 상자 안에는 허리띠가 달린 G 무기 두 개와 '검은 씨앗'이 들어 있을 작은 구체 두 개가 있었다. 그밖에도 세 통의 우편 판이 들어 있었는데, 그중 두 통은 붉은색이었다. 공보의 색깔이었다.

엘레아는 열쇠로 상자를 열고, 내키지 않는 태도로 무기와 씨앗을 꺼내 탁자 위에 놓았다.

"이리 와서 우편물 들을래?" 그녀는 파이칸에게 물었다.

파이칸은 돔이 저 혼자 일을 계속하게 두고 다가왔다.

그는 눈썹을 찌푸리며 붉은 판들을 들었다. 하나에는 그의 이름과 국방부의 인장이, 다른 하나에는 엘레아의 이름과 대학의 인장이 찍혀 있었다.

"이게 뭐지?" 그는 말했다.

하지만 엘레아는 이미 판독기의 틈새에 어머니의 초상이 그려져 있던 녹색 판을 집어넣었다. 판독기 위에 엘레아 어머니의 얼굴이 실물처럼 떠올랐다. 엘레아보다 아주 조금 나이가 들고 그녀와 무척 닮았으며, 약간 경박한 구석이 있는 얼굴이었다.

"들으렴, 엘레아. 잘 지내길 바란다. 나도 잘 있다. 난 곤다 41로 간단다. 네 동생에게 소식이 없구나. 그 애는 한밤중에 징집되어 달로 가는 병력 수송 선단을 운전하게 되었는데, 죽었는지 살았는지 소식이 없은 지가 여드레나 되었어. 물론 군대란 언제나 그런 식이지. 군대에선 개미 한 마리를 옮기는 데에도 매머드만한 비밀을 유지하니까. 하지만 아네아가 아기와 단둘이 있고, 걱정하고 있거든. 그 애들은 열쇠를 빼기 전에 좀 더 기다렸어야 해. 그 애들이 지정된 건 고작 10년밖에 안 됐잖니. 너희는 그러지 말렴, 시간은 충분하고, 지금은 아이를 가질 때가 아니야! 어쨌든, 일은 그렇게 됐고, 어쩔 수 없지, 난 가봐야겠다. 소식 전하마. 아버지께 좀 신경 써 드리렴. 아버지는 나와 같이 갈 수가 없어, 직장에서 동원령이 떨어졌거든. 위원회와 군대가 전부 미쳤나 보다! 어쨌든, 일은 그렇게 됐고, 어쩔 수 없지, 아버지를 찾아뵙고 식사하는 데 신경 좀 쓰렴. 혼자 있으면 네 아버진 먹을 것 기계를 아무렇게나 작동시키고, 아무것도 안중에 없거든. 아이 같단다. 들으렴, 엘레아. 끝이다."

"포르칸이 동원됐다고! 아버님도! 믿을 수가 없군! 군에선 대체 뭘 준비하는 거지?"

초조해하며, 파이칸은 붉은 판 하나를 판독기에 넣었다. 판독기 윗판에
국방부의 상징이 나타났다. 웅크리고 있는 고슴도치 모양으로, 가시들은
불꽃을 내뿜고 있었다.

"들으시오, 파이칸." 무심한 목소리가 말했다

직장으로 내려진 현장 동원 명령이었다…….

판독기에 넣은 두 번째 붉은 판에서는 대학의 상징이 나타났다. 대학의
상징은 조란의 방정식 기호였다.

"들으시오, 엘레아." 진중한 목소리가 말했다. "나는 코반이오!"

"코반!"

조란의 방정식 대신 코반의 얼굴이 나타났다. 곤다와의 모든 주민이 그
를 알았다. 코반은 대륙에서 가장 유명한 사람이었다. 국민들에게 모든 질
병에 내성이 생기는 세럼 3, 아무리 많은 힘을 써도 빠르게 체력을 회복하
게 해 주어, '피로'라는 말이 곤다와 어에서 사라지는 중일 정도였던 세럼 7
을 준 것은 바로 코반이었다.

볼이 움푹 팬 야윈 얼굴에서, 그의 크고 검은 눈은 보편적 사랑의 불꽃으
로 빛났다. 이 사내의 머릿속에는 다른 사람들 생각밖에, 그리고 인류를 넘
어서 생명 그 자체, 그 경이와 공포에 대한 생각밖에 없었고, 그는 있는 힘
을 다해 줄곧 그 공포와 싸워 왔다. 그는 서른두 살이었지만, 그의 학생들만
큼 젊어 보였다. 학생들은 그를 숭배해 그의 머리모양을 따라했다.

"들으시오, 엘레아. 나는 코반이오. 당신에게 개인적으로 알릴 것이 있
소. 내 명에 따라, 당신은 총동원령이 내려졌을 때 대학에서 내 곁에서 특
별한 직위에 임명받게 되었소. 나는 당신을 모르고, 당신에 대해 알고 싶소.

가능한 한 빨리 51 연구실로 와 주길 바라오. 이름과 번호를 대면, 곧바로 내게 안내해 줄 것이오. 들으시오, 엘레아, 기다리겠소."

엘레아와 파이칸은 이해하지 못하고 서로를 쳐다보았다. 이 메시지에는 서로 모순되는 부분이 있었다. "내 명에 따라 임명받게 되었소"와 "나는 당신을 모르고"였다. 무엇보다도 두 사람이 서로 멀리 떨어진 자리로 동원되리라는 위협이 도사리고 있었다. 지정식 이후 둘은 한 번도 서로 떨어진 일이 없었다. 그런 일은 생각할 수조차 없었다. 상상할 수 없는 일만 같았다.

"나도 너와 같이 코반을 만나러 가겠어." 파이칸이 말했다. "정말로 네가 필요한 거라면, 나도 같이 데려가라고 말할래. 탑에서는 누구든 날 대신할 수 있으니까."

코반이 원한다면 간단하고, 가능한 일이었다. 대학은 국가의 최고 권력이었다. 어떤 행정 권력이나 군사 권력도 대학보다 우선하지 못했다. 대학은 자율 예산과 독립적인 경비대, 전용 송신기가 있었고 누구에게도 보고할 의무가 없었다. 한편 코반은 어떤 정치적 지위가 있는 것은 아니었으나 곤다와의 지도위원회는 그와 상의하지 않고는 어떤 중대 결정도 내리지 않았다. 게다가 만일 그에게 엘레아가 필요하다면, 엘레아와 같은 교육을 받고 같은 지식이 있는 파이칸도 똑같이 도움이 될 것이었다.

어쨌거나, 급할 일은 없었다. 전쟁은 생각만 해도 터무니없이 끔찍한 일이니, 정부의 조급함에 말려들어 갈 필요는 없었다. 지하 궁전에 갇혀 있다 보니 관료들은 이제 현실 감각마저 잃은 모양이었다.

"그 사람들은 좀 더 자주 올라와서 저 모든 걸 봐야 해……." 엘레아가 말했다.

아침 해가 엉망진창이 된 도시의 폐허를 비추고 있었다. 폐허의 서쪽에는 넘어지고 허물어진 거대한 경기장의 몸체가 서 있고, 동쪽에는 뒤틀린 고속도로가 유리처럼 비치는 평원에 처박혀 있었으며, 그 평원에는 풀 한 포기조차 돋아나지 못했다.

파이칸은 엘레아의 어깨에 팔을 두르고 그녀를 끌어당겼다.

"숲으로 가자."

그는 통신용 판에 열쇠를 끼우고, 제1지층의 주차장에 연락해 택시를 불렀다. 몇 분 뒤, 투명한 방울 하나가 떠와 정박소에 멈췄다. 탁자 앞을 지나가며 파이칸은 두 개의 무기와 허리띠를 집었다.

그는 발걸음을 돌려 날씨 중앙국에 자신이 자리를 비운다는 것을 알리고 어디로 가는지 일러두었다. 이제 미리 알리지 않고 자리를 비울 수는 없었다. 동원된 몸이었으니까.

"노티스드? 데이 아 올 레프트핸디드!(눈치챘어요? 저 사람들 다들 왼손잡이라는 거!)" 후버가 말했다.

그는 손으로 마이크를 가리고 레오노바에게 낮은 소리로 말하고 있었다. 레오노바는 영어를 아주 잘 알아들었다.

사실이었다. 후버의 말을 듣고 나니 이제야 그 점이 눈에 밟혔다. 레오노바는 혼자 알아차리지 못한 스스로를 원망했다. 곤다와 인은 모두 왼손잡이였다. 엘레아의 받침대와, 스스로 열린 코반의 받침대에서 찾아낸 무기들은 왼손잡이용 장갑 모양이었다. 그리고 지금 대형 화면에 비친 영상 속에서도 엘레아와 파이칸은 다른 곤다와 사람들과 함께 비슷한 무기를 다루는 법을 훈련하고 있었다. 모두가 왼손으로 무기를 발사해 금속으로 된 표적들을 맞혔다. 다양한 모양의 표적들은 바닥에서 갑자기 솟아올랐고 에너지 공격에 맞으면 반향음을 냈다. 훈련은 겨냥 연습이었는데, 특히 조작법의 연습이었다. 굽힌 세 손가락에 얼마나 힘을 주는가에 따라 G 무기는 풀한 포기를 휘어지게 하거나 바위를 산산조각 낼 수 있었고, 적을 으깨 버리거나 그냥 때려눕히기만 할 수 있었다.

타원형 표적이 갑자기 파이칸의 열 발자국 앞에 솟아났다. 그것은 파란색이었는데, 힘을 최소한만 주어 발사해야 한다는 의미였다. 파이칸은 자석으로 허리띠에 고정된 무기에 왼손을 번개같이 끼우고, 무기를 빼어 들어 팔을 들고 발사했다. 표적은 하프 줄을 스치는 것 같은 한숨을 내쉬더니 사라졌다.

파이칸은 웃음을 터뜨렸다. 무기에 대한 반감은 이제 누그러졌다. 이 연습은 즐거운 놀이였다.

곧바로 빨간 표적이 그 앞에 나타났고, 동시에 엘레아의 왼쪽에 초록색 표적이 솟아났다. 엘레아는 즉시 몸을 놀려 발사했다. 급습을 당한 파이칸은 표적이 사라지기 전에 간신히 발사했다. 빨간 표적은 천둥 치는 소리, 초록색 표적은 종소리 같은 반향음을 냈다. 사방에서 표적들이 불쑥불쑥 나타나 강력한 일격이나 툭 치는 정도, 혹은 쓰다듬는 정도의 공격을 받았다. 빈터에서는 미치광이가 두드리는 거대한 실로폰 같은 소리가 울렸다.

대학의 비행기가 빈터의 상공을 날다가 잠시 제자리에 멈추더니 내려와 사격하는 사람들 뒤편에 가볍게 착륙했다. 고속 비행기였다. 조란의 방정식이 새겨진 투명한 조종실이 창날 위에 얹힌 모양이었다.

대학의 경비병 두 명이 내렸다. 녹색 가슴받이와 스커트를 입고, 왼쪽 복부에 G 무기를, 오른쪽 허벅지에 S 수류탄을 차고, 목걸이로 된 비강 마스크를 건 차림이었다. 그들은 머리칼을 뒤로 땋아 내려서 챙이 넓은 원뿔형 헬멧에 자석 핀으로 고정시킨 전시의 머리모양을 하고 있었다. 두 사람은 이 무리 저 무리를 돌아다니며 사람들에게 질문을 했고, 녹색 경비대가 그렇게 중무장한 모습을 처음 보는 사람들은 놀랍고 걱정스런 눈으로 바라보았다.

두 경비병은 누군가를 찾고 있었다. 엘레아 곁에 왔을 때, 그들은 "우리는 엘레아 3-19-07-91을 찾고 있소."라고 말했다. 그들은 탑에 들렀다가 그곳이 비어 있자 날씨 중앙국에 문의했던 것이다. 코반이 엘레아를 즉시 부른다고 했다.

"나도 같이 가겠소." 파이칸이 말했다.

경비병들은 안 된다는 지시는 받은 바 없었다. 비행기는 화살처럼 호수를 건너 '입'에 도달했고, 수직으로 떨어져 대학의 녹색 출입 배관으로 들어갔다. 주차장 천장 입구에서 속도를 줄이더니, 중앙 트랙 바닥 위로 다가가 교통기구용 트랙으로 진입해 연구동 문 앞에 도착했고, 문은 열렸다가 그들이 들어오자 닫혔다.

대학의 길과 건물들은 그 소박함 때문에 도시 나머지 부분의 무성한 식물들과는 대조적이었다. 이곳의 벽들은 헐벗었고, 돔 지붕에는 꽃 한 송이, 잎사귀 하나 없었다. 사다리꼴의 문들에는 장식 하나 없고, 비행기가 나아가는 하얀 길의 바닥에는 냇물 한 줄기 없었으며, 하늘에는 새 한 마리 없고, 길모퉁이에는 놀란 암사슴 한 마리 마주치는 일 없고, 나비나 흰 토끼도 하나 없었다. 그것은 순수한 지식의 엄격함이었다. 이동용 트랙에는 나무 대신 제작된 의자와 금속 난간이 있었다.

엘레아와 파이칸은 자신들 밑으로 펼쳐진 길에서 일어나는 예사롭지 않은 일에 사로잡혔다. 머리칼을 땋고 헬멧을 쓴 전시 복장의 녹색 경비병들이 트랙을 가득 채우고 이동 중이었다. 평소 때면 금지된 길로 그들의 머리 위를 날아가는 비행기를 보고도 놀라지 않았다. 문 위에서는 색채 신호들이 반짝거리고, 이름과 번호를 호출하는 소리가 울려 퍼졌으며, 새먼핑크색 로브를 입은 실험 조교들이 긴 머리를 연금술사 같은 스카프로 감싼 채 바쁘게 복도를 오갔다. 이곳은 학업 구역이 아닌 작업과 연구 구역이었다. 맨발에 짧은 머리를 하고 어슬렁거리는 학생은 한 명도 없었다.

비행기는 별 모양 오거리의 한 꼭짓점에 착륙했다. 경비병 하나가 엘레아를 51 연구실로 데려갔다. 파이칸이 뒤따라갔다.

그들은 빈 방으로 안내 받았고 방의 한가운데에는 새먼핑크색 로브를 입은 남자가 서서 기다리고 있었다. 가슴팍 오른쪽에 빨간색으로 그려진 조란의 방정식으로 그가 연구실장임을 알 수 있었다.

"당신이 엘레아입니까?" 그가 물었다.

"내가 엘레아예요."

"당신은?"

"나는 파이칸입니다."

"파이칸이 누구입니까?"

"나는 엘레아의 것입니다."

남자는 잠시 생각했다.

"파이칸은 소환되지 않았습니다. 코반이 만나고 싶어 하는 건 엘레아입니다."

"내가 코반을 만나고 싶습니다." 파이칸이 말했다.

"당신이 왔다는 것을 알려 드리지요. 기다려야 할 겁니다."

"나는 엘레아와 함께 갈 겁니다." 파이칸이 말했다.

"나는 파이칸의 것이에요." 엘레아가 말했다.

정적이 흐르더니, 남자가 대꾸했다.

"코반에게 알리도록 하지요……. 그를 만나기 전에 엘레아는 종합 테스트를 거쳐야 합니다. 여기가 테스트실입니다……."

그는 반투명한 문을 열었다. 곤다와의 모든 주민들이 최소한 일 년에 한 번 들어가 신체적 변화를 측정하고, 필요한 경우 활동과 영양 섭취를 변경하는 표준 테스트를 받았다.

"꼭 필요한가요?" 그녀가 물었다.

"꼭 필요합니다."

엘레아는 테스트실에 들어가 의자에 앉았다.

문이 닫히고, 주변의 기구들에 불이 들어오고, 여러 가지 색의 섬광이 얼굴 앞에서 번쩍이고, 분석기들이 웅웅거리고 종합기에서 딸깍 소리가 났다. 끝이었다. 엘레아는 일어서서 문을 밀었다. 문은 열리지 않았다. 깜짝 놀란 그녀는 더 세게 밀었지만 여전히 문은 미동도 하지 않았다.

그녀는 걱정스레 불렀다.

"파이칸!"

문의 반대편에서 파이칸이 외쳤다.

"엘레아!"

그녀는 계속해서 문을 열려고 애썼다. 이 닫힌 문 안에는 뭔가 끔찍한 일이 있을 것 같았다.

"파이칸! 문이!"

그가 온몸으로 돌진했다. 엘레아는 파이칸의 옆모습이 투명한 판에 짓눌리는 것을 보았다. 테스트실이 뒤흔들리고, 부서진 기구들이 바닥에 떨어졌지만 문은 꿈쩍도 하지 않았다.

엘레아의 등 뒤에서 테스트실의 격벽이 열렸다.

"들어오시오, 엘레아." 코반의 목소리였다.

두 여자가 코반의 앞에 앉아 있었다. 한 명은 엘레아였다. 다른 여자는 갈색 머리에, 무척 아름다웠지만 몸매가 좀 더 포동포동하고 풍만했다. 엘레아는 완벽한 비율의 균형이었고, 다른 여인은 풍요로움을 향해 도약하는 불균형이었다. 엘레아가 항의하고, 파이칸을 부르며 그와 함께 있게 해 달라고 요구하는 동안, 다른 여인은 말없이 침착하고 연민 어린 눈으로 그녀를 바라보았다.

"기다려요, 엘레아." 코반이 말했다. "알게 될 테니 기다려요."

그는 연구원들이 입는 새먼핑크색 소박한 로브를 입고 있었는데, 그의 가슴에 있는 조란의 방정식은 흰색이었다. 그는 학생들과 똑같은 맨발로 책상과 수만 개의 지식 막대가 든 움푹 파인 벽 사이를 이리저리 오갔다.

엘레아는 입을 다물었다. 헛된 노력으로 힘만 빠질 게 너무나 분명했다. 그녀는 귀를 기울였다.

"곤다 1 부지에 있는 것이 무엇인지 당신들은 모르시겠지. 내가 말해 주겠소. 그건 태양의 무기라오. 내가 항의했음에도 불구하고, 위원회는 에니소라이가 우리를 공격하면 태양의 무기를 쓰기로 결정했소. 그리고 에니소라이는 우리가 사용하기 전에 태양의 무기를 파괴하려고 우리를 공격하기로 했고. 그 복잡함과 거대한 크기를 고려했을 때, 시동 과정이 발동되고 무기가 제자리에서 나오기까지는 거의 반나절이 걸릴 거요. 세계의 운명은 바로 이 반나절에 걸려 있소. 만일 태양의 무기가 날아올라 덮치면, 마치 태양이 직접 에니소라이에 떨어진 것과 똑같을 테니까. 에니소라이는 불타고, 녹아내려 흘러가겠지……. 하지만 지구 전체가 그 후폭풍을 겪게 될 거요. 몇 초 후면 우리는 어떻게 될까? 남아 있는 생명이 있을까?……"

코반은 발걸음을 멈췄다. 그의 비극적인 눈빛이 두 여자를 내려다보았다. 그는 중얼거렸다.

"아마 아무것도 없겠지…… 아무것도……."

그는 다시금 갇힌 동물이 헛되이 출구를 찾아 헤매듯 걷기 시작했다.

"그리고 만일 에니소라이가 무기의 개시를 막는다면, 그들은 무기를 파괴할 거고, 우리 역시 쳐부술 거요. 그들은 우리보다 열 배나 수가 많고, 더 호전적이오. 우리는 그들의 수적인 우세에 버틸 수가 없을 거요. 우리의 유일한 방어책은 그들에게 겁을 주는 것이었소. 그런데 우리는 지나치게 겁을 주고 만 거요!"

"그들은 수단과 방법을 총동원해 공격해 올 거고, 이긴다면 태양의 무기를 제작할 수 있는 문명과 종족을 송두리째 제거할 거요. 곤다와 주민들에게 검은 씨앗을 나눠 준 것은 그런 이유에서요. 포로로 잡힌 이들이, 원한다면, 에니소라이의 도살자들에게 죽느니 제 손으로 죽음을 맞이할 수 있도록……."

그녀는 투쟁적으로 일어섰다.

"말도 안 돼요! 끔찍한 일이에요! 더러워요! 우린 이 전쟁을 막을 수 있을 거예요! 왜 한탄만 하는 대신 뭔가 하지 않죠? 무기를 파괴해요! 에니소라이에 가세요! 당신 말이라면 들을 거예요! 당신은 코반이잖아요!"

코반은 그녀의 앞에 멈춰 서서, 흡족한 듯 그녀를 심각하게 바라보았다.

"제대로 선택되었군."

"누가 선택했다는 거죠? 무엇 때문에?"

그는 이 질문들에는 대답하지 않았지만, 앞선 질문에는 답했다.

"난 뭔가를 하고 있소. 난 에니소라이에 밀사들을 두고 있고, 그들은 지식부의 학자들과 접촉을 했지. 그들도 전쟁의 위험을 알고 있어요. 그들이 권력을 쥔다면, 평화는 지켜질 거요. 하지만 시간이 얼마 남지 않았소. 난 로칸 대통령과 약속이 있소. 위원회를 설득해 태양의 무기의 사용을 그만두도록 하고, 그 사실을 에니소라이에 알리도록 노력할 거요. 하지만 군대는 내 편이 아니오, 그들은 적을 쳐부술 생각밖에 없고, 무기를 제작한 모즈란 장관 역시, 무기가 작동하는 것을 보고 싶어 하오!……"

"실패로 돌아갈 경우, 그때에도 해 둔 일이 있소. 당신들, 당신 두 사람과 곤다와의 다른 세 여자를 선택한 것은 바로 그 때문이오. 나는 생명을 구하고 싶소."

"누구의 생명 말인가요?"

"그냥 생명이오, 생명 말이오! ……만약 태양의 무기가 예측보다 몇 초만 더 오래 작동되면, 지구는 엄청난 충격으로 뒤흔들려 대양은 해구에서 튀어나오고, 대륙들은 갈라지고, 대기는 녹은 철 같은 고온으로 올라가 땅속 깊은 곳까지 모든 것을 불태울 거요. 언제 재난이 멈출지 우린 알 수 없지. 그 무시무시한 위력 때문에 모즈란은 약한 수준으로도 무기를 시험해보지 못했소. 알 수는 없지만, 최악을 예상할 수는 있지. 내가 한 일이 바로 그것이오……."

"들으세요, 코반." 어떤 목소리가 들렸다. "뉴스를 알고 싶으신가요?"

"그래." 코반이 말했다.

"뉴스입니다. 달에 주둔한 에니소라이 병력이 국제 구역을 침범했습니다. 곤다 3에서 달의 우리 구역으로 출발한 군사 수송단이 착륙하기 전 에니소라이 군에게 저지당했습니다. 우리 군은 침략자 일부를 무찔렀습니다. 전투가 계속되고 있습니다. 우리의 원거리 관측 기관에서는 에니소라이가 태양 주변 궤도를 돌던 핵폭탄들을 소환해 화성과 달로 가져왔다는 증거를 입수했습니다. 들으세요, 코반, 끝났습니다."

"시작됐군……." 코반이 말했다.

"나는 파이칸 곁으로 돌아가고 싶어요." 엘레아가 말했다. "당신은 우리에게 죽는 것 이외엔 모든 희망을 앗아갔어요. 난 그와 함께 죽고 싶어요."

"난 뭔가를 하고 있소." 코반이 말했다.

"난 어떤 일에도 견딜 수 있는 은신처를 만들었소. 거기에 모든 종류의 식물의 씨와 모든 동물의 수정란과 그것들을 길러 낼 인큐베이터, 천 개의 지식 막대, 고요한 기계들, 도구들, 가구들, 우리 문명의 모든 견본품을, 같은 문명을 새롭게 탄생시키는 데 필요한 모든 것을 갖춰 두었소. 그 한가운데에는 남자 한 명과 여자 한 명을 넣을 거요. 컴퓨터는 정신적이고 신체적인 균형과 건강, 완벽한 아름다움을 기준으로 다섯 명의 여자를 선택했소. 그들은 완벽한 순서대로 1부터 5까지의 번호를 부여받았소. 1호는 그저께 사고로 죽었소. 4호는 에니소라이를 여행 중이라 돌아올 수가 없소. 5호는 곤다 62에 살고 있소. 그녀에게도 사람을 보냈지만 제시간에 맞춰 여기 오지 못할까 걱정되는군. 2호가 바로 당신, 로나이고, 3호가 당신, 엘레아라오."

그는 잠시 입을 다물고, 피곤에 젖은 미소 같은 표정을 짓고는 로나를 돌아보고 말을 이었다.

"당연히 은신처에는 여자 한 명만이 들어가게 되지. 로나, 당신이 들어

가게 될 거요. 당신은 살 거요…….”

로나는 일어섰지만, 그녀가 입을 열기 전 다른 목소리가 들렸다.

“들으세요, 코반. 2호 로나의 테스트 결과입니다. 요구되는 모든 특성이 최대치를 보이지만, 신진대사가 변화중이고 호르몬 균형이 뒤바뀌는 중입니다. 2호 로나는 임신 2주차입니다.”

“알고 있었소?” 코반이 물었다.

“아뇨.” 로나가 대답했다. “하지만 기대하고 있었어요. 우리는 봄의 세 번째 밤에 열쇠를 뺐었거든요.”

“당신에겐 안된 일이군.” 코반이 손을 벌리며 말했다. “그렇다면 당신은 탈락이오. 은신처에 들어간 남자와 여자는 절대 온도의 추위 속에서 동면하게 되오. 임신 때문에 작동이 실패로 돌아갈 수 있소. 그런 위험을 무릅쓸 수는 없어요. 집으로 돌아가시오. 내가 했던 말은 하루 동안 입 밖에 내지 말아 주길 바라오. 지정된 짝 옆에서도 말이오. 하루가 지나면 모든 게 결정 될 테니.”

“말하지 않겠어요.” 로나가 말했다.

“그 말을 믿소.” 코반이 말했다. “컴퓨터는 당신을 이렇게 규정했더군. 건실하고, 느긋하고, 말이 적고, 방어적이고, 고집이 있다고.”

그는 문 앞에 서 있는 녹색 방위병 두 명에게 손짓했다. 그들은 로나가 나가도록 자리를 비켜 주었다. 코반은 엘레아를 바라보았다.

“그렇다면 당신이군.”

엘레아는 돌덩이로 변해 버린 기분이었다. 그러다가 혈액이 힘차게 다시 순환하기 시작하고, 얼굴이 붉어졌다. 그녀는 침착을 유지하고 앉아 있으려고 애를 썼다. 다시 코반의 목소리가 들렸다.

"컴퓨터는 당신을 다음과 같이 규정했소. 균형 잡히고, 재빠르고, 의지가 굳고, 공격적이고, 유능하다고."

그녀는 다시 말을 할 수 있을 것 같다고 느꼈다. 그녀는 쏘아붙였다.

"왜 파이칸이 들어오지 못하게 했죠? 그 없이 당신의 은신처에 들어가지는 않을 거예요."

"여자들을 선발할 때 컴퓨터는 아름다움과 건강, 그리고 당연하지만 지능을 기준으로 삼았소. 남자들을 선발할 때는 건강과 지능을 기준으로 했지만, 무엇보다도 지식을 보았소. 몇 년, 어쩌면 100년이나 200년이 지나 은신처에서 나올 남자는 막대에 새겨진 지식을 모두 이해할 수 있어야 하고, 그런 일이 가능하다면 그보다 더 많은 것을 알아야 하오. 그의 역할은 단순히 아이들을 낳는 것만이 아니오. 선택된 남자는 세계를 다시 태어나게 할 수 있어야 하오. 파이칸은 총명하지만, 그의 지식은 제한적이오. 그는 조란의 방정식조차 해석할 수 없을 거요."

"그렇다면 그 남자는 누구죠?"

"컴퓨터는 다섯 명을 선택했소. 여자들과 똑같이."

"1호는 누구인가요?"

"바로 나요." 코반이 말했다.

"에니소라이는 벌써부터 당신들이었어요." 레오노바가 후버에게 말했다. "그때부터 당신들은 더러운 미국인들, 전 세계와 그 부속물들을 집어삼키려 드는 제국주의자들이었다고요."

"우리 예쁜 아가씨." 후버가 대꾸했다. "우리들, 오늘날의 미국인은 제자리를 벗어난 유럽인들, 여행 중인 댁의 육촌 조카일 뿐이라오……. 엘레아가 미국 대륙의 첫 번째 주민들 얼굴을 좀 보여 줬으면 좋겠는데. 지금까지는 곤다와 인들 얼굴만 봤잖소. 다음 모임에는 엘레아에게 에니소라이 인들을 보여 달라고 합시다."

엘레아는 에니소라이 인들을 보여 주었다. 그녀는 파이칸과 함께 구름 축제를 맞아 중앙 에니소라이의 수도인 디에도후를 여행한 적 있었다. 그녀는 기억에서 그때의 장면들을 꺼내 보여 주었다.

학자들은 엘레아와 함께 장거리 비행기로 에니소라이에 도착했다. 지평선에서는 거대한 산맥이 하늘로 솟아오르고 있었다. 더 가까워지자, 그들은 산과 도시가 하나가 되어 있음을 보게 되었다.

거대한 돌덩이들로 지어진 도시는 산에 붙어, 산을 뒤덮고, 그 위로 솟아올랐으며 산을 받침대 삼아 도시의 가장 높은 끝부분인 '신전'을 위로 치켜세우고 있었다. 신전은 통돌로 되어 있었고 그 꼭대기는 끝없는 구름 속에 파묻혀 보이지 않았다.

그들은 에니소라이 인들이 일하고 즐기는 것을 보았다. 많은 인구가 필요로 하는 것이 너무나 많고 인구 증가 역시 너무나 급속했으므로, 구름 축제의 날인 이 날에도 건축을 중단할 수가 없었다. 쉼 없이, 지칠 줄 모르고, 마치 개미처럼 건축가들은 도시를 넓히고, 아직 미개척지인 산 사면을 깎아 길과 계단을 내고, 성벽과 집과 궁전을 세웠다. 맨손 외에는 다른 도구를 사용하지 않았다. 그들은 가슴에 불꽃 모양의 뱀 형상을 금 목걸이에 달아 걸고 있었는데, 이는 에니소라이의 만유 에너지의 상징이었다. 그것은 단순한 상징이 아니라 변환기였다. 그 상징을 단 자는 손으로 모든 자연의 힘을 자유자재로 구사할 수 있는 능력을 지니게 되었다.

대형 화면에서, EPI의 학자들은 에니소라이의 건축가들이 몇 톤은 나갈 바윗덩이들을 가뿐히 들어올리고, 그것들을 서로 포개 쌓고, 줄을 맞추고, 세공하고, 수정하고, 손날로 돌덩이들을 자르고, 밀가루반죽을 다루듯 손바닥으로 윤을 내는 것을 보았다. 건축가들의 손아귀에서 돌은 무게라고는 나가지 않는 말랑말랑하고 고분고분한 물질이 되었다. 그들이 손을 떼면 돌은 그 견고함과 묵직한 중량을 되찾았다.

구름 축제를 구경하러 초대받은 외국인들은 착륙이 허가되지 않았다. 그들이 타고 온 비행기들은 디에도후 부근 상공에 멈춰 서 있었다. 하늘에 곡선을 그리며 늘어선 비행기 행렬은 허공에 설치된 기묘한 서커스의 알록달록한 좌석들 같았다.

그 맞은편에는 신전이 서 있었는데, 하나의 돌덩이로 만들어진 신전의 첨탑은 오늘날 미국의 제일 높은 마천루보다 더 높았으며 그 꼭대기는 구름을 찌르고 있었다. 첨탑을 깎아서 낸 웅장한 계단이 나선형으로 탑을 휘감고 있었다. 몇 시간 전부터 한 무리의 군중이 이 계단을 올라 신전 꼭대기로 가고 있었다. 그들은 스스로의 근육으로 제 무게를 지탱하며 천천히 올라갔다. 사방의 다른 곳, 도시의 길과 계단에서 에니소라이 인들이 중력을 제어할 줄 안다는 점을 드러내며 편안하고 빠르게 오고가는 것과는 대조적이었다. 계단을 올라가는 군중의 옷 색깔은 한데 모여 불꽃 뱀의 형상을 이루었다. 뱀의 머리는 계단 위에서 좌우로 구불거리며 계속해서 올라갔다. 몸통은 첨탑 둘레를 빽빽하게 감싸며 뒤따랐다. 뱀을 이루는 군중의 수는 몇 십만 명은 될 게 분명했고, 어쩌면 백만이 넘을 수도 있었다. 비행기의 열린 창문으로 뱀의 움직임에 리듬을 부여하는 음악이 들려왔다. 산과 도시에서 흘러나오는 듯한 느린 헐떡임 같은, 그리고 첨탑과 계단과 길거리의 군중, 올라가는 이들과 바라보는 이들과 일하는 이들이 입을 다문 채 목

깊은 곳에서 울려나오는 소리로 반주를 맞추는 듯한 음악이었다.

뱀의 머리가 구름에 도달했을 무렵, 해는 산 너머로 떨어졌다. 뱀의 머리는 황혼과 더불어 구름 속으로 들어갔다. 얼마 지나지 않아 날이 저물었다. 도시 전체에 설치된 조명들이 첨탑과 첨탑을 둘러싼 군중을 비췄다. 음악과 노래의 리듬이 빨라졌다. 그리고 첨탑이 움직이기 시작했다. 아니면 구름이 움직이는 것이거나. 첨탑이 구름을 찌르는, 혹은 구름이 첨탑에 박히는 광경이 보이고, 빠졌다가 다시 박히고, 움직임은 점점 더 빨라져, 마치 하늘과 땅의 거대한 교합을 보는 것 같았다.

음악의 헐떡임은 더욱 빨라지고, 힘도 강렬해져 하늘에 떠 있던 비행기들을 파도처럼 때리며 정렬을 흐트러뜨렸다. 땅에서는 일하던 사람들이 일손을 놓았다. 궁전에서, 집에서, 거리에서, 광장에서, 남자는 여자에게 다가가고 여자는 남자에게 다가갔다. 그저 되는 대로, 가까이 있다는 이유만으로, 잘생겼든 못생겼든 늙었든 젊었든, 그가 누구이고 그녀가 누구인지 전혀 상관치 않고, 그들은 서로를 붙잡거나 끌어안고, 그 자리에 바로 누워 모두 함께 산과 도시를 뒤흔드는 하나의 리듬에 몰입했다. 첨탑이 뿌리 부분까지 완전히 구름 속에 들어갔다. 산이 우지끈 소리를 내고, 도시는 제 무게를 벗어나 끝없이 하늘에 박힐 기세로 솟아올랐다. 구름이 번쩍이더니 천지가 울리는 천둥소리를 내고 고요해져서 물러났다. 도시는 다시 산 위에 얹혔다. 첨탑은 텅 비었다. 돌로 된 거대한 계단에는 이제 아무도 없었다. 뒤엉켜 있던 커플들은 서로에게서 떨어져 헤어졌다. 남자와 여자들이 얼빠진 표정으로 일어나서 서로 멀어졌다. 그 자리에서 잠든 이들도 있었다. 숨막히게 짧은 순간 동안, 그들은 모두 함께 동일한 우주적 쾌락에 동참했었다. 남자 한 사람 한 사람이 지구 전체였고, 여자 한 사람 한 사람이 하늘이었다. 이런 일은 일 년에 한 번, 에니소라이의 모든 도시에서 이뤄졌다. 다른 때의 밤과 낮에는 에니소라이 남자들은 여자들에게 다가가지 않았다.

EPI의 학자들은 엘레아에게 계단을 오르던 군중은 어떻게 되었냐고 물었다.

"첨탑이 그들을 구름에게 주었어요." 엘레아가 말했다. "구름은 그들을 만유 에너지에 주었고요. 거기 있던 남녀는 모두 자발적으로 온 거예요. 그들은 정신이나 육체에 미세하게라도 결함이 있거나, 반대로 평균적인 에니소라이 인보다 더 똑똑하거나, 더 강인하거나, 더 아름다웠기 때문에 어릴 때부터 선택되었어요. 이렇게 희생될 목적으로 길러졌기에, 그들은 몸과 마음을 다해 희생을 열망하는 법을 배웠죠. 그들에겐 희생될 운명을 벗어날 권리가 있지만 그 권리를 행사하는 이는 극히 드물었어요. 그렇게 해서 에니소라이 민족은 일정한 수준의 우수성을 유지했어요. 하지만 이 희생은 그때 잉태되어 태어나는 아이들의 수를 상쇄시키기엔 역부족이었죠. 구름 축제 동안에는 대륙의 모든 첨탑에서 사라지는 것보다 스무 배나 많은 수의 아이들이 잉태되었거든요.

"그렇지만," 후버가 말했다. "그 여자들은 모두 같은 날 해산하게 될 것 아닙니까!"

"그렇지 않아요. 에니소라이에서 임신 기간은 어머니의 바람과 나이에 따라 한 계절에서 세 계절까지 다양했어요. 여러분이 보셨듯, 에니소라이에는 지정식이 없고, 그러니 부부도 가족도 없죠. 남자와 여자는 절대적으로 동등한 권리와 의무를 누리며 내키는 대로 공동 궁전이나 개인 주택에서 뒤섞여 살아요. 아이들은 국가에서 양육하죠. 아이들은 제 어머니를 모르고, 아버지는 더더욱 몰라요."

엘레아의 비행기는 군중의 한참 위를 날고 있었지만, 근거리 창을 통해 학자들은 에니소라이 인들의 얼굴을 자세하게 많이 볼 수 있었다. 그들은 모두 머리카락이 검고 윤기가 흘렀으며, 째진 눈에 튀어나온 광대뼈, 납작한 매부리코를 하고 있었다. 마야 인, 아스텍 인, 그 밖의 아메리카 원주민들의 조상임이 분명했으며, 어쩌면 일본과 중국을 비롯해 모든 몽골 인종의 조상일지도 몰랐다.

"저 사람들이로군, 당신이 말하던 제국주의자들이!" 후버가 레오노바에게 말했다.

그는 한숨을 쉬고, 한마디 덧붙였다.

"이젠 그들의 후손들을 좀 혹사시켰다고 사람들이 러시아를 좀 덜 원망하길 바라는 바요……."

"당신이 살리려는 건 생명이 아니에요." 엘레아는 말했다. "자기 생명이죠. 게다가 같이 있을 여자를 고르기 위해, 컴퓨터에게 대륙에서 가장 아름다운 여자 다섯 명을 찾게 한 거고요!"

"이봐요," 코반이 침울하고 심각하게 말했다. "만일 내게 그럴 권리가 있다면, 내가 살리고자 선택할 사람은……."

그는 파동 빔을 작동시켰다. 탁자 위에 코반을 쏙 빼닮은 여자아이의 영상이 나타났다. 아이는 제9지층 호수 근처의 잔디밭에 무릎을 꿇고 눈가가 하얀 아기사슴을 쓰다듬고 있었다. 사내아이 같은 길고 검은 머리가 맨살이 드러난 어깨에 늘어졌다. 호리호리한 팔은 아기사슴의 목을 두르고 있었으며 사슴은 아이의 귀를 가볍게 깨물거렸다.

"내 딸, 도아라오." 코반은 말했다. "열두 살이고, 혼자이지……. 또래

212

의 다른 소녀들은 오래 전에 짝을 지정받았소. 하지만 저 아이는 혼자라 오……. 저 애도 나처럼 '미지정자'이기 때문이지……. 컴퓨터는 나를 감당해 주고 그 우둔함으로 나를 짜증나게 하지 않을 만한 짝을 찾아내지 못했소. 정신적 능력이 지나치게 뛰어나면 고독한 삶을 살 수밖에 없지. 나는 과부들, 헤어진 여자들, 미지정자들과 잠깐씩 살았소. 도아의 어머니도 그중 하나였다오. 대단히 총명했지만 성격이 끔찍한 여자였지. 컴퓨터는 어떤 남자라도 그녀와 있으면 괴로워질 거라고 생각했던 거요. 그녀의 총명함과 아름다움 때문에 나는 내 아이를 낳아 달라고 청했소. 그녀는 승낙했소. 아이를 키우는 동안 곁에 머무른다는 조건을 걸고 말이오. 나는 그럴 수 있을 거라고 생각했소. 우리는 열쇠를 뺐소. 며칠 후 우리는 헤어져야만 했지. 자신은 누구의 곁에서도, 심지어 자기 아이의 곁에서도 행복을 찾을 수 없다는 것을 납득할 만큼 그녀는 총명했소. 아이가 태어나자 그녀는 아이를 내게 보냈소. 그 아이가 도아였지……."

"도아 역시, 컴퓨터에게 부정적인 답을 받았소. 성격은 몹시 유순하지만, 지능은 나보다 뛰어나다오. 도아는 어디에서도 제게 걸맞은 남자를 찾지 못할 거요. 산다면 말이지만……."

코반의 목이 메었다. 그는 영상을 껐다.

"적어도 당신이 파이칸을 사랑하는 만큼은 내가 도아를 사랑한다고 생각하지 않소? 내가 이기적인 목적을 따랐다면, 나와 함께 은신처에 들어갈 사람은 도아라는 생각이 들지 않소? 아니면 내 자리를 기꺼이 남자 2호에게 넘겨주고 그 애 곁에 남거나? 하지만 나는 2호를 알고 있소. 그의 지식이 어느 정도이고 내 지식이 어느 정도인지 알고 있단 말이오. 컴퓨터가 나를 지정한 것은 옳은 선택이오. 지금은 사랑이나, 감상이나, 우리 자신이 문제가 아니오. 우리는 우리를 초월하는 의무를 마주하고 있소. 우리, 당신과 나는 만물의 생명을 보존하고 세상을 새로이 만들어야 하오."

"내 말 잘 들어요, 코반." 엘레아가 말했다. "세상 따위는 내 알 바 아니고, 인간의 생명이건 만물의 생명이건 생명 따위도 내 알 바 아니에요. 파이칸이 없으면 만물도 없고 생명도 없는 거예요. 파이칸이 나와 함께 은신처에 들어가게 해 줘요, 그러면 영원의 끝까지 당신을 축복할게요!"

"그럴 수는 없소." 코반이 말했다.

"파이칸을 내게 줘요! 당신은 딸 곁에 남아요! 딸이 당신에게 버림받고 혼자 죽게 내버려 두지 말아요!"

"그럴 수는 없소." 코반이 낮은 소리로 말했다.

그의 얼굴에는 굳은 결심과 무한한 비애가 어려 있었다. 이 사내는 자신을 산산조각 낸 투쟁의 끝에 다다라 있었다. 하지만 그는 결단을 내렸고, 이 결단은 확고했다. 은신처를 더 크게 지을 수는 없었다. 곤다 1과 거기에 숨겨진 거대한 괴물에 완전히 정신이 팔린 정부는 코반의 계획에는 무관심했고, 그를 마음대로 하게 놔두기는 했지만 도움은 거절했다. 은신처는 대학만의 힘으로 만들어졌다. 은신처를 제작하는 데에는 대학의 전체 에너지 역량과 대학의 기계, 연구실, 예산 자원이 총동원되었다. 은신처는 거대한 식물이 맺은 단 하나의 열매였다. 안에는 두 개의 씨앗밖에 들어갈 수 없고, 세 번째가 있다면 열매는 사라질 운명이었다. 작은 씨앗조차도. 도아조차도. 그 안에는 남자 하나, 여자 하나밖에 들어갈 수 없었다.

"그렇다면 다른 여자를 골라요!" 엘레아가 외쳤다. "수백만 명이나 있잖아요!"

"그렇지 않소." 코반이 말했다. "수백만 명이 아니라, 다섯 명이었고, 그

중 당신밖에 남지 않았소……. 컴퓨터는 당신이 특출하기 때문에 선택한 거요. 안 돼, 다른 여자도, 다른 남자도 아닌, 당신과 나요! 부탁이니 제발 그만둡시다, 이미 결정되었으니."

"당신과 나?" 엘레아가 물었다.

"당신과 나!" 코반이 말했다.

"난 당신을 증오해요." 엘레아가 내뱉었다.

"난 당신을 사랑하지 않소. 그런 건 상관없소."

"들으세요, 코반." 목소리가 말했다. "로칸 대통령이 당신을 보고 이야기하길 바랍니다."

"보고 듣고 있다." 코반이 답했다.

방 한구석에 로칸의 영상이 솟아났다. 코반은 영상이 자신과 마주 보도록 테이블 맞은편으로 이동시켰다. 로칸은 고뇌에 짓눌린 모습이었다.

"듣게나, 코반. 에니소라이 지식부 사람들과의 접촉은 어떻게 되어 가나?"

"이제나 저제나 보고를 기다리고 있습니다."

"더 이상 기다릴 수 없어! 더 이상은 안 되네. 에니소라이가 핵폭탄으로 화성과 달의 우리 주둔군을 폭격했어. 우리의 핵폭탄들도 오는 길이니 반격을 할 걸세. 하지만 아무리 끔찍하다 해도 그건 아무것도 아니야. 에니소라이의 침공부대가 속이 빈 산에서 나와 이륙기지에 자리를 잡는 중이라네. 몇 시간 후면 그들은 곤다와에 떨어질 거야! 우리 위성에서 첫 번째 이륙 신호가 들어오는 즉시, 나는 태양의 무기를 가동시키겠네! 하지만 나도 자네와 마찬가지라네, 코반, 난 이 가공스런 무기가 두려워! 어쩌면 아직도 평화를 지킬 수 있을지 몰라! 에니소라이 정부는 그들의 군대가 이륙하면 국민들은 죽게 된다는 것을 알고 있네. 그렇지만 그런 것 따위는 신경 쓰지 않거나, 이륙하기 전에 무기를 파괴할 수 있으리라 기대하는지도 모르지! 쿠티유는 미쳤어! 지식부 사람들만이 그를 설득하거나, 그를 끌어내리려는 시도를 해 볼 수 있네! 이제는 단 한 순간도 헛되이 잃을 수가 없네, 코반! 제발 부탁이니, 어떻게든 그들과 연락해 보게나!"

"직접 연락할 수는 없습니다. 라모스의 파르타오를 불러 보지요."

대통령의 영상이 사라졌다. 코반은 열쇠를 어느 판에 끼웠다.

"들으시오, 라모스의 파르타오를 보고 듣고 싶소."

"라모스의 파르타오, 호출하겠습니다." 목소리가 말했다.

코반은 엘레아에게 설명했다.

"라모스는 이 분쟁에서 유일하게 중립을 유지하고 있는 국가요. 이번만큼은 중립으로 인해 득을 볼 시간도 거의 없겠지······. 파르타오는 라모스 대학의 총장이라오. 에니소라이 지식부 사람들과 나를 이어 주는 연락책이지."

파르타오가 나타나 코반에게 지식부의 수타쿠와 연락했다고 말했다.

"그는 더 이상 할 수 있는 게 없소. 당황해서 어쩔 줄을 모르더군. 당신에게 직접 연락할 거요."

파르타오의 옆에 누군가의 희미한 모습이 떠올랐다. 그가 수타쿠였고, 교육자의 표지인 로브를 입고 둥근 보닛을 쓰고 있었다. 그는 당황해서 제정신이 아닌 듯했고, 손짓 발짓을 섞어 가며 말했는데, 가슴을 치다가 손가락으로 멀리에 있는 무언가나 누군가를 가리켜 보였다. 그가 하는 말은 한 마디도 들리지 않았고, 변화하는 색채의 면들이 그의 영상을 조각내고, 떨리고, 서로 합쳐졌다가는 멀어졌다. 그는 사라졌다.

"더 이상 아무런 말씀도 드릴 수가 없군." 파르타오가 말했다. "어쩌면 행운이 있을지도……?"

"이번에는 누구에게도 행운은 없을 거요." 코반이 말했다.

그는 로칸을 불러내 소식을 알렸다. 로칸은 그에게 곧 열릴 위원회에 참석해 달라고 청했다.

"가겠습니다." 코반이 말했다.

그는 아무 말도, 아무런 몸짓도 없이 이 장면을 지켜보던 엘레아를 돌아보았다.

"이제 우리가 어떤 지경에 와 있는지 알겠지." 그는 얼음처럼 차가운 소리로 말했다. "감정이 개입할 자리는 이제 없소. 우리는 오늘 밤 은신처에 들어갈 거요. 내 조수들이 당신을 준비시켜 줄 거요. 다른 준비와 더불어 지금 유일하게 있는 한 사람 분의 만능 세럼을 복용하게 될 거요. 이 세럼은 내 개인 실험실에서 6개월 전부터 분자 하나씩을 합성해서 만든 거라오. 전에 만들어진 분량은 내가 직접 시험해 보았지. 나는 준비가 됐소. 만일 기적적으로 아무 일도 일어나지 않는다면, 당신은 그 덕분에 최초로 영원한 젊음을 누릴 수 있게 될 거요. 그렇게 된다면, 다음 번 만드는 세럼은 파이칸에게 주겠다고 약속하지. 세럼은 우리가 아무 탈 없이 절대 영도의 저온을 견딜 수 있게 해 줄 거요. 이제 당신을 내 조수들에게 맡기겠소."

엘레아는 일어서서 문 쪽으로 달려갔다. 그녀는 꼭 쥔 왼손 주먹으로 경비원의 관자놀이에 거세게 한 방을 먹였다. 경비원은 쓰러졌다. 다른 경비원이 엘레아의 손목을 잡고 등 뒤로 비틀어 꺾었다.

"놓아주게!" 코반이 소리쳤다. "그녀에게 손대는 건 금지야! 자네들에게 무슨 짓을 하든 그냥 둬!"

경비원은 엘레아를 놓았다. 그녀는 문 쪽으로 뛰어갔으나, 문은 열리지 않았다.

"엘레아, 소란 피우지 않고, 도망가려고 하지 않고 처치를 받겠다고 약속하면, 은신처에 들어가기 전에 파이칸을 다시 만나도록 해 주겠소. 그는 탑으로 데려가졌고, 당신이 어떻게 되었는지 들었소. 당신 소식을 기다리고 있다오. 나는 파이칸에게 당신을 다시 만나게 될 거라고 약속했소. 당신이 저항한다면, 준비 과정을 위태롭게 할 정도로 몸부림친다면 나는 당신을 잠들게 할 거고, 그러면 다시는 그를 보지 못할 거요."

엘레아는 온몸의 신경을 다시 가라앉히기 위해 다시 숨을 깊이 들이쉬며, 아무 말 없이 잠시 그를 바라보았다.

"조수들을 불러 오세요. 이제 몸부림치지 않겠어요."

코반은 판을 눌렀다. 격벽의 일부가 열리면서 경비원과 연구원들이 있는 실험실이 나타났고, 엘레아는 거기서 둘을 맞이했던 연구실장을 알아보았다.

한 남자가 앞에 놓인 의자를 가리켰다.

"이리 오십시오." 그가 말했다.

엘레아는 실험실 쪽으로 걸음을 떼었다. 코반의 사무실을 나가기 전, 그녀는 그쪽을 뒤돌아보았다.

"당신을 증오해요."

"우리가 은신처를 벗어나 죽은 지구에 나올 때면, 더 이상 증오도 사랑도 없을 거요. 우리의 과업만이 있을 뿐⋯⋯."

그날 호이토는 일본에서 받은 새로운 사진 장비를 들고 알 안에 내려갔다. 그중에는 광도의 변화가 없는 빛을 내는 조명기구들도 있었는데, 그는 이 조명기구를 이용해 투명한 포석 너머로 모터의 방을 비추고 사진을 찍을 수 있기를 기대하고 있었다.

추위를 만들어 내던 모터는 멈추면서 불이 꺼졌고, 포석 아래의 방은 암흑의 구역이 되어 버렸다. 기온은 빠르게 올라 눈과 서리는 녹았으며 물은 빨려 나가고 벽과 바닥은 더운 공기에 말랐다.

조수들이 짧은 삼각대가 달린 조명기구들을 짧은 삼각대에 매다는 동안, 호이토는 기계적으로 주위를 둘러보았다. 문득 벽의 표면이 신기하게 여겨졌다. 벽 표면은 광택이 나지도 않고, 그렇다고 무광택도 아니었으며 아른거리는 무늬가 있었다. 그는 길고 민감한 손가락으로, 다음에는 손톱으로 그 끝을 쓸어 보았다. 끽끽 소리가 났다.

그는 조명 하나를 벽을 향해 고정시키고 비스듬하게 비치는 빛 속에서 돋보기로 바라보다가, 망원 렌즈와 렌즈들을 이용해 즉석에서 현미경을 만들어 냈다. 곧 의심할 나위 없이 분명해졌다. 벽 표면에는 셀 수 없이 많은 줄무늬가 새겨져 있었다. 그리고 그 줄무늬 하나하나는 곤다와 문자로 된 선이었다. 벽에 벌집 모양의 홈들이 나 있던 방의 읽기 막대들은 세월의 흐름으로 분해되었지만, 현미경으로 봐야 알아볼 수 있을 정도의 기호들이 가득 새겨진 알의 벽은 상당한 규모의 도서관에 맞먹었다.

호이토는 즉시 서로 멀리 떨어진 벽의 여러 지점들을 최고 배율로 확대해서 몇 장 찍었다. 한 시간 후, 그는 사진들을 대형 화면에 비추었다. 루코스는 몹시 흥분해서 그것들이 역사서와 과학 논문의 부분들, 사전의 한 페이지, 시 한 편, 아마 희곡의 한 부분이거나 철학적 논쟁의 일부로 추정되는 대화라고 확인해 주었다.

알의 벽은 곤다와의 지식들이 담긴 진정한 백과사전인 것 같았다.

화면으로 본 사진 중 한 장에는 여러 개의 분리된 기호들이 담겨 있었는데, 루코스는 거기서 수학 기호들을 알아보았다. 그것들은 조란의 방정식의 기호를 둘러싸고 있었다.

엘레아는 모피 깔개 위에 누운 채 잠에서 깨어났다. 그녀는 아무것에도 받쳐지지 않은 부드럽고 따스한 잠자리에서 쉬었고, 완전한 이완 상태로 떠다녔다.

그녀는 머리부터 발끝까지 검사를 받고, 세포 하나의 무게까지 측정되고, 영양을 공급받고, 물을 마시고, 마사지를 받고, 보정을 받고, 달램을 받았다. 완전히 수동적으로 따르는 정확히 필요한 무게의 육체가 될 때까지. 그 후 코반이 돌아와 그녀에게 은신처가 닫히고 열리는 메커니즘을 설명해 주었고, 연기를 들이마시게 하고, 혀에는 기름을, 눈에는 안개를, 관자놀이에는 초저주파를 한참 쏘이는 등, 만능 세럼의 다양한 요소들을 손수 투약했다. 엘레아는 새롭고 밝은 에너지가 온몸으로 퍼져 나가며 아직 남아 있던 피로를 깨끗이 일소하고, 봄날의 숲과 같은 도약하는 생기로 몸을 피부 밑까지 꽉 채우는 것을 느꼈다. 그녀는 자신이 나무처럼 단단하고, 황소처럼 세고, 호수처럼 균형이 잡혀 있음을 느꼈다. 힘과 균형과 평화가 그녀를 저항할 수 없이 잠으로 이끌었다.

그녀가 잠들었던 곳은 실험실의 안락의자였는데, 눈을 떠 보니 둥글고 아무 가구도 없는 방의 깔개 위였다. 단 하나 있는 문은 그녀의 맞은편에 있었다. 문 앞에는 녹색 경비원이 육면체 위에 앉아 그녀를 보고 있었다. 그는 손가락 끝으로 가느다란 유리관들이 복잡한 소용돌이를 이루며 얽힌 물건을 들고 있었다. 깨지기 쉬운 유리관에는 녹색 액체가 가득 차 있었다.

"잠에서 깨어났으니, 경고해 드리겠소." 경비원이 말했다. "힘으로 밀고 나가려고 하면, 나는 손을 놓을 거고, 이게 떨어져서 깨질 거요. 그러면 당신은 돌덩이처럼 잠들 겁니다."

엘레아는 대꾸하지 않았다. 그녀는 경비원을 바라보았다. 머릿속의 온갖 수완을 동원해 그녀는 단 하나의 목적만을 생각했다. 나가서 파이칸과 함께하는 것이었다.

경비원은 키가 크고, 어깨가 넓고, 육중한 몸집이었다. 땋아 내린 머리카락은 윤나는 청동의 색이었다. 그는 맨머리였고 무기도 없었다. 두툼한 목줄기는 커다란 얼굴만큼이나 굵었다. 그는 단 하나의 문 앞에 서 있는 만만찮은 장애물이었다. 근육질의 팔 끝에 붙은 투박한 손으로 그는 그 물건을, 너무나도 깨지기 쉬워 더욱 어려운 장애물을 들고 있었다.

"들으세요, 엘레아." 목소리가 들렸다. "파이칸이 당신과 말하고 당신을 보게 해 달라고 청했습니다. 그를 연결합니다."

그녀와 경비원 사이에 파이칸의 영상이 나타났다. 엘레아는 벌떡 일어섰다.

"엘레아!"

"파이칸!"

그는 일터 돔에 서 있었다. 그의 곁에 기상판 조각과 구름의 영상이 보였다.

"엘레아! 어디 있어? 어디 가는 거야? 왜 날 떠나는 거야?"

"난 거절했어, 파이칸! 난 네 것인걸! 그들의 것이 아닌걸! 코반이 억지로 시켰어! 그들이 날 가두고 있어!"

"내가 널 찾으러 갈게! 다 부술 거야! 그놈들을 죽일 거야!"

그는 무기를 낀 왼손을 휘둘렀다.

"그럴 수 없어! 넌 내가 어디 있는지 모르잖아! ……나도 어디인지 모르는걸! 기다려 줘, 네게 돌아갈게! 무슨 수를 써서라도!……"

"널 믿을게, 기다릴게." 파이칸이 말했다.

영상이 사라졌다.

경비원은 여전히 앉아서 엘레아를 바라보았다. 둥근 방의 가운데에 선 채, 그녀는 그를 쳐다보며 가늠해 보았다. 그녀는 그쪽으로 한 발짝 내딛었다. 그는 목에 걸고 있던 마스크를 쥐고 코에 꽂았다.

"주의하시오!" 그가 콧소리를 내며 말했다.

그는 조심스럽게 복잡하게 얽힌 연약한 유리관들을 살짝 흔들어 보였다.

"난 당신을 알아." 엘레아가 말했다.

그는 놀라서 그녀를 바라보았다.

"당신과 당신 같은 사람들, 어떤 부류인지 알아. 당신들은 단순하고, 용감하지. 당신들은 명령받은 대로 행하고, 아무런 설명도 듣지 못하지."

그녀는 상체를 감싸고 있던 푸른 띠의 한쪽 끝을 벗겨 내고 몸에서 풀어 내기 시작했다.

"코반은 당신에게 죽게 될 거란 말을 해 주지 않았겠지……."

경비원은 약간 미소를 지었다. 그는 경비원이었고, 지층에 살고 있었고, 자신이 죽을 거라는 사실을 믿지 않았다.

"전쟁이 일어날 거고 살아남는 자는 없을 거야. 내 말이 거짓말이 아니라는 것을 알겠지. 당신은 죽어. 당신들은 모두 죽어. 나와 코반만 빼고."

경비원은 이 여자가 거짓말을 하는 게 아니라는 것을 알았다. 그녀는 어떤 상황에 처했든 거짓말을 할 만큼 비굴해질 사람이 아니었다. 하지만 잘못 알고 있는 게 틀림없어. 살아남는 자는 언제나 있기 마련이니까. 다른 사람들은 죽겠지만, 난 아냐.

이제 그녀의 맨 허리가 드러났고, 그녀는 어깨에서 허리까지 대각선으로 된 띠를 풀기 시작했다.

"곤다와의 모두가 죽을 거야. 코반은 그 사실을 알아. 그는 무엇으로도 파괴할 수 없는 은신처를 지었어. 자신이 들어가려고 말이지. 그는 컴퓨터에게 자신과 함께 들어갈 여자를 선택하게 했어. 그 여자가 나야. 컴퓨터가 수백만 명 중 왜 나를 선택했는지 알아? 내가 제일 아름답기 때문이지. 당신은 내 얼굴만 봤지. 잘 봐……."

그녀는 오른쪽 젖가슴을 드러냈다. 경비원은 그 경이로운 맨살을, 그 꽃과 열매를 바라보았고, 귓속에서 피가 끓어오르는 소리를 들었다.

"날 원해?" 엘레아가 물었다.

그녀는 천천히 계속해서 상체를 드러냈다. 왼쪽 젖가슴은 아직 반쯤 천에 감싸여 있었다.

"난 컴퓨터가 당신에게 어떤 여자를 골라 주었는지 알아. 나보다 세 배는 몸무게가 많이 나가겠지. 나 같은 여자, 당신은 한 번도 본 적 없지……."

띠가 전부 풀어져 바닥으로 미끄러지며, 그녀의 왼쪽 젖가슴이 드러났다. 엘레아는 손바닥을 앞으로 반쯤 돌린 채 양팔을 몸 옆으로 늘어뜨렸다. 약간 벌린 양팔 사이로 나체인 상체가 드러나며, 균형 잡히고, 충만하고, 달콤하고, 찬란한 젖가슴의 생생한 광휘가 돋보였다.

"죽기 전에, 날 안고 싶어?"

그녀는 왼손을 들어 올려, 손짓 하나로 허리에 둘렀던 옷을 떨어뜨렸다.

경비원은 일어서서 육면체 위에 그 무시무시하고 깨지기 쉬운 위협적인 유리로 된 물체를 내려놓고, 마스크와 제복을 벗었다. 균형 잡히고 강인한 근육이 완벽한 조화를 이루는 그의 벗은 상반신은 근사했다.

"당신은 파이칸의 것이지?" 그가 물었다.

"그에게 약속했었지. 모든 수단과 방법으로."

"나중에 문을 열고 밖으로 데려가 주지."

그는 스커트를 벗었다. 그들은 알몸으로 서로 마주 보며 서 있었다. 엘레아는 천천히 뒤로 물러나, 발에 깔개가 밟히자 몸을 웅크렸다가는 누웠다. 그가 다가왔다. 강력하고 육중하게, 엄청난 욕망에 이끌려. 그는 그녀의 위에 엎드렸고 그녀는 몸을 열었다.

그녀는 그가 들어오는 것을 느끼고, 두 발로 그의 허리를 감고 힘껏 껴안았다. 그가 피스톤처럼 그녀 안으로 들어왔다. 그녀는 혐오감으로 몸서리를 쳤다.

"나는 파이칸의 것이야!" 그녀가 외쳤다.

그녀는 양쪽 엄지손가락을 단숨에 그의 경동맥에 찔러 넣었다.

그는 숨이 막혀 몸을 뒤틀었다. 하지만 그녀는 남자 열 사람만큼이나 힘이 셌고, 엇갈리게 꼬인 양발로, 무릎으로, 팔꿈치로, 땋아 내린 머리채 속에 찔러 넣은 손가락으로 그를 단단히 붙잡고 있었다. 그리고 죽이고자 하는 의지로 강철처럼 단단해진 무자비한 엄지손가락은 그의 뇌에 단 한 방울의 피도 허용하지 않았다.

잔혹한 싸움이었다. 서로 얽히고 이어졌으며 몸으로 결합된 채, 둘은 사방으로 바닥을 굴러다녔다. 남자의 두 손은 엘레아의 손을 붙들고 늘어지며 목덜미에 박힌 죽음을 빼내려고 애썼다. 그리고 그의 아랫도리는 아직도 살기를, 조금만 더, 쾌락의 끝까지 도달할 만큼 살기를 원했다. 그의 팔과 상반신은 살아나려고 투쟁했으며, 그의 허리와 허벅지는 죽음을 앞지르려고, 죽기 전에 절정을 맛보려고 투쟁하고, 서둘렀다.

끔찍한 경련이 일어나며 그의 몸이 뻣뻣하게 굳었다. 그는 자신의 둘레를 붙잡고 있던 죽음의 깊은 곳까지 박고 들어가, 격렬한 쾌감 속에서 한없이 자신의 온 생명력을 쏟아냈다. 싸움이 멈췄다. 엘레아는 남자가 죽은 짐승처럼 얌전하고 축 늘어질 때까지 기다렸다. 그런 다음 물렁물렁한 살에 박혔던 양 엄지손가락을 빼냈다. 손톱이 온통 피투성이였다. 그녀는 경직된 다리를 풀고 남자의 무거운 몸에서 빠져나왔다. 구역질을 느끼며 그녀는 헐떡거렸다. 장갑처럼 안팎을 뒤집어 몸 안쪽을 머리카락 끝까지 씻어낼 수 있으면 좋겠다고 바랐다. 그녀는 경비원의 제복을 집어 들어 거기에 얼굴과 가슴과 배를 문지른 후, 더러워진 제복을 내던지고 재빨리 옷을 입었다.

그녀는 코에 마스크를 꽂고, 연약한 유리 구조물을 집어 든 뒤 조심스레 문을 밀었다. 문이 열렸다.

엘레아가 나온 곳은 준비를 받았던 실험실이었다. 실험실장과 두 연구 조수가 탁자 위에 몸을 굽히고 있었다. 무장한 경비원 한 사람이 문 앞에 서 있었다. 그가 제일 먼저 엘레아를 보고 외쳤다.

"어이!"

그는 마스크를 쓰려고 손을 들어 올렸다.

엘레아는 그의 발치에 유리로 된 물체를 던졌다. 그것은 소리 없이 부서졌다. 그 즉시 실험실은 녹색 안개로 꽉 찼다. 경비원과 새먼핑크색 로브를 입은 세 사람이 털썩 쓰러졌다.

엘레아는 문 쪽으로 나아가며, 경비원의 무기를 집어 들었다.

❝나는 몽상에 빠진 청소년이 아니야. 나는 위장과 성기에만 좌우되는 혈기 성성한 야만인도 아니지. 나는 적당한 수준으로 이성적이고, 감성적이고, 감각적이며, 내 감정과 본능을 제어할 줄 알아. 나는 곧 당신의 가장 내밀한 삶의 광경들을 참고 볼 수 있게 되었고, 그 짐승이 당신 위에 누워 당신의 경이로운 육체 속으로 들어가는 광경도 견딜 수 있었어. 나를 당황시켰던 건, 당신 얼굴에서 읽은 표정이었어.

당신은 그 남자를 죽이지 않을 수도 있었어. 그는 당신을 밖으로 데려다주겠다고 했었지. 어쩌면 거짓말이었을지도 모르지만, 당신이 그를 죽인 것은 확실하게 도망가기 위해서가 아니었어, 그 남자가 당신의 몸 안에 들어왔고 그걸 견딜 수가 없었기 때문이었지. 당신은 파이칸을 향한 사랑에서 그를 죽인 거야. 사랑, 번역기가 우리들의 언어로는 대응어를 찾을 수 없어 대신 사용하는 그 말은, 당신의 언어에는 존재하지 않지. 당신이 파이칸 곁에서 사는 것을 보았을 때부터, 나는 사랑이라는 말은 불충분하다는 것을 깨달았어. 우리는 '사랑한다'고 말하지. 우리는 그 말을 여자에 대해서도 쓰지만, 먹는 과일이나 우리가 고른 넥타이에 대해서도 쓰고, 여자는 립스틱을 두고도 말하지. 그녀는 자신의 연인을 두고 '그는 내 거야'라고 말해. 당신은 반대로 '나는 파이칸의 것이야'라고 하고, 파이칸은 '나는 엘레아의 것이야'라고 말해. 당신은 그의 것, 당신은 그의 일부인 거야. 내가 거기서 당신을 떼어 내는 데 성공할 수 있을까? 나는 당신이 우리 세계에

226

관심을 갖게 하려고 노력했지, 당신에게 모차르트와 바흐의 음악을 들려주고, 파리와 뉴욕과 브라질리아의 사진들을 보여 주고, 인류의 역사를 이야기해 주었어. 당신의 한없이 긴 잠에 비하면 너무나 짧지만, 적어도 우리가 알고 우리의 과거인 부분을. 헛수고였지. 당신은 듣고, 보지만 그 무엇도 당신의 관심을 끌진 못해. 당신은 벽 뒤에 있어. 당신은 우리 세계와 접촉하지 않아. 당신의 과거는 기억의 의식과 무의식 속에서 당신을 따라왔어. 당신은 그 속에 침잠해 과거를 다시 보고, 다시 살 생각밖에 하지 않아. 당신에겐 그것이 현재인 거야.**"**

대학의 고속 비행기 한 대가 탑의 정박소에 내려앉았다. 거기서 내린 경비병 두 명이 집과 돔을 수색했다. 테라스에서는 비단종려나무 옆에서 코반이 파이칸에게 이야기하고 있었다. 그는 엘레아가 왜 필요했는지를 설명하고, 그녀가 도망쳤다는 사실을 알리러 온 것이었다.

"그녀는 지나가는 길을 막는 모든 것을 파괴했소, 사람들, 문, 벽까지! 나는 포탄을 추적하듯 길까지 그녀의 흔적을 따라올 수 있었고, 길에서 그녀는 다시 자유로운 행인이 되었지."

경비대원들이 엘레아가 집에도 돔에도 없었다는 사실을 알리는 통에 코반의 말이 중단되었다. 그는 테라스를 뒤져 보라고 명령했다.

"거기에도 없을 거라고는 생각하오." 그가 파이칸에게 말했다. "내가 곧 바로 여기로 오리라는 것을 알 테니까. 하지만 난 그녀가 바라는 건 단 하나라는 걸 알고 있소. 당신과 함께 있는 거지. 그녀는 오거나, 당신이 올 수 있도록 어디 있는지를 알려 올 거요. 그러면 우리는 그녀를 잡겠지. 필연적인 결과요. 하지만 많은 시간을 허비하게 될 거요. 그녀가 당신에게 연락한다면, 그 사실을 납득시켜 주고, 대학으로 돌아오라고 말해 주시오……."

"싫습니다." 파이칸이 말했다.

코반은 심각하고 침울하게 그를 바라보았다.

"파이칸, 당신은 천재는 아니지만 똑똑한 사람이지. 그리고 당신은 엘레아의 것이지?"

"나는 엘레아의 것입니다!" 파이칸이 말했다.

"은신처에 들어온다면, 그녀는 살 것이오. 들어오지 않는다면, 죽게 되지. 그녀는 총명하고 결단력이 있소. 컴퓨터는 그녀를 올바르게 선택했고, 그녀는 그 사실을 증명해 보였소. 우리가 감시를 함에도 그녀가 당신 곁에 오는 데 성공할 수 있겠지. 그렇다면, 그녀를 설득시켜 내게 돌아오도록 하는 것은 당신에게 달렸소. 나와 함께하면 그녀는 살 것이오. 당신과 함께라면 그녀는 죽소. 은신처는 삶, 은신처 밖은 며칠, 어쩌면 몇 시간 뒤의 죽음이라오. 어느 편이 낫겠소? 그녀가 당신 없이 사는 것과, 함께 죽는 것 중?"

동요하고, 고통스럽고, 분노하여 파이칸은 부르짖었다.

"어째서 다른 여자를 선택하지 않습니까?"

"이제는 그럴 수 없소. 엘레아가 지금 있는 유일한 만능 세럼을 복용했거든. 그 세럼 없이는 어떤 인간도 심각한 손상을 입지 않고서는 절대 온도의 추위를 버텨 낼 수 없고, 어쩌면 죽을 수도 있소."

경비대원들이 돌아와 코반에게 엘레아가 테라스에 없다고 보고했다.

"어딘가 가까운 곳에 있겠지, 우리가 떠나길 기다리고 있어." 그가 말했다. "탑은 감시하에 놓일 거요. 우리가 알지 못하게 만날 방법은 없소. 하지만 기적적으로 그렇게 된다면, 그녀가 사느냐 죽느냐의 선택권은 당신에게 있다는 것을 기억하시오……."

코반과 경비대원들은 비행기에 올라탔고, 비행기는 정박소에서 몇 센티미터쯤 떠올라 그 자리에서 방향을 돌리고는 최고 가속으로 멀어져 갔다.

파이칸은 난간으로 다가가 하늘을 바라보았다. 조란의 방정식이 새겨진 비행기 한 대가 탑의 주변을 위아래로 천천히 돌고 있었다.

파이칸은 근접 화면을 가동시키고 탑 둘레의 지면에 온통 자리 잡은 여가 주택들로 가져갔다.

어디를 보아도 경비대원들의 얼굴뿐이었고 그들은 자기 쪽 화면을 통해 그를 보고 있었다.

그는 집으로 들어가, 승강기를 열었다. 승강기 안에도 경비원이 서 있었다. 그는 버럭 화를 내며 문을 닫고, 돔으로 올라갔다. 그는 투명한 방 한가운데에 우뚝 서서, 대학의 비행기가 계속해서 천천히 선회하고 있는 맑은 하늘을 바라보다가, 팔을 엇갈려 치켜들고 손가락을 벌린 채 폭풍을 불러오는 동작을 취하기 시작했다.

그의 앞에서, 작고 동그란 하얀 구름이 푸른 하늘 높은 곳에서 난데없이 나타났다. 탑의 하늘 이곳저곳에서 작고 예쁜 하얀 구름들이 생겨나 푸른 하늘은 꽃이 만발한 넓은 초원으로 변했다. 구름들은 빠른 속도로 성장해서 서로 합쳐져 한 덩어리가 되더니 두터워지고 시커멓게 변해, 그 안에 갇힌 천둥소리로 우르릉거리며 빙글빙글 돌기 시작했다. 바람이 테라스의 나무들을 휘게 하고, 바닥에 닿아 찢어지는 소리를 내며 폐허를 휩쓸고, 여가 주택들을 뒤흔들었다.

벽의 판 위에 국장의 얼굴이 나타났다. 당황해서 실성한 사람 같았다.

"듣게나, 파이칸! 그쪽에서 무슨 일이 일어나는 건가? 이 회오리바람은 뭐지? 자네 뭘 하고 있나? 미쳤나?"

"아무것도 하지 않습니다." 파이칸이 말했다. "돔이 먹통이 되었어요! 작업기를 보내 주십시오, 빨리! 지금은 회오리바람에 불과하지만, 태풍이 될 겁니다! 빨리 보내 주세요!"

국장은 점잖지 않은 말들을 내뱉고는 사라졌다.

회오리치는 구름은 녹색이 되었고, 안쪽은 별안간 자주색이나 보라색으로 빛났다. 무시무시한 굉음이 끊이지 않으며 땅으로 쏟아졌다. 구름 속에 갇힌 수많은 천둥의 소리였다. 그 표면에서 섬광의 다발이 터져 나와 대학의 비행기에 내리꽂혔고, 비행기는 한 줄기 불꽃이 되어 사라졌다.

끊임없이 이어지며 탑을 흔드는 굉음 속에서 파이칸은 집의 테라스 쪽으로 뛰어 내려와 풀장에 뛰어들었다.

엘레아는 거기 있었다. 풀장 바닥의 모래 속에 몸을 박고, 마스크로 얼굴을 덮고 해초 밑에 숨어 있었다. 그녀는 파이칸이 신호를 하며 다가오는 것을 보았다. 그녀는 숨어 있던 곳에서 솟구쳐 나와 그와 함께 수면으로 올라갔다. 구름에서 호우가 쏟아졌고, 닻으로 정박한 여가 주택들을 뒤흔드는 회오리바람에 실려 휘날렸다. 돌풍이 탑을 휘감으며 탑을 뽑아 버리려 들었다. 탑은 신음하며 버텼다. 바람이 비단나무를 휩쓸어 갔고, 나무는 산발이 되어 구름 쪽으로 올라가다가 검은 입 속으로 사라졌다.

파이칸은 엘레아를 돔으로 데려갔다. 구름의 아랫부분이 돔에 닿아, 연달아 치는 번개로 밝혀지는 아우성치는 바람과 불투명한 안개와 비와 우박의 혼합물이 되어 돔에서 찢어졌다. 무기가 달린 허리띠를 차고 나서 그들은 작업기가 도착해 돔의 창에 기수를 붙이고 있는 것을 보았다. 파이칸이 창을 열었다. 두 수리공이 회오리바람의 외침 소리와 집중 포격을 이끌고 탑으로 뛰어내렸다.

"무슨 일입니까?" 둘 중 하나가 질겁해서 물었다.

대답 대신, 파이칸은 손을 무기에 넣고 돔의 중심부를 향해 발사했다. 돔은 울림소리를 내며 무너져 내렸다. 그는 엘레아를 붙들어 작업기의 열린 머리 부분으로 밀어 넣고 뒤따라 뛰어올라 곧장 이륙했다. 엘레아는 온갖 힘을 다해 원뿔형 유리문을 닫았다. 작업기는 두터운 구름 속으로 사라졌다.

작업기는 무겁고, 느리고, 조종이 힘들었지만 아무리 심한 폭풍우에도 겁낼 게 없었다. 파이칸은 실시간으로 작업기의 위치를 알리는 송신기를 부수고, 주변에서 타닥타닥 소리를 내는 구름 속을 돌아 구름이 이끄는 대로 서쪽으로 이동하는 구름의 중심에 닿았다. 돔이 죽었으니, 회오리바람의 진로를 수정하고 무력화시키려면 다른 탑들의 개입이 필요했다. 그러면 파이칸이 엘레아에게 설명한 계획의 첫 부분을 실행하기에 충분한 시간을 벌 수 있었다.

유일한 해결책은 곤다와를 떠나 중립국 라모스에 도착하는 것이었다. 그러기 위해서는 자취를 감추고, 착륙하여 장거리 비행기를 타야 했다. 장거리 비행기는 지하 도시의 주차장에만 있었다.

대학의 비행기들은 무중력장이 교란되어 돌멩이처럼 추락할 위험 때문에 이렇게 심한 뇌우 속에서는 비행할 엄두를 내지 못할 것이었다. 하지만 온 사방을 삼엄히 감시하고 있을 게 틀림없었다. 그러니 구름 속에 숨어 번개의 윤무에 보호를 받으면서 승강기가 있는 곳에 도달해야 했다.

파이칸은 작업기를 구름의 아래쪽 끝까지 하강하게 했다. 고작 사람 키의 열 배쯤 되는 높이 아래에서 빗물의 급류에 쓸리는 땅이 번갯불을 받아 반짝였다. 유리로 변한 대평원이었다. 곤다 7의 마지막 승강기가 그리 멀지 않은 곳에 있을 게 분명했다. 엘레아는 안개 속에서 솟아나온 승강기를 보았다. 파이칸은 작업기를 급히 착륙시켰다. 땅에 닿자마자 둘은 뛰어나와 두 개의 무기를 작업기에 동시에 발사했다. 울부짖는 바람이 먼지가 된 잔해를 휩쓸어 갔다.

그것은 제5지층으로 직통하는 고속 승강기였다. 각 층마다 주차장이 있으니, 별로 중요한 일은 아니었다. 그들은 급속 몸단장 칸에 들어갔다. 승강기가 열리고 안에서 나올 무렵, 그들은 씻고, 몸을 말리고, 빗질을 마친 후였다. 둘은 열쇠로 값을 치렀다.

이동 대로에 있는 군중은 초조하고 넋이 나가 보였다. 사방에서 영상이 솟아나와 최신 뉴스를 전했다. 말 내용을 들으려면 음성 판에 열쇠를 꽂아야 했다. 고속 트랙에 있는 나무의 유연한 가지에 기대어, 둘은 로칸 대통령이 사람들을 안심시키는 발표를 하는 것을 보고 들었다. 아니, 전쟁은 아니다. 아직은 아니다. 위원회는 전쟁을 피하기 위해 할 수 있는 모든 일을 할 것이다. 하지만 곤다와의 모든 주민은 동원된 위치에서 벗어나지 않기를 부탁한다. 국가는 어느 순간이든 모두를 필요로 할 수 있으니까.

대부분의 곤다와 남녀는 무기가 달린 허리띠를 차고 있었고, 몸 어딘가에는 검은 씨앗을 숨겨 갖고 있을 게 분명했다.

새들은 뉴스를 몰랐다. 새들은 즐겁게 지저귀며 장난치고, 중앙 트랙과 속도 경주를 했다. 엘레아는 미소를 지으며 주먹을 쥐고 둘째손가락을 수평으로 뻗은 채 왼팔을 머리 위로 곧게 들었다. 노란 새 한 마리가 날아가다 말고 멈춰 엘레아가 뻗은 손가락에 앉았다. 엘레아는 새를 얼굴 옆으로 데려와 뺨에 갖다 댔다. 새는 부드럽고 따뜻했다. 엘레아는 새의 심장이 진동으로밖에 여겨지지 않을 정도로 빠르게 뛰는 것을 느꼈다. 그녀는 새에게 우정 어린 말 몇 마디를 노래했다. 새는 높은 소리로 지저귀며 화답하고는, 엘레아의 손가락에서 머리 위로 뛰어내려 머리카락을 몇 번 쪼더니 날개를 치고는 지나가는 새의 무리에 섞여 날아갔다. 엘레아는 파이칸의 손에 자기 손을 포갰다.

둘은 대로에서 주차장으로 내려갔다. 주차장은 부채꼴의 숲이었다. 줄지어 주차된 비행기들 위로 나뭇가지들이 서로 만나고 있었다. 트랙들은 이륙 배관의 경사로 쪽으로 가면서 하나로 합쳐졌다. 숲 한복판을 통해 난 도착 배관에서는 온갖 크기의 비행기들이 내려와, 뛰어다닌 후 휴식을 취하는 동물들처럼 나뭇잎 속의 은신처를 찾기 위해 돌아가는 트랙을 따라갔다.

파이칸은 2인승 고속 장거리 비행기를 골라, 한쪽 좌석에 앉았다. 엘레아가 곁에 앉았다.

그는 조종판에 열쇠를 끼우고, 목적지를 말하기 위해 판의 푸른 신호가 깜빡이기를 기다렸다. 신호는 들어오지 않았다.

"어떻게 된 거지?"

그는 반지를 판에서 뺐다가 다시 꽂아 넣었다.

신호는 울리지 않았다.

"네 것으로 해 봐……."

엘레아는 자기 열쇠를 유연한 금속에 꽂아 넣었지만, 역시 아무 반응이 없었다.

"고장났어." 파이칸이 말했다. "다른 걸 타자. 빨리…!"

그들이 내리려고 일어선 순간, 차량의 확성기에서 목소리가 나왔다. 그

소리에 그들은 얼어붙었다. 코반의 목소리였다.

"엘레아, 파이칸, 우린 당신들이 어디 있는지 알아요. 더 이상 움직이지 마시오. 사람을 보내겠소. 당신들은 어디로도 갈 수 없소, 내가 중앙 컴퓨터에서 계정을 취소시켰기 때문이오. 당신들은 이제 열쇠로 아무것도 얻을 수가 없소. 이제 열쇠는 아무런 소용도 없소. 신호를 보낼 뿐이오. 더 이상 뭘 기대하는 거요? 더 이상 움직이지 마시오, 사람을 보내겠소……."

그들 사이에 의논 따위는 필요 없었다. 둘은 비행기에서 뛰어내려 빠르게 자리를 벗어났다. 손에 손을 잡고, 둘은 급제동을 하는 비행기 코앞을 지나 트랙을 건너 나무들 밑으로 뛰어들어 갔다. 수없이 많은 새들이 빛나는 가지 둘레의 녹색이나 자줏빛 나뭇잎들 사이에서 노래했다. 모터가 속도를 늦추는 들릴락 말락 한 슈욱 소리들이 마음을 진정시키는 배경음이 되어 아무것도 하지 말고 기다리며 새들과 나뭇잎의 즐거움 속에 섞여 들라고 일러주었다. 녹색과 금색의 빛 속에서, 그들은 또 다른 장거리 비행기들의 행렬 끝에 다다랐다. 맨 끝의 비행기는 이제 막 주차한 참이었다. 승객 한 명이 거기서 내렸다. 파이칸은 무기를 들어 약한 힘으로 발사했다. 승객은 뒤로 넘어가 바닥에 벌렁 넘어졌다. 파이칸은 그에게 뛰어가, 그의 양 겨드랑이를 부축하고 낮은 가지 밑으로 끌고 가 그 옆에 쭈그렸다. 그의 열쇠를 뽑아내느라 파이칸은 엄청난 고생을 했다. 남자는 뚱뚱했고 반지는 살 속에 파묻혀 있었다. 열쇠가 미끄러져 나오게 하기 위해 그는 손가락에 침을 뱉어야 했다. 그는 엘레아를 코반과 전쟁으로부터 멀리 데려가기 위해서라면 손가락이든 목이든 무엇이든 잘라 버릴 작정이었다.

둘은 아직도 엔진이 식지 않은 비행기에 올라탔고 파이칸은 열쇠를 조종판에 끼웠다. 푸른 신호가 아닌 노란 신호가 깜빡이기 시작했다. 비행기의 문이 쿵 소리를 내며 닫히며 조종간의 확성기가 "도난당한 열쇠! 도난당한 열쇠!"라며 소리를 지르기 시작했다. 비행기의 밖에서 경보기가 삑삑거렸다.

파이칸은 문에 무기를 발사했다. 둘은 밖으로 튀어나와 숲의 은신처로 달려갔다. 뒤에서는 경보기가 계속해서 불쾌한 경보음을 발산하고, 확성기는 "도난당한 열쇠! 도난당한 열쇠!"라 외쳤다.

비행기들 쪽으로 오거나 거기서 나가는 여행자들은 이 사건에 거의 관심을 기울이지 않았다. 그보다 더 심각한 걱정거리 때문에 서두르고 있었다. '열세 번째 길' 입구 위에는 거대한 영상이 달에서의 전투를 보여 주었다. 양 진영은 핵폭탄으로 달을 폭격하는 중이었다. 달에 버섯구름이 솟고, 거대한 크레이터들이 생겼다. 달의 대륙들은 갈라지고, 달의 바다는 증발했으며, 달의 대기는 허공으로 흩어졌다. 지나가던 사람들은 멈춰 서서 잠시 쳐다보고는 발걸음을 더 빨리 했다. 가정마다 달이나 화성 주둔군에 친인척 하나쯤은 있었던 것이다.

엘레아와 파이칸이 인파 속에서 열한 번째 길로 휩쓸려 들어간 순간, 주차장의 도착 배관에서 대학의 비행기 한 무리가 몰려나와 모든 통로와 모든 입구를 향해 흩어졌다.

열한 번째 길은 열에 들뜬 군중으로 가득했다. 달의 소식이나 대통령의 최신 발표를 전하는 공식 영상 앞에 사람들이 무리지어 몰려 있었다. 이따금 아직 그의 연설을 듣지 못한 이가 음성 판에 열쇠를 끼웠고, 로칸은 다시 한 번 똑같은 안심의 말을 했다. "아직은 전쟁이 아닙니다……."

"그들은 무엇을 바라는 걸까요?" 상체를 벗고, 머리가 짧은 야윈 청년이 외쳤다. "여러분이 받아들인다면, 전쟁은 이미 시작입니다! 학생들과 함께 전쟁을 거부하세요! 전쟁은 안 된다고 하세요! 안 돼! 안 돼! 안 돼!"

그의 항의는 아무런 반향도 일으키지 못했다. 청년 가까이의 사람들은 멀어지고, 혼자서 혹은 서로 손을 잡고 흩어졌다. 찬성을 외치든 반대를 외치든 뭐라고 외치든, 지금의 사태에는 이제 아무런 소용도 없다는 것을 그들은 알았다.

엘레아와 파이칸은 인파 속에 섞여 지상으로 나갈 수 있기를 바라며 서둘러 공동 승강기 쪽으로 갔다. 일단 밖으로 나간 다음 생각해 볼 작정이었다. 지금은 심사숙고할 시간이 없었다. 벌써 길 끝에 녹색 경비대원들이 나타났다. 그들은 세 줄로 서서 길을 완전히 가로막고 한 사람 한 사람 신분을 확인하며 전진해 왔다. 군중은 불안해하며 짜증을 냈다.

"누구를 찾는 거지?"

"스파이다!"

"에니소라이 놈이다!"

"제5지층에 에니소라이 녀석이 있다!"

"에니소라이 특공부대가 있다! 파괴 공작원들이다!"

"주목하시오! 들으시고 보시오!"

길 한복판에 코반의 영상이 솟아올랐다. 영상은 50걸음마다 반복되며, 군중과 나무들 위로 우뚝 서서 같은 동작과 같은 말을 되풀이했다.

"들으시고 보십시오. 나는 코반입니다. 나는 엘레아 3-19-07-91을 찾고 있습니다. 이것이 그녀의 얼굴입니다."

몇 시간 전 실험실에서 찍은 엘레아의 초상이 코반의 얼굴 대신 나타났다. 엘레아는 파이칸 쪽으로 고개를 돌리고 그의 가슴에 얼굴을 숨겼다.

"두려워할 것 없어!" 그가 다정하게 말했다.

그는 엘레아의 뺨을 쓰다듬고, 그녀의 팔 밑으로 손을 넣어 상체를 두른 띠의 한쪽 끝을 풀어 한쪽 어깨를 드러낸 뒤 풀어낸 띠 부분을 그녀의 목과 턱과 이마와 머리카락에 둘렀다. 남자든 여자든 이따금 하는 복장으로, 그렇게 하면 엘레아는 눈에 띄지 않을 것이고, 알아채일 가능성도 거의 없어질 것이었다.

"나는 이 여자를 살리기 위해 찾고 있습니다. 어디에 있는지 안다면, 신호를 보내십시오. 하지만 손을 대지는 마십시오……. 들으시오, 엘레아! 내 말을 듣고 있다는 걸 알고 있소. 당신의 열쇠로 신호를 보내시오. 아무 판에나 열쇠를 넣어서 말이오. 신호를 하고 움직이지 마시오. 들으시고 보시오. 나는 이 여자, 엘레아 3-19-07-91을 찾고 있습니다……."

한 남자가 그녀를 알아보았다. 그는 '열쇠 없는 자'였다. 그는 눈을 보고 엘레아를 알아보았다. 어떤 여자의 눈도 엘레아 눈처럼 푸르지 않았다. 곤다 7에도, 어쩌면 대륙 전체에서도. 남자는 벽에 기대 낮게 뻗은 두 나무줄기 사이에 서 있었다. 나뭇가지에는 물과 음식과 열쇠로 얻을 수 있는 수많은 필수품이나 여가용 물건들을 내놓는 기계들이 매달려 있었다. 그는 더 이상 아무것도 얻을 수 없었다. 그는 사회의 천민, 열쇠 없는 자였고, 그에겐 계좌가 없었으며 구걸을 통해 살아갈 수밖에 없었다. 그는 손을 내밀었고, 숲으로 여러 가지 색의 기계들을 이용하러 온 사람들이 그에게 잔 바닥에 남은 것이나 먹던 것, 허리 주머니에 넣어 두었던 먹을 것을 조금 주었다. 반지 없는 손가락의 수치스러움을 가리기 위해 그는 가운뎃손가락 관절에 검은 리본을 둘렀다.

그는 엘레아가 파이칸의 가슴에 얼굴을 묻고, 파이칸이 그녀의 얼굴을 가려 주는 것을 보았다. 하지만 엘레아가 고개를 들고 파이칸을 바라보았을 때 그는 그녀의 눈을 보았고, 영상에서 본 푸른 눈을 알아보았다.

녹색 경비대원들이 천천히, 무자비하게 다가왔다. 검문을 받는 사람은 각자 경비대원의 손목에 달린 판에 열쇠를 끼웠다. 수배당하는 사람의 열쇠는 거기에 끼인 채 고정되어 붙잡히게 되어 있었다. 엘레아와 파이칸이 멀어졌다. 열쇠 없는 남자는 그들을 뒤따랐다.

둘은 한 번도 공동 승강기를 타 본 적 없었다. 주로 '어울리지 않게 지정된 이들', 서로 손을 잡고 다니지 않으며 다른 사람들의 존재가 필요한 이들이 공동 승강기를 자주 이용했다. 지금이라고 해서 공동 승강기를 타게 되지는 않으리라는 것을 그들은 알았다. 회전문은 한 번에 한 사람만, 열쇠를 판에 끼워야만 들여보냈던 것이다…….

그들은 이 승강기도, 다른 어떤 승강기도, 이동 대로도 타지 못할 것이며, 음식도, 음료도 얻지 못할 것이었다. 아무것도. 그들은 더 이상 아무것도 얻을 수가 없었다.

엘레아의 거대한 영상이 갑자기 길을 가득 메웠다.

"대학에서는 이 여자, 엘레아 3-19-07-91을 찾고 있습니다. 대학은 이 여자를 살리기 위해 찾는 것입니다. 그녀를 본다면, 붙잡지 말고 손대지 말고, 따라가서 신호하십시오. 우리는 그녀를 살리기 위해 찾고 있습니다. 들으시오, 엘레아! 내 말을 듣고 있다는 걸 알고 있소……. 당신의 열쇠로 신호를 보내시오!"

"그들이 날 쳐다봐! 날 쳐다봐!" 엘레아가 말했다.

"아니야," 파이칸이 말했다. "널 알아보진 못해."

"어떤 변장을 하고 있든, 눈을 보면 그녀를 알아볼 수 있습니다. 이 여자의 눈을 보십시오. 우리는 그녀를 살리기 위해 찾고 있습니다."

"눈을 내리떠! 땅바닥을 봐!"

세 줄로 선 녹색 경비대원들이 열두 번째 길과 '횡단선'이 만나는 네거리로 나아가며 다른 사람들을 향해 전진했다. 이제 빠져나갈 곳이 없었다. 파이칸은 필사적인 눈으로 주변을 돌아보았다.

"이 여자의 눈을 잘 보십시오……."

영상의 눈은 각각 나무만큼 커다랬고, 홍채의 푸른색은 밤하늘로 열린 문이었다. 금빛 가루들이 눈 속에서 불꽃처럼 빛났다. 모두가 그녀의 정면과 옆모습을 볼 수 있도록 영상은 천천히 회전했다.

괴상하게 거대한 자기 얼굴의 존재감에 압도당한 나머지 엘레아는 고개를 숙이고, 등을 굽히고, 손으로 파이칸의 손을 꽉 쥐었으며, 파이칸은 그쪽 출구로 살그머니 빠져나갈 수 있으리라는 생각에 대로의 문들 쪽으로 엘레아를 이끌고 갔다. 만져지지 않는 영상이 그들의 길을 막았다. 둘은 영상 아주 가까이까지 왔다. 엘레아는 멈춰서 고개를 들었다. 그녀 자신의 거대한 얼굴 높은 곳에서, 커다란 두 눈이 그녀의 눈을 바라보았다.

"가자……." 파이칸이 부드럽게 말했다.

그가 그녀를 잡아끌어 그녀는 다시 걸음을 떼었고, 수없이 많은 일렁이는 색으로 된 안개가 그녀를 감쌌다. 그들은 영상 안으로 들어간 것이다. 둘은 대로로 들어가는 문 앞에서 영상을 벗어났다. 한 무리의 학생들이 문을 밀며 뛰어나오는 통에 출구의 문짝이 갑작스레 열렸다. 남학생과 여학생 모두 상반신이 나체였고, 극도로 야위었다. 여학생들은 양쪽 젖가슴에 각각 여성성을 부정하는 뜻으로 커다랗고 빨간 X자를 그렸다. 여학생과 남학생의 구분은 더 이상 없고, 반항자들이 있을 뿐이었다. 저항 운동을 시작했을 때부터 학생들은 이틀 중 하루는 단식을 했고, 두 번째 날에는 에너지를 주는 식량만을 먹었다. 그들은 화살처럼 단단하고 가벼워졌다.

학생들은 "파오"라는 구령을 외치며 달렸다. 곤다와의 두 언어로 모두 "안 돼"를 뜻하는 말이었다. 파이칸과 엘레아는 문짝이 도로 닫히기 전에 지나가기 위해 학생들의 무리를 거스르며 그들 틈을 비집고 들어갔다.

"파오! ⋯ 파오! ⋯ 파오! ⋯ 파오! ⋯"

학생들은 그들을 떠밀고 끌고 갔으며, 그들은 다시 앞으로 나아갔고, 파이칸은 제설기처럼 군중을 밀쳐냈다. 학생들은 서로 부딪치고 이리저리 밀리며 배고픔과 그들의 반복적인 구호로 환각에 사로잡혀 그들을 보지 못하는 것 같았다.

"파오! ⋯ 파오! ⋯ 파오! ⋯ 파오! ⋯"

둘은 마침내 문에 이르렀다. 하지만 어떤 덩어리가 문을 채우고 밀려나와 그들을 앞으로 밀어냈다. 위원회 경찰의 하얀 경비대 중대로, 왼손에 무기를 들고 나란히 서 있었다.

냉정하고, 효율적이고, 감정 없는 하얀 경찰이 모습을 드러내는 것은 행동할 때밖에 없었다. 경찰대의 대원들은 지정식을 치를 나이 전에 컴퓨터에 의해 선발되었다. 그들은 열쇠를 받지 않았고 예산 계좌가 없었으며, 제9지층 아래의 특별 캠프, 부동의 기계들이 들어선 공장 단지보다 더 깊은 곳에서 양육되고 훈련을 받았다. 그들은 결코 지상에 올라가지 않았고, 기계들이 있는 곳보다 위로 올라가는 일도 거의 없었다. '원시의 대호수'가 그들이 사는 세계의 전부였고, 호수의 물은 탐험할 수도 없는 어느 동굴의 어둠 속으로 흘러들어 갔다. 호수의 광물성 기슭에서 그들은 서로를 향한 무자비한 전투에 끊임없이 몰두했다. 그들은 싸우고 자고 먹고, 싸우고 자고 먹었다. 그들이 섭취하는 양분은 쓰일 일 없는 성적 에너지를 전투 활동으로 변화시켰다. 위원회가 그들을 필요로 할 때면, 유기체가 염증이 생긴 곳에 제 식세포들을 동원하듯 필요하다고 느껴지는 만큼의 양으로 그들을 투입했고, 그러면 모든 것이 신속하게 질서를 되찾았다. 그들은 머리부터 발끝까지 가죽과 비슷한 하얀 소재의 딱 달라붙는 옷으로 감싸고 있어 코와 눈만이 자유로웠다. 그들의 머리 길이가 어느 정도인지는 누구도 알지 못했다. 그들은 똑같이 하얀 색의 G 무기 두 개를 하나는 왼손, 하나는 오른쪽 복부에 차고 있었다. 그들은 유일하게 양손으로 사격할 줄 아는 이들이었다. 위원회는 학생들의 반란을 진압하기 위해 그들을 도시에 돌격시킨 것이었다.

"파오! … 파오! … 파오! … 파오! …"

하얀 경비대의 무리가 대로의 문에서 빽빽하게 계속 쏟아져 나와 학생들 쪽으로 진격했다. 학생들의 각양각색의 스커트가 거리에서 소용돌이치고, 나무에 기어올랐다. 충돌이 가까워오는 것을 느낀 군중은 나갈 수 있는 모든 출구 쪽으로 달아났다. 길 양 끝에 진을 친 녹색 경비대에 막혀, 그들은 승강기와 대로의 입구로 도로 밀려왔다. 대통령의 새로운 영상이 둥근 천장에 솟아나 길의 길이만큼 좌우로 넓게 군중의 위를 덮고는 말했다.

열쇠 없이도 말소리가 들리는 영상은 너무나 예외적인 일이었기에 모두가 발을 멈추고 귀를 기울였다. 경비대원들조차 그랬다.

"들으시오, 보시오! ……위원회가 라모스에 국제 친선 자문관을 파견하기로 결정했고, 에니소라이 정부에도 라모스에 이에 상응하는 장관을 보내 달라고 청했음을 알려 드립니다. 우리의 목적은 전쟁을 외부 영토에만 한

정시키고 지구까지 번지는 것을 막는 것입니다. 평화는 아직도 지켜질 수 있습니다! ……1등급에서 26등급까지의 모든 국민들은 즉시 동원 위치를 지켜야 합니다."

영상은 방향을 바꾸더니 연설을 다시 시작했다.

"들으시오, 보시오! ……위원회가……."

"파오! … 파오! … 파오! … 파오! …"

학생들은 피라미드를 형성했다. 꼭대기에는 가슴에 X자를 그린 여학생이 신념으로 불타오르며 양팔을 엇갈리게 들고 외쳤다.

"파오! 파오! 저 말을 듣지 마세요! 동원 위치로 가지 마세요! 어떤 전쟁이든 전쟁을 거부하세요! 싫다고 말하세요! 위원회에 평화를 선포하라고 요구하세요! 우리를 따르세요!!……"

하얀 경비대원 한 명이 사격했다. 여학생의 몸이 날아가 엘레아의 영상의 볼 속으로 사라졌다.

"우리는 이 여자를 찾고 있습니다……."

경비대는 사격하면서 돌진했다.

"파오! 파오! 파오! 파오!"

피라미드는 산산조각으로 흩어졌고 그 조각들은 죽은 남학생과 여학생들이었다.

파이칸은 손을 무기에 넣으려 했지만 무기는 허리띠에 없었다. 비행기에서 뛰어내리며 제자리에 꽂았다고 여겼는데, 그때 잃어버린 것이 틀림없었다. 경비대원들로 이루어진 하얗고 빽빽한 덩어리가 가까이 다가오자 군중은 달아났고 학생들은 반항의 구호를 외쳤다. 파이칸은 엘레아를 바닥에 밀어 붙이고 그 위에 몸을 던졌다. 하얀 경비대원 한 명이 달려가며 둘을 뛰어넘었다. 파이칸은 그의 한쪽 발 끝을 잽싸게 붙들고 우두둑 꺾었다. 발목이 부러졌다. 경비대원은 비명도 지르지 않고 쓰러졌다. 파이칸은 무릎으로 그의 척추를 짓누르고 두 손으로 머리를 뒤로 잡아당겼다. 척추가 부러졌다. 파이칸은 축 늘어진 그의 왼손을 들어 올려 무기를 낀 손가락을 완전히 구부렸다. 경비대원 한 무리가 날아올라 벽에 부딪혀 으스러지고 벽은 산산조각이 나 구름 속으로 사라졌다. 열린 틈새 뒤로는 대로의 트랙들이 펼쳐져 있었다. 군중은 소리를 지르며 그리로 들이닥쳤고, 파이칸과 엘레아도 거기 끼어 있었다. 파이칸은 죽은 경비대원의 무기를 가져왔다. 하얀 경비대원들은 무심하게 그들의 학살 임무를 침착하게 수행했다.

그들은 대로를 떠나 주차장의 원형 교차로로 갔다. 주차장은 유일한 희망, 유일한 탈출구였다. 파이칸은 비행기를 확보할 수 있는 다른 방법을 생각해 냈다. 하지만 일단 거기까지 가는 게 문제였다…….

원형 교차로의 가운데에는 붉은 나무 한 그루의 줄기 열두 개가 서 있었다. 아래쪽에서는 하나이던 열두 개의 나무줄기는 꽃 모양으로 벌어져, 손을 잡고 빙빙 돌며 춤추는 아이들처럼 서로 가지를 잡고 있었다. 아주 높은 곳에서 자주색의 잎사귀들은 천장을 가리고, 숨어 있는 새들의 수많은 발과 노래와 날개들로 살랑거렸다. 나무의 발치에는 냇물이 휘돌았고 냇물 바닥에는 반짝이는 작은 거북들이 거의 투명한 조약돌들 아래서 납작한 머리를 쳐들고 벌레와 유충들을 찾았다. 엘레아는 냇가에 쪼그리고 앉았다. 그녀는 손으로 물을 떠서 입을 담갔다가, 몸서리치며 뱉어냈다.

"이 물은 제1지층의 호수에서 오는 거야. 잘 알잖아…….' 파이칸이 말했다.

알고 있었지만, 그녀는 목이 말랐다. 이 아름답고 맑은 물은 쓰고, 짜고,

썩은데다가 미지근했다. 죽음의 순간에라도 마실 수 없는 물이었다. 파이칸은 가만히 엘레아를 일으켜 품에 꼭 안았다. 그도 목이 마르고, 배가 고팠다. 그는 엘레아보다 더 괴로웠다. 만능 세럼의 도움이 없기 때문이었다. 물 위에 드리워진 가지에는 천 개의 기계가 매달려 천 가지 움직이는 색깔로 음료와 먹을 것과 놀이와 즐거움과 필요한 것을 권했다. 그는 기계 하나를 부숴 보는 일조차 할 수 없다는 것을 알았다. 안에는 아무것도 없기 때문이었다. 각 기계는 무로부터 직접 제작해 낸 것을 내놓았다. 열쇠를 이용해 말이다.

"가자." 파이칸이 다정하게 말했다.

손을 잡고 둘은 주차장 입구로 향했다. 입구는 세 줄로 선 녹색 경비대원들에 의해 막혀 있었다. 그들은 원형 교차로로 통하는 길목에서 점점 더 밀집해 가는 군중을 밀어냈다.

파이칸은 무기에 손을 끼고 허리띠에서 빼내 주차장 입구 쪽으로 서서 팔을 들었다.

"안 돼!" 엘레아가 말렸다. "저들에겐 수류탄이 있어."

각 경비대원은 허리띠에 투명하고, 깨지기 쉽고, 녹색 액체가 가득한 S 수류탄을 차고 있었다. 하나만 깨져도 군중 전체가 즉시 잠들기에 충분했다. 엘레아는 대학과 풀장 바닥에서 이미 유용하게 썼던 마스크를 목에 걸고 있었지만, 파이칸에게는 없었다.

"난 2분은 숨을 참을 수 있어." 파이칸이 말했다. "마스크를 써. 그리고 내가 쏘면, 돌진하는 거야."

붉은 나무의 한가운데에 갑자기 엘레아의 영상이 켜지며 코반의 목소리가 높이 울렸다.

"당신들은 도시에서 나갈 수 없을 거요. 모든 출구는 감시받고 있소. 엘레아, 어디에 있든지 내 말이 들리겠지. 열쇠로 신호를 보내시오. 파이칸, 당신이 아니라 그녀를 생각하시오. 나와 함께하면 삶이고, 당신과 함께하면 죽음이오. 그녀를 살리시오."

"발사해!" 엘레아가 말했다.

파이칸은 심호흡을 하고 중간 정도 세기로 발사했다.

경비대원들이 쓰러졌다. 수류탄들이 깨졌다. 녹색 연기가 단번에 교차로의 천장까지 꽉 찼다. 군중은 무릎을 꿇고 쓰러져 푹 고꾸라지더니 잠이 들었다. 열두 개 나뭇가지의 나뭇잎들로 이루어진 지붕에서는 수천수만 마리의 새들이 안개로 흐릿해진 온갖 색깔의 솜뭉치처럼 떨어졌다. 벌써 파이칸은 엘레아를 이끌고 주차장 쪽으로 뛰고 있었다. 그는 늘어진 몸뚱이들을 뛰어넘고 달려가며 폐를 채우고 있던 공기를 조금씩 방출했다. 쳐든 무릎에 걸려 그는 비틀거렸고, '아!' 하는 신음을 하면서 저도 모르게 숨을 들이쉬어 단숨에 잠이 들었고, 뛰어가던 힘에 이끌려 머리를 누군가의 누워 있는 배에 처박고 말았다.

엘레아는 그를 뒤집어 겨드랑이를 붙잡고 끌고 가기 시작했다.

"혼자서는 갈 수 없을 겁니다!" 콧소리 섞인 목소리가 말했다.

그녀의 곁에는 열쇠 없는 남자가 서 있었다. 그의 얼굴은 여기저기 수선하고 임시변통으로 잡아매 놓은 구형 마스크에 가려져 있었다.

그는 허리를 굽혀 파이칸의 발치를 잡았다.

"이쪽으로." 그가 말했다.

그는 엘레아와 힘을 합쳐 둘의 짐을 벽 쪽으로, 낮게 뻗은 두 나무줄기 사이의 후미진 곳으로 데려갔다. 그는 파이칸을 내려놓고 주위를 둘러보았다. 멀쩡하게 서 있는 생물은 하나도 보이지 않았다. 그는 배낭에서 세공된 철로 만든 막대를 꺼내 벽의 구멍에 찔러 넣고 돌린 다음 밀었다. 두 줄기 사이의 면이 문처럼 열렸다.

"빨리! 빨리!……"

대학의 비행기 한 대가 주차장 입구에 착륙했다. 둘은 파이칸을 들어 올리고 검은 구멍 속으로 들어갔다.

잠에서 깨어나는 것은 잠에 빠질 때만큼이나 갑작스러웠다. 녹색 안개의 영향에서 벗어나자마자 파이칸은 눈을 뜨고 엘레아의 얼굴을 보았다. 그녀는 그의 곁에 무릎을 꿇고, 오른손을 그의 두 손 사이에 넣은 채 불안하게 그를 바라보고 있었다.

그가 깨어나는 것을 보고, 엘레아는 행복한 한숨을 쉬며 그에게 미소를 지었다. 그리고 그가 주변을 둘러볼 수 있도록 비켜 주었다.

둘러보자 눈에 들어오는 것은 회색뿐이었다. 회색 벽, 회색 바닥, 회색의 둥근 천장. 그리고 그의 맞은편에는 회색의 계단. 대규모 군중도 지나갈 수 있을 만큼 널찍한 계단은 황량하고, 텅 비고, 헐벗은 채 끝없이 회색과 침묵 속으로 올라가다가 자취를 감췄다.

왼쪽에는 역시 널찍하고 텅 빈 계단이 빙 돌며 회색 속으로 내려가 빨려들어갔다. 그보다 좁은 계단들과 기울어진 복도들이 사방으로, 위로, 아래로 벽에 파여 있었다. 회색 먼지의 층이 바닥과 벽과 천장을 똑같이 덮고 있었다.

"계단!" 파이칸이 말했다. "잊고 있었어."

"모두가 잊었지요." 열쇠 없는 남자가 말했다.

파이칸은 일어서서 남자를 보았다. 그 역시 회색이었다. 그의 옷과 머리카락은 회색이었고, 피부는 회색 도는 살색이었다.

"당신이 날 이리로 데려왔습니까?"

"그래요. 이 아가씨와 같이⋯⋯. 사람들이 찾는 건 이 아가씨죠, 안 그래요?" 그는 크지도 않고, 울림도 없는 낮은 소리로 말했다.

"네, 나예요." 엘레아가 대답했다.

"그들은 바로 계단을 떠올리지는 못할 겁니다. 아주 오래 전부터 아무도 계단을 이용하지 않았으니까. 문들은 폐쇄되고 위장되었죠. 찾으려면 고생 좀 할 거요⋯⋯."

회색 인간 세 명이 기울어진 복도에서 조용히 나타났다. 일행을 보더니 그들은 잠시 멈춰 섰고, 다가와서 엘레아와 파이칸을 바라보더니 아무 말도 하지 않고 중앙 계단을 통해 위쪽으로 올라갔다. 그들은 움직이지 않는 회색 속의 움직이는 회색이었다. 그들은 점점 보이지 않게 되고, 위로 올라가며 점점 더 작아지더니, 분간할 수 없는 회색 위의 회색이 되었다. 그들 중 하나가 똑바로 나아가는 대신 비스듬한 걸음을 떼었기 때문에, 회색 위에서 움직이는 회색 점이 되어 갑자기 눈에 들어왔고, 그러다가는 움직이지 않는 회색이 되었다. 계단을 디디는 그들의 발걸음은 먼지를 짓밟았지만 먼지는 움직이지 않았다. 먼지는 그들의 뒤에서 천천히 다시 부풀어 올라, 그들의 발걸음, 그들이 지나간 길, 그들의 삶의 흔적을 지워 버렸다.

먼지는 가루처럼 곱지 않고 펠트처럼 압축되어 단단했다. 느슨하고 허술하며 안정적인 일종의 깔개 같은 그 먼지는 이 이면 세계의 안감이었다.

"지상까지 올라가려면," 남자의 목소리는 간신히 알아들을 수 있을 정도의 크기였다. "3만 계단은 올라야 해요. 하루나 이틀은 걸릴 겁니다."

파이칸은 본능적으로 목소리를 죽여 대답했다. 침묵은 마치 압지 같아서 말들이 거기에 흡수되어 사라지는 것을 듣고 있기가 두려웠다.

"우리는 주차장까지만 가면 됩니다."

"제5지층의 주차장에는 경비대가 가득해요. 한 지층 올라가거나 내려가야 합니다. 내려가는 게 더 쉽겠죠……."

열쇠 없는 남자는 배낭에 손을 넣어 영양분이 든 알약들을 꺼내 둘에게 내밀었다. 두 사람이 입 안에서 알약을 녹이는 동안 그는 벽을 따라 사람 키 정도로 뻗어 있는 원통에 뒤덮인 먼지를 손날로 치우고, 칼날을 두 번 꽂아 넣었다. 물줄기 두 개가 솟아나오기 시작했다.

엘레아는 입을 벌리고 가느다랗고 투명한 물기둥 밑으로 덤벼들었다. 그녀는 숨이 막히고, 기침을 하고, 재채기를 하면서도 행복하게 웃었다. 파이칸은 두 손을 둥글게 모아 물을 마셨다. 그들이 목마름을 축이자마자 두 물줄기는 줄어들더니 메말랐다. 수도관이 제 몸의 새는 곳들을 고친 것이다.

"좀 더 가서 또 마실 수 있어요." 남자가 말했다. "서두릅시다. 제6지층에 닿으려면 300층을 내려가야 하니까."

그는 오른쪽에 있는 계단으로 갔다. 둘은 그를 뒤따랐다. 계단과 그의 먼지 옷에 익숙해진 그는 계단을 거의 뛰듯이 내려갔다. 그는 좁은 층계참을 건너, 수직으로 내려가는 계단을 타고, 또 하나, 또 하나, 또 하나를 내려갔다. 망설임 없이 왼쪽으로 돌고, 오른쪽으로 돌고, 다른 길로 접어들고, 지그재그로 가며, 층에서 층으로, 점점 더 아래로 그는 내려가고 또 내려갔다.

손에 손을 잡고, 엘레아와 파이칸은 그의 뒤를 따라 내려가며 짙은 회색 속으로 빠져 들어갔다. 이따금 그들은 다른 조용한 열쇠 없는 사람들을 만

나거나, 마주치거나, 앞질렀는데, 그들은 혼자서 혹은 작은 무리를 이루어 서두르지 않고 이동하고 있었다. 계단의 구조물이 그들의 세계였다. 이 버림받고 텅 빈 몸체, 속이 뚫린 이 골조는 그들의 은밀한 존재감으로 살아 있었다. 그들은 비밀 출입구들을 내고, 아무도 모르는 문들을 다시 열어 그곳을 통해 구걸이나 약탈로 꼭 필요한 것을 얻는 데 필요한 시간만큼만 소리와 색채의 세계로 슬그머니 잠입했다. 그러고는 다시 회색 세계로 돌아왔는데, 그들 역시 조금씩 그 회색을 입어 가고 있었다. 바닥의 먼지는 그들의 발소리를, 벽의 먼지는 말소리를 삼켜 버렸다. 그들을 둘러싼 정적은 그들 안으로도 들어와 입을 다물게 했다.

정신없이, 달리고, 디딤돌을 뛰어넘으며, 엘레아와 파이칸은 빠르게 나아가는 안내인을 뒤따라갔다. 그는 간신히 들릴락 말락 한 거의 속삭임에 가까운 몇 마디 말과 토막토막난 문장들로 모든 것을 설명해 주었다. 그는 색깔 있는 사람들이 아무것도 주지 않을 때의 굶주림에 대해 말했다. 그리하여 그들은 '둥근 새'들을 먹어야 할 지경으로 전락했다. 그는 그들 앞에서 달아나는 둥근 새 한 마리를 보여 주었다. 그 새는 주먹만 한 크기에 회색이고 날개가 없었다. 새는 가느다란 다리를 한껏 놀려 전속력으로 뛰어서 층계참을 건넜다. 디딤돌들 위쪽에 닿자, 새는 머리와 발을 깃털 속에 숨기고 돌진하여 공처럼 구르고 통통 튀면서 아래로 내려갔다.

그들은 그런 새 여러 마리가 바닥을 긁으며 두터운 먼지 속에 저희들만의 지하 통로를 파고 먼지를 먹이 삼던 굵직한 회색 벌레들을 부리로 끄집어내는 것을 보았다.

엘레아는 힘이 여전하고 숨결도 그대로였지만, 파이칸은 멈춰 쉬어야만 했다. 그들은 계단 아래에 앉아 잠시 쉬었다. 층계참의 한 구석에서 작은 불꽃이 타올랐다. 세 명의 말없는 사람이 웅크리고 앉아, 먼지로 피운 불 위에 발 쪽을 붙잡고 늘어뜨려 둥근 새들을 굽고 있었다. 고기가 구워지는 끔찍한 냄새가 그들에게까지 닿아 파이칸의 속을 메슥거리게 했다.

"계속 갑시다." 그가 말했다.

그가 일어서는 순간, 벽 한 곳에서 커다란 타격이 몇 차례 울렸다. 세 명의 말없는 사람은 반쯤 구워진 먹잇감을 들고 달아났다. 벽 한 부분이 조각이 나 무너졌다.

"서둘러요!" 열쇠 없는 남자가 말했다. "저건 옛날 문입니다. 그들이 발견했어요!……"

그는 두 사람을 위쪽으로 밀었다. 그들은 계단을 한 번에 네 개씩 디디며 급히 도로 올라갔다. 층계참에서 벽면이 무너져 내리고, 녹색 경비대원들이 들어왔다.

세 도망자는 전속력으로 기울어진 복도를 달려 내려갔다. 그들의 앞에서는 둥근 새들 한 떼가 뒤쫓기면서, 속도를 더 내기 위해 발을 내놓고 돌진을 거듭했다. 그것들은 점점 더 빠르게, 겁먹은 찍찍거림도 없이 동그랗고 조용히 회색으로 굴러갔다.

그들 앞의 복도 깊은 곳에서 코반의 목소리가 울렸다. 목소리는 펠트 같은 먼지 때문에 비현실적으로 들렸고, 아주 가까운 것처럼, 세상의 끝에서 기진맥진한 채 도달한 소리처럼 들렸다.

"들으시오, 엘레아. 우리는 당신들이 어디 있는지 알고 있소. 길을 잃고 말 거요. 더 이상 움직이지 마시오, 우리가 데리러 가겠소. 더 이상 움직이지 마시오. 시간이 촉박하오……."

경비대원들의 둔중한 발걸음 소리가 그들의 앞에서, 뒤에서, 위에서 들려왔다. 열쇠 없는 남자가 멈춰 섰다.

"사방에 깔렸어요." 그가 말했다.

파이칸은 무기에 손을 끼웠다.

"기다려요!" 남자가 말했다.

그는 바닥에 웅크리고 손으로 먼지의 깔개에 구멍을 내더니 바닥에 귀를 갖다 대고 귀를 기울였다.

그가 튀듯이 일어났다.

"좋아! 여기를 쏘아요."

파이칸 뒤로 몸을 숨기면서, 그는 드러난 맨땅을 가리켰다.

파이칸은 무기를 발사했다. 땅이 진동했다. 찢어진 먼지의 층들이 복도에 휘날렸다.

"더 세게!"

파이칸은 다시 발사했다. 바닥이 굉음을 내며 갈라졌다.

"뛰어요!"

열쇠 없는 남자는 자기가 먼저 본보기를 보이며 물 흐르는 소리가 올라오는 균열 속으로 뛰어내렸다. 둘은 남자를 뒤따라 뛰어내려, 쓰고 미지근한 물속으로 떨어졌다. 세찬 흐름이 그들을 실어 갔다. 엘레아는 수면으로 올라와 파이칸을 찾았다. 물은 희미한 빛을 발하고 있었고, 난류와 소용돌이가 있는 곳에서는 더 밝게 빛났다. 그녀는 파이칸의 얼굴이 솟아오르는 것을 보았다. 그의 머리카락은 녹색 빛으로 빛났다. 그는 엘레아에게 미소를 짓고는 손을 내밀었다. 기울어진 천장은 흐름 속으로 처박히고, 흐름은 사이펀을 통해 빠져나갔다. 소용돌이 한가운데에 밝게 빛나는 둥근 것이 보였다. 열쇠 없는 남자의 머리였다. 그는 손을 들어 잠수하겠다는 신호를 한 후 사라졌다. 엘레아와 파이칸은 빙글빙글 돌며 깊은 곳으로 빨려 들어가기 시작했다. 손에 손을 잡고, 다리를 늘어뜨린 채, 무게 없이, 그들은 미지근한 물의 근육의 엄청난 두께 속으로 빠져 들어갔다. 그들은 굉장한 속도로 떨어져 내리며, 꼭 잡은 두 손을 중심으로 펼쳐진 채 빙빙 돌고, 이리저리 방향을 꺾으며 수없이 많은 잔뿌리가 복슬복슬하게 돋아난 벽들에 내던져지다가, 굽은 곳의 꼭대기에서 수면으로 떠올라 숨을 쉬고, 다시 물속으로 빨려 들어가고 휩쓸려 계속해서 낮은 곳으로 내려갔다. 물에서는 화학 염분과 썩은 맛이 났다. 그 물은 제1지층의 호수로부터 나온 큰 흐름이었다. 호수를 벗어나면서 물은 부동의 기계를 통과했고, 기계는 물에 식물이 필요로 하는 양분을 첨가했다. 물은 계속해서 지층에서 지층으로, 벽들과 바닥들 속을 흘러가면서 지하 세계 모든 식물들의 뿌리를 적셔 주었다.

수직의 추락은 폭 넓은 커브와 용솟음에서 끝났고, 솟구치는 물은 그들을 빛을 내는 거품들이 떠 있는 간헐천 한가운데로 내뱉었다. 그들은 어둑한 입구를 향해 천천히 흘러가는 호수 표면에서 다시 공기를 접했다. 어떤 것은 열 사람을 합친 만큼이나 굵고, 어떤 것은 여자 손목만큼 가느다란 수많은 비틀린 원기둥들이 천장에서 내려와 물속에 박혀, 여러 갈래로 나뉘면서 펼쳐졌다. 수없이 많은 빛나는 뿌리들이었다.

그 하나에 열쇠 없는 남자가 긴장한 눈빛으로 앉아 있었다. 그는 고함쳤다.

"기어올라요! 빨리!"

엘레아는 거의 수평에 가까운 만곡부로 기어 올라가 피로로 축 처진 파이칸을 끌어올렸다. 물은 빛을 발하며 길게 뻗은 식물의 뿌리 위를 쓰다듬는 소리를 내며 흘러갔다. 어두운 입구에서는 이따금 소용돌이치는 소리가 희미하게 들렸다. 어슴푸레한 빛이 물에서 일어 차갑고 끈끈한 녹색으로 뿌리들을 잠기게 했다. 호수의 온 사방에서 선명한 장밋빛으로 빛나는 둥근 점들이 세 명의 도망자가 빠져나온 자리에 남은 소용돌이들로 몰려왔다. 그것들은 곧 그들의 아래에서 격렬한 장밋빛으로 들끓었다. 이따금 그 살아 있는 물방울들 중 몇 개가 불똥이 튀듯 물 밖으로 뛰어올라 닿지 못할 곳에 늘어진 맨다리들에 달라붙으려고 기를 썼다. 그것들은 아주 작은 물고기들이었는데, 쩍 벌린 입 때문에 거의 두 동강난 것처럼 보였다.

"'쏜 물고기'들이죠." 열쇠 없는 남자가 말했다. "한 입이라도 물리면, 끝장입니다. 뼈까지 먹어치우죠."

엘레아가 몸서리를 쳤다.

"하지만 평소에는 무얼 먹나요?"

"죽은 뿌리들이나, 흐름이 실어 오는 찌꺼기들을 전부 먹죠. 이놈들은 청소부거든요. 그리고 달리 먹을 것이 없으면, 서로 잡아먹죠."

그는 파이칸 쪽을 돌아보고, 주먹으로 머리에 닿아 있는 천장을 치면서 말했다.

"주차장……!"

호수에 박혀 있던 뿌리들은 제6지층 주차장의 숲의 뿌리였던 것이다.

파이칸은 무기를 들어 뿌리 두 줄기 사이에 쏘았다. 천장 일부가 파열되었다. 그 틈으로 거대한 나무 한 그루가 천천히 흘러내렸다. 나뭇가지에는 기구 한 대가 끌려 내려왔는데, 그 안에서 두 개의 밝은 윤곽이 버둥거렸다. 기구는 호수로 떨어졌고, 기울어진 나무가 그것을 물속으로 처넣고 짓눌렀다. 그것은 위원회 경찰의 쾌속정이었으며 하얀 경비대원들이 타고 있었다. 수백만 마리의 렌즈 모양 물고기들이 장밋빛 섬광을 이루며 그들에게 달려들어 얼굴의 드러난 맨살을 공격하고, 눈을 뚫고 머릿속으로 들어갔으며, 코를 통해 가슴과 배 속으로 들어갔다. 쾌속정은 시뻘게진 물로 가득 찼다.

엘레아와 파이칸은 열쇠 없는 남자를 따라 길게 늘어진 뿌리와 나뭇가지를 기어올라 주차장 바닥에 발을 디뎠다. 학생들은 그곳에서 하얀 경비대와 희망 없는 싸움을 벌였다. 전쟁으로 봉쇄된 화물 수송기 안에서 그들은 달에 부동의 기계들을 세우는 데 쓰이는 금괴와 금공들을 발견했다. 그들은 나무와 차량들 뒤로 달려가고 몸을 숨기면서 경비대에 금을 마구 던져 댔다. 터무니없는 무기였다. 이따금 그중 하나가 표적에 적중해 금빛 섬광을 일으키며 머리를 깨뜨리기도 했지만, 대부분은 목표물에 닿지도 못했다. 늘어선 경찰들은 하얀 뱀들처럼 나무 사이로 들어가 표적을 겨냥해 쏘았다. 그들은 달려가는 학생들을 맞추었고 학생들은 온몸이 부러진 채 나무줄기나 나뭇잎에 내동댕이쳐졌다. 나뭇가지들은 부러져서 떨어지고 차량들은 산산조각이 났다. 주차장에 있던 새들은 모두 숲을 떠나 깃털을 곤두세우고 두려움에 울부짖으며 미친 듯이 둥근 천장 아래를 빙글빙글 돌았다. 그들은 검은 머리를 땋아 내린 군사 자문관의 영상을 지나갔다. 군사 자문관은 에니소라이 정부가 라모스에 장관을 파견하길 거부했음을 알리고 있었다. 그는 곤다와의 모든 시민에게 동원된 자리를 지킬 것을 명했다. 야윈 남자의 불길한 영상은 꺼졌다가, 조금 더 멀리에 다시 나타나 발표를 되풀이했다.

'열두 번째 길'의 입구 위에, 엘레아의 영상이 반의 반 바퀴씩 돌고 있었다. 왼쪽으로, 오른쪽으로, 왼쪽으로, 오른쪽으로……

"대학은 이 여자, 엘레아 3-19-07-91을 찾고 있습니다. 눈을 보면 알아볼 수 있습니다. 우리는 이 여자를 살리기 위해 찾는 것입니다. 엘레아, 열쇠로 신호를 보내시오……."

트랙의 한쪽 끝, 이륙용 배관 가까운 곳에서 소수의 군중이 곤다와에서는 쓰이지 않는 길쭉한 모양의 비행기를 막아서고 있었다. 거기에 타고 있던 라모스 시민이 거칠게 끌려 내려왔다. 그는 자신은 에니소라이 인이 아니며, 스파이도 아니고, 적이 아니라고 외쳤다. 하지만 군중은 라모스 어를 알아듣지 못했다. 그들의 눈에 들어오는 것은 낯선 의복과 짧은 머리, 밝은 색의 얼굴이었고, 그들은 "스파이다!" "죽여라!"라고 외쳤다. 그들은 폭행을 시작했다. 학생들이 남자를 구하려고 달려왔다. 하얀 경비대원들이 뒤따라왔다. 라모스 사람은 갈기갈기 찢기고, 토막 나고, 성난 군중의 발에 짓밟혀 곤죽이 되었다. 분노한 학생들이 이 끔찍하고 어리석은 짓에 항의하며 외쳤다. 미친 군중이 소리쳤다. "학생들! 스파이! 배반자! 죽어라!" 그들은 남녀 학생들의 스커트를 벗겨 내고, 찢고, 그들의 머리카락을, 귀를, 가슴을, 성기를 잡아 뽑았다. 하얀 경비대가 무기를 발사해, 무리 전부를, 구석구석을, 전원을 소탕했다. 열쇠 없는 남자는 서글픈 미소를 짓더니 두 길동무에게 우정 어린 몸짓을 하고는 열두 번째 길 쪽으로 멀어졌다. 엘레아와 파이칸은 주차장의 좀 조용한 구역으로 서둘러 갔다. 장거리 비행기의 제2열 쪽에는 거의 아무도 없고, 평온했다. 방금 내려온 비행기 한 대가 내려앉았다. 비행기는 멈춰 서서 주차를 했고, 문이 열리고 한 남자가 나타났다. 내리려던 순간 그는 폭력의 외침과 무기의 둔중한 충격음을 듣고 깜짝 놀라 멈췄다. 나무들 때문에 보이지는 않았지만, 소란은 그에게까지 들렸다. 그는 바닥으로 뛰어내렸다.

"무슨 일이 있는 겁니까?" 그가 파이칸에게 물었다.

파이칸은 대답 대신 하얀 무기를 낀 왼손을 그를 겨누어 치켜들고, 오른손으로 그에게서 무기를 빼앗아 멀리 던졌다.

"다시 타시오! 당장!"

점점 더 뭐가 뭔지 알 수 없어진 남자는 그 말에 따랐다. 파이칸은 그를 앉히고, 그의 손을 잡아 열쇠를 유연한 판에 끼웠다…….

끝없는 기다림처럼 느껴지는 한순간의 정적이 흘렀다. 그러다가 돌연히 표시등이 깜빡였다. 파이칸은 기나긴 한숨을 내쉬고, 오른손으로 남자의 입을 막았다.

"목적지는?" 확성기가 물었다.

"라모스, 첫 번째 주차장."

짧게 부르릉거리는 소리에 이어 딱 소리가 났다.

"계좌 잔액은 충분합니다. 목적지가 등록되었습니다. 열쇠를 빼내십시오. 출발합니다……."

파이칸은 남자를 의자에서 끌어내 밖으로 내던지고 감사와 사과의 말을 외쳤다. 이미 문이 닫히고, 비행기는 이륙하여 제자리에서 한 바퀴 돌아 트랙으로 접어들었다. 비행기가 출구 경사로로 진입했다.

계기판의 확성기에서 소리가 흘러나왔다.

"대학은 엘레아 3-19-07-91을 찾고 있습니다. 엘레아, 열쇠로 신호를 보내시오……."

이륙 배관이 비행기를 꽉 붙들고 높이 쏘아 보냈다. 비행기는 '입'에서 나와 외부 세계의 밤 속으로 올라갔다.

지상에서 살게 된 이후, 엘레아와 파이칸은 지하 도시에서는 항상 빛이 비춘다는 것을 잊게 되었다. 그들이 주차장을 떠났을 때는 낮이었으므로 바깥도 낮일 거라고 생각했다. 그러나 지구와 태양은 그들의 여정을 계속했고, 별들을 거느리고 밤이 찾아왔다. 둘은 여행용 침대에 나란히 누워 손을 잡고 아무 말 없이 무한한 고요와 평온함에 몸을 맡겼다. 그들은 밤과 평화 속으로, 별들이 총총한 하늘을 향해 올라가고 있었으며, 지구와 그 부조리한 참사들을 잊었다. 그들은 함께 있었고, 만족스러웠고, 행복의 한 순간 한 순간이 영원이었다.

그들은 침대에 장착된 금테를 머리에 쓰고 이마에 달린 판 두 개를 모두 내렸다. 둘은 이런 식으로 의사소통하는 것이 완전히 습관이 되어 각자가 서로의 기억 속 내용물을 동시에 수신할 수 있었고, 생각할 필요도 없이 그 기억은 자신의 기억의 일부가 되었다. 기억의 교환은 즉각적으로 이루어졌다. 금테를 쓰고, 눈을 감고, 판을 내리면 그들은 곧바로 단 하나의 기억, 단 하나의 과거를 지니게 되었다. 각자가 서로의 기억을 마치 자기 것처럼 회상했다. 그들은 서로를 안다고 생각하며 서로 오해하는 두 존재가 아니라, 비밀이라곤 그림자도 없이 세상을 마주하여 하나로 굳게 결속된 하나의 존재였다. 그리하여 파이칸은 은신처의 계획을 전부 알게 되었고, 그들이 갈라졌다가 함께하기까지의 시간 동안 엘레아가 겪었던 모든 순간을 알게 되었다. 마찬가지로 그는 엘레아가 어떻게 자유를 되찾았는지 알게 되었다. 그 기억을 전해 받으며 그는 비난도 질투도 없이 엘레아를 위해 고통스러워했다. 두 사람 사이에는 그런 종류의 감정이 끼어들 자리가 없었다. 각자 서로의 모든 것을 알기에, 서로를 절대적으로 이해했기 때문이었다.

그들은 동시에 금테를 벗고, 완전한 일치 속에서, 함께 있으며, 그들만의 인식 속에서는 하나이고 그것을 나누고 즐거움을 더하기 위해서는 둘이라는 완벽한 행복 속에서, 서로를 향해 미소를 지었다. 마치 한 몸의 두 손이 동일한 물건을 어루만지듯, 두 눈이 세상에 그 깊이를 드러내듯.

계기판의 확성기가 말했다.

"고도 17에 도달했습니다. 라모스를 향해 수평 비행을 시작할 것입니다. 허용 속도는 9에서 17까지입니다. 어떤 속도를 원하십니까?"

"최고 속도." 파이칸이 말했다.

"최고 속도, 속도 17입니다. 등록되었습니다. 가속에 주의하십시오!"

경고에도 불구하고, 급격한 수평 이동으로 엘레아는 조종실 벽에 부딪쳤고 파이칸은 그 위로 굴러갔다. 그녀는 웃기 시작했고, 두 손으로 아직도 축축한 파이칸의 긴 금발을 붙잡고 그의 코와 볼과 입술을 살짝 깨물었다.

이제 그들은 그들이 겪은 시련과 위협과 전쟁은 생각하지 않았다. 그들은 평화의 안식처를 향해 날고 있었다. 어쩌면 일시적이고, 덧없고, 허망한 곳일지도 모르며 어쨌든 그들에겐 수많은 어려움들이 일어날 곳일지도 몰랐다. 하지만 그런 걱정은 내일, 조금 후에 할 일이었다. 불행을 미리 체험한다는 건 불행을 두 번이나 겪는 것이다. 현재의 순간은 즐거움의 순간이었으니, 그것을 망칠 필요는 없었다.

확성기에서 나오는 경고의 외침 때문에 그 순간이 뚝 끊기고 말았다.

그들은 얼어붙은 채 몸을 일으켰다. 조종판에서 빨간 신호가 깜빡였다.

"전체 경보입니다." 확성기가 말했다. "모든 비행이 취소됩니다. 우리는 최단 경로를 통해 주차장으로 돌아갑니다. 여러분은 즉시 동원 위치로 돌아가야 합니다."

비행기는 방향을 바꾸어 비스듬하게 현기증이 날 정도로 하강하기 시작했다. 투명한 조종실을 통해, 지상에서 미친 듯이 움직이는 여가 주택들이 점점 더 빠르게 가까워지는 것이, 그리고 '입'의 깔때기가 그 위에서 자기 차례를 기다리며 선회하는 빛나는 거품들을 빨아들이는 것이 보였다.

비행기는 속도를 늦추고 선회의 대열에 끼어들었다. 지상의 모든 기구들이 귀환 명령을 받았다. 주택이건 탈것이건, 수천 대의 기구들이 '입'의 위를 돌았고 입은 완전히 열려 가장 가까이 있는 것들을 빨아들였다. 빙빙 도는 기구들이 호수와 숲을 뒤덮고 있었다.

"우리를 도시로 데려가고 있어! 함정으로!" 엘레아가 외쳤다. "뛰어내려야 해!"

그들은 줄어든 속도로, 뛰어내려도 괜찮을 만한 높이로 호수 위를 날고 있었다. 하지만 비행 중에는 문이 잠겨 있었다. 벌써 호수를 지나 빽빽하게 늘어선 나무들 위를 날고 있었다. 파이칸은 무기를 조종판에 발사했다. 비행기는 급상승하여 날아오르려 하다가 다시 내려가고, 마치 가을 낙엽이 떨어지듯 매번 고도가 낮아지며 흔들거리며 다시 올라갔다. 숲의 꼭대기를 스칠 듯 지나가다가, 다시 올라가고, 내려와서 나뭇잎이 가득 달린 거대한 나무줄기 꼭대기를 부러뜨렸다. 연필 끝에 꿰인 사과처럼 비행기는 거기에 그대로 꽂혀 있었다.

그들은 호숫가에, 모래사장 쪽으로 내려가는 풀밭 위에 나란히 누워 있었다. 엘레아의 손은 파이칸의 손 안에 있었다. 그들은 눈을 크게 뜨고 깨끗해진 밤하늘을 바라보았다. '입'이 마지막 낙오자까지 삼킨 후라, 하늘에는 별들밖에 없었다. 그들의 눈에는 별들밖에 보이지 않았고, 그들은 별들 한가운데에서, 우주의 무한하고 무심한 평화 속에서, 중단된 희망의 여행을 계속했다.

그들의 앞, 호수의 표면에서는 하현달이 뜨고 있었다. 달은 솜으로 감싸인 것처럼 부풀고, 일그러지고, 불그레했다. 자줏빛 섬광들이 끊임없이 번쩍이며 달의 어두운 부분을 밝혔다. 이따금 햇빛과 같은 광채를 내며 전체가 빛나기도 했다. 인간이 시작하고 인간에 의해 세계가 파괴되는 고요한 광경이었다.

밤이 끝나기 전, 여기도 그렇게 될 것이다…….

더 이상 움직이지 않고, 서로 바라보지도 않고, 그들은 손가락을 깍지 끼고 손바닥을 서로 꽉 맞붙였다.

그들의 뒤편 숲에서 말 한 마리가 탄식이라도 하듯 부드럽게 울었다.

잠에서 깨어난 새 한 마리가 지저귀다가 다시 잠들었다. 가벼운 바람이 불어와 그들의 얼굴을 스쳤다.

"말을 타고 갔어도 되는데…….." 파이칸이 중얼거렸다.

"어디로 가려고……? 아무것도 할 수 없어……. 끝이야…….."

엘레아는 밤 속에서 미소를 지었다. 그녀는 그와 함께 있었다. 무슨 일이 일어나든, 그것은 그가 그녀와 함께, 그녀가 그와 함께 맞이하게 되리라.

보다 가까운 곳에서 말 울음소리가 들리고 말이 풀밭을 밟는 가벼운 발소리가 들렸다.

그들은 일어났다. 달빛처럼 하얀 말이 그들 곁으로 와서 멈춰서더니 고개를 까닥였다.

엘레아는 말의 긴 털 속에 손을 넣었고 말이 떨고 있음을 느꼈다.

"무서운 거야." 그녀가 말했다.

"그럴 만도 하지…….."

그녀는 그의 뻗은 팔의 윤곽이 지평선을 한 바퀴 도는 것을 보았다.

사방에서, 밤은 멀리서 치는 번개처럼 짧게 빛나는 빛들로 밝아졌다.

"전투…… 곤다 17에서…… 곤다 41…… 에나와…… 제나와…… 그들이 도처에 상륙한 것이……."

섬광들에 이어 어렴풋하게 우르릉거리는 소리가 울리기 시작했다. 그 소리는 그들을 중심으로 한 원의 둘레 전체에서 끊이지 않고 들려왔다. 발 밑의 땅에서도 느껴졌다.

그 소리는 숲의 동물들을 깨웠다. 새들이 날아올랐다가, 아직 밤이라는 사실에 당황하여 둥지로 돌아가려고 허둥대다 나뭇가지와 잎사귀에 부딪쳤다. 점박이 암사슴들이 숲에서 나와 인간 커플 주변에 모여들었다. 밤의 어둠 속에서 보이지 않는 푸른 말과, 밝은 색 조끼를 입은 나무에 사는 작고 느릿한 곰들, 귀가 짧은 까만 토끼들도 모여들었고, 토끼의 하얀 꼬리는 땅에 닿을 듯 말 듯 살랑거렸다.

"밤이 끝나기 전," 파이칸이 말했다. "이곳에 살아 있는 거라곤 하나도 남지 않겠지. 동물 한 마리도, 풀 한 포기도. 그리고 저 밑에서 보호받는다고 생각하는 이들은 그저 며칠, 어쩌면 몇 시간 유예 받을 뿐이야……. 난 네가 은신처에 들어가길 바라. 난 네가 살길 바라……."

"산다고……? 너 없이……?"

그녀는 그에게 기대 고개를 들었다. 그는 그녀 눈 속의 밤이 별들을 비추는 것을 보았다.

"나는 은신처에 혼자 들어가는 게 아니야. 코반이 있을 거야. 그런 생각해 봤어?"

그는 그 장면을 떨쳐 내버리려는 듯 고개를 흔들었다.

"우리가 깨어나면, 나는 그에게 아이들을 낳아 줘야 해. 아직 너와의 아이도 갖지 못한 내가, 기다려온 내가……. 그 남자가, 계속해서 내 안에 들어와 제 아이들의 씨를 뿌릴 텐데, 넌 그래도 아무렇지 않단 말이야?"

그는 별안간 그녀를 꼭 끌어안았고, 반발했다가, 애써 자제했다.

"나는 죽었을 테니까…… 오래 전에…… 오늘 밤부터……."

거대하고 비현실적인 목소리가 숲으로부터 났다. 새들이 날아오르다가, 어둠 속의 장애물들에 이리저리 부딪쳤다. 숲 속의 모든 확성기가 코반의 목소리로 말했다. 소리들은 저희들끼리 뒤섞이고 겹쳐져 호수 표면에서 진동하며 퍼져나갔다. 푸른 말이 하늘을 향해 머리를 들고 나팔 소리처럼 울었다.

"엘레아, 엘레아, 들으시오, 엘레아……. 당신이 외부에 있다는 걸 알고 있소……. 당신은 위험에 처해 있소……. 침략군이 끊임없이 착륙하고 있다오……. 머지않아 지상을 온통 점령할 거요……. 열쇠로 승강기에서 신호해 주시오, 어디에 있든 우리가 찾으러 가겠소……. 더 이상 늦지 말아요……. 들으시오, 파이칸, 그녀를 생각하시오! ……엘레아, 엘레아, 이번이 내 마지막 호출이오. 밤이 끝나기 전, 은신처는 닫혀요. 당신이 있든 없든 말이오."

그리고 정적이 흘렀다.

"나는 파이칸의 것이야." 엘레아는 낮고 엄숙한 목소리로 말했다.

그녀는 파이칸의 목에 매달렸다.

그는 그녀를 껴안고 안아 올려 부드러운 풀밭 위, 동물들 틈에 눕혔다. 동물들은 물러나서 그들 주위에 원을 그렸다. 다른 동물들도 숲에서 나와 다가왔다. 하얀 말들, 푸른 말들, 몸집이 작고 달빛 아래서도 보이지 않는 검은 말들. 느릿느릿한 거북들도 물에서 나와 합류했다. 지평선의 빛이 세

262

계의 끝에서 그들을 둘러싸고 반짝거렸다. 그들은 그들을 둘러싸고 안심시켜 주는 동물들의 살아 있는 성벽 한가운데에 단둘이 있었다. 그는 엘레아의 가슴을 덮은 띠 밑으로 손을 넣어 두 개의 고리 사이에 한쪽 젖가슴이 꽃으로 피어나게 했다. 손바닥을 둥글게 해서 그 위에 얹고, 그는 행복과 사랑과 존중과 경탄과 애정 어린 신음을 내며, 이토록 완벽한 아름다움을 창조해 내고 그에게 주어 그 아름다움을 알 수 있게 해 준 생명에 대한 무한한 감사를 담아 애무했다.

그리고 지금, 이번이 마지막이었다.

그는 반쯤 연 입을 젖가슴에 가져다 대고 부드러운 젖꼭지가 입술 사이에서 단단해지는 것을 느꼈다.

"난 네 거야……" 엘레아가 중얼거렸다.

그는 다른 쪽 가슴도 드러내고 다정하게 쥔 후, 허리의 옷을 풀었다. 그의 손이 허리와 엉덩이의 경사를 따라 내려왔고, 경사들은 같은 곳으로, 짧은 금빛 털이 숲을 이루는 곳, 비밀의 골짜기의 입구로 그의 손을 인도했다.

엘레아는 몸을 열고자 하는 욕망에 저항했다. 이번이 마지막이었다. 애를 태우며 몸을 내맡기는 모든 순간들을 오래오래 끌어야 했다. 그녀는 손이 들어올 만큼만 틈을 내주었고, 손은 골짜기와 곳의 끄트머리를, 모든 경사가 만나는 곳을, 미끄러져 들어와, 더듬고, 찾다가, 숨겨지고, 가려지고, 덮여 있는, 아…! 찾았다!, 쾌락의 타오르는 중심부를 발견했다.

그녀는 신음을 내며 이번에는 자신의 손을 파이칸에게 얹었다.

지평선에서 요란한 소리가 울렸다. 녹색 빛이 하얀 말의 무리를 녹색으로 물들였고 말들은 겁을 먹어 그 자리에서 경중경중 뛰었다.

엘레아에게는 이제 아무것도 보이지 않았다. 파이칸이 엘레아를 보고,

그의 눈으로, 손으로, 입술로 그녀를 바라보며, 그녀의 육체와 아름다움과 환희로 머릿속이 가득 차, 환희로 그녀를 관통하고, 그녀를 떨게 하고, 한숨과 교성을 터져 나오게 했다. 그녀는 그를 애무하던 것을 멈추었다. 그녀의 손이 힘없이 그에게서 떨어졌다. 눈을 감고, 팔을 늘어뜨린 채, 그녀는 이제 무게를 느끼지 않았고, 아무런 생각도 들지 않았고, 풀이자 호수이자 하늘이었으며, 환희의 강물이자 태양이었다. 하지만 그것은 유일무이한 파도가 밀려오기 전의 작은 파도들, 유일한 정상으로 향하는 넓고 다양한 밝은 길, 그녀가 결코 끝까지 가 본 적 없는 경이로운 길에 불과했다. 그는 손과 입술로 그녀가 그에게 내맡기는 모든 보물들 위에 그 길을 그리고 또 그렸다. 그리고 그는 그녀의 온 몸에 동시에 더 많은 환희를 안겨 줄 수 있도록 손과 입술이 더 많지 않다는 것을 아쉬워했다. 그리고 그녀가 그토록 아름답고 행복해 하는 것을 가슴속으로부터 감사하게 여겼다.

별안간 하늘 전체가 붉게 변했다. 붉게 물든 말들이 숲으로 질주해 가 버렸다.

엘레아는 불타올랐다. 숨을 헐떡이고, 열망하며, 더 이상 견딜 수 없어, 그녀는 보이지 않는, 더 이상 눈에 들어오지 않는 파이칸의 부드러운 밀색 머리카락을 두 손으로 쥐고, 그를 그녀 쪽으로 끌어당겨, 입과 입을 맞댔고, 그녀의 손은 내려가 사랑하는 나무를, 다가왔다가 거절되었던 나무를 붙들어, 영혼까지 열린 그녀의 골짜기로 이끌어 갔다. 그가 들어오자, 그녀는 헐떡이고, 죽고, 녹아내려, 숲에, 호수에, 대지의 피부에 퍼져 나갔다. 그렇지만 그는 그녀의 안에 있었고—"파이칸."—길고 힘센 부름을 거듭하여 그녀를 세상 끝으로부터 그의 곁으로 데려왔으며—"파이칸."—아주 작은 조각의 맨 끝까지 그녀의 육체를 부르고, 이끌고, 모아들이고, 응축시키고, 굳히고, 밀어붙인 끝에, 불꽃에 관통당한 그녀의 아랫도리 중심부는—"파이칸!"—경이롭고, 말로 표현할 수 없고, 견딜 수 없고, 신성하고, 애정이 어리고, 타오르는 환희로 폭발했고, 그녀의 육체는 환희를 넘어섰다.

그들은 평온해진 얼굴을 나란히 내려놓았다. 엘레아의 얼굴은 붉은 하늘을 향하고 있었다. 파이칸의 얼굴은 서늘한 풀밭에 잠겨 있었다. 그는 아직 그녀 안에서 물러나고 싶지 않았다. 마지막이었던 것이다. 그는 온 몸의 피부로 그녀를 만지고 느낄 만큼만 힘을 실어 그녀를 눌렀다. 지금 그녀를 떠나면 영원히 떠나는 셈이 된다. 이제 내일은 없다. 아무것도 되풀이되지 않으리라. 하마터면 그는 절망에 사로잡혀 부조리하고, 잔혹하고, 견딜 수 없는 이별에 항의하여 부르짖을 뻔했다. 자신의 죽음이 멀지 않았다는 생각이 그를 달래 주었다.

둔중한 폭발이 땅을 흔들리게 했다. 숲의 한 부분이 순식간에 불타올랐다. 파이칸은 고개를 들고 춤추는 빛 속에서 엘레아의 얼굴을 바라보았다. 그 얼굴은 충만한 절정으로 사랑을 주고받은 여인들이 맛보는 크나큰 온화함, 크나큰 평온에 잠겨 있었다. 그녀는 완전히 이완된 몸으로 풀밭에 누워 있었다. 보일 듯 말 듯 숨을 쉬고 있었다. 그녀는 의식과 수면의 저편에 있었다. 그녀는 온몸이 편안했다. 눈을 뜨지 않은 채, 그녀는 아주 부드럽게 물었다.

"날 보고 있어?"

그는 대답했다.

"넌 아름다워……."

천천히, 다문 입과 감은 눈이 미소를 지었다.

하늘이 요동치더니 갈라졌다. 고함 소리가 들려오는 가운데, 반쯤 벗은 몸에 붉은 칠을 하고 철 의자에 올라탄 에니소라이 군인들의 구름 같은 무리가 불타오르는 하늘 높은 곳에서 나타나, 호수 위를 비스듬하게 지나 '입' 쪽으로 내려왔다. 모든 배관에서 방위 무기들이 사격을 가했다. 하늘의 군대는 격파되고, 흩어지고, 파괴되어 수천 구의 사지가 꺾인 시체가 되어 별들을 향해 날아갔다가 호수와 숲에 떨어져 내렸다. 동물들이 사방팔방으로 뛰어가고, 물속에 뛰어들고, 물에서 튀어나오고, 미친 듯이 우왕좌왕하며 두 사람 주위를 돌았다. 무시무시한 폭발이 연거푸 일어나 불타는 숲을 사방으로 날려 보냈다. 불붙은 나뭇가지가 암사슴 위에 떨어져 사슴은 엄청난 높이로 뛰어올랐다가 물속으로 뛰어들었다. 불타는 말들이 질주하며 뒷발질해 댔다. 하늘에서는 새로운 군대가 고함을 지르며 내려오고 있었다.

파이칸은 엘레아의 몸에서 빠져나오려 했다. 엘레아가 그를 붙들었다. 그녀는 눈을 떴다. 그녀가 그를 바라보았다. 그녀는 행복했다.

"우리는 같이 죽을 거야."

그는 풀에 던져두었던 무기에 손을 끼고, 몸을 빼내고는 일어섰다. 엘레아는 자신을 향해 겨누어진 무기를 보고 말았다. 그녀가 외쳤다.

"네가!"

"너는 사는 거야." 그가 말했다.

그는 쏘았다.

그 뒤에 일어난 일은, 엘레아도 EPI의 학자들과 동시에 알게 되었다. 무기가 그녀를 쓰러뜨렸지만 그녀의 감각은 계속해서 인상을 받아들였고, 무의식의 기억은 그것을 기록했다.

파이칸이 그녀에게 옷가지를 입히고, 팔에 안아 지옥 한가운데의 승강기들을 향해 걸어가는 것을, 그녀는 귀로 듣고, 반쯤 뜬 눈으로 보고, 몸으로 느꼈다. 그는 판에 열쇠를 끼웠지만 승강기가 올라오지 않았다. 그는 소리쳤다.

"코반! 대답하세요! 파이칸입니다! 엘레아를 데려왔어요! ……"

침묵이 흘렀다. 그는 다시 코반의 이름과 엘레아의 이름을 외쳤다. 문 위에서 녹색 신호가 깜빡이기 시작했고, 코반의 목소리가 불분명하고, 끊기고, 짓눌린 듯하다가 강철로 된 혀에서 나오는 소리처럼 진동하며 울렸다.

"……늦었군…… 많이 늦었어…… 적군이…… 곤다 7에 침투해…… 그쪽의 승강기들은…… 고립…… 애써 보도록…… 내려와서…… 특공대를 보내겠소…… 적군을 돌파하고…… 당신을 데리러…… 신호하시오…… 반지로…… 모든 판에 대고…… 반복하겠소…… 보낼 테니…….."

승강기가 도착해 열렸다.

바닥이 무시무시한 폭발을 일으키며 솟아오르고, 승강기의 꼭대기가 산산조각이 났다. 엘레아가 파이칸의 품에서 떨어지고, 둘 다 솟구쳐 올라 구르며 바닥에 내동댕이쳐졌다. 그리고 의식이 없는 엘레아의 눈은 붉은 사람들의 구름이 끝없이 내려오는 붉은 하늘을 보았다. 그녀의 귀에는 밤을 불꽃으로 가득 채우는 그들의 함성이 들렸다.

그녀의 몸은 파이칸이 있음을 느꼈다. 그가 그녀 곁으로 온 것이다. 그가 그녀를 만졌다. 그녀의 눈에 고통에 사로잡힌 그의 얼굴이 하늘을 가리고 그녀를 굽어보는 것이 비쳤다. 그의 상처 난 이마, 피에 젖은 금빛 머리가 비쳤다. 하지만 그녀는 의식이 없었고, 어떤 감정도 느끼지 못했다. 그녀의 귀에는 그녀를 안심시키려는 그의 목소리가 들렸다.

"엘레아…… 엘레아…… 나 여기 있어…… 내가 널 데려다 줄게…… 은신처로……. 넌 살 거야……."

그는 그녀를 들어 올려 어깨에 들쳐 업었다.

엘레아의 상체는 파이칸의 등에 늘어지고, 그녀의 눈에는 더 이상 아무것도 들어오지 않았다. 그녀의 기억은 이제 소음과 산만하고 깊은 감각들만을 기록했고 그 감각들은 그녀의 온 피부를 뚫고 육체에 들어왔으나 의식은 그것을 알지 못했다.

파이칸이 그녀에게 말을 했고, 그녀는 폭발과 불타는 숲의 타닥거리는 소리 속에서 그의 목소리를 들었다.

"내가 널 데려다 줄게……. 난 승강기 안으로 내려갈 거야…… 사다리로 말이야……. 난 네 거야……. 아무것도 두려워할 것 없어……. 내가 네 곁에 있어……."

회의실의 대형 화면에는 더 이상 명확한 영상은 보이지 않았다. 연단의 탁자에서, 엘레아는 눈을 감고 손으로 머리를 감싼 채 자신의 기억이 기록한 것을 그대로 내보내도록 하고 있었다. 스피커에서는 부서지는 소리와 폭발과 끔찍한 비명과 땅이 뒤흔들리는 굉음이 나왔다. 화면에서는 영상 회로가 자신이 받은 자극을 거대한 색채들의 무너짐, 지옥 같은 심연으로의 끝없는 추락, 어둠의 폭발로 옮겨 놓고 있었다. 한 세상이 부서져 모든 창조의 이전에 있던 카오스로 되돌아가는 것이었다.

그리고 희미하고 둔탁한 울림이 연이어 들리며, 점점 더 가까워지고, 점점 더 강해졌다.

엘레아는 당혹스럽고 방해받은 것 같았다. 그녀는 눈을 뜨고 금테를 벗었다.

268

화면이 꺼졌다.

희미한 울림은 계속되었다. 그리고 갑자기 르보의 목소리가 들렸다.

"들립니까? 그의 심장 소리입니다!"

그는 전체 스피커를 통해 소생실에서 직접 말하고 있었다.

"우리는 성공했습니다! 그가 살았어요! 코반이 살았어요!"

후버가 벌떡 일어나 "브라보!"를 외치고는 박수를 치기 시작했다. 모두가 그를 따라했다. 노장 학자들과 젊은 학자들, 남자와 몇 안 되는 여자들 모두, 엘레아가 회상한 가장 내밀한 장면들을 화면으로 함께 보고 듣고 난 후 서로의 존재를 되새기고 서로를 바라보며 느꼈던 거북함을 과장된 몸짓과 커다란 고함으로 떨쳐 버렸다. 그들은 엘레아의 기억에 어떠한 중요성도 부여하지 않고, 그런 장면에는 무뎌졌으며, 순수한 과학 정신으로만 생각하거나 농담거리로 삼을 수 있는 척했다. 하지만 모두 저마다 엘레아의 기억 때문에 정신과 육체 모두 깊은 동요를 겪었고, 갑자기 현재 세계로 되돌아오자 옆 사람의 얼굴을 차마 바라볼 수가 없었으며, 옆 사람 역시 눈길을 돌리고 말았다. 그들은 부끄러웠다. 그들의 수치심이 부끄럽고, 부끄러움이 부끄러웠다. 엘레아의 경이롭고 완전한 순수함은 그들에게 기독교 문명이—그리스도 때부터가 아니라 성 바울 때부터—신이 인간에게 주신 가장 아름다운 기쁨을 단죄함으로써 얼마나 심하게 변질시켰는지를 보여 주었다. 그들은 모두, 가장 젊은 사람들까지도, 스스로가 성 불능에 엿보기를 좋아하는 쪼그라든 추잡한 늙은이 같다고 여겼다. 깨어난 코반의 심장 덕분에 그들의 반은 얼굴을 붉히기 시작했고, 반은 이질적인 당혹스러움을 모면할 수 있었다.

코반의 심장은 불규칙하고 위태롭게 뛰었다가, 멈췄다가, 다시 뛰었다.

정지가 길어지면 붕대로 가슴에 고정된 심장 자극 전극이 자동으로 작동했고, 전기 충격이 심장을 놀라 다시 뛰게 했다.

소생 시술대 주변에 모여선 의사들은 걱정스레 이맛살을 찌푸렸다.

기어코 그들이 두려워하던 일이 벌어졌다. 코반의 호흡이 힘겨워지고, 그르렁거리더니, 입 부분의 붕대에 새빨간 얼룩이 번졌다.

"지혈제! 혈청! 모로 눕히시오. 입안의 이물질을 제거하고. 구강 내시경을……."

폐에서 출혈이 일었다.

한순간도 주의 깊은 치료를 멈추지 않으면서, 누운 환자를 편하게 하고, 처치하고, 진정시키는 와중에 소생 의료진은 회의를 열었다.

출혈이 멎지 않는다면, 폐 조직의 화상이 매우 심각하다는 증좌였다. 그런 경우라면 코반을 개흉해 폐 이식을 해야 했다.

반대 의견들 :

국제 장기은행에서 새로 이식할 폐를(확실하게 안심하려면 세 쌍이 필요했다) 받기까지 걸리는 기간 : 무선 연락, 포장, 비행기로 이송, 제네바에서 시드니까지 횡단, 환승, 시드니에서 EPI까지 횡단. 총 20시간.

"군에 엮여 골치 아파질 일들도 잊어선 안 되지……. 세관 서류라거나……."

"아무리 그래도 설마……."

"충분히 가능한 일이야. 넉넉히 두 배로 잡지."

"40시간."

그 시간 동안 코반을 살려 두어야 했다. 수혈할 피가 필요했다. 즉시 코반의 혈액 검사에 들어갔다. 적혈구의 혈액형과 소분류, 백혈구의 혈액형과 소분류.

간호사 한 명이 손과 왼팔 안쪽을 드러냈다.

수술을 대비해서도 같은 문제가 있었다. 다량의 피가 필요했다. 두 배를 고려했다.

수술의 또 다른 문제, 장기 이식 수술 전문 외과팀이 필요했다.

모이소프 : 우리는……

포스터 : 우리도……

자브레크 : 우리나라에는……

르보 : 불가능해요. 너무 위험이 큽니다. 이 일엔 새로운 손은 안 돼요. 특히 칼을 쥔 손은 더더욱. 우리끼리 수술합시다. 프랑스, 미국, 케이프타운의 의료진과 원격으로 연계해서 말입니다. 우리가 할 수 있어요. 폐는 그렇게 어렵지는 않으니까.

수술 동안 혈액의 순환을 연결시켜 줄 인공 폐가 필요했다.

진료소에 하나가 있었다.

"당장 이 인공 폐를 이용해서, 코반의 폐가 휴식을 취하고 상처를 회복하도록 하면 되지 않습니까?"

"혈액이 들어오지 않으면 상처가 아물지 않아요. 폐는 계속 작동해야 합니다. 낫거나 낫지 않거나 둘 중 하나요, 도박이죠."

혈액 검사의 결과 : 알려지지 않은 혈액형. 검사한 (코반의) 혈액은 대조군의 모든 혈액을 응고시킴.

놀라운 일이었다!

"화석화된 피요! 이 사람이 화석이라는 걸 잊지 마시오! 살아 있지만, 화석인 거지! 90만 년 동안, 피는 진화를 겪은 거라오, 제군들."

"피가 없으면, 수술도 못 하죠. 상황은 간단해졌군. 그는 낫거나 죽거나 둘 중 하나요."

"그 여자가 있잖소……."

"어떤 여자?"

"엘레아……. 그녀의 피라면 어쩌면 적합할 거요."

"수술을 치르기에는 턱없이 부족하죠! 그 여자가 새하얗게 질릴 정도로 피를 짜내도, 그걸로도 부족할 거요."

"어쩌면, 모든 부위를 결찰하고, 아주 빨리 한다면. 인공 폐가 즉시 순환해 준다면……."

"아무리 그래도 그 여자를 죽일 수는 없어요!"

"어쩌면 이겨 낼지도 모르지……. 얼마나 빨리 회복되는지 봤잖소……."

"그녀가 먹은 음식물 때문이지……."

"아니면 만능 세럼 덕이거나……."

"아니면 둘 다겠죠……."

"난 반대입니다! 그렇게 빨리 혈액을 재생산해 낼 수는 없을 거라는 걸 다들 잘 아시잖소. 당신은 우리가 그녀를 희생물로 삼길 요구하는 겁니다. 난 거부하오!"

"그녀는 아름답소, 그건 확실하지만, 이 남자의 두뇌에 비하면 댈 게 아니오."

"아름답건 아니건, 그게 문제가 아니오. 그녀는 살아 있소. 우리는 의사요. 흡혈귀가 아닙니다."

"그래도 그녀의 피를 코반의 피와 비교 검사해 보는 정도는 할 수 있겠죠. 그거야 위험할 게 없으니까. 그가 계속 피를 흘린다면, 그녀가 피를 조금 내주기는 해야 할 겁니다. 수술은 접어두고라도."

"찬성, 그건 찬성이오. 전적으로 찬성하오."

같은 날, 코반은 되살아났으되 곧 죽음의 위기에 처했으며, 조란의 방정식은 설명되거나 영원히 사라지거나 둘 중 하나였다. 가장 둔한 군중들조차 그들에게 엄청나게 중요한 어떤 일인가가 남극 가까이에서, 죽음이 손을 붙들고 있는 한 남자의 몸속에서 일어나고 있다는 것을 이해했다.

"이 남자의 몸속에서 일어나는 일을 구체적으로 떠올리도록 해 보게. 그의 폐 조직은 화상을 입어 부분적으로 파괴되었지. 그가 다시 정상적으로 호흡하고 죽음에서 벗어나려면, 이 조직의 남은 부분이 더 이상 존재하지 않는 부분을 재생산해야만 하네. 그는 아직 자고 있어. 그는 90만 년 전에 잠들어 계속 자고 있어. 하지만 그의 신체 조직은 깨어나서 스스로를 방어하고 있네. 그가 깨어 있더라도 다를 건 아무것도 없을 거야. 그는 더 할 수 있는 것이 없어. 명령을 내리는 것은 그가 아니야. 그의 신체에는 그가 필요 없어. 폐 조직의 세포들, 이 살아 있는 경이로운 작은 공장들이 전 속력으로 그들을 닮은 새 공장들을 만들어 내는 중이야. 추위나 불로 파괴된 세포들을 대체하기 위해 말이지. 그와 동시에, 세포들은 일상적인 일도 수행하고 있네. 화학, 물리, 전자공학, 생물의 분야에서, 복합적이고 믿을 수 없이 복잡한 일을 말이야. 세포들은 아연실색할 정도의 확신과 지능으로 받아들이고, 선택하고, 변화시키고, 생산하고, 파괴하고, 저장하고, 내버리고, 보관하고, 배합하고, 복종하고, 명령하고, 조직하고 있어. 각 세포 하나가 천 명의 의료 기술자와 건축 기술자보다도 더 잘 알고 있단 말일세. 이것들은 살아 있는 신체의 평범한 세포들이야. 우리는 그러한 세포 몇 십억 개로, 몇 십억 개의 미스터리로, 말도 안 되게 복잡한 임무를 고집스레 수행하는 몇 십억 개의 작디작은 세포들로 구성되어 있다네. 이 경이로운 작은 세포들에게, 누가 명령을 내리는 건가? 자네인가, 비농?"

"아! 선생님……."

"코반의 세포들을 말하는 게 아닐세, 비농, 자네는 어떤가? 자네의 간의 세포들, 그들에게 간의 임무를 다하라고 명령하는 것은 자네인가?"

"아닙니다, 선생님."

"그렇다면, 자네의 작은 세포들에 명령을 내리는 것은 누구인가? 누가 그들에게 세포의 할 일을 하라고 지시하지? 세포들이 그렇게 일할 수 있도록 조직해 놓은 것은 누구인가? 누가 각 세포를 제자리에, 자네의 간에, 자네의 작은 뇌에, 자네 아름다운 눈의 망막에 배치한 건가? 누가? 대답하게, 비농, 대답해!"

"모르겠습니다, 선생님."

"모른다고?"

"예, 선생님."

"나도 모른다네, 비농. 그러면 그 밖에 자네가 아는 건 뭐가 있는가?"

"어……."

"자네는 아무것도 모르지, 비농……."

"예, 선생님."

"말해 보게, '저는 아무것도 모릅니다.'"

"저는 아무것도 모릅니다, 선생님."

"브라보! 다른 학생들을 보게, 그들은 웃고, 조롱하고, 자기들은 뭘 좀 안다고 생각하고 있어. 그들은 뭘 알고 있을까, 비뇽?"

"모르겠습니다, 선생님."

"그들은 아무것도 모른다네, 비뇽. 내가 칠판에 그리는 것이 무엇인지, 자네 알아보겠나?"

"예, 선생님."

"이게 뭐지? 말해 보게."

"조반의 방정식입니다, 선생님."

"저들의 웃음소릴 들어 보게. 저 바보들은 자네가 자음 하나를 틀렸기 때문에 웃고 있지. 저들은 저 방정식에 대해 자네보다 더 잘 안다고 생각하나? 저들은 읽을 줄 안다고 생각하나?"

"아닙니다, 선생님."

"그럼에도 저들은 스스로를 자랑스러워하고, 비웃고, 조롱하고 있어. 저들은 스스로가 똑똑하다고 생각하고, 자네를 바보로 여기지. 자네는 바보인가, 비뇽?"

"상관없습니다, 선생님."

"거 훌륭하군, 비뇽. 하지만 그건 사실이 아니야. 자넨 걱정하고 있네. 자네는 스스로 '난 어쩌면 바보일지도 몰라'라고 생각하지. 내가 장담하지, 자네는 바보가 아니야! 자네는 612 지점에서 폐에서 피를 흘리고 있는 남자와 똑같은 작은 세포들로 이루어져 있네. 만유의 장의 열쇠를 발견한 사람, 조란과 완전히 똑같은 세포들로 이루어져 있단 말일세. 내 세포들과도 똑같아, 비뇽 군, 그리고 내 세포들은 철학 교수 자격시험을 통과했지. 자네가 바보가 아니라는 걸 확실히 알겠지!"

"예, 선생님."

"자아, 여기 바보가 있군. 쥘-자크 아르디용, 6학년부터 전 과목 일등을 도맡아 온, 잘난 친구! 그는 자기가 뭔가 안다고 생각하고, 자기가 똑똑하다고 생각하지. 자네는 똑똑한가, 아르디용 군?"

"어… 저는…….."

"그래, 자넨 그렇게 생각하지. 자네는 내가 농담하는 거고, 사실은 자네를 똑똑하다고 여기며, 그 사실을 알고 있다고 생각해. 아니라네, 아르디용 군, 나는 자네를 바보라고 여기며 바보라는 걸 알고 있어. 자네는 조란의 방정식을 읽을 줄 아나?"

"아닙니다, 선생님."

"만일 읽을 줄 안다면, 그것이 무슨 의미인지 알 거라고 생각하나?"

"알 거라고 생각합니다, 선생님."

"생각한다! ……생각한단 말이지! ……대단하군! 자넨 생각하는 아르디용이로군! 우주의 열쇠, 선과 악의 열쇠, 삶과 죽음의 열쇠가 자네 주머니 속에 들어 있겠군. 어떻게 할 건가, 생각하는 아르디용 군?"

"어……."

"그것 보게, 아르디용 군, 그것 봐……."

"장군, 소식 들었나?"

"예, 대통령 각하."

"그 코…… 뭐지?"

"코반입니다."

"……코반, 그를 깨웠다는군."

"그를 깨웠군요……."

"아마 그를 살려내겠지?"

"아마도……."

"그들은 미쳤어!"

"그들은 미쳤습니다……."

"그 뭔가 하는 방정식, 좀 이해하겠나?"

"저는, 잘 아시다시피, 방정식 같은 건……."

"국립과학연구소에서조차 전혀 이해하지 못하고 있어!"

"전혀 말입니까!……."

"폭탄보다 더 위험한 존재일세!"

"더 위험한……."

"다른 면에서 보자면, 이로울 수도 있지……."

"그럴 수도……."

"하지만 그 이로운 점에도 나쁜 면이 있을 수 있어."

"나쁘죠, 나빠요……."

"중국을 생각해 보게나!"

"생각하고 있습니다."

"자네가 중국 입장이라고 생각해 봐!"

"워낙 원대해 놔서……."

"노력을 해 봐! 자네라면 뭐라고 생각하겠나? 이렇게 생각하겠지. '또 저 백인 놈들이 거기에 손을 대겠군. 우리가 그들과 맞먹으려는, 어쩌면 그들을 능가하려는 순간, 놈들은 다시금 천 걸음이나 앞서 나갈 거야. 그래선 안 되지, 절대로 그래선 안 돼.' 자네가 중국이라면 바로 이렇게 생각할 걸세."

"지당하신 말씀입니다……. 그들이 방해에 나설 거라고 생각하십니까?"

"방해, 납치, 공격, 학살, 난 전혀 모르네. 어쩌면 아무것도. 중국인들을 어떻게 알겠나?"

"어떻게 알겠습니까……."

"어떻게! 어떻게 알아내느냐고! 그게 자네 일 아닌가, 알아내는 것! 자넨 '비정'의 수장 아닌가! '비정'은 다름 아닌 '비밀 정보부'라고! 다들 그 사실을 너무 자주 잊어버린단 말야! 누구보다도 자네가! 중국을 감시하게, 장군! 중국을 감시해! 일은 거기서부터 일어날 테니……."

테르 아델리 북쪽에 주둔한 국제 해·공군은 방패 형태로 3차원으로 배치되었고, 24시간 내내 경계태세를 유지했다. 국제군은 공중과 그 위에도 눈이 있었고, 바다 깊은 곳에도 귀가 있었다.

엘레아의 눈이 다시금 보게 되었을 때, 영상 한가운데에는 로칸 대통령이 서 있었다. 왼쪽, 왼쪽 눈의 시야 가장자리에는 코반이 로칸을 보며 그의 말을 듣고 있었다. 그리고 오른쪽에는 그녀를 굽어보는 파이칸의 얼굴 반이 보였다.

로칸은 피로와 비관주의에 사로잡힌 것 같았다.

"그들은 중심부의 모든 도시들을 점령했고, 곤다 7의 제2지층까지 쳐들어왔네……. 아무것도 그들을 막지 못해. 우리는 죽이고, 또 죽이고, 그들의 사상자 수는 막대하지……. 하지만 적의 수는 상상을 초월해……. 그들은 파도처럼 끝없이 밀려오고 또 밀려오고 있어……. 이제 적의 전 병력은 위원회와 대학을 무너뜨리기 위해 곤다 7로 집중되고, 태양의 무기의 발사를 막을 수 있을까 하는 희망에서 무기로 몰려들고 있네. 무기로 이어지는 모든 대로를 폭파시켰지만, 그들은 사방에 수백만씩 몰려들어 각자 작은 터널을 파고 있네. 난 무기의 이륙을 가속시킬 수가 없어. 솔직히 말해, 우리가 그들을 충분히 오래 막아내는 데 성공할 수 있을지 장담할 수 없다네. 그러면 그들은 무기가 발사되기 전 무기에 이르게 되겠지."

"그러길 바랍니다!" 코반이 말했다. "우리가 죽어야만 하더라도, 적어도 나머지는 살아야죠! 우리가 대체 뭐라고 지구 전체에 죽음을 선고하는 겁니까?"

"자넨 비관주의자로군, 코반. 그렇게 심하지는 않을 걸세……."

"무엇을 상상하시든 그보다 훨씬 더 끔찍할 겁니다, 잘 아시잖습니까…!"

"더 이상 모르겠고, 더 이상 상상도 안 가고, 생각도 안 나네! 나는 곤다와의 책임자로서 해야 할 일을 했고, 이젠 그 누구도 무엇도 무기가 중지될지 말지를 알 수도, 멈출 수도 없다네……. 난 기운이 다했어……."

"죽은 지구의 무게에 짓눌려서 그러시겠죠!"

"그러기야 쉽지, 코반! 행동하는 입장이 아닐 때야 아름다운 문장을 늘어놓기가 쉽지……. 방어를 철저히 하게, 코반, 놈들은 곤다 7에 새 병력을 투하했어. 격렬하게 공격해 올 걸세. 자네에겐 아무것도 해 줄 수가 없군, 내가 지닌 전 병력이 필요하니 말이야. 자네에겐 대학 경비대가 있지……."

"경비대는 싸우고 있습니다. 우리도 적들을 막고 있습니다."

"안녕일세, 코반…… 나는……."

로칸이 사라졌다. 영상에 불과했던 것이다. 코반이 시야의 가운데로 들어와 엘레아에게 다가왔다. 그는 보이지 않는 누군가에게 신호를 했다.

"들어 봐요, 엘레아, 내 말이 들린다면, 두려워하지 말아요. 우리는 당신에게 평온의 약을 마시게 할 거고, 그 약은 당신의 정신뿐 아니라 몸의 모든 부분을 잠들게 할 거요. 추위에 사로잡혔을 때 세포 하나라도 추워하지 않도록 말이오."

"내가 네 곁에 있어." 파이칸이 말했다.

엘레아의 몸은, 입에 유연한 튜브가 들어와 목구멍을 통해 뱃속으로 들어가고 튜브로 액체가 흘러 들어오는 것을 느꼈다. 거세게 저항하는 바람에 의식이 돌아왔다. 그녀는 정신을 차렸다. 일어나 앉아서 저항하고 싶었다. 하지만 갑자기 그래야 할 필요가 없어지고 말았다. 그녀는 편안했고, 모든 것이 만족스러웠다. 경이로웠다. 말하고 싶은 기분마저 이제 들지 않았다. 그럴 필요가 없었다. 그녀가 모두를 이해하고 모든 것을 이해하듯, 모두가 그녀를 이해할 수 있을 터였다.

"편안하오?" 코반이 물었다.

그녀는 쳐다보지조차 않았다. 코반이 알고 있다는 것을 그녀는 알았다.

"당신은 곧 잠들 거요, 완전히, 아주 평온하게. 긴 잠은 아닐 거요. 몇 백 년을 자더라도, 그 길이는 하룻밤에 지나지 않을 거요."

하룻밤, 편안한 잠과 휴식의 하룻밤······.

"들었어? 하룻밤뿐이래······. 그리고 네가 깨어났을 때면, 나는 아주 오래 전에 죽어 있을 테니 넌 괴롭지 않을 거야······. 난 너와 함께 있어······. 내가 네 곁에 있어."

"옷을 벗기고 씻기게." 코반이 조수들에게 말했다.

파이칸이 부르짖었다.

"엘레아에게 손대지 마!"

그는 그녀에게 몸을 숙이고 아직 남아 있던 옷가지를 벗겼다. 그런 다음 그녀의 몸에 미지근한 물을 흘리고, 어머니가 갓난아이를 씻기듯 조심스럽고 부드럽게 씻겼다. 그녀는 몸에서 사랑하는 그의 손길을 느꼈고, 행복했다. 파이칸, 난 네 거야, 잠들어……

주변의 방 전체가 보였다. 좁고, 천장이 낮고, 금으로 된 불룩한 벽에 둥근 문이 나 있었다. 그녀는 깊은 땅 속에서 점점 가까워지는 전투의 소음을 들었다. 그 모두가 괜찮았다. 피를 흘리는 경비대장의 영상이 나타났다. 헬멧과 머리의 피부 반이 날아간 모습이었다. 뼈에서 피가 흘렀다.

"그들이 제3지층에 침입했습니다……. 은신처를 향해 올라갑니다……"

"은신처를 지키게! 전 병력을 은신처 주변에 배치해! 나머지는 다 포기하고!"

녹색과 붉은색의 경비대원이 사라졌다. 땅이 흔들렸다.

"파이칸, 그녀를 데려가시오. 나와 함께 갑시다."

"가자, 엘레아, 가자, 내가 널 데려갈게, 넌 내 팔에 안겨 있어. 내가 널 데려가는 거야. 넌 잘 거야. 내가 네 곁에 있어."

그녀는 잠들고 싶지 않았다. 아직은, 당장은, 주변의 모든 것이 안락했고, 파이칸의 팔에 안겨 있으니 모든 게 좋았다……

그의 팔에 안겨 그녀는 금으로 된 계단을 내려가 금으로 된 문을 지나쳤다. 그러고도 몇 걸음을 더 갔다.

"여기에 눕히시오, 머리를 내 쪽으로." 코반이 말했다. "양팔을 가슴에 얹고. 좋아요……. 듣게나 모이산, 내 말 들리나?"

"들립니다."

"곤다 1의 영상을 보내 주게. 상황을 철저히 파악하고 싶네."

"보내 드립니다."

은신처의 돔형 천장이 광활한 평원이 되었다. 불의 하늘에서 붉은 전사들이 떨어져 내렸다. 수직으로 떨어지는 그 무리에 방위 무기들이 가한 일격이 거대한 구멍들을 냈지만, 하늘에서 더, 더, 더 많은 무리가 나타났다. 지면에 도달한 적들은 땅속 무기들이 내뿜는 엇갈리는 불길에 쓸려 나갔다. 새로운 시체들이 생겨나, 무기들이 가하는 충격으로 끊임없이 흔들리는 수많은 죽은 자들의 춤에 가세했다. 살아남은 자들은 즉시 땅을 파고 들어가 의자 위에 웅크렸고 의자는 땅에 통로를 뚫었다. 땅바닥이 느슨해지고, 폭발하여, 덩어리로 솟구치면서 제 살덩이의 잔해들과 함께 사지가 부러진 공격자들을 내던졌다.

엘레아는 그 모든 게 괜찮다고 생각했다. 모든 것이 놀라울 정도로 편안하고…… 편안하고…… 편안했다…….

"잠들었소," 코반이 말했다. "가면을 씌우겠소. 작별 인사를 하시오."

그녀는 평원이 지평선 한쪽 끝에서 다른 쪽까지 갈라져, 쌓인 시체더미와 생존자들을 바위와 흙과 함께 그 가장자리로 내던지는 것을 보았다.

벌어진 땅에서 금속과 유리로 된 경이롭고 거대한 꽃이 나와 하늘로 올라갔다. 하늘에서 내려오던 군대는 먼지처럼 흩어지고 날아갔다. 환상적인 꽃은 높이 올라가 피어났고, 온갖 색깔의 꽃잎을 주위에 펼치며, 그 중심을, 가장 맑은 물보다도 투명한 제 심장부를 드러냈다. 꽃은 하늘을 가득 채웠고, 하늘로 계속해서 올라가면서 천천히 돌기 시작했다가, 빨리, 빨리, 점점 더 빨리 돌았다……. 너무도 좋았다, 나는 편안해, 나는 잘 거야.

파이칸의 얼굴이 꽃과 하늘을 가렸다. 그가 그녀를 바라보았다. 그는 아름다웠다. 파이칸. 그밖에 없어. 나는 파이칸의 것이야.

"엘레아…… 나는 네 거야……. 넌 잠들 거야……. 내가 너와 함께 있어……."

그녀는 눈을 감고 얼굴 위에 가면이 얹히는 것을 느꼈다. 호흡용 물부리가 입술에 얹혀 입술을 벌리고 입안으로 들어왔다. 아직도 파이칸의 목소리가 들렸다…….

"당신에게 엘레아를 주진 않아, 코반! 난 당신에게 그녀를 데려왔지만 당신에게 주진 않아! 엘레아는 당신 것이 아니야! 결코 당신 것이 되지 못할 거야! ……엘레아, 나의 생명, 조금만 참아…… 하룻밤만……. 난 너와 함께야…… 영원히."

그녀는 더 이상 아무것도 들리지 않았다. 더 이상 아무것도 느껴지지 않았다. 의식이 침잠되었다. 감각이 닫혔다. 잠재의식도 가라앉았다. 이제 그녀는 형체도 경계도 없는, 빛나는 금색의 가벼운 안개에 불과했다. 그리고 꺼졌다…….

엘레아는 금테를 벗고 있었다. 상체를 곧게 세워, 의자에 등을 기대고, 붙박인 시선은 영원을 잃은 채, 현재의 이쪽에서, 석상처럼 미동도 하지 않았다. 그녀는 너무나 강렬하게 비극적인 얼굴을 하고 있었기에 아무도 움직이거나 한마디라도 꺼낼 엄두를 내지 못했고, 기침 소리나 의자 끄는 소리로 그녀의 침묵을 깰 수 없었다.

시몽이 일어섰다. 그는 그녀의 뒤에 서서, 어깨에 손을 얹고 부드럽게 말을 걸었다.

"엘레아……."

그녀는 움직이지 않았다. 그는 다시 불렀다.

"엘레아……."

그는 손 밑의 어깨가 떨고 있음을 느꼈다.

"엘레아, 갑시다……."

그의 목소리의 따스함, 손의 따스함이 공포의 장벽을 넘었다.

"쉬는 거예요……."

그녀는 일어서서, 마치 그가 죽은 자들의 한가운데에 단 하나 살아 있는 존재인 것처럼 그를 바라보았다. 그는 그녀에게 손을 내밀었다. 그녀는 그 내민 손을 보고, 잠시 망설이다가, 자기 손을 얹었다. 파이칸의 손……. 손……. 세상 유일한 손, 유일한 구원.

시몽은 손가락을 가만히 구부려 자기 손에 얹힌 얼음처럼 차가운 손바닥을 쥐고 엘레아를 데리고 걸음을 떼기 시작했다.

손에 손을 잡고, 그들은 연단을 내려와 회의실에 가득한 침묵과 시선들을 가로질렀다. 맨 뒷줄에 앉아 있던 헨켈이 일어서서 문을 열어 주었다.

그들이 나가자마자 목소리가 높아지고 웅성거리는 소리가 회의실을 채웠으며, 사방에서 토론이 시작되었다.

모두들 마지막으로 본 영상에서 시몽이 수신용 금테를 썼을 때 전송받았던 장면을 알아보았다. 그리고 모두가 그 뒤에 일어났던 일을 추측했다. 파이칸이 은신처에서 나가고, 코반이 평온의 약을 마시고, 옷을 벗고 자기 받침대에 누워 금 가면으로 얼굴을 덮으며 은신처가 닫히고 추위를 만들어 내는 모터가 작동하기 시작한다.

그동안, 태양의 무기는 하늘의 제 진로를 나아가 에니소라이의 정점에 도달하여 작동 개시된다. 그 효과는 정확히 무엇이었을까? 추측해 볼 수밖에 없었다. "태양이 직접 에니소라이 위에 놓인 것과 같다."고 코반은 말했었다. 분명 엄청난 고온의 광선이 대지와 암석들을 녹이고, 산과 도시들을 액화시키고, 대륙을 뿌리째 갈아엎어 조각조각 내고, 뒤집어엎고, 지옥의 쟁기처럼 뒤적거려 물속에 빠뜨릴 것이다.

코반이 두려워하던 일이 벌어졌다. 그 충격은 너무나 강렬하여 지구 질량에도 전달되었다. 지구는 자전의 균형을 잃고, 다른 기준선에서 새로운 균형을 이루기까지 기울어진 팽이처럼 미친 듯이 비틀거렸다. 지구의 상태 변화는 지각에 균열을 일으켜 도처에서 지진과 분출을 일으키고, 대양의 해구들로부터 움직임 없던 바닷물을 튀어나오게 했고, 그 엄청난 양의 물은 대지를 휩쓸어 버렸다. 오늘날 세계 전역의 여러 민족의 전설들에서 찾아볼 수 있는 대홍수 전설은 틀림없이 이 사건에서 기원한 것이리라. 물은 빠져나갔지만 전 지역에서 그런 것은 아니었다. 지구의 새 균형에 의해 곧다와는 새로운 남극 주변에 위치하게 되었다. 남극 대륙을 휩쓸었던 해일의 물은 얼어붙어 움직이지 않게 되었다. 그리고 이 얼음층 위에, 몇 년, 몇백 년, 몇 천 년이라는 세월이 엄청나게 두터운 눈을 쌓았고 이 눈 역시 제 무게로 얼음이 되었던 것이다.

이는 코반이 예상치 못한 일이었다. 은신처는 지상에서 생명이 다시금 탄생할 수 있는 상황이 되면 열리게 되어 있었다. 추위를 만들어 내는 모터는 멈추고, 가면은 누워 있는 두 사람에게 호흡과 온기를 돌려주며, 굴착기가 공기와 햇빛을 향해 나가는 길을 뚫어 주어야 했다. 하지만 상황은 결코 유리해지지 않았다. 은신처는 추위의 밑바닥에 길을 잃은 씨앗으로 남아 있었고, 우연과 탐사대원들의 호기심이 없었다면 결코 싹트지 못했을 것이다. 후버가 일어섰다.

"제안 하나 하겠습니다. 공식 선언으로, 프랑스 극지 탐사단의 우리 친구들의 직관과 지성과 불굴의 의지에 우리 경의를 표합시다. 그 덕분에 탐사기에 나타난 범상치 않은 데이터를 해석해서 여러분이 아시는 결론을 이끌어 냈을 뿐 아니라, 여러 국가들의 무관심과 무기력함을 뒤흔들어 우리를 모이게 하고 이 자리에 보내지 않았습니까!"

청중은 일어서서 박수갈채로 후버의 말에 동의했다.

"그리고 또," 레오노바가 말했다. "코반의 천재적 재능과 그의 비관주의에도 경의를 표해야 해요. 그 두 가지가 결합되어 코반으로 하여금 영원히 견딜 수 있는 은신처를 짓게 했으니까요."

"좋아요, 누이동생." 후버가 말했다. "하지만 그는 지나치게 비관적이었어요. 로칸이 옳았습니다. 태양의 무기는 지상의 모든 생명을 파괴하지는 않았습니다. 우리가 여기 있지 않습니까! 살아남은 것들이, 식물과 동물과 인간들이 있었던 겁니다. 물론 극소수였겠지만, 모든 것이 다시 시작하기에는 충분했죠. 집, 공장, 모터, 포장된 에너지, 그들이 살아가는 데 쓰던 모든 잡다한 것들이 박살이 나고, 무로 돌아갔습니다. 생존자들은 맨땅에 주저앉았습니다! 맨몸으로! 몇 명이었을까요? 아마 몇 십 명, 다섯 대륙에 뿔뿔이 흩어져 있었겠죠. 아무것도 할 줄을 몰랐으니 그들은 벌레보다도 더 헐벗은 맨몸이었습니다! 그들에겐 손이 있었지만 손을 쓸 줄 몰랐어요! 제가 이 손으로 뭘 할 줄 알겠습니까, 잘나신 후버 선생이? 담뱃불이나 붙이고 아가씨들 엉덩이나 때리는 것 말고? 아무것도 못합니다! 하나도요. 배를 채우기 위해 제가 토끼와 경주해 그놈을 붙잡아야 한다면, 그 광경이 그려지십니까? 제가 그 생존자들 입장이었다면 저는 무엇을 했을까요? 곤충을 잡아먹고, 계절이 맞으면 과일을 먹고, 운 좋게 찾을 수 있으면 죽은 동물들을 먹겠지요! 그들은 그렇게 했던 겁니다! 그들은 그런 지경으로 전락한 겁니다! 그들 이전에 모든 것을 시작한 최초의 인류보다 더 비천하고, 동물들보다 더 비천하게 말입니다. 그들의 문명이 사라지자, 그들은 어떤 개구쟁이가 안이 어떻게 생겼는지 보려고 등껍질을 부숴서 뽑아낸 달팽이들 같은 처지에 놓이고 말았습니다. 참, 달팽이라면 꽤 많이 먹었을 겁니다, 달팽이는 느리니까요. 달팽이가 많이 있었기를 바랍니다. 달팽이 좋아해요, 누이동생? 그들은 사다리의 가장 낮은 단에서 다시 시작했고, 왔던 만큼 도로 기어올랐고, 도중에 떨어지기도 했지만, 계속 올라가고, 또 떨어지고, 고집스럽고 완고하게 고개를 쳐들고 계속해서 기어오르기를 시작했으며, 나는 위까지 갈 거고, 더 높이 올라갈 겁니다! 별들까지! 그리고 보십시오! 그들이 여기 있습니다! 그들은 우리입니다! 그들은 세상에 다시 사람이 살도록 했고, 그들 역시 전만큼 어리석어, 다시 한 번 집을 날려 버릴 준비를 하고 있습니다. 아름답지 않습니까? 그것이 인간입니다!"

홍분과 햇빛이 가득한 대단한 날이었다. 바깥에서, 지상의 바람은 최저 속도로 떨어져 시속 120킬로미터를 넘지 않았고, 거짓말 같은 온화함을 보이며 거의 완전히 멎는 순간들도 있었다. 바람은 하늘 매우 높은 곳에서 맹위를 떨치며 아주 작은 구름의 싹이나 작디작은 안개의 먼지 한 톨마저 싹 쓸어내, 하늘은 완전히 새롭고 명랑한 짙은 푸른색으로 빛났다. 눈과 얼음도 하늘과 거의 똑같으리만치 푸르렀다.

회의실은 열기가 끓어오르고 있었다. 레오노바가 학자들에게, 그들의 삶을 바쳐 전쟁과 잔혹한 형태로 벌어지는 어리석음—정치적 어리석음과 국가주의적 어리석음과 싸우자는 엄숙한 맹세를 하자고 제안했다.

"날 안아 줘요, 공산주의자 누이동생!" 후버가 말했다. "그리고 이데올

로기적 어리석음도 거기에 추가합시다."

그는 레오노바를 자기 뱃살 위에 꼭 끌어안았다. 그녀는 눈물을 흘렸다. 학자들은 일어서서 팔을 뻗고 갖가지 언어로 맹세를 했고, 번역기가 그들의 맹세를 되풀이했다.

그때 호이토가 동료들에게 그와 루코스가 함께 일하는 팀의 작업 상황을 전달했다. 팀에서는 은신처 벽에 새겨진 문헌들의 사진 도면을 작성하고 있었다. 첫날부터 찾던 문헌의 도면이 완성되었고, 팀에서 번역한 그 제목은 〈만유 법칙에 대한 논설〉이었으며, 그것은 조란의 방정식을 설명하는 글로 보였다. 그 중요성 때문에 루코스가 몸소 1,200장의 사진들을 번역기의 분석화면에 띄우는 일을 담당하고 있었다.

너무도 중요한 소식이었다. 코반이 살아남지 못더라도, 언젠가는 그 논설을 이해해 방정식을 해독하리라는 희망을 품을 수 있었다.

히스가 일어서서 발언권을 요청했다.

"저는 영국인이고, 영국인임을 행복하게 여깁니다. 전 제가 영국인이 아니라면 완전한 인간이 못 되었을 거라 생각합니다."

웃음소리와 '우- 우-' 하는 야유가 일었다.

히스는 웃지도 않고 말을 이었다.

"어떤 유럽 대륙 분들은 우리가 영국 섬에서 태어나지 않은 이들은 전부 야자나무에서 갓 내려온 원숭이쯤으로 여긴다고 생각하십니다. 그렇게 생각하시는 분들은 과장하시는 겁니다. 약간이지만요……."

이번에는 웃음소리가 더 컸다.

"제가 여러분께 이런 제안을 드릴 수 있는 것은, 제가 영국인이며, 영국이라는 섬에서 태어난 것을 행복하게 여기기 때문입니다. 우리 역시, 만유의 법칙에 대한 논설을, 아니 그보다 선언문을 작성합시다. 〈만인류의 법〉을 말입니다. 선동하는 말 없이, 프랑스인들이 말하듯 장황한 객설은 집어 치우고, 공허한 말이나 장엄한 미사여구 없이. 유엔의 인권 선언문이 있습니다. 그건 엄숙한 쓰레기에 불과하죠. 다들 거기엔 신경도 쓰지 않아요. 그런 게 존재한다는 걸 아는 사람은 만 명 중 한 명도 안 됩니다. 우리의 선언문은 살아 있는 모든 인간의 가슴을 울려야 합니다. 한 문단, 어쩌면 한 문장에 그쳐야 합니다. 최대한 노력해서 가능한 한 적은 말만 담아야 합니다. 그저 이런 내용만을 말하는 거죠. '나, 인간은, 영국인이거나 파타고니아 인이거나 그 사실을 행복하게 여기지만, 무엇보다 나는 살아 있는 인간이며, 남을 죽이고 싶지 않고 남이 나를 죽이는 것을 원치 않습니다. 어떤 이유에서건, 나는 전쟁을 거부합니다.' 이상입니다."

그는 자리에 앉아 파이프에 네덜란드산 담배를 채웠다.

"영국 만세!" 후버가 외쳤다.

학자들은 웃고, 서로 끌어안고, 등을 두드려 댔다. 이탈리아인 물리학자 에볼리는 흐느꼈다. 질서정연한 독일인인 헨켈은 '만인류 선언문'의 문구를 작성할 위원회를 임명하자고 제안했다.

이름을 추천하는 목소리가 여기저기서 들리기 시작한 순간, 르보의 목소리가 전 확성기에서 울려나왔다.

르보는 코반의 폐에서 출혈이 멎었음을 알렸다. 몹시 허약하고 아직 의식이 돌아오지 않았으며, 심장은 불규칙하게 뛰었지만, 이제 그를 살릴 수 있으리라 기대할 수 있었다.

그날은 정말로 기념할 만한 날이었다. 후버는 호이토에게, 루코스가 〈만유 법칙에 대한 논설〉의 사진들을 번역기에 다 입력하려면 얼마나 걸릴지 아느냐고 물었다.

"몇 시간 후면 되겠지요." 호이토가 답했다.

"그렇다면, 몇 시간 후면 우리가 17개 언어로 조란의 방정식이 무슨 의미인지를 알게 되는 겁니까?"

"그렇진 않습니다." 호이토가 엷은 미소를 띠며 말했다. "연결 텍스트, 추론, 해설 부분은 알게 되겠지만, 번역기가 수학과 물리학 기호의 의미를 파악하지 못하고 있으므로 기호 부분은 파악하지 못할 겁니다. 코반의 도움이 없다면 그 의미를 찾는 데 꽤 시간이 걸리겠지요. 하지만 언젠가 알아내리라는 것은 틀림없고, 컴퓨터의 도움 덕분에 꽤 빨리 이뤄질 겁니다."

"제안하겠습니다." 후버가 말했다. "트리오를 통해 우리가 내일 전 세계에 전달할 사항이 있다는 것을 발표합시다. 그리고 대학과 연구소들에게 우리가 영어와 프랑스어로 된 긴 과학 문헌의 이미지들을 전송할 테니 기록할 준비를 하라고 알리는 겁니다. 기호 부분은 원래 곤다와 어 그대로 말입니다. 조란의 방정식을 이해할 수 있는 논설을 이렇게 전체적으로 공개하면, 그에 대한 지식을 독점하는 일이 단번에 불가능해질 겁니다. 조란의 방정식은 순식간에 전 세계 연구자들의 공동 자산이 되는 겁니다. 마찬가지로 코반에게 드리워진 살해나 납치의 위협도 사라질 거고, 우리는 우리를 보호한다는 구실로 감시하고 있는 해상과 공중의 저 꼴 보기 싫은 군대의 고철덩어리들에게 해산해서 제자리로 돌아가라고 할 수 있을 겁니다."

후버의 제안은 만장일치로 채택되었다. 대단한 날, 금빛 태양이 지평선 주변에서 최정점을 산책하고 있는, 밤도 구름도 없는 긴 날이었다. 태양이 얼음의 산 너머로 질 무렵, 학자들과 기술자들은 EPI 2의 바와 레스토랑에서 여전히 행복에 도취되어 있었다. 기지의 샴페인과 보드카 저장량은 그날 엄청나게 줄어들었다. 그리고 스카치와 버번, 아쿠아비트와 슬리보비츠가 낙관적인 분위기에 비례해서 전체적인 즐거움으로 들끓는 냄비에 흘러들어갔다.

"누이동생," 후버가 레오노바에게 말했다. "나는 덩치 크고 역겨운 독신남이고, 당신은 빼빼 마른 끔찍한 마르크스주의자 똑순이지…… . 사랑한다는 말은 하지 않겠어요, 그 말은 가증스러울 정도로 우습게 들릴 테니. 하지만 당신이 내 아내가 되어 주겠다고 한다면, 나는 뱃살을 빼고 〈자본론〉을 읽는 일까지도 하겠다고 약속하겠어요."

"당신은 정말 지긋지긋해요." 레오노바가 그의 어깨에 기대 흐느끼며 말했다. "당신은 정말 싫어요…… ."

그녀는 샴페인을 마셨던 것이다. 그녀에겐 좀처럼 없는 일이었다.

시몽은 기지 전체의 환희에 끼어 있지 않았다. 그는 엘레아를 진료소로 데려가 그녀 곁을 떠나지 않았다. 방으로 들어오면서 엘레아는 곧바로 먹을 것 기계로 가서 하얀 버튼 세 개를 누르고 피처럼 빨간 색의 작은 알약을 받아 물 한 잔과 함께 곧바로 삼켰다. 그리고 평소처럼 타인의 존재에 전혀 개의치 않고 옷을 벗고, 전라인 채로 몸을 씻고는, 붉은 알약의 효과인지 이미 반쯤 잠든 채 그대로 누웠다. 금테를 벗은 이후 그녀는 단 한 마디도 하지 않았다.

간호사는 회의실에서 기억의 마지막 부분이 펼쳐지는 자리에 있었었다. 그녀는 동정 어린 눈으로 엘레아를 바라보았다. 잠든 여인의 얼굴은 모든 고통을 넘어선 듯한 비극적인 심각한 표정으로 굳어 있었다.

"가엾은 것…… ." 간호사가 말했다. "파자마를 입혀 줘야겠어요. 감기 걸리겠어요."

"건드리지 말아요. 그녀는 잠들었고, 평온합니다." 시몽이 낮은 소리로 말했다. "잘 덮어 주고 지켜보세요. 난 좀 자겠습니다. 자정에 내가 교대해서 불침번을 서지요. 깨워 주십시오……."

그는 온도 조절기를 만져 방의 온도를 조금 올리고는 옷을 그대로 입은 채 좁은 침대에 누웠다. 하지만 눈을 감은 순간부터 눈꺼풀 안에서 영상들이 줄을 이어 펼쳐지기 시작했다. 엘레아와 파이칸, 나체의 엘레아, 불타는 하늘, 죽은 군인들의 뒤섞임, 나체의 엘레아, 파이칸 없는 엘레아, 부서진 땅, 갈라진 평원, 하늘의 무기, 엘레아, 엘레아…….

그는 잠들 수 없다는 것을 깨닫고 벌떡 일어났다. 수면제? 작은 탁자 위에, 손닿는 곳에 먹을 것 기계가 있었다. 그는 하얀 버튼 세 개를 건드렸다. 서랍이 열리고, 붉은 알약이 나왔다.

간호사가 나무라는 표정으로 그의 하는 양을 지켜보고 있었다.

"그걸 드시려고요? 독일지도 몰라요!"

그는 대답하지 않았다. 만일 독이라 해도, 엘레아는 그것을 먹었고, 엘레아가 죽는다면 그도 더 살고 싶지 않았다. 하지만 그것이 독이라는 생각은 들지 않았다. 그는 엄지와 검지로 알약을 잡고 입에 넣었다. 알약은 잇새에서 씨앗 없는 체리처럼 터졌다. 입과 코와 목구멍 안쪽 전체에 쏘는 듯한 부드러움이 튀는 것 같았다. 맛이 달지는 않았다. 아무런 맛도 없는, 액체로 된 벨벳 같았으며, 무한한 부드러움과 접촉하는 감각이었고, 그 부드러움은 퍼져 나가고 살 안쪽으로 파고들어, 볼과 목을 지나 피부까지 닿고, 머리 안쪽으로 밀려들었으며, 삼키고 나자 온몸으로 내려가 몸을 꽉 채웠다. 그는 가만히 다시 누웠다. 졸린 것 같지는 않았다. 히말라야까지라도 걸어가

깡충깡충 뛰며 등반할 수 있을 듯한 기분이었다.

간호사가 그를 흔들었다.

"선생님! 빨리요! 빨리 일어나세요!"

"뭡니까? 무슨 일이에요?"

그는 빛을 내는 벽시계를 보았다. 23시 37분이었다.

"그건 독이라고 제가 그랬잖아요! 빨리 이걸 드세요! 구토제에요."

그는 간호사가 들이민 병을 물리쳤다. 지금만큼 몸이 좋고, 행복하고, 열시간을 잔 것처럼 푹 쉰 느낌이 들었던 적이 없었다.

"그게 독이 아니라면, 저 여자는 왜 저러는 거죠?"

저 여자, 엘레아.

그녀는 깨어 있었으며, 눈을 뜨고, 시선은 고정되고, 턱은 오그라들어 있었다. 격렬한 떨림이 그녀의 온몸을 뒤흔들었다. 시몽은 담요를 젖히고 팔과 허벅지의 근육을 만져 보았다. 근육은 수축되고 긴장하고 경직되어 있었다. 그는 엘레아의 눈앞에서 손을 저어 보았지만 눈은 깜빡도 하지 않았다. 그는 손목의 굳어진 근육 밑에서 어렵게 맥박을 짚었다. 맥박은 힘 있고 급하게 뛰었다.

"무슨 일인가요, 선생님? 왜 그러는 건가요?"

"아무것도 아닙니다." 시몽은 부드럽게 말하며 담요를 다시 끌어 올렸다. "아무것도……. 그저 절망일 뿐이에요……."

"가엾은 것……. 뭘 어떻게 해 줘야 할까요?"

"그냥 두세요, 그냥……."

그는 엘레아의 얼음장 같은 손을 자기 손으로 쥐었다. 그는 손을 어루만지고 부드럽게 주무르기 시작해, 어깨 쪽으로 올라가면서 굳어진 팔을 주물렀다.

"제가 도와 드릴게요." 간호사가 말했다.

그녀는 침대를 빙 돌아와 엘레아의 반대편 손을 잡았다. 엘레아의 팔이 소스라치며 손을 빼려고 했다.

"놔두세요." 시몽이 말했다. "나와 함께 있게 놔두세요. 우리끼리 내버려 둬요. 방에 가서 주무세요……."

"진심이세요?"

"예……. 우리끼리 있게 해 줘요……."

간호사는 자기 소지품을 챙기고 시몽을 의심스런 눈길로 오랫동안 쳐다보면서 방을 나갔다. 그는 그 눈길을 알아채지 못했다. 그는 엘레아를, 그녀의 굳어진 얼굴을, 꼼짝 않는 시선을 바라보고 있었고, 그녀의 눈빛 속 움직이지 않는 두 개의 눈물의 호수에서 빛이 반짝였다.

"엘레아……." 그는 아주 낮은 소리로 말했다. "엘레아…… 엘레아……. 내가 당신과 함께 있어요……."

문득 그는 그녀의 귀에 들리는 것은 그의 목소리가 아닌 번역기의 낯선 목소리라는 것을 떠올렸다. 그의 목소리, 그녀의 다른 쪽 귀에 닿는 목소리는 의식적으로 지우려고 하는 낯설고 혼란스런 소음일 뿐이었다.

그는 조심스레 그녀의 이어폰을 뺐다. 송신 마이크는 의자 위에 놓인 옷에 붙어 있었다. 그는 스웨터에 핀으로 꽂혀 있던 자기 마이크를 빼내 주머니 속 깊이 쑤셔 넣었다. 이제, 그녀와 그 사이에는 어떤 기계도, 어떤 낯선 목소리도 없었다.

"엘레아…… 내가 당신과 함께 있어요…… 당신과 둘이서만…… 처음으로…… 어쩌면 마지막으로……. 그리고 당신은 알아듣지 못하니까…….

그러니 난 말할 수 있어요……. 엘레아, 내 사랑…… 내 소중한 사랑……
사랑해…… 내 사랑, 내 사랑…… 당신 곁에 있고 싶어…… 당신 위에……
아주 부드럽게 당신 안으로 들어가…… 당신을 안심시키고, 따뜻하게 해
주고, 진정시키고, 당신을 위로하고 싶어, 사랑해…… 나는 야만인에 불
과하지…… 뒤떨어진 미개인이고…… 나는 동물을 먹고…… 풀과 나무
를 먹지…… 난 결코 당신을 가질 수 없겠지만…… 그렇지만 사랑해, 사랑
해……. 엘레아, 내 사랑…… 당신은 아름다워…… 당신은 아름다워……
당신은 새이고, 과일이고, 꽃이고, 하늘의 바람이야……. 난 결코 당신을 가
질 수 없겠지…… 알고 있어, 알고 있어, 그래도 사랑해…….”

시몽의 말은 그녀에게, 그녀의 얼굴에, 팔에, 드러난 가슴에, 따스한 꽃
잎처럼, 온기를 지닌 눈처럼 내려앉았다. 그는 자기 손 안에서 그녀의 손이
부드러워지는 것을 느꼈고, 그녀의 얼굴이 풀리는 것을, 가슴이 좀 더 평온
하게, 깊이 오르내리는 것을 보았다. 비극적인 두 눈 위로 눈꺼풀이 아주 천
천히 내려앉고 마침내 눈물이 흘러내리는 것을 보았다.

“엘레아, 엘레아, 내 사랑…… 아픔에서 돌아와…… 고통에서 돌아
와…… 돌아와, 삶은 여기에 있고, 난 당신을 사랑해…… 당신은 아름다워,
당신만큼 아름다운 건 아무것도 없어…… 알몸의 어린아이, 구름…… 색
깔, 암사슴…… 파도, 나뭇잎…… 꽃피는 장미도…… 복숭아의 향기와 바
다도…… 그 무엇도 당신만큼 아름답진 않아…… 데이지 꽃에 비치는 오월
의 햇살도…… 아기사자도…… 동그란 과일, 잘 익은 과일, 햇빛으로 따스
한 과일들도…… 그 무엇도 당신만큼 아름답진 않아, 엘레아, 엘레아, 내 사
랑, 내 소중한 사랑…….”

그는 엘레아의 손이 자신의 손을 꽉 쥐는 것을 느끼고, 다른 손이 담요

위로 올라와 담요를 더듬어 쥐더니 평소와는 다른 동작으로, 믿을 수 없는 동작으로 담요를 끌어 올려 벗은 가슴을 덮는 것을 보았다.

그는 입을 다물었다.

그녀가 말했다.

그녀가 프랑스어로 말했다.

"시몽, 당신 말 이해해……."

잠시 침묵이 흘렀다. 그리고 그녀는 덧붙였다.

"나는 파이칸의 것이야……."

그녀의 감은 눈에서 눈물이 계속해서 흘러내렸다.

 당신은 내 말을 알아들었어. 아마 전부는 아니겠지만, 내가 얼마나, 얼마나 당신을 사랑하는지를 알기에는 충분할 정도로 알아들었어. 사랑한다, 사랑, 사랑이라는 말은 당신의 언어로는 의미가 없지만, 당신은 알아들었고, 그 말이 무슨 뜻인지, 내가 하고 싶은 말이 무엇인지 이해했어. 그 말들이 당신에게 망각과 평온을 가져다주지는 못했다 해도, 적어도 당신이 울 수 있을 만큼의 따스함은 되어 주었고, 가져다주었어.

당신은 이해했어. 어떻게 그런 일이 가능했을까? 나도, 우리들 중 누구도 당신의 총명함이 그토록 뛰어나리라고는 생각하지 못했어. 우리는 우리가 인류 진보의 정점에 서 있다고 생각하며, 우리는 가장 진화했다! 가장 똑똑하다! 가장 유능하다! 진화의 맨 끝에 이른 찬란한 결과물이라 생각하지. 우리 후대에는 어쩌면 분명 더 뛰어난 인류가 있을지 모르지만, 우리의 이전에는, 보라고, 그런 일은 불가능해! 당신이 우리에게 보여 준 곤다와가 이룩해 낸 그 모든 것에도 불구하고, 당신이 우리보다 우월하다는 생각을 떠올릴 수가 없었던 거야. 당신들의 성공은 우연한 일에 불과하다고, 우리보다 이전이었기 때문에 당신들은 우리보다 열등하다고 여겼던 거야.

종으로서의 인류가 세월이 흐를수록 진보한다는 이런 확신은 분명 개인으로서의 인간의 무의식적인 혼란에서 왔겠지. 인간은 일단 어린아이였다가 어른이 되니까. 우리, 오늘날의 인간은 어른이지. 우리보다 이전에 살았던 이들은 어린아이일 수밖에 없어.

하지만 어쩌면 완벽함은 어린 시절에 있는 게 아닌지, 어른은 이미 썩어가기 시작하는 어린아이는 아닌지 자문해 보는 것이 좋을지도, 그래야 할 때인지도 몰라…….

당신들, 인류의 어린 시절, 새롭고, 순수하고, 닳지 않은, 찢어지고 손상되고 기진맥진하지 않은, 당신들, 그 지성으로 못할 게 무엇이 있었을까?

몇 주 전부터 당신은 한쪽 귀로 미지의 언어, 내 언어의 문장들을, 당신에게 말하는 내 목소리를 통해 들어 왔어. 아침부터 저녁까지 하루 종일 곁에서, 잠에서 깨어났을 때부터, 심지어 잠들었을 때조차. 왜냐하면 내가 당신에게 하는 말들은 당신과 함께 있으려는, 내 사랑, 내 소중한 사랑인 당신에게 좀 더 가까이 있고자 하는 한 방식이었으니까.

그리고 다른 쪽 귀로 당신은 같은 문장이 번역된 것을 들었고, 말의 의미는 끊임없이 말과 동시에 당신에게 가 닿았고, 당신의 경이로운 지성은, 의식적인지 아닌지 모르겠지만, 비교하고, 분류하고, 번역하고, 이해한 거야.

당신은 나를 이해했어…….

나도, 나도 그래. 내 사랑, 나도 이해했어, 알고 있었어…….

당신은 파이칸의 것이지…….**"**

5_다시 시간의 밤 속으로

　　루코스가 작업을 끝냈다. 번역기는 조란의 논설의 텍스트를 삼키고, 흡수하고, 17개 언어로 번역했다. 하지만 루코스가 위원회의 결정에 가한 압력에 따라 번역문은 번역기의 메모리에만 저장되고, 인쇄하거나 배포하는 것은 나중에, 필요할 때 하기로 했다. 번역기는 자기(磁氣) 필름에 영어와 프랑스어 번역문의 이미지들을 기록만 해 두었다. 필름들은 벽장 속에서 전 세계에 배포될 순간을 기다렸다.

　　시간이 가까워 왔다. 기자들은 독자와 시청자들에게 가장 오래된 인문 과학의 비밀들을 해독해 낸 경이로운 기계를 묘사해 보일 수 있도록 번역기를 방문하게 해 달라고 요청했다. 루코스가 호이토와 함께 알 속에 새겨진 문헌들의 도면 작성 작업을 계속하느라 자리에 없었으므로, 그의 조수인 엔지니어 무라드가 기자들을 안내해 번역기의 이모저모를 보여 주게 되었다. 후버가 그들과 동행하겠다고 나섰고 레오노바가 따라나섰다. 때때로 그는 레오노바의 자그마한 손을 자신의 커다란 손으로 쥐었고, 아니면 레오노바가 가느다란 손가락들을 그의 굵다란 손가락에 걸곤 했다. 그리고 그들은 그렇게, 남의 눈을 신경 쓰지도 않고, 곤다와의 두 연인들처럼 손에 손을 잡은 채 번역기의 방과 복도들을 나아갔다.

"이것이" 무라드는 말했다. "이미지를 필름에 기록하는 장치입니다. 이 화면에 텍스트의 줄들이 빛을 발하는 문자로 나타납니다. 이 TV 카메라가 그것들을 보고, 분석하여 전자기 신호로 변환시켜 필름에 기록하지요. 보시다시피 이건 매우 단순하며, 오래된 자기 기록 방식입니다. 복잡한 부분은, 번역기가 빛을 발하는 문자들을 만들어 내기 위해 취하는 방식이죠. 그건……"

무라드는 터키어와 일본어밖에 하지 않았으므로, 후버는 기자들이 각자 자신의 언어로 설명을 들을 수 있도록 이어폰 수신기를 나눠 주었었다. 그리고 루이 드빌은 프랑스어로 다음과 같은 말을 들었다.

"……그건…… 이런 염병할! 저게 뭐지?"

100분의 1초 동안, 그는 번역기가 프랑스어를 너무나 능숙하게 구사한다는 점에 감탄했고, 무라드에게 그에 해당하는 터키어 표현이 무엇인지 물어봐야겠다고 생각했다. 귀에 잘 들어오면서도 생생한 표현일 게 틀림없었다. 다음 100분의 1초 동안 그런 하찮은 일은 그의 머릿속에서 완전히 사라지고 말았다. 무라드가 후버에게 뭐라 귓속말을 하고, 후버가 못 알아듣겠다는 시늉을 하고, 무라드가 후버의 소맷부리를 잡아당겨 기록용 TV 카메라 뒤편의 뭔가를 보여 주는 것을 그는 보았다.

후버가 즉각 사태를 파악하고 곧바로 기자들 쪽으로 돌아섰다.

"여러분, 무라드 엔지니어와 특별히 얘기할 게 있습니다. 우리는 번역기의 중계를 통해 얘기할 수밖에 없습니다. 여러분이 우리 대화를 듣지 않았으면 하니, 이어폰을 제게 반납하고 나가 주셨으면 합니다."

그 말에 언어의 여왕의 가슴에서는 항의가 폭발처럼 일어나고, 언어로 된 폭풍이 불어 닥쳤다. 어쩌면 센세이셔널한 일이 벌어질지 모를 바로 이 순간에 정보를 차단해 버리겠다고? 말도 안 되는 소리! 절대 안 되지! 우릴 누구로 알고?

후버는 분노하여 얼굴이 보랏빛으로 물들었다. 그는 고함쳤다.

"시간 낭비하게 하지 마시오! 1초 1초가 엄청나게 중요할지도 모르는 마당에! 계속 왈가왈부한다면, 당신들을 비행기에 실어 전부 시드니로 보내 버리겠소! 그거 내놔요!"

사람 좋은 후버가 그렇게까지 화내는 것을 보고 기자들은 일이 심각하다는 것을 깨달았다.

"상황이 확실해지면 바로 알려드리겠다고 약속드리지요."

기자들은 모두 후버 앞을 지나며 머리의 체온으로 아직도 따뜻한 여러 가지 색의 이어폰을 돌려주었다. 레오노바가 마지막으로 나간 기자 뒤에서 문을 닫고, 급히 후버 쪽으로 돌아왔다.

"그게 뭔데요? 무슨 일이죠?"

두 남자는 벌써 카메라 내부를 들여다보며 기술적인 용어로 빠르게 논의하고 있었다.

"조작됐소!" 후버가 말했다. "누군가 이 카메라에 손을 댔어요! 여기 보이는 이 선은 자기 기록 장치의 선이 아니오! 덧붙여진 선이지!……"

그 은밀한 선은 자기 기록 장치의 선에 붙어 있어 분간이 되지 않았으며, 똑같이 금속으로 된 칸막이의 구멍에 들어가 있었다. 무라드는 신속하게 나사 네 개를 풀어내고 매끄러운 알루미늄 판을 들어냈다. 자기 기록 장치의 내부가 드러나고 곧바로 색다른 물건이 눈에 들어왔다. 평범한 인조가

죽으로 된 담배 색깔의 중형 가방이었다. 덧붙은 선은 그리로 들어갔고, 거기서 나온 다른 선이 방 한 구석에서 위로 올라가 천장을 뚫고 나갔으며, 뭔가 교묘한 기법으로 안테나 역할을 하는 외부의 금속 물체에 연결되어 있을 것이 틀림없었다.

"그게 뭔데요?" 자신이 기술이라고는 아무것도 모르는 인류학자라는 것을 통탄하며 레오노바가 재차 물었다.

"송신기라오." 후버가 말했다.

그는 가방을 열고 있었다. 안에는 회로와 관과 반도체들이 경탄이 우러나올 정도로 배치되어 있었다. 그것은 평범한 무선 송신기가 아니라 어엿한 진짜 텔레비전 송신국, 축소 모형의 걸작이었다.

후버는 한눈에 일본제, 체코제, 독일제, 미제, 프랑스제 부품들을 알아보았고, 그렇게 좁은 공간을 그토록 효율적으로 활용한 놀라운 배열에 감탄할 수밖에 없었다. 이 송신기를 제작한 사람은 천재였다. 송신기는 전체 전기 회로에 연결된 게 아니라 전지 하나와 변압기로부터 전력을 공급받았다. 그래서 작동 시간과 범위에는 한계가 있었다. 몇 킬로미터 반경을 넘어선 곳에서까지 수신할 수는 없었을 것이다.

후버는 이 모든 것을 레오노바에게 재빨리 설명했다. 그는 전지를 시험해 보았다. 거의 다 닳아 있었다. 송신기는 이미 작동된 것이었다. 남극 대륙이나 그 근처 어딘가에 설치된 수신기에 영어나 프랑스어, 혹은 그 둘 다의 번역문 이미지를 전송했을 것이 틀림없었다.

부조리한 일이었다. 몇 시간 후면 번역문이 전 세계로 배포될 텐데, 어째서 몰래 번역문을 빼낸단 말인가? 논리에 의해 소름끼치는 대답이 나왔다.

만일 어떤 단체나 국가가 조란의 방정식에 대한 지식을 독점하려 한다면, 그 단체나 국가는 누구라도 만유 법칙에 대한 논설이나 공식에 대한 설명을 알지 못하게 막아야 한다. 그러기 위해서, 송신기를 설치하고 알 수 없는 곳으로 논설의 이미지를 전송한 이들은 다음과 같은 일들을 즉각 해치워야 한다.

- 논설의 이미지가 기록된 자기 필름들을 파괴하는 것
- 벽에 새겨진 문헌을 사진으로 찍은 필름 원본을 파괴하는 것
- 17개 언어로 된 번역본이 저장된 번역기의 메모리를 파괴하는 것
- 그리고 코반을 죽이는 것.

"하느님 맙소사!" 후버가 외쳤다. "필름이 어디에 있지?"

무라드가 급히 그들을 기록 보관실로 데려가 알루미늄 벽장을 열고 둥근 케이크처럼 생긴 통 하나를 낚아챘다. 영사기의 발명 이래로 각종 필름을 보관하는 데 쓰였으며, 덩치 크고, 불편하고, 우스꽝스럽게 생겼지만 한 번도 개선되지 않은 상자였다. 늘 그렇듯 무라드는 통을 여느라 무진 고생을 했고, 손톱이 깨지고, 터키어로 욕설을 중얼거렸다. 그리고 마침내 통을 열고 내용물을 보는 순간 두 번째로 욕설을 내뱉었다. 필름은 연기가 피어오르는 질척한 액체가 되어 있었다.

통 안쪽에 온통 산이 부어져 있었다. 원본 필름과 자기 필름은 이제 코를 찌르는 냄새와 함께 반죽이 되어, 부식되고 손상된 통의 구멍들로 흘러나오고 있었다.

"하느님 맙소사!" 후버가 다시 한 번 프랑스어로 외쳤다.

그는 욕할 때면 프랑스어를 즐겨 썼다. 그러는 편이 미국 신교도로서 덜 괴로웠기 때문이다.

"메모리는? 이 빌어먹을 기계의 메모리는 어디에 있소?"

메모리는 30미터 길이의 긴 복도였다. 복도의 오른쪽 벽은 펠트를 댄 유리였고 왼쪽 벽은 각 칸이 1만분의 1밀리미터 크기인 금속 격자로 이루어져 있었다. 격자가 이루어지는 부분 하나하나가 기억 단위였다. 그 개수는 십억의 천만 배에 달했다. 전자공학 기술의 역작인 이 메모리는 천재적인 능력을 지니고 있었지만, 살아 있는 두뇌에 비하면 모래 한 알에 불과했다. 메모리가 인간보다 뛰어난 점은 그 속도였다. 하지만 무한한 인간의 두뇌에 비하면 그 용량은 유한했다.

들어가자마자 그들은 첫눈에 그 걸작에 덧붙여진 모독적인 짓거리를 발견했다.

필름통과 비슷하게 생긴 네 개의 둥글납작한 물건. 구체의 입구에 설치된 것과 닮은 네 개의 지뢰. 자기장에 의해 금속 벽에 붙어 있으며, 제거하려고 하거나, 어쩌면 다가서는 것만으로 벽과 번역기 전체를 산산조각으로 날려 버릴, 네 개의 무시무시한 괴물.

"하느님 맙소사, 제기랄!" 후버가 말했다. "리볼버 있습니까?"

무라드를 향한 말이었다.

"없습니다."

"레오노바, 당신 총을 무라드에게 줘요!"

"하지만……."

"줘요! 빌어먹을! 지금이 말싸움할 때인 것 같아요?"

레오노바가 총을 무라드에게 건넸다.

"문을 닫으시오. 문 앞을 지키고 서서, 아무도 들여보내지 말아요. 누가 고집을 부린다면 쏴 버리고!"

"폭발하면 어쩌고요?" 무라드가 물었다.

"그야 뭐, 같이 날아가는 거죠! 당신 혼자만 그렇게 되진 않을 겁니다! 루코스 이 답답한 작자는 어디 있죠?"

"알 속에 있습니다."

"갑시다, 누이동생……."

그는 바깥에 휘몰아치는 바람과 같은 속도로 레오노바를 끌고 갔다. 태양이 지평선 가장 높이 올랐을 때 폭풍이 일었다. 녹색 구름이 태양을 집어삼키고, 다음에는 하늘을 삼켰다. 바람이 장애물에 부딪칠 때마다 찢어지며 지면의 눈을 들어 올렸다. 바람은 쓰레기, 폐기물, 버려진 상자들, 빈 통과 속이 찬 통들, 안테나를 휩쓸고 가며 허허벌판을 만들었다.

문을 지키던 경비원이 그들이 나가지 못하게 막았다. 보호 장비도 갖추지 않고 밖으로 나간다는 건 자살행위였다. 바람은 그들의 눈을 멀게 하고, 숨을 막고, 뼈를 부러뜨리고, 그들을 휩쓸어가 백설의 끝까지 굴려 갈 것이었다.

후버는 경비원의 모자를 벗겨 레오노바의 머리에 눌러 씌우고, 경비원의 고글, 장갑, 후드 달린 재킷을 빼앗아 날씬한 젊은 여인을 폭 감싸고 그녀를 맥주 통들이 실린 운반용 전기 카트 위로 밀치고는 리볼버를 경비원에게 겨누었다.

"문 열어!"

경비원은 겁에 질려 열림 버튼을 눌렀다. 문이 열렸다. 아우성치며 소용돌이치는 눈이 바람에 실려 복도 깊숙이까지 들어왔다. 카트는 느긋하게 천천히 폭풍 속으로 들어갔다.

"당신은 어쩌고요." 레오노바가 높은 소리로 외쳤다. "당신은 맨몸이잖아요!"

"나는," 후버의 목소리가 폭풍을 뚫고 울렸다. "뱃살이 있으니 괜찮소!"

그들의 앞도, 이미 뒤편도, 온통 새하앴다. 왼쪽도, 오른쪽도, 앞도, 뒤도, 위도, 아래도, 모든 것이 하앴다. 카트는 경주용 자동차 천 대가 내는 듯한 요란한 소리를 내며 움직이는 하얀 바다 속을 뚫고 나아갔다. 후버는 눈이 뺨을 찌르고 귀와 코를 마비시키는 것을 느꼈다. 승강기 건물은 직선으로 30미터 앞에 있었다. 길을 잃고 바람의 주둥이에 삼켜질 시간이 30배인 셈이었다. 카트를 직선 궤도로 유지시켜야 했다. 이제 그는 그 생각뿐이었고, 뺨과 귀와 코, 머리 피부가 얼어붙어 가고 있다는 사실을 개의치 않았다. 30미터. 바람은 오른쪽에서 불어왔고 그들을 진로에서 벗어나게 할 게 분명했다. 바람 쪽을 향하며 그는 문득 리볼버의 기름이 얼어붙으면 몇 시간 동안 총을 못쓰게 될 거라는 생각에 미쳤다.

"방향을 단단히 잡아요! 두 손으로! 그래! 그렇게! 일 밀리미터도 벗어나지 말고! 꽉 잡고 있어요!"

그는 더 이상 감각이 없는 맨손으로 레오노바의 장갑 낀 손을 잡아 방향 조절 바를 쥐어 준 뒤, 허리띠에 걸어 둔 케이스에서 리볼버를 더듬어 찾아 꺼내고, 바지 앞섶의 지퍼를 여는 데 성공했다. 한 떼의 늑대들이 아랫도리를 물어뜯는 듯했다. 그는 팬티 속에 총을 쑤셔 넣고 지퍼를 닫으려 했다. 지퍼 손잡이가 그의 곱은 손에서 자꾸만 빠져나가고, 눈이 지퍼 틈새로 파고들었다. 추위가 그의 엉덩이로, 성기로, 몸에서 가장 따뜻한 부위에 숨기려 하는 총으로 퍼져 나갔다. 그는 레오노바에게 바싹 붙어 서서, 그녀를 폭풍을 막는 방어벽, 장애물, 성벽으로 삼았다. 그는 그녀에게 팔을 두르고 방향 조절 바를 잡은 그녀의 손 위에 자기 손을 얹었다. 바람이 그들을 궤도에서 끌어내 어딘가 멀리 떨어진 곳으로 던져 버리려 들었다. 멀리 떨어진 곳,

그건 몇 킬로미터가 아니었다. 몇 미터만 떨어져도 휘몰아치는 폭풍 속에서 영원히 길을 잃기에는 충분했다. 문을 열 발짝 남기고 얼어 죽을 수도 있었다.

승강기동은 여전히 보이지 않았다. 여기, 아주 가까운 곳에, 앞에, 휘날리는 빽빽한 눈발에 가려져 있는 것일까? 아니면 그들은 건물을 놓쳤고 카트는 죽음의 불모지로 빗나가고 있는 중일까?

갑자기 후버에게 그들이 목적지를 지나쳤으며, 조금이라도 더 나아가면 길을 잃게 된다는 확신이 들었다. 그는 레오노바의 손에 힘을 주어 바람 쪽으로 방향을 끝까지 틀었다. 거슬러 부는 바람이 카트 밑으로 파고들어 카트를 들어 올렸다. 맥주 통들과 후버의 배 때문에 카트는 도로 내려앉았다. 레오노바가 겁에 질려 방향 조절 바를 놓쳤다. 그녀는 바람에 몸이 날려가는 것을 느끼며 비명을 질렀다. 후버가 그녀를 붙잡고 꼭 끌어안았다. 저 홀로 나아가게 된 카트는 바람을 맞으며 급회전을 했다. 맥주통 두 개가 맥주를 뿜어내며 굴러가 하얀 폭풍 속으로 사라졌다. 바람이 방향 잃은 카트의 아래를 제 어깨로 들이받으며 다시 한 번 카트를 들어 올려 뒤집었다. 후버는 레오노바를 안은 채 얼음 위로 몸을 굴렸다. 맥주통 한 개가 그의 머리를 아슬아슬하게 몇 센티미터 벗어나 굴러갔다. 카트는 뒤집어지고 뒹굴며 나뭇잎처럼 날아가 버렸다. 바람이 후버와 그에게 꼭 달라붙은 레오노바를 굴렸다. 그들은 장애물에 거세게 부딪쳤고 장애물은 소리를 냈다. 그것은 수직으로 선 커다란 붉은 표면이었다. 승강기동의 문이었다…….

승강기는 난방이 되어 따뜻했다. 그들의 옷 주름에 달라붙은 눈과 얼음이 녹아내렸다. 레오노바는 장갑을 벗었다. 그녀의 손은 따뜻했다. 후버가 자기 손에 입김을 불었다. 그의 손은 창백해져 움직이지 않았다. 귀와 코도 별 다를 바가 없었다. 게다가 몇 분 후면 몸을 써야 했다. 그럴 수 있을 것 같지 않았다.

"돌아서요." 그가 말했다.

"왜요?"

"돌아서라니까, 좀, 맙소사! 늘 가타부타 따져야 하다니!"

그녀는 화가 나서 얼굴이 빨개졌고, 거절하려다 말고 이를 악물며 그 말에 따랐다. 그도 그녀에게서 등을 돌리고 서서 간신히 팬티 속에 두 손을 찔러 넣고 양손바닥 사이에 리볼버를 끼고 옷에서 꺼냈다. 리볼버가 손에서 미끄러져 떨어졌다. 레오노바가 화들짝 놀랐다.

"돌아보지 말아요!"

그는 셔츠 옷자락을 도로 밀어 넣고 양손 검지로 지퍼 손잡이를 잡았다. 잡고 있다는 것은 알았지만 감각이 느껴지지 않았다. 그는 지퍼를 위쪽으로 잡아당겼다. 손잡이가 손에서 빠져나갔다. 그는 두 번, 열 번을 되풀이하며 매번 지퍼를 몇 칸씩 올렸다. 마침내 좀 덜 낯부끄러운 몰골이 되었다. 그는 하강 표시계를 보았다. 980미터 이상 내려왔다. 곧 도착할 것이다.

"총을 주워요." 그가 말했다. "나는 할 수가 없으니."

레오노바가 걱정스레 그 쪽으로 돌아섰다.

"손이……?"

"내 손은 좀 이따 문제고! 시간이 없어요! ……총을 들어요! ……쏠 줄 알아요?"

"날 뭘로 보는 거예요?"

그녀는 능숙하게 총을 다뤘다. 대구경의 연발 권총, 전문 킬러의 무기였다.

"안전장치를 벗겨요."

"설마……?"

"설마가 아니오…… 두려워하는 거지…… 모든 게 10분의 1초에 달려 있을 수도 있어요."

승강기가 마지막 3미터에서 제동을 걸며 멈춰서고, 문이 열렸다.

지뢰 옆에서 보초를 서던 것은 히스와 샹가였다. 흠뻑 젖어 봉두난발을 하고 손을 움직이지 않는 덩어리처럼 늘어뜨린 후버와, 거대하고 시커먼 권총을 휘두르는 레오노바가 승강기에서 나오는 것을 보고 그들은 질겁했다.

"왓츠 더 매터?" 히스가 물었다.

"시간이 없소…… 소생실을 대 주시오, 빨리!"

히스는 이미 냉정을 되찾은 후였다. 그는 소생실을 호출했다.

"미스터 후버 앤드 미스 레오노바 원트 투 컴 인…….(후버 씨와 레오노바 씨가 들어가려고 합니다)"

"잠깐만!" 후버가 외쳤다.

그는 수화기를 받아들려 했지만 그의 손은 솜뭉치나 다름없었고 수화기는 손에서 미끄러졌다. 레오노바가 수화기를 받아 그의 입술에 대 주었다.

"여보세요! 여기는 후버입니다. 그쪽은 누구십니까?"

"모이소프입니다." 프랑스어 목소리가 말했다.

"대답해 주시오! 코반은 살아 있습니까?"

"그럼요! 물론 살아 있죠."

"그에게서 눈을 떼지 말아요! 전원을 감시해요! 각자 자기 옆사람을 감시하도록 해요! 코반을 지켜봐요. 누군가 그를 죽이려 합니다!"

"하지만……."

"당신 혼자만으로는 믿을 수가 없군. 포스터를 바꿔 주시오."

그는 포스터에게 경고의 외침을 되풀이하고, 다음에는 르보에게도 했다. 그는 되풀이했다. '누군가 코반을 죽이려 합니다! 아무도 그에게 다가가지 못하게 해요. 누구라도!'

그는 덧붙였다.

"알 속은 어떻습니까? 감시 카메라 화면에 뭐가 보이나요?"

"아무것도 없소." 르보가 말했다.

"아무것도? 아무것도라니 무슨 말이오?"

"카메라가 고장났어요."

"고장나? 설마! 지뢰를 열어요! 빨리!"

레오노바가 수화기를 히스에게 돌려주었다. 깜빡이는 빨간 불빛이 꺼졌다. 지뢰가 차단되었다. 하지만 후버는 경계를 늦추지 않았다. 그는 무릎을 쳐들고 20대에 걸친 노예 제도 지지자 선조들에게 물려받은 거리낌 없는 태도로 상가에게 부츠를 내밀었다.

"부츠 좀 벗겨 봐요, 친구."

상가는 소스라치게 놀라며 물러났다. 레오노바가 화를 벌컥 냈다.

"지금은 흑인이라고 기분 상할 때가 아니라고요!"

그녀는 리볼버를 내려놓고, 두 손으로 부츠를 잡아당겼다.

그녀는 이제 이해하려 들지도 않았고, 완전히 후버를 신뢰하고 있었으며 찰나의 시간이라도 얼마나 중요한지 알고 있었다.

"고마워, 누이동생. 모두 엎드려요!"

그가 먼저 본보기를 보였다. 샹가는 두려워하며 곧바로 그를 따라했고, 히스 역시 안 그런 척하면서 엎드렸다. 레오노바는 무릎을 꿇은 채 여전히 부츠를 잡고 있었다.

"구멍에 던져……!"

구멍이란 수직갱 바닥을 구체 입구와 연결하는 계단 입구를 말했다. 지뢰는 계단에, 발판 밑에 있었다. 레오노바가 부츠를 던졌다. 아무 일도 없었다.

"가자." 후버가 말했다. "다른 쪽 부츠도 벗겨 주고, 자기도 벗어. 우린 눈처럼 조용히 행동해야 하거든. 히스, 앞으로 아무도 들어오게 하지 말아요, 알겠소? 아무도."

"하지만 대체……?"

"나중에……."

고통스러운 손이 아무것에도 닿지 않도록 팔을 몸에서 뗀 채, 그는 벌써 계단으로 내려갔고, 레오노바가 그 뒤를 따랐다…….

알 안에는 누워 있는 사람 하나와 서 있는 사람 하나가 있었다. 누운 사람의 가슴에는 눈칼이 꽂혀 있고, 그의 피는 바닥에서 만화의 말풍선 같은 작은 연못을 이루고 있었다. 서 있는 사람은 얼굴을 가리고 어깨까지 내려오는 용접용 헬멧을 쓰고 있었다. 그는 두 손으로 플라저를 잡고, 플라저의 불꽃을 글자가 새겨진 벽에 겨누고 있었다. 금이 녹아 흘러내렸다.

레오노바는 오른손으로 리볼버를 쥐고 있었다. 충분히 단단히 붙잡지 못할까 걱정되어, 그녀는 왼손도 총에 갖다 대고, 발사했다.

먼저 발사된 세 발이 남자의 손에서 플라저를 떨어뜨리고 네 발째 총알은 손을 거의 잘라내며 그의 한쪽 손목을 으스러뜨렸다. 충격으로 그는 바닥에 나동그라졌고, 플라저의 불꽃이 그의 한쪽 발을 태웠다. 그가 비명을 질렀다. 후버가 급히 달려가 팔꿈치로 전원을 끊었다.

가슴에 칼이 박힌 사람은 호이토였다.

용접 헬멧을 쓴 사람은 루코스였다.

후버와 레오노바는 첫눈에 그를 알아보았다. EPI에 루코스만한 체격을 지닌 사람은 또 없었다. 후버가 헬멧을 발로 걷어차자 땀을 흘리며 눈이 뒤집힌 그의 얼굴이 드러났다. 발이 재가 되어 스러진 끔찍한 고통 때문에 거인은 기절해 있었다.

"시몽, 당신은 그의 친구이니 당신이 해 봐요!"

시몽은 노력했다. 그는 진료소의 병실에 누운 루코스에게 몸을 굽히고, 번역기의 메모리에 부착된 지뢰들을 정지시키려면 어떻게 해야 하는지, 누구를 위해 그런 무모한 짓을 했는지, 단독 범행인지 공모자가 있는지를 말해 달라고 요청했다. 루코스는 대답이 없었다.

의식을 되찾은 뒤 후버, 에볼리, 헨켈, 히스, 레오노바에게 끊임없이 심문 받으며, 그는 지뢰에 손을 대면 폭발하고, 손을 대지 않아도 마찬가지로 폭발할 것임을 확인시켜 주었을 뿐이었다. 하지만 얼마 후에 그렇게 되는지는 말하려 하지 않았고, 다른 질문에는 아예 대답을 거부했다. 그의 위로 몸을 숙이고, 시몽은 그 총명하고 앙상한 얼굴을, 두려움도, 부끄러움도, 허세도 없이 물끄러미 그를 쳐다보는 검은 두 눈을 바라보았다.

"어째서야, 루코스? 어째서 그런 짓을 했지?"

루코스는 그를 바라보았고 대답은 없었다.

"돈 때문은 아니지? 자넨 광신자도 아니잖아? 그렇다면……?"

루코스는 대답하지 않았다.

시몽은 둘이 함께 벌였던, 루코스가 이끌었던, 엘레아를 살릴 수 있는 세 마디 짧은 말을 이해하기 위해 시간과 싸웠던 전쟁을 되새겼다. 그 힘겹고 천재적인 노고, 완전히 사심 없는 헌신을 아낌없이 쏟았던 이는 바로 루코스였다. 어떻게 그랬던 그가, 살인을 저지르고 인류에 반하는 음모를 꾸밀 수 있었을까? 어떻게? 왜? 누구를 위해?

루코스는 시몽을 바라보며 대답하지 않았다.

"시간이 없어요." 후버가 말했다. "펜토탈을 한 방 주사해요. 고통 없이 순순히 아는 걸 전부 불 테니까."

시몽은 일어섰다. 그가 떠나려는 순간, 루코스는 네 사람 몫의 힘을 지닌 강인한 멀쩡한 쪽 손으로 그의 팔을 붙들고 침대에 넘어뜨린 다음 허리띠에 찔러 두었던 리볼버를 뽑아내 제 관자놀이에 대고 쏘았다. 총알은 비스듬히 맞았다. 그의 머리 윗부분이 갈라지고 뇌의 반이 장미 꽃송이처럼 타원형으로 벽에 튀었다. 루코스는 펜토탈을 써도 침묵을 지킬 수 있는 방법을 찾아낸 것이다.

EPI의 책임자들은 심각한 분위기 속에서 회의를 열었다. 그리고 비밀 송신을 받은 인물이나 단체를 찾아내 체포하거나 제거하기 위해 내키지는 않지만 근처 해안에 주둔한 국제군에게 도움을 청하기로 결정했다. 국제군의 가장 가까이 배치된 선박들조차 이미지를 받아 보기에는 너무 멀었지만, 어느 함대에서 파견된 비밀 분대가 전파를 잡을 수 있을 만한 거리까지 접근해 온 것일 수도 있었다.

그럴 수도 있지만, 확실하지는 않았다. 소형 잠수함이나 수륙 양용기가 감시망을 뚫고 몰래 들어왔을 수도 있다. 하지만 그것이 국제군의 분대라면 국제군만이 발견할 수 있었다. 국가들 간의 경쟁의식으로 수색과 상호 감시가 강화될 것을 믿어 봐야 했다.

로슈푸는 당직을 서고 있던 휴스턴 제독과 무선 통신을 했다. 폭풍에 수반된 자기 폭풍의 방해로 통신은 어렵고 기괴하게 들렸다. 어쨌거나 휴스턴은 마침내 알아들었고, 전 공군과 전 해군에 경보를 했다. 하지만 미친 듯이 몰아치는 새하얀 폭풍 속에서 공군은 어쩔 도리가 없었다. 항공모함은 얼음조각들로 뒤덮이고, 상부 구조물 전체가 그 열 배나 되는 높이의 얼음에 덮여 있었다. 넵튠 1호는 잠수하여 안전한 곳에 있었다. 넵튠 1호를 수면으로 올라오게 할 수는 없었다. 휴스턴은 번민하면서도 소련 잠수함 무리들 말고는 행동을 취할 방법이 없다는 것을 깨달았다. 만일 루코스가 소련을 위해 일하던 것이라면, 그들을 추적에 보내는 것은 얼마나 우스꽝스런 일일까! 게다가 만일 루코스가 우리를 위해 일하던 거라면, 그가 펜타곤에서 모르는 FBI의 요원이었다면, 서양과 문명을 수호하는 이들에게 러시아 사냥개들을 풀어놓는 건 끔찍한 일 아닌가?

그리고 만일 루코스의 배후가 중국이라면? 인도라면? 흑인들이라면? 유대인이라면? 터키인이라면? 만일, 만일······.

아무리 지위가 높은 군인이라도, 군인에게는 언제나 규율이라는 안정제가 주어지기 마련이다. 휴스턴은 자문하기를 그만두고 예정한 계획을 실행했다. 그는 러시아 제독인 볼토프를 깨워 그에게 상황을 알렸다. 볼토프는 1초도 주저하지 않았다. 그는 즉각 경계 명령을 내렸다. 핵잠수함 23정과 경비정 115척이 남쪽으로 뱃머리를 돌려 조마조마할 정도로 해안에 접근해 물에 잠긴 바위나 얼음 1미터 1미터를 전파탐지망으로 덮었다. 정어리의 떨림 하나조차 탐지망을 벗어날 수는 없었다.

태풍에 틈이 생겼다. 바람은 여전한 기세로 불었지만, 구름과 눈은 푸른 하늘 높이 사라졌다. 넵튠 1호는 행동 개시 명령을 받았다. 넵튠은 뱃머리로 파도를 헤치며 수면으로 부상했다. 선창에서 처음으로 나간 두 대의 헬리콥터는 프로펠러를 펴기도 전에 바다로 떨어졌다. 넵튠을 지휘하는 독일인 제독 벤츠는 궁극의 무기를 사용했다. 발사관 깊은 곳에 숨겨진 로켓 비행기 두 대였다. 이 비행기들은 사슬처럼 이어진 소형 수소폭탄을 장착하고 있었으며, 기수 아래에는 입체 송신 카메라가 두 눈처럼 붙어 있었다. 로켓 비행기는 총알처럼 바람을 뚫고 날아갔다. 거기 달린 카메라는 넵튠의 수신기에 컬러와 입체로 된 리본처럼 이어지는 영상들을 전송했다.

넵튠의 사령부 전원이 관측실에 있었다. 휴스턴과 볼토프는 다가가고, 보고, 서로를 감시하느라 목숨을 내걸었다. 그 자리에 있는 다른 장교들보다 나을 것 없이, 그들 역시 왼쪽 화면이나 오른쪽 화면에 지나가는 영상에 나타난 것이 무엇인지 알아볼 수 없었고, 그것이 황제펭귄인지 임신한 고래인지 분간할 수도 없었다. 하지만 전파 탐지기는 할 수 있었다. 이내 오른쪽 화면에 갑자기 하얀 화살표 두 개가 나타났다. 두 개의 화살표는 직각으로 서로를 향하며 같은 지점을 가리켰고, 그 지점과 영상과 함께 화면 왼쪽에서 오른쪽으로 이동했다.

"스톱!" 벤츠가 외쳤다. "최고 배율로 확대."

그의 앞의 테이블에서 가로로 긴 화면에 불이 들어왔다. 그는 입체 확대경에 얼굴을 바싹 들이댔다. 해안의 한 부분이 점점 확대되며 그에게 다가왔다. 작은 만의 깊숙한 곳, 거품을 내는 맑은 물 몇 미터 아래의 갈라진 틈새에서, 그는 길쭉한 방추형 물체를 보았다. 물고기라기에는 너무 반듯하고 얌전한…….

초소형 잠수함 안에서, 서로 달라붙은 두 사람은 땀과 소변의 축축한 악취에 젖어 있었다. 그들에겐 소변통이 마련되어 있지 않았다. 참는 수밖에 없었다. 폭풍 때문에 열두 시간째 5미터 깊이의 물속에 갇히게 되자 그들은 참지 못하고 말았다. 이 틈새에서 나가려면 2미터 깊이의 바닥 위를 지나가야 했다. 수면으로 올라가 곧장 통과한다. 이런 바람 속에서 그건 공중으로 던진 동전이 옆면으로 설 확률만큼이나 성공하기 어려운 절망적인 묘기였다. 해안의 틈새 가장 깊은 곳에 숨어 있음에도, 작은 잠수함은 안전하지 않았다. 잠수함은 바위에 이리저리 부딪치고, 바닥에 충돌하고, 삐걱대며 신음했다. 번역기의 비밀들이 기록된 귀중한 수신기는 잠수함 부피의 3분의 1을 차지했다. 한 사람은 잠수함 조종, 한 사람은 수신기의 손잡이를 맡아 서로 머리와 발이 엇갈린 자세로 있는 두 사람은 몸을 반 바퀴 돌릴 자리조차 없었다. 목마름이 목구멍을 태우고, 땀이 그들의 수트를 적시고, 소변의 소금기가 엉덩이를 따끔거리게 했다. 산소 탱크가 부드러운 쉭쉭 소리를 냈다. 두 시간 버틸 산소밖에 남아 있지 않았다. 그들은 이 궁지에서 벗어나기로 결심했다. 무슨 대가를 치르더라도.

소생실에서, 의사와 간호사들은 이제 코반에게 다가갈 때면 둘이 짝지어, 서로를 감시하면서 갔다.

알 안에서 플라저의 불꽃으로 발생한 손실은 어마어마했다. 논설의 텍스트는 거의 완전히 사라졌다.

거의 그랬다. 몇 부분은 남아 있었다. 어쩌면 천재적인 수학자가 조란의 방정식을 해결할 빛을 밝힐 만큼은 될지도 몰랐다. 어쩌면 말이다. 아닐지도 모르지만.

국제군의 어떤 선박에도 지뢰 제거 기술자는 타고 있지 않았다. 트리오를 통해 러시아군, 미군, 유럽군의 전문가들에게 경보가 갔다. 세 대의 제트기가 최고의 군사 지뢰 제거 전문가들을 싣고 EPI로 날아왔다. 제트기들은 지구의 반대편에서 최고 속력으로 왔다. EPI의 활주로에는 착륙할 수 없었다. 시드니에서 멈춰 승객들을 소형 제트기에 옮겨 타게 해야 했다. 이 소형 제트기들에게도 폭풍은 무시무시한 어려움이었다. 어쩌면 착륙할 수 있을 것이다. 어쩌면 못한다. 얼마나 걸릴까? 많은 시간. 너무 많은 시간이 걸렸다.

기지에 에너지와 빛을 공급하는 원자로의 수석 엔지니어 이름은 맥스웰이었다. 그는 서른한 살이었고 머리털은 잿빛이었다. 그가 마시는 건 물뿐이었다. 25파운드짜리 얼음덩어리 상태로 오는 미국 물로, 살균되고, 비타민과 불소와 무기질과 약간의 항우울제가 첨가된 얼음물이었다. 맥스웰과 EPI의 다른 미국인들은 이 물을 마시고 이를 닦는 데 사용했다. 몸을 닦는 데는 남극 얼음이 녹은 물로 만족할 수밖에 없었다. 맥스웰은 키 191센티미터에 몸무게 69킬로그램이었다. 그는 매우 곧은 자세로 서서 남들을 볼 때면 안경의 이중 초점 렌즈를 통해 위아래로 훑어보았지만, 자기보다 작은 키에 대한 무시는 전혀 담겨 있지 않았다. 그는 말수가 적었고, 사람들은 그만큼 그의 의견을 중요히 여겼다.

그는 무기를 사러 유럽에 갈 때 루코스와 동행했던 히스를 만나서, 번역기에 부착된 지뢰의 폭발 위력이 정확히 어느 정도인지를 초연하게 물었다. 히스는 확답할 수가 없었다. 어느 벨기에 무기밀매상과 거래를 한 것은 루코스였기 때문이다. 하지만 루코스는 그에게 지뢰 하나당 PNK 3킬로그램이 들어 있다고 말한 적이 있었다.

맥스웰은 휘파람을 불었다. 그는 이 새로운 미국산 폭약을 알고 있었다. TNT보다 천 배나 강력했다. 폭탄 세 개면 PNK 9킬로그램이었고, 이는 TNT 9톤에 맞먹었다. 9톤짜리 폭탄이 번역기에서 터지면, 시멘트로 된 두터운 방호벽과 몇 십 미터의 얼음이 있다 해도, 번역기 옆의 원자로에 미칠 영향은 어떨까? 원칙적으로는 얼음의 방호판 뒤에 있는 시멘트가 충격을 흡수하겠지만, 충격파가 원자로의 구조에 타격을 입히고, 연결 부위를 뒤흔들고, 균열을 일으켜 방사능 액체와 가스가 유출되게 하고, 어쩌면 통제 불능의 우라늄 연쇄반응의 시초가 될지도 모른다…….

"EPI 2와 3을 비워야 합니다." 맥스웰이 목소리도 높이지 않고 말했다. "기지 전체를 비우는 게 신중할 것 같군요……."

몇 분 후, 한 번도 작동한 적 없던 긴급 경보 사이렌이 EPI 세 곳에서 울어 댔다. 그리고 모든 전화기, 모든 스피커, 모든 언어의 번역 수신기가 똑같은 말을 반복했다. "긴급 대피입니다. 즉각 대피할 준비를 하십시오."

명령을 내리고, 준비하는 건 분명 중요한 일이다. 하지만 대피한다니, 어떻게?

푸른 폭풍은 계속되었다. 하늘은 눈처럼 맑았다. 바람은 시속 220km로 불었다.

고작 한 시간 전에 소생실을 떠나 막 잠들었던 르보는 헨켈의 손에 침대에서 끌려나왔고, 그에게서 상황을 전해 들었다. 피곤해서 텁수룩하고 얼이 빠진 채 그는 소생실에 전화를 걸었다. 지하, 전화선의 반대쪽 끝에서는 모이소프가 러시아어로 욕을 하고 다시 프랑스어로 되풀이하고 있었다.

"불가능해요! 잘 알고 있잖습니까! 내게 뭘 바라는 겁니까? 불가능해요!"

그렇다, 르보는 잘 알고 있었다. 코반을 대피시킨다는 건, 불가능했다. 현 상태에서 그를 소생 설비에서 떼어 낸다는 건, 목을 자르는 것만큼이나 그를 확실히 죽이는 짓이었다.

천 미터의 얼음이 그를 어떤 폭발에서도 안전하게 지켜 주겠지만, 지상의 설비들이 날아간다면 그는 10분 만에 죽을 것이다.

모이소프와 르보는 둘 다 똑같은 생각을 떠올렸다. 그들의 입에는 동시에 같은 말이 떠올랐다. 수혈이었다. 수혈을 시도해 볼 수는 있었다. 엘레아의 혈액 검사 결과는 긍정적이었다.

코반의 상태가 안정되고 서서히 호전되는 것을 보며, 의료진은 수혈을 돌연한 악화나 불가피한 긴급 상황에만 시행하기로 보류해 두었다. 불가피한 긴급 상황, 지금이 그때였다. 즉시 시술한다면, 코반은 몇 십 분 후면 후송 가능한 상태가 될 것이다.

"원자로가 그 전에 불타면 어쩌고요?" 모이소프가 소리쳤다. "지뢰는 당장이라도 폭발할지 몰라요, 몇 초 후에……!"

"빌어먹을, 폭발할 테면 폭발하라지!" 르보가 외쳤다. "난 아가씨를 보러 가야겠소. 일단 그녀가 승낙해야 하니까……."

그는 다른 소생 시술자들과 함께 진료소를 숙소로 삼고 있었다. 엘레아의 방까지는 고작 몇 걸음 떨어져 있을 뿐이었다.

간호사는 공포에 질려 짐을 꾸리는 중이었다. 두 개의 침대 위에 여행가방 세 개가 열려 있고, 간호사는 떨리는 손으로 여기저기 흩어진 물건과 속

옷들을 챙기고, 내던지고, 떨어뜨리고, 쌓고 있었다. 서글프게 탄식하면서.

시몽은 엘레아에게 말했다.

"다행이에요! 당신을 이곳에 붙잡아 두는 건 잔인한 짓이었어요. 당신도 마침내 우리 세상을 알게 될 겁니다. 현대의 기후가 얼음덩어리만은 아니랍니다. 그곳이 천국이라고 고집할 생각은 없지만, 그래도……."

"천국이라고요?"

"천국이라는 건…… 설명하자면 너무 길고, 너무 어렵고, 무엇보다 완전히 확실한 것도 아니고, 분명 그렇지는 않지만……."

"잘 모르겠어요."

"나도 그래요. 아무도 모른답니다. 이제 그 생각은 하지 말아요. 난 당신을 천국으로 데려가는 게 아니니까. 파리! 파리로 데려갑니다! 사람들이 뭐라고 하든, 난 당신을 파리로 데려가요! 그곳은, 그곳은……."

그는 위험은 생각하지 않았고, 위험을 믿지 않았다. 그가 아는 것은 단지 엘레아를 얼음으로 된 무덤에서 멀리 데려간다는 것, 살아 있는 세계로 데려간다는 것뿐이었다. 그는 노래를 부르고 싶었다. 그는 댄서처럼 몸동작을 섞어 가며 파리에 대해 말했다.

"그곳은…… 그곳은…… 보면 알 거예요, 파리라는 걸……. 유리창 너머의 상점들에는 꽃밖에 없지만…… 드레스 꽃도 있고, 모자 꽃도 있고, 사방에, 모든 길에 상점들의 정원이 있고, 다리에 신는 꽃들, 노란색과 오렌지색과 파란색의 나일론 스타킹, 무지개색의 구두들, 데이지색 드레스, 너무나 열정적이고 다른 어디에도 없는 여자를 위한 세상에서 가장 아름다운 정원, 여자는 거기에 들어가고, 선택하고, 자신도 한 송이 꽃이 되죠, 그 경이로운 곳이 파리랍니다. 난 거기로 당신을 데려가는 거예요!"

"이해가 잘 안 가요."

"이해할 필요는 없어요, 봐야 하죠. 파리가 당신을 낫게 해 줄 겁니다. 파리가 당신을 과거로부터 치유해 줄 겁니다!"

르보가 들어온 것은 바로 그 순간이었다.

"코반에게 당신의 피를 조금 주려는데, 승낙해 주겠습니까? 당신만이 그를 살릴 수 있어요. 힘든 일은 아니고, 고통스럽지도 않습니다. 당신이 승낙한다면, 그를 호송할 수 있을 겁니다. 거절한다면, 그는 죽겠지요. 전혀 부담 가지 않고, 조금도 아프지 않은 시술입니다⋯⋯."

시몽은 벌컥 화를 냈다. 말도 안 된다! 나는 반대다! 잔인한 짓이다! 코반이야 죽으라지! 피 한 방울도 줄 수 없고, 1초도 지체할 수 없다, 그녀는 첫 헬리콥터, 첫 제트기, 뭐든 처음 오는 수송편으로 제일 먼저 떠날 것이다! 여기에 더 있는 것도 안 되는데, 수직갱에 내려가게 할 수는 없다, 당신들은 괴물이야, 심장도 없고, 감정도 없고, 당신들은 도살자들이야⋯⋯.

"그렇게 하겠어요." 엘레아가 말했다.

그녀의 얼굴은 심각했다. 고작 몇 초 생각했지만, 그녀의 두뇌는 현대인의 느린 두뇌보다 더 빠르게 돌아갔다.

그녀는 숙고해 보았고 결심했다. 그녀는 코반에게, 그녀를 파이칸과 떨어뜨려 영원의 끝에 있는 야만적이고 미친 세상에 떨어뜨린 사람에게 자신의 피를 주겠다고 했다. 그녀는 승낙했다.

소형 잠수함 속의 두 사람, 머리와 다리를 엇갈려, 머리를 서로의 발 사이에, 악취 나는 발 사이에 둔 두 사람, 두 사람 사이에는 폴리우레탄 폼을 댄 금속 전투복이, 유연하고 부드럽고 탄력 있는, 그렇지만 지독하게 땀이

나는 전투복이 있었다. 그들의 땀 속에, 소변 속에 갇힌 두 사람, 피부는 불타오르고, 콧속은 그들의 악취로 불타오르는 두 사람은 전부를 거느냐 마느냐에 처해 있었다. 그대로 머물러 산소 탱크가 바닥난다면, 그들은 떠날 수도, 잠수할 수도 없었다. 그들은 붙잡힌다. 생각할 수도 없다, 무섭다, 모두 털어놓고, 자백한다, 무시무시하다. 자백을 거부하더라도, 펜토탈이 있다. 펜토탈이 아니라도, 그들은 쳐다보고, 입을 열게 하고, 발뒤꿈치로 발가락을 짓밟고, 나는 비명을 지르고, 욕하고, 영원히 입을 다물고 있을 수는 없다, 그들은 듣는다, 그들은 내가 어디서 왔는지를 알아낸다, 그들이 알아낸다.

떠난다, 떠나야 했다.

두 시간분의 산소. 좁은 통로를 돌파하는 데 걸리는 죽음의 5분. 잠수 시간은 1시간 55분 남았다. 희박한, 작은 기회였다. 거대한 잠수함이 우리를 삼키겠지. 아니면 거대한 비행기가 우리를 덮치겠지. 살아난다. 만일 그들이 우리를 놓친다면, 어쩌면 폭풍우가 멎어서 수면을 통과할 수 있을지 모른다. 다른 대안은 없었다. 떠난다…….

그들은 떠났다. 파도가 그들을 바위에 내팽개쳤다. 그들은 맞은편 바위에 떨어졌다가 도로 튀어 올랐다. 그들은 바닥에 부딪쳐 튀어 올랐다. 충격이 너무나 커서, 머리를 뒤로 돌리고 있던 남자는 앞니 네 개가 부러지고 말았다. 그는 고통으로 울부짖으며 이와 피를 뱉어 냈다. 다른 남자에겐 아무것도 들리지 않았다. 수신기 안경을 통해 그는 날뛰는 공포를 보았다. 바람이 바다의 수면을 움켜쥐고 온통 새하얗게 푸른 하늘로 던져 올렸다. 파도가 내리치는 순간, 그는 두 손으로 가속 핸들을 꽉 움켜쥐었다. 강철로 된 방추형의 찌그러든 아랫부분이 그 고유한 에너지에 추진력을 얻어, 거대한 불길을 내뿜으며 파도 속으로 튀어 올랐다. 하지만 이제 불길은 똑바르지 않았다. 바위 사이에서 부딪치며 입은 충격 때문에 분사구가 망가진 것이다. 불길은 나사송곳처럼 회전하며 왼쪽으로 휘어지고 요란한 굉음을 냈다. 잠수함은 두 사람을 내벽에 밀어붙이며 도화선처럼 빙글빙글 돌며 올라가기 시작했고, 100도로 방향을 꺾어 얼음의 벽에 몸을 내던졌다. 잠수함은 얼음벽을 1미터나 뚫고 들어갔다. 얼음이 그 위로 흘러내려 잠수함을 짓이겼다. 바람과 바다가 시뻘건 거품 속에서 살점과 금속의 잔해를 쓸어 갔다.

로켓 비행기 두 대의 카메라가 충돌과 산화의 장면을 녹화해 전송했다.

기지는 와글거렸다. 학자, 기술자, 요리사, 청소부, 간호사, 하녀들이 뚱뚱한 여행 가방에 가장 소중한 소지품들을 급하게 던져 넣고, EPI 2와 3에서 피신했다. 스노독이 건물 출구에서 그들을 실어 EPI 1의 입구까지 이동시켰다. 얼음산의 한가운데에서, 그들은 숨을 돌렸고, 가슴이 진정되었고, 안전한 곳에 있다고 느꼈다. 그들은 그렇게 믿었다…….

맥스웰은 그것이 사실이 아님을 잘 알았다. 원자로가 폭발하지 않더라도, 균열이 생겨 치명적인 액체와 가스를 내뿜기 시작하기만 해도, 바람이 그것들을 실어 와서 풍경에 온통 칠할 것이며, 결국 얼음산에 막혀 더 가지 못한 방사능 물질들은 잔뜩 쌓일 것이다. 이곳에는 바람이 상당히 강하게 불었다. 하지만 바람은 언제나 같은 방향으로, 대륙의 중앙에서 가장자리로, EPI 2에서 EPI 1쪽으로 불었다. 어찌 손을 쓸 수도 없이. 아무도 산 속의 터널들에서 나갈 수 없을 것이다. 그리고 23개의 굴뚝으로 공기를 흡입하는 환기 장치를 통해 방사능이 급속히 침투한다. 환기 장치는 균열이 생긴 원자로가 내뿜는 치명적인 오염 물질들도 기꺼이 흡입할 것이다.

맥스웰은 차분하게 되풀이했다.

"아주 간단해요! 대피해야 합니다……."

어떻게? 이륙할 수 있는 헬리콥터는 한 대도 없었다. 스노독이라면 부득이한 경우 폭풍을 뚫고 나아갈 수 있다. 기지에는 스노독 열일곱 대가 있었다. 코반과 엘레아, 소생팀을 위해 세 대는 남겨 두어야 했다.

"네 대로 합시다. 나머지는 붙어 앉으라고 하고."

"잘됐군, 춥진 않겠군요."

"열세 대가 남는군요."

"불길한 숫자요."

"멍청하게 굴지 말자고요……."

"열세 대, 아니면 열네 대로 칩시다, 한 대에 열 사람씩 타면…"

"스무 명씩 태워요!"

"좋아, 스물, 이십 곱하기 십사는…… 얼마지?"

"이백팔십……."

"중요한 일이 끝난 뒤로 기지의 실제 인원은 천칠백마흔아홉 명으로 줄었지? 그러면 몇 번 왔다 갔다 해야 하는 겁니까? 천칠백사십구를 이백팔십으로 나누면……."

"일곱 번이나 여덟 번이죠. 열 번이라고 칩시다."

"좋아, 할 만하군. 수송대를 조직해서, 스노독이 승객들을 데려다 놓고 다른 이들을 데리러 돌아오면……."

"승객들을 어디다 데려다 놓으려고요?"

"어디라니, 무슨 말이오?"

"가장 가까운 피난처는 스콧 기지요. 600킬로미터 떨어져 있어요. 별 일이 없더라도, 거기까지 가는 데 2주가 걸립니다. 그리고 피난처가 아닌 곳에 사람들을 내려 준다면, 3분 만에 얼어 죽겠지요. 바람이 잠잠해지지 않는다면……."

"그래서?"

"그래서…… 두고 봐야겠지……."

"두고 본다! 두고 보자고요! 저게 언제 폭발할지……."

"우리가 어떻게 알겠소?"

"무슨 말입니까, 어떻게 알다니?"

"건드리지 않아도 저 지뢰들이 폭발할 거라고 한 게 누구였소? 루코스였소. 그가 진실을 말했다는 증거가 어디 있소? 어쩌면 지뢰는 건드렸을 때만 폭발하는 걸지도 모르지. 가만히 놔두면 되는 거요! 게다가 만일 지뢰가 폭발하더라도, 원자로까지 타격을 입을 거라는 증거가 있소? 맥스웰, 당신은 장담할 수 있소?"

"물론 아니죠. 내가 장담할 수 있는 건 내가 걱정한다는 것뿐입니다. 그리고 내 생각엔 대피해야 합니다."

"당신의 원자로는 어쩌면 꿈쩍 않고 버틸지도 몰라요! 뭔가 손을 쓸 수는 없소? 보호 설비를 보강한다거나? 우라늄을 빼내거나? 냉각 회로를 비우거나? 뭐 할 수 있는 게 없소?"

맥스웰은 자신에게 이런 질문을 하는 로슈푸를, 마치 고개를 쳐들고 의자에 가만히 앉아서 달에 침을 뱉을 수 있냐는 질문이라도 받은 것처럼 쳐다보았다.

"알겠소, 알겠소…… 할 수 없겠지, 그럴 거라 생각했소, 원자로는 원자로니까……. 뭐 그럼, 기다립시다……. 바람이 잠시 가라앉기를……. 지뢰 제거반이 오기를……. 지뢰 제거 기술자들은 확실히 오겠지만, 바람은……."

"그 잘나신 지뢰 제거반은 어디 있답니까?"

"가장 가까운 곳이 세 시간 거리요. 하지만 어떻게 착륙하겠소?"

"일기예보에선 뭐라고 하나요?"

"일기예보라, 그들에게 기상 예측 정보를 제공하는 게 바로 우리라오. 우리가 바람이 약해진다고 하면, 일기예보도 기상 상황이 호전된다고 말하겠지……."

붕대에 싸인 남자 곁에 누워서 엘레아는 눈을 감고 침착하게 기다렸다. 그녀의 왼팔은 드러나 있고, 남자의 왼팔은 팔 안쪽 피를 뽑을 자리 몇 센티미터만 드러나 있었다. 그 몇 센티미터의 드러난 피부에는 회복되어 가는 붉은 화상의 흉터들이 남아 있었다.

그들은 모두 거기 있었다. 여섯 명의 소생 시술자, 그 조수들, 간호사들, 의료 기술자들, 그리고 시몽. 빙산 속의 대피소로 가야겠다는 생각은 누구도 하지 않았다. 지뢰와 원자로가 폭발하면 수직갱 입구에 있는 그들에겐 무슨 일이 닥칠까? 나갈 수 있기나 할까? 그런 생각 역시 그들에겐 들지 않았다. 그들은 이 남자와 이 여자를 살려내기 위해 전 세계에서 왔고, 여자를 살려내는 데 성공했으며, 얼마나 남았는지 모를 제한시간 속에서 마지막 기회인 수술을 남자에게 시도하고 있었다. 어쩌면 몇 분이 남아 있을지 모르고, 알 수 없었다, 1초도 허비해서는 안 되고, 서두르느라 아무것도 망쳐서는 안 되었다. 그들은 모두 시간의 줄로 코반과 연결되어 있었다. 성공이

나 실패를 향해, 어쩌면 죽음을 향해.

"준비해요, 엘레아!" 포스터가 말했다. "긴장 풀어요. 조금 찌를 거지만, 아프진 않을 겁니다."

그는 에테르를 적신 탈지면으로 팔 안쪽을 문지르고, 압박대로 죄어 부풀어 오른 혈관에 속이 빈 바늘을 꽂았다. 엘레아는 떨지 않았다. 포스터는 압박대를 풀었다. 모이소프가 수혈기구를 작동시켰다. 금빛에 가까운 새빨간 엘레아의 피가 플라스틱 튜브에 차올랐다. 시몽은 몸서리를 치며 피부의 털이 곤두서는 것을 느꼈다. 다리에 힘이 풀리고, 귀는 웅웅거렸으며 눈에 보이는 모든 것이 새하얗게 변했다. 그는 쓰러지지 않으려고, 서 있으려고 무진 애를 썼다. 눈 속에 색채가 되돌아오고, 심장이 뛰며 제 리듬을 되찾았다.

스피커에서 잡음이 나며 프랑스어로 된 방송이 나왔다.

"여기는 로슈푸입니다. 좋은 소식이오, 바람이 약해지고 있어요. 최근 돌풍의 속도는 시속 208킬로미터요. 그쪽은 어떻게 되어 갑니까?"

"시작합니다." 르보가 말했다. "몇 초 후면 코반이 첫 수혈을 받게 됩니다."

대답하면서, 그는 미라 형체의 남자의 관자놀이에서 붕대를 풀고, 덴 피부를 세심하게 닦아 낸 뒤 그에게 금테를 씌웠다. 그는 다른 하나의 금테를 시몽에게 내밀었다. 두피와 목덜미의 심한 화상으로 뇌파 측정기의 전극을 부착할 수가 없었고, 측정기의 결과도 불확실했다. 금테를 씌우고 의사가 뇌파를 받아 보게 하면, 뇌파 측정기보다 더 나은 대체물이 될 것이다.

"뇌가 다시 작동하기 시작하면, 알 수 있을 거요." 르보가 말했다. "잠재의식은 의식보다 먼저, 가장 기초적이고 가장 변함없는 형태로 깨어나지.

기억으로 말이오. 각성 전의 꿈은 그다음에야 나타나지. 이미지가 보이거든, 곧장 말해 줘요."

시몽은 철제 의자에 앉았다. 이마의 판을 눈 위로 내리기 전, 그는 엘레아를 쳐다보았다.

엘레아는 눈을 뜨고 그를 보고 있었다. 그녀의 시선 속에는 어떤 메시지가, 따스함이, 전에는 한 번도 본 적 없던 할 말 같은 것이 담겨 있었다. 거기에는…… 동정은 아닌, 연민이 어려 있었다. 그래, 그거였다. 동정은 무심할 수도 있고 증오를 동반할 수 있지만 연민에는 일종의 사랑이 필요하다. 그녀는 그를 격려하고, 대단한 일은 아니라고, 괜찮아질 거라고 말하려는 것 같았다. 어째서 이런 순간에 저런 눈빛을?

"어때요?" 르보가 퉁명스레 물었다.

그가 마지막으로 본 것은 엘레아의 손, 꽃처럼 아름답고 새처럼 펼쳐진 엘레아의 손이 수혈 동안 기력을 유지하도록 손닿는 곳에 놓인 먹을 것 기계 위에 놓이는 장면이었다.

그 후 그의 눈에 들어오는 것은 차단된 시야 속의 암흑, 어둠이 아닌, 잠든 빛의 암흑뿐이었다.

"어때요?" 르보가 다시 물었다.

"아무것도 안 보입니다." 시몽이 말했다.

"바람 시속 190입니다." 스피커에서 말했다. "조금만 더 약해지면, 대피를 시작할 겁니다. 어떻게 되고 있어요?"

"더 이상 방해하지 말아 줬으면 고맙겠소." 모이소프가 말했다.

"아무것도 안 보입니다." 시몽이 말했다.

"심장은?"

"31."

"체온은?"

"34도 7분."

"아무것도." 시몽이 말했다.

첫 헬리콥터가 여자들을 싣고 날아올랐다. 바람은 시속 150을 넘지 않았고, 이따금 120까지 떨어지기도 했다. 중간 지점으로 승객들을 마중 나가기 위해 스콧 기지에서도 동시에 헬리콥터가 이륙했다. 두 대의 헬리콥터는 빙산의 골짜기, 바람과 직각으로 비껴 어느 정도 바람막이가 되는 곳에서 만났다. 하지만 스콧 기지는 중계역 역할밖에 할 수 없었다. 그곳은 대규모 인원을 수용하도록 지어진 기지가 아니었다. 국제군의 함대 중 해안으로 접근할 수 있는 배들은 모두 신속히 대륙 쪽으로 갔다. 미군 항공모함들과 넵튠은 수직 이착륙기들을 발진시켰고 비행기들은 EPI로 돌진했다. 헬리콥터를 실은 러시아 잠수 화물선 세 정이 스콧 기지 근처 해안에 부상했다. 네 대째는 수면으로 떠오르던 중 뱃머리가 빙산에 잠겨 두 동강이 났다. 시멘트로 감싸인 원자력 모터는 천천히 깊고 깊은 고요한 물속으로 가라앉았다. 물에 빠진 승무원 몇 명은 가벼운 잔해와 함께 떠올랐다가, 파도에 휩쓸리고 물을 잔뜩 먹어 역시 물속으로 가라앉았다.

"심장은 41."

"체온 35도."

"아무것도." 시몽이 말했다.

첫 지뢰 제거반이 시드니에 착륙하여 재출발했다. 최고의 기술자들, 영국 기술자들이었다.

"됐어요! 영상이 보입니다!" 시몽이 외쳤다.

모이소프의 노발대발한 목소리가 들리고 다른 쪽 귀로는 소리 지르지 말라는 번역기의 목소리가 들렸다. 동시에 그는 머릿속에서 청신경을 거치지 않고 뇌로 직접 들어오는 둔중한 울림을, 충격을, 폭발을, 그리고 안개에 싸인 듯 희미하게 들리는 억눌린 목소리들을 들었다.

그에게 보이는 영상들은 흐릿하고, 녹아내리고, 계속 형체가 바뀌었으며, 우윳빛 뿌연 장막을 통해 보는 것 같았다. 하지만 거기 나타난 장소를 이미 본 적 있었으므로, 그는 어디인지 알아보았다. 은신처, 은신처의 심장, 알이었다.

"뭐가 보이는지는 우리가 알 바 아니오!" 모이소프가 고함쳤다. "그냥 '분명치 않다', '분명치 않다', 그러다가 분명해지면 '분명하다'만 말해요. 그런 다음 꿈이 나올 때까지 입을 다무시오. 이미지가 날뛰고, 터무니없어지면 그건 더 이상 수동적 기억이 아니라 광기의 기억, 꿈이 되는 거니 말이오. 그 순간이 깨어나기 바로 직전인 거요. 신호해 주시오, 알아들었소?"

"예."

"'불분명하다', 그다음에는 '분명하다', 그러고는 '꿈'이라고 말하란 말이오. 그거면 충분해요. 알아들었소?"

"알겠습니다." 시몽이 말했다.

그리고 얼마 후, 그는 말했다.

"분명합니다……."

그는 분명하게 보고 들었다. 알아들을 수는 없었다. 두 개의 금테 사이에는 번역기의 회로가 지나가지 않았고, 그가 보는 두 남자는 곤다와 어로 이야기하고 있었기 때문이다. 하지만 이해할 필요는 없었다. 명백했다.

전경에는 엘레아가 얼굴에 금 가면을 쓰고 나체로 받침대 위에 누워 있고, 파이칸이 그녀에게 몸을 구부리고 있었으며, 코반이 파이칸의 어깨를 두드리며 이제 떠날 시간이라고 했다. 그리고 파이칸은 코반 쪽으로 돌아서서 그를 떠밀어 멀리 밀쳐 냈다. 파이칸은 다시 엘레아에게 몸을 숙이고, 그녀의 손에, 손가락에, 길고, 금빛의 창백한 백합 같고 다갈색 장미 같은 꽃잎들에 부드럽게 입술을 갖다 대고, 편안히 가라앉은 두 젖가슴의 봉긋한 꼭대기에 입을 맞추었다…… 세상의 어떤 경이로움도 입술에 그렇게 달콤하고 부드럽고 따스하게 느껴지지는 않으리라…… 그런 다음 그는 부드러운 아랫배에, 너무나 완벽하고 균형 잡힌 은밀한 금빛 덤불 위에 뺨을 갖다 대었다…… 경이로 가득 찬 세상의 어떤 경이로움도, 거기에 얹힌 그의 손에는 그렇게 부드럽고 조심스럽고 올바르지는 않았으며, 그는 손으로 그곳을 덮고 아기양처럼, 어린아이처럼 정답게 손바닥으로 감싸 쥐었다. 그리고 파이칸은 울기 시작했으며 그의 눈물이 금빛의 비단 같은 배에 흘러내렸다. 은신처를 둘러싼 땅을 뒤흔드는 전쟁의 육중한 충격이 열린 문으로 들어와, 그에게까지 도달했으나, 그에게는 들리지 않았다.

코반이 파이칸 쪽으로 돌아와 그에게 말을 걸며 계단과 문을 가리켰지만 파이칸은 귀 기울이지 않았다.

코반은 그의 겨드랑이를 붙들고 일으켜 알의 하늘에 비친 무기의 무시무시한 영상을 보여 주었다. 무기는 우주의 암흑을 가득 채우고, 새로운 겹겹의 꽃잎들을 펼쳐 성좌들을 가렸다. 전쟁의 소음이 폭풍의 울부짖음처럼 알 속을 채웠다. 그것은 멈추지 않는 소음, 계속되는 분노의 소음이었고 알과 구체를 포위하고는 불의 먼지로 사라진 땅을 관통하는 길을 뚫어 그들에게 다가오고 있었다. 시간이 되었다, 시간이, 은신처를 닫아야 할 시간. 코반은 파이칸을 금 계단 쪽으로 밀었다. 파이칸은 그의 팔 위쪽을 쳐서 몸을 빼냈다. 그는 오른손을 가슴까지 들어올리고, 엄지손가락으로 반지의 보석을 돌렸다. 열쇠. 열쇠는 열릴 수 있었다. 피라미드의 모서리가 돌아갔다. 시몽의 머릿속에는 열린 반지가 거대하게 확대되어 들어왔다. 그리고 그 바닥, 직사각형의 작은 용기 안에는 검고 동그란 알맹이가 있었다. 알약. 검은. 검은 씨앗. 죽음의 씨앗.

코반의 동작 때문에 확대된 장면이 흔들렸다. 코반은 파이칸을 계단 쪽으로 밀었다. 그의 손이 파이칸의 팔꿈치를 밀치고, 알약은 제자리에서 솟아나와, 시몽의 머릿속에서 거대해져, 내면의 시야를 가득 채우더니, 공중에서 떨어지며 자그맣고, 알아볼 수 없게 되어 사라졌다.

엘레아를 빼앗기고, 자신의 죽음마저 빼앗긴 파이칸, 절망의 끝에 달한 파이칸은 억누를 수 없는 분노를 터뜨리며, 손으로 도끼처럼 허공을 가르고, 때리고, 다음에는 다른 손으로, 두 주먹으로, 머리로 때렸다. 그리고 코반이 쓰러졌다.

전쟁의 광분한 으르렁거림이 아우성이 되었다. 파이칸은 고개를 들었다. 알의 문은 열려 있고, 계단 꼭대기의 구체의 문 역시 열려 있었다. 금으로 된 구멍 반대쪽에서 불꽃이 타올랐다. 실험실에서 전투가 벌어졌다. 은신처를 닫고, 엘레아를 구해야 했다. 코반은 엘레아에게 은신처의 작동법에 대해 모두 설명했고 엘레아의 기억은 모두 파이칸에게 전달되었다. 그는 금으로 된 문을 닫는 방법을 알았다.

그는 계단을 뛰어 올라갔다. 분노하여 날쌔게, 호랑이처럼 포효하며. 마지막 몇 계단에 닿았을 때 그는 에니소라이 전사 한 명이 열린 문으로 들어가는 것을 보았다. 그는 무기를 발사했다. 붉은 전사가 그를 보고 거의 동시에 발사했다. 무한히 작은 찰나의 순간만큼 뒤늦게. 매일매일 몇 천 세기 동안 쌓여도 1초도 되지 않을 만한 찰나의 순간. 하지만 파이칸이 살아나기에는 충분했다. 붉은 전사의 무기는 순수한 열에너지를 발사했다. 완전한 열기를. 하지만 그가 방아쇠를 눌렀을 때, 그의 손가락은 이미 흐늘흐늘한 넝마가 되어 그의 짓이겨진 몸뚱이와 함께 뒤로 날아가고 있었다. 파이칸 주변의 공기가 불타오르는가 하더니 동시에 꺼졌다. 파이칸의 눈썹, 속눈썹, 머리카락, 옷이 사라졌다. 1백만분의 1초만 더 있었어도 그는 재의 흔적조차 남기지 않고 사라졌을 것이다. 피부의 고통은 아직 뇌까지 이르지 않았고, 그는 주먹으로 문의 조종장치를 때렸다. 그리고 그는 계단을 굴렀다. 3미터의 금 속에 뚫린 복도가 천 개의 눈꺼풀을 동시에 닫는 암탉의 눈처럼 닫혔다.

시몽은 보고 들었다. 그는 문이 닫히며 일어난 엄청난 폭발을 들었고, 그 폭발은 실험실들과 몇 킬로미터에 걸친 은신처 주변을 날려 버리며, 침입자와 수호자들을 모두 박살내어 유리처럼 녹아 흐르는 암석들 속에 매몰시켰다.

그는 기술자와 의사들의 목소리가 갑자기 걱정스러워지는 것을 들었다.

"심장 40……."

"체온 34도 8분."

"혈압은?"

"8-3, 8-2, 7-2, 6-1……."

"맙소사, 무슨 일이지? 다시 하락하고 있어! 다 죽어 가!"

르보의 목소리였다.

"시몽, 아직도 영상이 보입니까?"

"예."

"분명하게?"

"예……."

파이칸이 다시 알 속으로 내려와, 코반에게 몸을 굽히고, 그를 흔들었으나 아무 반응이 없고, 심장에 귀를 대어 보고, 심장이 멎었음을, 코반이 죽었음을 깨닫는 것을 그는 보았다.

파이칸이 움직임 없는 시체를 바라보고, 엘레아를 바라보고, 코반을 들어올려, 알 밖으로 던지는 것을 그는 보았다……. 그는 보고 이해했으며, 머릿속으로 파이칸의 불탄 피부에서 전해지는 끔찍한 고통을 느꼈다. 그는 파이칸이 계단을 다시 내려와, 빈 받침대까지 비틀거리며 걸어와 거기 눕는 것을 보았다. 녹색의 섬광이 알을 비추고, 문이 천천히 내려오며 투명한 바닥 밑에 매달린 고리가 나타나는 것을 보았다. 파이칸이 마지막 힘을 다해 얼굴에 금속 가면을 쓰는 것을 보았다.

시몽은 금테를 벗고 소리쳤다.

"엘레아!"

모이소프가 러시아어로 그를 욕했다.

르보가 걱정되고, 화가 나서 물었다.

"대체 무슨 일이오?"

그는 대답하지 않았다. 그는 보았다…….

엘레아의 손, 꽃처럼 아름답고 새처럼 펼쳐진, 먹을 것 기계 위에 놓인 손을 보았다…….

반지의 보석이 돌아가, 금으로 된 피라미드가 한쪽으로 누워 있고, 작은 직사각형 칸이 비어 있었다. 거기, 그 비밀 장소에 검은 씨앗이, 죽음의 씨 앗이 있었던 것이 분명했다. 이제는 거기 없었다. 엘레아가 삼킨 것이다. 기 계에서 나온 알약들을 입에 물고.

코반에게 독이 든 피를 주어 독살시키기 위해 그녀는 검은 씨앗을 삼켰 다.

하지만 그녀가 죽이고 있던 것은 파이칸이었다.

❝당신은 아직 들을 수는 있었어. 당신은 알 수 있었어. 당신에겐 더 이상 눈꺼풀을 들고 있을 힘도 없었고, 관자놀이가 움푹 패고, 손가락은 새하얘 지고, 손은 먹을 것 기계에서 미끄러져 떨어졌지만, 당신은 아직 거기 있었 고, 듣고 있었어. 나는 진실을, 파이칸의 이름을 외쳐 말할 수 있었고, 당신 은 죽기 전에 그가 곁에 있음을, 당신이 바랐던 대로 함께 죽을 것임을 알 수 있었겠지. 하지만 얼마나 끔찍한 후회를 느낄까, 살 수도 있었는데! 그 토록 오랜 잠에서 깨어나려는 순간, 그를 살릴 수도 있었던 당신의 피에 의 해 그가 죽는다는 사실을 안다는 것은 얼마나 무서울까…….

나는 당신의 이름을 외쳤고 "파이칸이야!"라 외치려 했어, 하지만 당신 의 열쇠가 열려 있는 것을, 관자놀이에 땀이 맺힌 것을 보았지. 죽음은 벌써 당신 위에, 그의 위에 드리워 있었어. 불행의 가증스러운 손이 내 입을 막았 지…….

내가 말했다면…….

당신 곁의 남자가 파이칸이었다는 것을 알았다면, 당신은 절망적인 당황함 속에서 죽었을까? 어쩌면 그때라도 둘 다를 구할 수 있었을지 몰라. 당신은 치료법을 알거나, 그 기적적인 먹을 것 기계를 작동시켜 두 사람 공통의 피에서, 서로 이어진 혈관에서 죽음을 쫓아낼 해독제를 만들어 낼 수 있지 않았을까? 하지만 그럴 만한 힘이 남아 있었을까? 그저 기계를 바라볼 수밖에 없는 건 아닐까?

이 모든 질문을, 나는 순식간에, 우리가 당신을 깨웠던 긴 잠만큼이나 짧으면서 긴 1초 만에 떠올렸어, 그리고 결국, 나는 다시 부르짖었지. 하지만 나는 파이칸의 이름을 말하지 않았어. 나는 당신들이 둘 다 죽어 가는 것을 보면서 이유를 알지 못하고, 공포에 사로잡힌 사람들을 향해 외쳤어. "그녀가 독을 먹었다는 것을 모르시겠소!" 그리고 나는 그들에게 욕을 퍼붓고, 누구인지 모르지만 가장 가까이 있던 이를 붙잡고, 흔들고, 때렸어. 그들은 아무것도 보지 못했고, 당신을 마음대로 하게 내버려뒀어, 그들은 바보들, 잘난 척하는 얼간이들, 눈먼 병신들이었어…….

그들은 내 말을 이해하지 못했지. 그들은 각자 자기 언어로 내게 대꾸했고, 나는 그들을 이해하지 못했어. 르보 혼자만이 내 말을 알아듣고 코반의 팔에서 바늘을 뽑았어. 그리고 그 역시 소리를 지르고, 손가락질하고, 지시를 내렸지만, 다른 이들은 이해하지 못했어.

움직임 없이 평온한 당신과 파이칸 주변에서, 미친 듯한 목소리와 몸짓의 소란이 일고, 초록, 노랑, 푸른색의 윗옷이 춤을 추었지.

각자가 모두를 향해, 소리치고, 가리키고, 말하면서 알아듣지 못했어. 더이상 귓속에서 모든 것을 이해하고 모두가 이해하는 목소리가 말하지 않았거든. 바벨이 우리 위에 다시 무너져 내렸어. 번역기가 폭발했던 거야.**"**

르보가 남자의 팔에서 바늘을 빼는 것을 보고, 모이소프는 그가 미쳤거나 그를 죽이려 든다고 생각했다. 그는 르보를 붙들고 때렸다. 르보는 소리치며 방어했다. "독, 독!"

시몽은 윗면이 열린 열쇠와 엘레아의 입을 가리키며 말했다. "독, 독!"

포스터가 알아듣고, 모이소프에게 영어로 외치며 그에게서 얻어맞는 르보를 빼냈다. 자브레크는 수혈기구를 멈췄다. 엘레아의 피가 파이칸의 붕대 위로 흐르던 것이 멈췄다. 몇 분간의 완전한 혼란 이후, 진실이 언어의 장벽을 넘어왔고 다시금 모두의 주의가 하나의 목표에 집중되었다. 엘레아를 살리는 것, 시몽을 제외하고 다들 아직도 코반이라 믿는 이를 살리는 것.

하지만 그들은 이미 너무 먼 여행을 떠나, 거의 지평선 가까이 있었다.

시몽은 엘레아의 반지 없는 손을 잡아 붕대에 둘둘 말린 남자의 손에 얹었다. 다른 이들이 놀란 눈으로 바라보았지만, 아무도 더 이상 아무 말 하지 않았다. 화학자가 독이 든 피를 분석했다.

손에 손을 잡고, 엘레아와 파이칸은 마지막 발걸음을 디뎠다. 두 심장은 동시에 멎었다.

엘레아의 귀가 이제 들리지 않는다는 것이 확실해지자, 시몽은 손가락으로 누운 남자를 가리키며 말했다.

"파이칸."

조명이 나간 것은 그 순간이었다. 스피커가 프랑스어로 말하기 시작했다. "번역기가……" 말은 거기서 끊겼다. 계속해서 알 내부를 감시하던 TV 화면이 회색 눈을 감았고, 웅웅대고 딸깍대고 진동하고 탁탁거리던 모든 기기가 조용해졌다. 1천 미터 얼음 밑에서, 완전한 어둠과 정적이 방 안에 엄습했다. 산 자들은 그 자리에 굳었다. 그들 한가운데에 누워 있는 두 존재에겐 정적과 어둠이 더 이상 존재하지 않았다. 하지만 산 자들에게는 깊은 무덤 속에서 돌연히 그들을 둘러싼 암흑이 만질 수 있는 죽음의 두께처럼 느껴졌다. 모두 자신의 심장 소리와 남들의 숨 쉬는 소리를, 천 스치는 소리를, 억누른 외침을, 속삭이는 말들을, 그리고 그 모든 것 위로 울리는, 이제 입을 닫았지만 모두에게 아직도 들리는 시몽의 목소리를 들었다.

"파이칸……"

엘레아와 파이칸.

그들의 비극적인 이야기는 이 순간까지도, 광포한 숙명이 두 번째로 그들을 덮친 이 순간까지 지속되고 있었다. 밤이 그들을 얼음의 무덤 깊은 곳에서 만나게 하고 산 자와 죽은 자들을 감싸, 그들을 피할 수 없는 불행의 한 덩어리로 이었으며 그 무게로 그들을 다 함께 세월과 땅의 깊은 곳까지 짓누르려 했다.

조명이 다시 들어와, 창백하고 노랗게 깜빡거리다가, 다시 꺼졌다가, 조금 더 밝게 다시 켜졌다. 그들은 서로 쳐다보고, 서로를 알아보고, 숨을 쉬었으나, 이제 전과 같지 않다는 것을 알고 있었다. 그들은 아주 짧은 여행에서 돌아왔으나, 모두가 이제는 오르페우스의 형제들이 되어 있었다.

"번역기가 폭발했어요! EPI 2가 몽땅 허공으로 날아가고, 격납고 벽이 대로처럼 뻥 뚫렸습니다!"

승강기 위쪽에서 경비를 서던 브리보의 목소리였다.

"전기가 약해지고, 원자로도 폭발의 타격을 받았을 겁니다. 여러분에게 수직갱의 축전지를 연결해 놨어요. 빨리 올라오는 게 좋을 겁니다! 하지만 승강기로 올라오지는 마세요, 전력이 충분치 않으니, 사다리로 올라와야 할 겁니다. 두 친구는 어떻게 됐죠? 호송 가능한 상태인가요?"

"두 친구는 죽었소." 르보가 재난으로 막 아내와 아이들과 재산과 믿음을 잃은 사람처럼 침착하게 말했다.

"젠장! 이만큼 해내기까지 그 고생을 했건만! 어쨌거나 당신들 생각을 해야죠! 원자로가 부레 춤을 추기 시작하기 전에 빨리 움직여요!"

포스터가 프랑스어를 모르는 이들에게 영어로 통역해 주었다. 영어도 프랑스어도 모르는 이들은 몸짓을 보고 알아들었다. 그리고 아무것도 이해하지 못한 이들도 구멍에서 나가야 한다는 것은 이미 알고 있었다. 포스터가 입구의 지뢰를 완전히 해제시켰다. 벌써부터 기술자 몇 명은 구체의 입구를 향해 올라갔다. 간호사가 세 명 있었는데, 르보의 조수인 간호사는 53세였다. 나머지 두 젊은 간호사는 위에 올라간 게 틀림없었다.

의사들은 엘레아와 파이칸을 버려두고 떠나려 하지 않았다. 모이소프가 손짓발짓으로 그들을 등에 짊어지고 가면 된다는 뜻을 표했다. 그는 서툴기 짝이 없는 영어로 몇 마디 덧붙였고, 포스터가 그 말이 '각자 돌아가면서'를 말하려는 거라고 해석했다.

1천 미터의 사다리. 사망자 둘.

"원자로가 터졌소!" 스피커가 외쳤다. "금이 가서, 사방에서 액체와 연기를 뿜어내고 있습니다. 우리는 긴급 대피합니다! 서둘러요!"

이번에는 로슈푸의 목소리였다.

"수직갱에서 나오면, EPI 2가 있던 자리에서 등을 돌리고 남쪽으로 향하시오. 바람이 방사능 물질을 반대쪽으로 실어 가고 있어요. 헬리콥터가 맞아 줄 겁니다. 여러분을 기다리도록 한 팀을 두고 가지만, 그 전에 폭발하고 거기서 나오게 된다면, 잊지 말아요. 정남쪽으로! 나는 다른 이들을 챙기러 가겠소. 서둘러 주시오……."

반 후크가 네덜란드어로 말했고 아무도 그의 말을 알아듣지 못했다. 그래서 그는 프랑스어로, 자기 생각에는 그들을 두고 가야 한다고 다시 말했다. 그들은 죽었고, 아무것도 해 줄 수 없으며, 어떻게 할 수도 없다. 그리고 그는 문 쪽으로 향했다.

"최소한 우리가 할 수 있는 건," 시몽이 말했다. "이들을 발견한 자리에 도로 놔두는 것입니다……."

"내 생각도 그렇소." 르보가 말했다.

그는 영어로 포스터와 모이소프에게 설명했고, 그들도 동의했다.

그들은 우선 파이칸을 어깨에 들쳐 메고 희망을 향해 그를 끌어올렸던 길로 도로 내려보내, 받침대 위에 놓았다.

그다음은 엘레아의 차례였다. 르보, 포스터, 모이소프, 시몽 넷이서 옮겼다. 그들은 그녀를 다른 받침대 위에, 누구인지 알지 못하고 함께 90만 년을 잠들었던, 그리고 끝내 알지 못한 채 끝나지 않을 새로운 잠에 함께 빠져드는 남자 곁에 놓았다.

그녀의 무게가 받침대에 완전히 실리는 순간, 투명한 바닥 밑에서 눈부신 푸른 섬광이 솟아나 알과 구체 안에 밀려오고 사다리에 매달린 사람들에게까지 도달했다. 매달린 고리가 부동의 운행을 다시 시작했고, 모터는 잠시 중단되었던 제 임무를 계속했다. 치명적인 추위로 제게 맡겨진 짐을 감싸고, 한없는 시간 동안 그것을 지키는 임무를.

추위가 이미 그들을 에워싸고 있었으므로, 재빠르게 시몽은 파이칸의 머리의 붕대 일부를 풀고, 밴드를 자르고 떼어 냈다. 엘레아의 맨얼굴 옆에서 그의 맨얼굴도 드러나도록.

풀려난 얼굴은 몹시 아름다웠다. 화상은 이제 거의 눈에 띄지 않았다. 엘레아의 피를 통해 주입된 만능 세럼이, 독이 그의 생명을 앗아가는 동안 피부를 치유한 것이다. 그들은 둘 다 믿을 수 없을 만큼 아름답고 평온했다. 얼어붙은 안개가 은신처를 뒤덮었다. 소생실에서 스피커의 비음 섞인 목소리가 토막토막 들려왔다.

"여보세요! 여보세요! 아직 누구 있습니까? ……서두르세요!"

더 이상 지체할 수 없었다. 시몽은 마지막으로 나가며, 뒷걸음질로 계단을 올라 조명을 껐다. 처음에는 깊은 어둠을 느꼈지만, 차차 그의 눈이 그 어둑한 빛으로 알 내부를 물들이는 푸른빛에 익숙해졌다. 투명하고 얇은 막이 두 개의 별처럼 빛나는 두 맨얼굴을 감싸기 시작했다. 시몽은 나가며 문을 닫았다.

항공모함, 잠수함, 가장 가까운 기지들과 EPI 주변을 오가는 정신없는 곡예가 펼쳐졌다. 헬리콥터들이 쉼 없이 착륙해, 만원이 되어 이륙했다. EPI 2가 있던 자리에는 온갖 폐기물로 오염되고 얼음 조각들로 빛나는 들쭉날쭉한 구덩이 하나만이 남아 있었다. 구덩이에서는 연기와 가스가 솟아났고, 성난 바람이 그것을 바닥에서 걷어 내 북쪽으로 실어 갔다.

조금씩 조금씩, 전 인원이 대피했고, 수직갱에 있던 팀도 나와 한 명도 빠짐없이 실렸다. 50대의 노간호사는 처음으로 지상에 올라온 이들 틈에 섞여 있었다. 그녀는 날씬했고 염소처럼 잘도 기어올랐다.

후버와 레오노바는 소생팀과 함께 마지막 헬리콥터에 올라탔다. 창문 앞에 선 후버는 절망으로 바들바들 떠는 레오노바를 꼭 끌어안고 있었다. 그는 폐허가 된 기지를 끔찍한 듯 바라보며 낮은 소리로 투덜거렸다.

"아까워 죽겠군, 맙소사, 아까워 죽겠어!"

〈만인류 선언문〉의 작성을 맡은 위원회의 일곱 위원은 일곱 척의 다른 선박으로 흩어졌고, 다시는 만날 기회가 없었다. 더 이상 땅에는 아무도 없고, 하늘에도 아무도 없었다. 비행기들이 신중한 고공비행으로 멀리서 맴돌며 카메라에 EPI 2를 담았다. 바람은 다시금 맹렬한 폭풍으로 불었고, 매 순간 더 강해졌다. 바람은 기지의 잔해를 쓸어 가고, 가지각색의 조각들을 닥치는 대로 얼마나 먼지 모를 하얀 지평선으로 휩쓸어 갔다.

원자로가 폭발했다.

카메라에 거대한 버섯구름이 바람에 붙들려 비틀어지고 쓰러지고 찢어지고 갈라져 시뻘건 지옥의 심장부가 드러나고 조각조각이 대양과 먼 땅으로 날려 가는 것이 보였다. 뉴질랜드, 오스트레일리아, 태평양의 모든 섬들이 위태로워졌다. 누구보다 먼저 위험에 처한 것은 국제군의 선박과 비행기들이었다. 비행기들은 배 위로 돌아오고, 잠수함들은 잠수하고, 수면의 선박들은 바람의 측면으로 최고 속도를 냈다.

넵튠 호에서, 시몽은 거기 있던 학자와 기자들에게 수혈하는 동안 그가 본 것을, 파이칸이 어떻게 코반의 자리를 차지하게 되었는지를 이야기했다.

세계 모든 여자들이 화면 앞에서 울었다. 비농 가족은 반원형 테이블에서 식사를 하며 고르곤의 뱀으로 된 머리처럼 헝클어진 버섯구름이 고귀한 모험의 끝을 알리는 것을 보고 있었다. 비농 부인은 토마토소스를 친 라비올리 큰 통을 중탕으로 데워 통째로 내놓았다. 그렇게 하는 편이 따뜻함이 더 오래가기 때문이라고 그녀는 말했지만, 사실은 더 빠르고, 접시가 더러워지지 않고, 가족끼리는 겉치레 할 필요가 없기 때문이었다. 폭발이 일어난 후, 침울한 표정의 남자 얼굴이 나타나 유감의 말을 전하고, 다른 뉴스로 넘어갔다. 불행히도 좋은 뉴스들은 아니었다. 만주 전선에서는…… 말레이시아에서는 새로운 공세가…… 베를린에서는 봉쇄로 인한 기근이…… 태평양에서는 두 함대가…… 쿠웨이트에서는 유정에 화재가…… 케이프타운에서는 흑인 공군의 폭격이…… 남아메리카에서는…… 중동에서는…… 모든 정부가 최악의 상황을 피하기 위해 갖은 노력을 다하고 있다. 특별 사절단이 사방에서 중재인들을 만나고 있다. 기대하고 있다, 기대가 크다. 이곳저곳에서 젊은이들이 심상찮게 움직인다. 그들이 무엇을 원하는지는 알 수 없다. 그들 역시 모를 게 틀림없다. 학생들, 젊은 노동자들, 젊은 농부들, 그리고 점점 더 늘어나는 아무것도 아니고 아무것도 될 생각이 없는 젊은이들이 모여, 섞이고, 길과 수도를 점령하고, 통행을 차단시키고, 경찰에 돌격하며 외쳤다. "안 돼! 안 돼! 안 돼! 안 돼!" 모든 언어에서, 그 말은 짧고 폭발적인, 외치기 쉬운 단어이다. 그들은 모두 그 말을 외쳤다. 그들은 그것만은, 원치 않는다는 것만은 알았다. 누가 "안 돼"를 곤다와 학생들의 말로 "파오"라 외치기 시작했는지는 정확히 알 수 없었다. 그러나 몇 시간 만에 전 세계 모든 젊은이들이, 전 세계 경찰들과 맞서 그 말을 외쳤다.

"파오! 파오! 파오! 파오!" 베이징에서, 도쿄에서, 워싱턴에서, 모스크바에서, 프라하에서, 로마에서, 알제에서, 카이로에서.

"파오! 파오! 파오! 파오!"

파리, 비뇽 가의 창문 아래에서.

"파오! 파오! 파오! 파오!"

"저 젊은 녀석들, 나라면 몽땅 직장에 처박아 놓을 텐데……." 아버지가 말했다.

"정부는 노력을……." 화면의 얼굴이 말했다.

아들이 일어서서, 접시를 붙잡고 화면의 얼굴에 던졌다. 그는 소리쳤다.

"늙은 꼴통! 당신들은 전부 늙은 꼴통들이야! 당신들의 꽉 막힌 짓거리로 그들을 죽게 한 거야!"

깨지지 않는 화면에서 소스가 흘러내렸다. 침울한 얼굴은 토마토소스를 뒤집어쓰고 말했다.

아버지와 어머니는 깜짝 놀라 전과는 딴판인 아들을 바라보았다. 딸은 아무것도 보지 않고, 아무것도 듣지 않았다. 그녀는 몽주 거리의 호텔에서 어느 늘씬한 스페인 남자와 보낸 지난밤의 추억이 남아 있는 아랫도리에 온통 정신이 팔려 있었다. 그 모든 말들, 말들에 의미가 있을까?

"우리는 거기 돌아갈 거야! 그들을 살려낼 거야! 해독제를 발견할 거야! 나는 바보일 뿐이지만, 누군가 아는 사람이 나올 거야! 그들을 죽음에서 끌어낼 거야! 우리는 죽음을 원하지 않아! 우리는 전쟁을 원하지 않아! 당신들의 꽉 막힌 짓거리를 원하지 않아!"

"파오! 파오! 파오! 파오!" 거리의 함성이 점점 높아졌다.

그리고 경찰의 호루라기 소리, 최루탄이 터지는 둔한 폭발음.

"나는 바보이지만, 꼴통은 아냐!"

"시위는……" 얼굴이 말했다.

아들은 그 얼굴에 라비올리 통 전부를 던져 버리고 나갔다. 그는 문을 쾅 닫고 외쳤다.

"파오! 파오!…… "

계단에서 그의 목소리가 들렸고, 이내 다른 소리들과 뒤섞였다.

"저 녀석은 어쩌면 저렇게 멍청할까!" 아버지가 말했다.

"어쩌면 저렇게 아름다울까!" 어머니가 말했다.

SF와 사랑의 숨막히는 이중주

처음 이 책에 대한 소개와 함께 번역을 권유받았을 때, '저는 SF에 대해서는 문외한이라……'라는 이유로 한사코 꽁무니를 빼려 했다. 내가 읽어 본 SF라면 아시모프나 레이 브래드버리, 어슐러 르귄 등 누구나 이름을 들어 본 적 있을 정도의 대가들의 대표작 몇 권, 혹은 90년대 초중반 쉽게 접할 수 있던 'ㅇㅇㅇ SF 걸작선' 등의 단편 모음집이 전부였고, 내가 알기로 SF는 물리학이나 천문학 등 과학적 용어가 많이 등장하거나 시간여행 등의 패러독스로 서사가 복잡해져 읽기는 즐거워도 흠 잡을 곳 없이 옮기려면 다방면의 지식과 노력이 많이 필요한 장르였다. 그런데 책을 권해 주신 이세욱 선생님께서는 "이건 말하자면 '부드러운' SF 소설이에요. 로미오와 줄리엣의 이야기라고나 할까……"라는 말로 잔뜩 겁먹은 나를 안심시켜 주셨고, 나는 얼어붙은 남극 대륙의 어디에서 로미오와 줄리엣이 등장하는지 일말의 의심을 떨쳐 버리지 못한 채 책을 읽어 나가기 시작했다.

그렇다, 이 책은 사랑 이야기였다.

이야기는 얼어붙은 남극 대륙을 탐사하던 프랑스 탐사대가 얼음 밑 깊은 곳에서 마치 발견해 주기를 기다리고 있었다는 듯 신호를 보내던 미지의 도시 유적을 발견하면서 시작된다. 언제나 그렇듯(책이 집필된 시기인 60년대에도, 책의 배경으로 설정된 60년대보다 훨씬 발달한 과학기술을 지닌 시대에도, 우리가 이 책을 읽는 현재에도) 분쟁과 미움이 끊이지 않는 세계는 이 놀라운 발견에 이례적으로 인류 공동의 목적을 위해 일치하는 모습을 보이며, 여러 대립되는 이념의 국가들로부터 온 각 분야의 학자들이 얼음 속에서 찾아낸 두 존재를 소생시키고 인류의 진보와 평화를 위한 지식을 얻어 내기 위해 애쓴다. 90만년의 깊은 잠에서 깨어난 믿을 수 없이 아름다운 여인, 엘레아의 기억을 통해 학자들은 고도로 발달된 문명을 지닌 먼 옛날의 국가 곤다와의 이모저모를 엿보게 되며, 엘레아와 함께 잠들었던 곤다와 최고의 탁월한 두뇌를 지닌 남자 코반을 깨우면 더 이상 전쟁도 굶주림도 없는 세상을 만들 수 있으리라는 희망에 불탄다. 그러나 이야기의 시작을 담당하는 주인공 시몽 박사의 혼잣말에서 거듭 되풀이되듯,

혹은 서술 속에 중간 중간 등장하는 비극적 결말에 대한 암시에서 알 수 있듯, 이 거대한 기획은 결국 그토록 고대하던 소망을 이루지 못하고 수포로 돌아가고 만다. 그리고 이 모든 것은 사랑, 사랑 때문이다.

'사랑'이라는 테마를 몹시 중요하게 여겼음인지, 작품 속에서 우리는 세 개의 사랑 이야기를 만나게 된다. 먼저 곤다와의 두 연인, 엘레아와 파이칸의 사랑은 소설의 중심축이 되며, 과거에서 깨어난 여인 엘레아를 향한 시몽 박사의 열렬하고 애타는 짝사랑이 현재를 중심으로 일어나고, 마지막으로 (부차적이지만) 서로 영 어울리지 않으며 다툼을 반복하던 두 학자 후버와 레오노바의 연인 관계가 덧붙여진다.

엘레아와 파이칸의 사랑은 서로를 향한 순수하고 열정적인 애정과 서로를 위해 무엇이든 무릅쓰는 헌신, 질투나 하찮은 소유욕 등의 감정까지 초월한 무한한 이해를 동반한 '하나로 굳게 결속된 하나의 존재'에까지 가 닿는 완벽한 사랑이다. 이들의 결합은 또한 완전무결한 육체적 아름다움과 뛰어난 지성, 날카로운 판단력과 행동력 등 모든 탁월한 요소들을 겸비한 두 완벽한 존재의 결합이기도 하다. 분명 아름답고 감동적이지만, 이 사랑은 마치 꿈에서 깬 듯 현실 속의 내 모습을 돌이켜 보며 초라함과 실망스러움을 느끼게 하기도 한다. 현실을 살아가는 나는 엘레아와 파이칸처럼 완벽한 아름다움과 재능을 지니지 못했으며, 내 인간관계는 엘레아가 말했던 것처럼 '행복이라는 말로는 표현이 불가능한' 지고의 상태를 언제나 누리기는커녕 사소한 싸움이나 오해, 불화로 기쁨과 슬픔 사이를 롤러코스터처럼 오가는 것이 일상이다.

그런 면에서, 예쁘고 늘씬하며 야무지고 성마른 공산주의자 레오노바와 자본주의 근성을 있는 대로 내보이는 뚱뚱하고 느긋한 호인인 후버, 외모에서 이념까지 공통점이라곤 하나도 없는 두 사람이 끊임없는 충돌과 다툼을 벌이다가 함께 헤쳐 나온 여정의 마지막 부분에서 연인 사이가 되어 곤다와의 연인들처럼 '손에 손을 잡고' 복도를 누비는 장면은 작품에 유머를 깃들이는 동시에 반드시 완벽한 합일만이 사랑은 아님을, 서로의 차이점을 극복하고 인내와 관용으로 서로를 받아들여 가는 법을 배워 가는 것 역시 사랑의 한 형태임을 시사하는 듯하다. 첨예한 냉전의 그늘이 드리우고 있던 60년대, 소련과 공산주의 이념을 대표하는 레오노바와 미국 자본주의의 표본인 후버가 '손에 손을 잡게' 된다는 데에서는 또한 평화와 화해를 위한 작가의 간절한 희망이 엿보이는 듯하기도 하다.

　『시간의 밤』은 원래 영화로 기획되었던 작품이었다. 저자의 헌사의 주인공이기도 한 앙드레 카야트는 바르자벨에게 "당신이 아니라면 할 수 없는 작업"이라는 말로 주제를 제시하며 시나리오 집필을 의뢰했고, 이에 바르자벨은 시나리오를 완성했지만, 막대한 예산상의 문제 때문에 영화화 작업은 중단되었다. 바르자벨은 이 시나리오를 소설로 고쳐 써 완성시키며, 후에 어느 인터뷰에서 그는 "내가 소설로 돌아올 수 있었던 것은 앙드레 카야트의 덕이다"라 말한다.

　르네 바르자벨은 프랑스에 아직 'SF'라는 용어가 정착되기 전, 그리고 아시모프를 비롯한 영미권 SF들이 프랑스에 알려지기 이전인 40년대부터 불모지나 다름없던 프랑스에서 SF를 집필하기 시작했고(최근 국내에 소개된 『대재난』, 『경솔한 여행자』를 비롯해 『타랑돌』 등) 프랑스 SF의 선구자이자 예언자라 불리기까지 하는 명성을 얻으나 이는 훗날의 일이며, 당시에는 소설이 큰 성공을 거두지 못해 영화계 쪽으로 방향을 틀어 여러 영화(대표작으로 〈돈 카밀로의 작은 세상〉)의 대본과 대사 집필 작업을 한다. 앞서 말했다시피 그가 다시 소설로 회귀하여 명성을 얻게 되는 작품이 이 『시간의 밤』이며, 원숙기에 달한 저자의 필력과 그가 평생 몰두했던 전쟁의 공포나 불멸 같은 주제들이 잘 나타난 작품이기도 하다.

영화 시나리오를 염두에 두고 쓰였던 작품답게, 소설의 곳곳에서는 눈에 보일 듯 생생한 이미지들이 독자의 상상력을 사로잡는다. 얼음과 눈과 바람이 지배하는 남극 대륙 위에 점처럼 작게 보이는 탐사대원들의 모습, 밤하늘처럼 맑고 짙은 푸른 눈을 지닌 엘레아의 아름다움, 바벨탑처럼 높이 숏은 번역기며 각종 최신 설비를 갖춘 연구 기지의 위용과 고도로 발달했으면서도 소박하고 자연친화적인 환경으로 묘사되는 곤다와의 정경들…… 한편 핵전쟁의 위험과 전쟁으로 말미암아 황폐하게 유린당한 대지, 마치 성경 속 종말의 장면처럼 묘사되는 끔찍한 대전쟁의 참화는 분쟁과 비극이 끊이지 않는 시대를 살고 있는 우리에게 경각심을 일깨우고, 중앙 컴퓨터에 의해 모든 것이 완벽한 균형과 공정한 분배를 이루도록 조정되는 곤다와 세계에서 두 연인이 도피를 꾀하지만 여기저기서 그 흔적이 발각되어 차단당하는 장면은 일견 조화로워 보이던 통제된 사회 속에 도사린 위험을 암시하는 듯하다. 현대 사회에서도 여전히 해결되지 않은, 아니 더 심각해져 가는 듯한 문제들을 예견한 듯한 저자의 혜안에 감탄을 금치 못할 수 없는 대목들이다.

익숙지 않은 긴 호흡의 장편소설을 옮기며 시적이고 은유적인 르네 바르자벨의 문체를 최대한 손상시키지 않고 우리말로 담아 내느라 고민이 많왔다. 독자 여러분께서 부디, 작품에 등장하는 '만능 번역기'보다 아직은 사람의 두뇌가 쓸 만하다고 여기며 읽어 주셨으면 하는 바람이다. 긴 작업에 허우적거리며 여러 번 슬럼프에 빠졌던 옮긴이를 참을성 있게 격려하며 기다려 주신 아침이슬의 박성규 대표님, 뛰어난 작가의 뛰어난 작품을 옮길 수 있는 기회를 주시고 조언을 아끼지 않으셨던 이세욱 선생님께 이 자리를 빌어 감사의 말씀을 드린다.

2016년 겨울에
김희진

김희진

성균관대학교에서 불어불문학과 영어영문학을 전공했다. 동 대학 프랑스어권 연구소 연구원으로 있으며 출판·기획·번역 네트워크 〈사이에〉의 위원으로 활동하고 있다. 옮긴 책으로는 『여장 남자와 살인자』, 『대면』, 『세기와 춤추다』(공역), 『초속 5천 킬로미터』, 『송라인』, 『실재의 사막에 오신 것을 환영합니다』(공역) 등 불어와 영어로 된 다수의 책들이 있다.

시간의 밤

첫판 1쇄 펴낸날 2017년 2월 6일

지은이 르네 바르자벨
옮긴이 김희진
펴낸이 박성규

펴낸곳 도서출판 아침이슬
등록 1999년 1월 9일(제10-1699호)
주소 서울 은평구 불광로11길 7-7(201호)
전화 02) 332-6106
팩스 02) 322-1740
이메일 21cmdew@hanmail.net

ISBN 978-6429-141-2 03860